THE HORSE DANCER

小骑士

〔英〕乔乔·莫伊斯

王一凡 译

著

A NOVEL

JOJO MOYES

四川文艺出版社

果麦文化 出品

给我看看你的马，

我就能告诉你，你是什么样的人。

—— 英语古谚 ——

看到她之前，他先看到了她的黄色裙子，在不断变暗的光影中熠熠生辉，像马厩远处尽头的一座灯塔。他驻足片刻，不敢相信自己的眼睛。这时，她抬起白皙的手臂。杰隆修斯优雅地把头从门上伸过去，吃掉了她给的不知道什么东西。他脚下生风般半走半跑起来，靴子的金属尖在潮湿的鹅卵石上踩出嗒嗒声响。

"你来啦！"

"亨利！"

她转身时，他的双臂已抱住了她。他吻着她，低头去嗅她秀发的芬芳，嘴里喘出的粗气像是从脚底冲上来的一样。

"我们今天下午到的，都没时间换衣服。"她把头埋在他肩上说，"我肯定很丑……可我从观众席幕布的缝隙里瞄到你了，我一定要来祝你好运。"

她的话变得含糊，好在他也没怎么听。这个女孩的出现足以让他震惊：在经历了这么多个月的分离之后，拥她在怀的感觉多么美好！"看看你！"她往后退了一步，目光从他的黑帽子一路向下移到他整洁无瑕的制服上。她伸出手，从他的金色肩章上掸去一粒几乎看不见的灰尘。他欣慰地注意到她收回手时的不情愿，心中由衷感叹：哪怕一别数月，他们之间也仍毫无芥蒂。她没有卖弄风骚，只有

1

完全的坦诚；此前仿佛只存在于想象中的女孩，又变得有血有肉了。

"你看起来很帅。"她说。

"我……不能久留，"他说，"我们十分钟后就要上马了。"

"我知道……马术节真是太刺激了！我们看了摩托车表演和坦克游行。"她说，"不过，你，亨利，你和那些马才是真正的重头戏呀！"她回头朝表演场望了一眼，"我觉得全法国的人都来看你们了！"

"你……有门票¹ 吗？"

两人都皱起了眉头。尽管他们已竭尽全力，但语言障碍仍是问题。

"门票……"他摇着头，有点生自己的气，"就是门票，位置最好的票。"

她粲然一笑，他小小的不悦立刻烟消云散。"哎呀，当然有。伊蒂斯、她妈妈和我都坐在前排，她们等不及想看你骑马了。我把你的事都跟她们说了。我们住在瓦瑞莱斯城堡，"虽然旁边没人，但她还是压低声音，"那里好大！威尔金森家真有钱，比我们家有钱多了！她们能带我一起来真是好心。"

他看着她说话，却被她漂亮的上唇弧线弄得心神不宁。她就在眼前。他用戴着白色羊皮手套的手捧着她的脸。"佛罗伦丝……"他喘着气，吻了她。暮色已降，但阳光的气息仿佛渗进了她的肌肤，令人迷醉，好像她生来便是要传播温暖的。"我每天都想你。认识你之前，我什么都没有，只有黑骑士马术团。现在……如果没有你，就什么都不好了。"

"亨利……"她抚摸着他的下巴，紧贴着他的身体。他感觉快要

1　编注：对话中的楷体表示法语，以下同。

晕倒了。

"拉夏贝尔！"

他回过头。迪迪耶·皮卡德正站在他的马前，旁边还有位马倌在准备马鞍。皮卡德边戴手套边说："要是你对骑马能像对英国妞一样上心，那我们说不定还能做点事呢，是吧？"

佛罗伦丝懂的法语不多，没听明白，但她捕捉到了皮卡德脸上一闪而过的表情。亨利看得出来，她已经猜到了：不管这个法国人说了什么，肯定都不是好话。

熟悉的怒火燃起，但他咬牙忍住。他朝佛罗伦丝摇摇头，想告诉她皮卡德就是个蠢货，是个旁人。自从那趟让亨利和她相识的英格兰之旅后，皮卡德就一直是这样——傲慢无礼，挑衅好斗。在后来的麻烦中，皮卡德还曾大呼英国女孩毫无格调；而亨利知道，那是在针对自己。他说她们不懂如何穿着打扮，说她们吃起东西来就像饲料槽边的猪，还说只要给她们几法郎或是一大杯臭啤酒，她们就愿意跟任何人睡觉。

直到过了几周他才明白，皮卡德的憎恶与佛罗伦丝没什么关系，完全是因为他在黑骑士马术团的地位被一个农民的儿子抢走了。这听起来就让人难受。

皮卡德的声音在院子里回荡："我听说卢辛·戈蒂耶码头那边还有空房间，总比马厩合适点，是吧？"

亨利紧紧攥着佛罗伦丝的手，开口时努力保持着冷静："哪怕全世界就剩你一个男人了，你也配不上她，皮卡德。"

"乡巴佬，你不知道吧？只要价钱合适，哪个妞都不会拒绝你。"皮卡德假笑着，把擦得锃亮的靴子踩进马镫，翻身上马。

亨利想往前走，可佛罗伦丝拉住了他。"亲爱的，听我说，我要回座位了，"她边说边往后退，"你也该做准备了。"她犹豫了一下，踮起脚又吻了他。纤细洁白的小手搂着他的后颈，把他拉近。他很清楚她在干什么：她要他不再想皮卡德的恶言恶语。她是对的。当她的双唇吻在他的唇上时，除了快乐，他什么都感觉不到。她微微一笑："祝你好运，骑士。"

"骑士！"他重复着，一时没反应过来。他不在身边时，她学会了用法语说"骑士"，这让他感动不已。

"我一直在学！"她抛来一个飞吻，眼神里有调皮，也有承诺。接着，她走了，他的英国女郎穿过长长的马厩跑了回去，鞋跟在鹅卵石上叮叮作响。

马术节，这个一年一度的军事庆典，对索米尔年轻的骑兵军官们来说，标志着全年训练的结束。和以往一样，7月的周末，这个中世纪的小镇挤满了游客。他们不仅是热切地想要一睹年轻骑兵们毕业时的英姿，也是想来欣赏各种传统的表演，比如马术、摩托车杂技和坦克游行等，那些坦克巨大的外壳上甚至还留着战争的伤疤。

这一年是1960年。在流行文化的猛烈冲击、社会观点的急剧转变以及约翰尼·哈里戴（法国摇滚巨星）带来的影响下，老式军队的地位已岌岌可危。可在索米尔，人们对改变并没有什么兴趣。黑骑士马术团一年一度的演出将由二十二名法国精英骑士组成，其中有军官，也有平民。他们是周末马术节上最大的亮点，总能保证门票在短短几天内迅速售罄。买票的人既有当地居民，也有法国传统文化的拥趸，还有一些并未多想只是被海报吸引的观众——那些遍布卢瓦尔河地区的海报上如此写道："壮观又神秘，挑战地心引力的骏马！"

黑骑士马术团诞生于近两百五十年前。在历经多次拿破仑战争后，法国骑兵伤亡惨重，为了重建原本公认一流的骑兵队伍，一所学校在索米尔成立了，毕竟小镇从16世纪起便有马术学校。一群群教练被从凡尔赛、杜乐丽和圣日耳曼最优秀的马术学校召集到这里，他们将最好的传统骑术传授给新一代军官，并一直延续至今。

随着坦克的发明和战争的机械化，黑骑士马术团也面临着是否还有存在价值的问题。可几十年来，没有哪届政府自认能将它解散，因为它早已成了法国传统的一部分：那些身着黑色制服的骑士是一种标志。拥有法兰西学院、高级料理及手工定制时装的法国人当然明白传统的重要性。骑士们自己大概也意识到了，确保生存的最佳途径便是创造新的角色，扩大影响的范围。于是，学校除了培训骑兵，也敞开大门，在国内外各种公开表演中，展示骑士精湛的骑艺和漂亮的马匹。

这就是亨利·拉夏贝尔所在的黑骑士马术团。今天晚上的演出是全年最重要也最具有象征意义的，它将在校园内举行，并成为向亲朋好友展示辛苦学习成果的好机会。空气中弥漫着焦糖、美酒和焰火的气息，以及成千上万人缓缓走动时散发的热量。在马术学校中央，夏尔多内城堡周围，优雅的蜜糖色建筑之间，人群早已挤得水泄不通。7月的高温和静谧的暮色更添狂欢的热烈，充满期待的气氛开始膨胀。孩子们拿着气球或棉花糖来回奔跑，父母走散在路边卖纸风车和气泡酒的小摊之间，或是成群结队地走着笑着跨过大桥，来到北岸人行道边的咖啡馆。与此同时，已在大表演场就座的人们兴奋地低声交谈着。这是一片用于公开演出的巨大沙地。大家迫不及待地坐着，扇着风，在不断变暗的光线中冒着汗。

"立正！"

听到口令的亨利检查了马鞍和笼头，并第十五次询问驯马师他的制服是否整齐。他揉了揉他的马"杰隆修斯"的鼻子，欣赏着马倌在它锃亮的脖子上编好的精致缎带，对着它修剪漂亮的耳朵喃喃说着赞美与鼓励的话。杰隆修斯十七岁了，从马术训练的角度来说，它已经老了，很快要退休了。自从亨利三年前来到黑骑士马术团，它就一直是亨利的坐骑，他们之间迅速建起了感情的纽带。在这里，在学校四周古老的围墙间，人们经常可以看到年轻的骑士亲吻马的鼻子，对它们轻声说着对女人都羞于启齿的甜言蜜语。

"准备好了吗？"首席骑士大踏步走过准备场中央，后面跟着一群骑士。他带金穗的制服和三角帽显示出他在学校教员中最资深的地位。他站在年轻的骑手和他们焦躁的马匹前，"大家都知道，今天是我们这一年最重要的一天。今天的庆典活动可以追溯到一百三十多年前，而我们的马术传统比那还要悠久，从古希腊色诺芬的时代就开始了。

"今天，我们的世界似乎有太多东西需要改变，需要抛弃旧的方式以追求自由与便捷。可黑骑士马术团相信，仍然还有这样一个地方，是为了精英而存在的，是为了追求超越一切的优秀而存在的。今天晚上，你们就是大使。你们将看到，真正的优雅和真正的美，只有通过训练、耐心、同情以及自律才能够获得。"

他环视四周，"我们的马术是自诞生之日起就开始死亡的艺术。我们要让索米尔的人民感觉到，见证如此盛况是何其有幸。"

大家纷纷表示赞同。接着，有人上了马，有人摆弄自己的帽子，有人擦去靴子上并不存在的印记，用各种小动作驱散悄悄爬上心头的焦虑。

"你准备好了吗，拉夏贝尔？不会太紧张吧？"

"不会，长官。"亨利站得笔挺。他感觉到这位长者的目光迅速扫过自己的制服，寻找着任何一丁点不完美的地方。他很清楚，从太阳穴不断冒出滴到笔挺衣领上的汗珠早已戳穿了他刻意表现的冷静。

"第一次参加马术节，有点紧张也不丢脸，"首席骑士摸着杰隆修斯的脖子说，"这位是老手了，它会陪着你的。记住，你在第二组表演中要进行腾跃后踢，然后，再骑着范塔斯米完成双蹄后蹬。**明白吗？**"

"明白，长官。"

他知道，自己过去几个月与人发生的争执，以及明显且灾难性的无视纪律，使得主骑手们产生了意见分歧，不确定是否该让自己在这次年度盛典中担任如此显眼的角色。马倌在马具房告诉了他主骑手们的讨论：他的叛逆差点都要让他在马术团待不下去了。

他没有试着为自己辩护。他要如何向他们解释自己内心的剧变？他要如何告诉他们，一个从没有听过甜言蜜语，从没有感受过温柔抚摸的男人，在遇到了心爱的女人后，她的声音、她的善良、她的胸脯、她的气味和她的秀发不仅会让他分心，更会让他无法自拔，无暇再研究什么马术的精细要点？

亨利·拉夏贝尔的童年是混乱无序的。父亲主宰着一切，所谓的"改善生活"就是两法郎一瓶的红酒，而认真学习只会招来冷嘲热讽。是加入骑兵队给了他一条生路。他在军队步步高升，最后被推荐进入了名额稀少的黑骑士马术团，达到了普通人所能期盼的人生巅峰。他在二十五岁时第一次相信，这里将成为他的家。

他天赋异禀，多年的农场劳作让他对艰苦有着罕见的承受力。他还擅长对付难驯的烈马。有人说，他最后也许能成为主骑手——甚至越说越离谱，说他可能成为首席骑士。而他也一直坚信，对他的余生来说，严格的训练、纪律以及学习所带来的快乐与回报已经足够。

可没过多久，来自克拉肯威尔的佛罗伦丝·雅各布斯却毁掉了这一切。她毁掉了他平静的思绪、坚定的决心以及坚忍的耐力。她甚至都不喜欢马，只是拿到了一张法国骑术学校在英格兰演出的免费门票。如果亨利的年纪再大一点，有了那种只有通过经验才能获得的洞察力，他就可能会告诉年轻的自己，这样的激情仅限于初恋，而如此强烈的冲动也终将平息，甚至可能消失。然而，当时的亨利只是个朋友不多的孤独男人，没人能给他这般睿智的建议。他只知道，这个黑发女孩连续三晚坐在场边，瞪大双眼看完了他的表演。而从他注意到她的那一刻起，他的脑子里便只有她了。他也不知道自己为什么要在表演结束后特意找到她，并向她介绍自己。他只知道，从那以后，没有她的每一分钟都让人心烦意乱，都像一个无边无际又毫无意义的万丈深渊。其他的一切还算什么呢？

他几乎是一夜之间就再也无法集中精神。返回法国后，他开始质疑教条的意义，开始厌烦他认为无关紧要的细枝末节。他指责资深主骑手德乌克斯，说他"墨守成规"。他连续三次错过训练，直到他的马倌警告他即将被开除后，他才意识到必须要控制自己了。他研究色诺芬的著作，让自己累到筋疲力尽。他安分守己了。佛罗伦丝越来越频繁的来信让他安心，她保证一定会在夏天来法国看他。几个月过去了，大概是出于奖励，他拿到了在马术节上表演双蹄后蹬的关键角色，这是对骑士最具挑战性的一个动作，而且他是取代皮卡德上场的，这对那个养尊处优的年轻人无异于雪上加霜的打击。

首席骑士纵身上马，这是一匹强壮的葡萄牙种马，他优雅地朝亨利跨近两步。"别让我失望，拉夏贝尔。我们就把今天晚上当作一个新的开始吧。"

亨利点点头，突如其来的紧张让他说不出话。他上了马，拉紧缰绳，检查自己刚刚理过的头发上的黑帽子有没有戴正。他听到人群的嗡嗡低语，管弦乐团试着演奏了几个音符后，大家充满期待地安静下来，如此紧张的沉默只可能来自上千名专注的观众。他依稀听到同伴们嘀咕着"好运"，接着，他便带着杰隆修斯走向他们，站在一排皮光毛亮、饰以缎带的马匹中间，排成军队般笔直的队列。厚重的红色帷幕徐徐拉开，召唤他们走入灯火通明的表演场，他的坐骑急切地等待他发出第一道指令。

尽管二十二位骑手都表现得冷静又秩序井然，尽管他们的公开演出优雅又从容，可实际上，黑骑士马术团的生活是对他们身体和精神的严峻考验。日复一日，亨利·拉夏贝尔只觉得疲惫不堪。主骑手无休止的纠正差点让他流下沮丧的泪水，他显然也还没有能力让那些烈性子的高头大马严格按标准完成"空中动作"。虽然无法证明，但他能感受到，在这所精英学校里，像他这种从军队来的人是受到歧视的。他们不像从平民马术竞赛中选出来的人，那些人是法国社会的上流阶层，一直以来都享受着既有良驹又有空闲的奢侈生活，可以锻炼自己的骑术。理论上，黑骑士马术团人人平等，区别只在于骑马的水平。可亨利清楚，所谓的平等主义仅限于他们身上同样的哔叽制服。

这位来自图尔的农场工每天六点起床，练习到深夜，渐渐地，他凭借辛勤的努力和驯服烈马的本领为自己赢得了声誉。戴着黑帽子的主骑手们观察到，亨利·拉夏贝尔总能"稳如泰山"，让人心生好感。正因如此，除了他心爱的杰隆修斯之外，他们把范塔斯米也分给了他——这匹铁灰色的年轻骟马性格暴烈，哪怕是微不足道的由头，也会引发它灾难性的行为。这一周来，亨利一直在暗自担心，是否应该让范塔斯米参加演出。可此刻，无数观众的目光都落在他身上，耳朵听到的是乐团动听的演奏，身体感受到的是杰隆修斯稳健的步伐。他突然觉得，用色诺芬的话来说，自己真的"生出了双翼"。他感觉到了佛罗伦丝充满爱慕的眼神，他知道再过一会儿，他的双唇就将吻到她的肌肤。他骑得更稳重了，更优雅了，他轻柔的触碰让这匹老马也得意起来，它漂亮的耳朵愉快地向前扑扇着。他满心感激地想，这就是我天生的宿命了，我想要的一切都在这里了。他看到火把的火苗在古老的石墙上跳动，他听到马蹄有节奏的咚咚声响，马匹在他周围首尾相接、队形整齐地走来走去。他绕着大表演场，加入慢跑的队列，他一时迷茫起来，只觉得胯下的马儿走得无比优雅，它弹出马蹄的模样让亨利只想发笑——这老马也在炫耀呢！

"坐直了，拉夏贝尔，你这样像个农民。"

他眨眨眼，看到皮卡德骑马追上来，从他旁边擦肩而过。

"你怎么这么紧张？你的妞把虱子传给你了吗？"他龇牙咧嘴地低声说道。

亨利正要开口，首席骑士的口令打断了他："前肢起扬！"一排骑士让马儿扬起前蹄，雷鸣般的掌声响起。

马前蹄落地时，皮卡德已转身离开。可他的最后一句话亨利仍听得清清楚楚："她在床上也跟个农妇一样吧？"

亨利咬住嘴唇，迫使自己冷静，不要让怒火顺着缰绳影响到好脾气的马儿。他听到广播员解释着骑手动作的技术细节，于是努力控制思绪，认真去听那些话。他一遍遍低声重复色诺芬的名言："愤怒会影响你与马的有效交流。"他不能让皮卡德破坏这个夜晚。"女士们，先生们，现在在表演场的中央，你们将看到康德先生表演的前肢起扬。你们看，马仅用后肢站立，保持着恰好四十五度角的平衡。"亨利隐约感觉到身后黑色的骏马站了起来，接着便是响亮的掌声。他努力集中精神，让杰隆修斯保持注意力。可他不断回想起皮卡德骂骂咧咧时佛罗伦丝脸上的表情，以及她神态中掠过的焦躁。要是她实际上听懂了怎么办？

"现在，你们将看到的是杰隆修斯。它年纪不小了，表演的是'腾跃后踢'。无论是对马，还是对骑手，这都是一个最难的动作。马将跃到空中，后肢蹬出，四条腿同时离地。"

亨利让杰隆修斯放慢速度，以双手的力量配合靴刺的迅速一踢发出指令。他感觉到胯下的骏马开始颠簸，原地抖动的动作会让马积蓄爆发的力量。我会让他们瞧瞧的，他想。接着他又想：我会让他瞧瞧的。

其他的一切都消失了。只剩下他和胯下积聚力量的勇敢老马。随着一声大喊："后肢起！"他将执鞭的手伸向马的屁股，将靴刺踢向马的腹部，杰隆修斯往前一纵，跃到半空，后肢水平蹬出。亨利感到照相机突然亮起的闪光让他睁不开眼睛，四面八方响起"哇"的欢呼声和掌声。接着，他便向红色帷幕慢跑而去。他瞥了一眼佛罗伦丝，她正站着为他鼓掌，满脸骄傲的笑容。

"很好！非常好！"他从杰隆修斯背上滑下来，用手揉着它的肩膀，驯马师把它牵走了。他依稀听到有人发出由衷的赞叹。这时，场上音乐的节奏有了变化，他从帷幕间隙看到另外两名骑手以长长的缰绳控制马匹，站在地上进行表演。

"范塔斯米很紧张。"马倌出现在亨利身旁，他浓密的黑色眉毛愁得拧成了一团。他训斥着这匹绕着他们转圈的灰马，"看着它点儿，亨利。"

"它没事的。"亨利心不在焉地说。他抬起帽檐，擦去眉头的汗水。马倌将缰绳递给他身边等候的骑手，又转身帮亨利小心地摘下帽子。在接下来的表演中，为避免帽子滑落分散注意，骑手是不能戴帽的，不过亨利每次都有种奇怪的脆弱感。

他看着铁灰色的马儿在他前面昂首阔步跑进表演场，脖子上的皮毛被汗水浸得颜色深暗，它的肩膀左右各站了一个人。

"去吧，快点。"驯马师轻快地掸了掸亨利的外套背后，把他推进了表演场。三位骑士绕马而立，两位站在马头两侧，一位站在马尾。

亨利在聚光灯下大步走着，他突然希望他能像他们一样，能有一匹马牢牢抓着。

"祝你好运！"他听到马倌的话，可这声音立马被掌声盖过了。

"女士们、先生们，双蹄后蹬的动作起源于18世纪的骑兵部队，当时，人们认为它考验的是骑兵留在马鞍上的能力。这个动作可能需要四到五年才能掌握。拉夏贝尔先生将不用缰绳和马镫，只骑着范塔斯米来完成。该动作最早可追溯到古希腊时期，它是对马的挑战，更是对骑手的挑战。可以说，它是一种更优雅的牛仔竞技。"

观众发出一阵哄笑。亨利的眼睛被聚光灯晃得快睁不开了。他看了看范塔斯米，它翻着白眼，眼神里既有紧张，也有压制不住的愤怒。它天生适合特技表演，可它不喜欢被人紧紧拉着脑袋。马术节的噪声和气味似乎刺激了它本就暴躁的脾气。

亨利摸了摸它紧绷的肩膀。"嘘，"他喃喃说着，"没关系，没关系。"他瞥到马头两侧杜尚和瓦尤斯一闪而过的微笑。他们都是优秀的骑手，能对马儿变化莫测的情绪迅速做出反应。

"坐稳了吗？"瓦尤斯咧嘴一笑，帮亨利跨上马背，"一、二、三……起！"

马全身紧张。这是好事，亨利一边告诉自己，一边在马鞍上坐直。马越是紧张，就能把他托得越高，观众和首席骑士就会觉得越好看。他深吸一口气，双手交叠，放在后腰，这个传统的动作总让他不安地想起俘虏。就在这时，他低头望向旁边，看到了站在范塔斯米后面的人。

"让我们看看你到底是个什么骑手吧，拉夏贝尔。"皮卡德说。

亨利没有时间做出反应。他尽量伸长双腿，将戴着手套的两只手牢牢握在背后。他听到广播员又说了什么，整个表演场都充满期待地安静下来。

"立正！"

瓦尤斯朝后看了一眼。马原地颠起脚步。"一、二，后肢起！"

他感到马儿积攒着冲劲。突然，他听到皮卡德的鞭子啪地抽向马的屁股。范塔斯米猛地一震，高拱后臀，亨利往前扑去，勉强将双手继续背在背后。马稳稳落地，掌声响起。

"不错嘛，拉夏贝尔。"亨利听到瓦尤斯的嘟囔，不由得抱住了范塔斯米的胸口。

就在这时，他还没来得及准备，突然又是一声大喊："后肢起！"范塔斯米后腿猛地抬起，把他往前一送。这一次，为保持平衡，他的双臂朝旁边甩了出来。

"不要太快，皮卡德，你会让他摔下来的。"

晕头转向的亨利听到了瓦尤斯恼怒的声音。胯下的马儿拱起背，发出抑制不住的尖叫。"两秒钟，给我两秒钟。"他嘀咕着，尽量坐好。可还没等他坐好，又是啪的一响。鞭子高高扬起，重重落下。这一次，马猛烈地弹跳起来，亨利感到自己又往前一扑，屁股突然离开马鞍，他仓皇失措。

暴怒的范塔斯米蹦到旁边，马头两边的人拼命想要按住它。瓦尤斯龇牙咧嘴说着什么，亨利没听清楚。他们离红色帷幕很近，他瞄到穿黄裙子的佛罗伦丝，看到了她脸上的困惑和担忧。这时，又是一声大喊："最后一次！后肢起！"他还没来得及坐好，身后再次传来响亮的鞭子声。他的背扭曲着，再次被往前抛去。范塔斯米被这莫名其妙的鞭打彻底激怒，往前面和旁边猛跳，亨利终于失去了平衡。他头朝下，脚朝上，抓着鬃毛上的缎带，伸手想勾住马脖子，可它又猛颠了一下——在观众"哎哟"的惊呼中，亨利摔到了地上。

他躺在地上，隐约感到表演场上的骚动：瓦尤斯在骂人，皮卡德在反驳，广播员在笑。他把头从沙地上抬起来，才听清楚广播里说了什么："就是这样了。要坐稳看来是相当难的。拉夏贝尔先生，明年好运喽。女士们、先生们，你们看，要达到主骑手的高标准确实需要长年累月的练习才行呢。"

他听到有人在喊："一、二、三。"瓦尤斯站在旁边，低声对他说："上马，上马。"他低头一看，发现自己本来完美无瑕的黑色制服上已全是沙土。他起身上马，手放在腿上，在观众同情的掌声中，他走出了表演场。这是他听过的最可悲的声音。

意外让他变得迟钝。他感觉瓦尤斯和皮卡德在前面低声争吵，可耳朵里轰轰的血涌声让他什么也听不清楚。

"怎么回事？"瓦尤斯摇着头，"还从来没人在双蹄后蹬的时候掉下来过呢。你害得我们都像个傻子一样。"过了一会儿，亨利才明白，瓦尤斯是在对皮卡德说话。

"拉夏贝尔会骑的只有英国妞，这又不是我的错。"

亨利从马背上滑下来，走到皮卡德面前，耳朵还在嗡嗡作响。他挥出第一拳时，自己还没有反应过来，他只听到指关节打到门牙上时响亮的咔嚓声，那声音带着一种令人满足的发泄感，他的身体知道有某个地方折断了。过了很久，疼痛才让他意识到断的可能是他自己的手。马尖叫着，纷纷跳开。人群也在尖叫。皮卡德四肢摊开，躺在沙地上，用手捂着脸，惊得双眼圆瞪。接着，他挣扎着站起身，向亨利扑来，用头撞向他的胸口，把他顶得喘不过气。亨利的身高只有一米七二，这样的冲击足以撞翻比他个头更大的人，可亨利有优势，他小时候便经常挨打，长大后又在国民警卫队待过六年。一眨眼，他已经骑到了皮卡德身上，拳头不断砸向对方的脸颊和胸口，发泄着过去数月积下的怒火。

他的指关节砸到了什么很硬的东西，裂开了。他的左眼遭到重击，睁不开了。他的嘴里进了沙土。这时，一双手把他拉开，拍着他，用难以置信的语气大声斥责着。

"皮卡德！拉夏贝尔！"

亨利视线模糊后又变得清晰。他站起身，摇摇晃晃地吐了口唾沫。有人紧紧攥着他的胳膊，他的耳朵仍然能听到帷幕外温柔的弦乐声。首席骑士站在他面前，满脸盛怒。"这，到底，怎么回事？"

亨利摇摇头，他发现自己在摇头时血滴飞溅出来。"长官……"他气喘吁吁，直到此时，他才开始意识到自己的错误有多么严重。

"这是马术节啊！"首席骑士咬牙切齿地说，"是要你们展示优雅和威严啊，还有纪律。你们的自控力呢？你们俩让我们颜面无存。马上回到马厩去！我还要去完成我的表演。"

他骑上马。皮卡德用手帕捂着铁青的脸，跟跟跄跄地走了。亨利看着他走远，慢慢地，他反应过来，帷幕外的表演场安静得有些奇怪。他恐惧地意识到，他们都看到了，他们都知道了。

"两条路，"坐在葡萄牙种马背上的首席骑士低头看着亨利，"两条路，拉夏贝尔。上次我就告诉你了，这是你自己选的。"

"我不能——"他开口道。

可首席骑士已纵马走到了外面的聚光灯中。

一

"这样养育出的马是一个奇迹，会吸引所有男女老少观众的目光。"

——色诺芬《论马术》

公元前 350 年

8 月。

六点四十七分开往利物浦大街的城铁相当拥挤。一大清早就如此繁忙似乎有点荒唐。清晨天气凉爽，但娜塔莎·麦考利坐下时已浑身发热，她嘟囔着对挪开外套的邻座说了句抱歉。在她后面上车的西装男挤进对面两名乘客间的空隙，迅速翻开报纸，完全没有察觉到他的报纸把旁边女士的简装书遮去了一半。

这不是她平常上班的路线。只是她昨天参加完法学研讨会后，在剑桥的酒店睡了一晚。她的外套口袋里放了不少上庭律师和事务律师的名片，她很满意——昨晚她的演讲结束后，他们都来祝贺她，并提出了未来再次碰面甚至合作的可能性。然而太多廉价的白葡萄酒让她此时有些肠绞痛，她后悔没有抽时间吃个早餐。她一般是不喝酒的，可昨天那样的场合，杯里的酒刚一喝完，立马就有人来为她斟满，再加上被交谈分散了注意力，她就很难控制自己的量了。

娜塔莎握紧装满滚烫咖啡的泡沫杯，低头看着日程本，暗下决心，今天一定要抽至少半小时空整理一下思绪。她的日程本上还应该包括一小时的健身时间，她还得留一个钟头吃午餐，她要按照妈妈的规劝好好照顾自己。

可现在，日程本上只有这些：

- 上午九点，洛杉矶检方诉桑托斯案，七号法庭
- 帕西离婚案。小孩的心理测评？
- 费用！与琳达核实法律援助的费用事宜
- 准备——证人证词在哪里？今天必须发传真

在未来至少两周里，日程本的每一页都是没完没了、改了又改的工作安排。在戴维森·布里斯科律师事务所，她的同事们大都换了各种电子设备来规划自己的生活，比如电子记事本和黑莓手机等，可她更喜欢纸笔的简便，虽然琳达经常抱怨她的字迹难以辨认。

娜塔莎小口喝着咖啡。她注意到今天的日期，皱起眉头。她在本子上加了一条：

★鲜花/道歉，母亲节

火车哐当哐当向伦敦开去，剑桥郡的平原逐渐被市郊灰色的工业区取代。娜塔莎盯着自己的简装书，努力集中精神。她对面的女人吃着多加了奶酪的汉堡，似乎觉得早餐这样吃挺好的。一个十来岁的孩子，他毫无表情的面孔和耳机里传出的震响形成了奇妙对比。今天会是一个让人无法忍受的大热天：车外的热气渗进拥挤的车厢，擦过每个人的身体传递并愈发增强。

她闭上眼睛，希望能睡会儿，可手机的声音让她又睁开了眼睛。她在包里翻了半天，终于在化妆品和钱包之间找到了它。一条短信闪出来：

沃特森案的当地政府投降了，不用出庭了。上午九点。本。

过去四年里，娜塔莎一直是戴维森·布里斯科律师事务所唯一的认证事务律师，这个结合了事务律师和上庭律师的职位在她所代理的儿童涉案领域大有用途。他们可以在女方办公室解释清楚自己的立场后，再从容地与她并肩出现在法庭上。至于娜塔莎，她既喜欢与客户建立良好的关系，也享受出庭辩护的种种挑战。

谢谢。我半小时后到办公室。

回复短信后，她舒了一口气，可又暗暗骂了一句：完全应该吃个早餐的！

正要把手机放回包里，铃声又响了。还是她的实习生——本。"只想提醒你，我们，呃，把那个巴基斯坦女孩安排到十点半了。"

"就是那个父母想争取成未成年犯罪的？"

旁边有个女人故意咳了一下。娜塔莎抬起头，看到窗户上"请勿接打手机"的提示，她低下头，翻开日程本。"两点钟我们要见那个儿童拐卖案的家长，你能把相关资料找出来吗？"她低声细语。

"已经找了。还有，我买了牛角面包，"本补充道，"我猜你什么都还没吃吧。"

她确实什么都没吃。要是有一天，戴维森·布里斯科不再用实习生了，她怀疑自己可能会饿死。

"杏仁的，你的最爱。"

"好好干，本，你的前途远大得很。"

娜塔莎合上电话，不再去想案子。她刚从手提包里拿出女孩的资料，电话又响了。

这一次，旁边乘客的啧啧声很刺耳。她嘟囔了一句"抱歉"，却没有看任何人的眼睛。"喂，我是娜塔莎·麦考利。"

"我是琳达。刚接到迈克尔·哈灵顿的电话，他同意帮你代理帕西的离婚案了。"

"太好了。"这桩离婚案牵涉巨额财产以及复杂的抚养权问题，她需要一位重量级的上庭律师接手财产方面的事宜。

"他今天下午想跟你商量一下，你两点钟有空吗？"

她正考虑时，发现身旁的女人极不高兴地嘀咕着什么。

"应该没问题，"她努力回忆手提包里日程本上的安排，"哎哟，糟糕，又有电话打进来了。"

女人敲了敲她的肩膀，娜塔莎用手捂住话筒。"稍等，"粗鲁的语气超出了她的本意，"我知道这节车厢不能打电话，很抱歉，可是我必须得讲完。"

她把电话夹在耳朵和肩膀间，翻出日程本。女人又敲了敲她的肩膀，她忍无可忍地转过身。

"我说了我只要——"

"你的咖啡在我外套上。"

她低头一看：咖啡杯压在女人乳白色的外套边缘，摇摇欲坠。"哎呀，对不起。"她端起杯子，"琳达，今天下午的安排能换一下吗？我应该还有别的空当。"

"哈哈！"

她啪地合上手机，秘书的咯咯笑声还在耳中回响。她画掉了日程本上出庭的安排，加上会面的时间，正要把本子放回包里时，对面报纸的大标题吸引了她的目光。

她向前俯身，确认没有看错第一段里的那个名字。她凑得太近了，拿报纸的男人放低报纸，对她皱起眉头。"对不起，"她说，可仍然放不下这篇报道，"能不能……能不能借你的报纸看一下？很快的。"

男人惊讶得忘了拒绝。她拿过报纸，翻过来，把那篇报道看了两遍，脸上的血色渐渐消失。她把报纸还回去。"谢谢你。"她有气无力地说。旁边十来岁的孩子在偷笑，像是不敢相信如此不符合乘车礼仪的事就发生在自己眼前。

莎拉把第二份三明治沿对角线切了两刀，再用防油纸小心地包成两份，一份放在冰箱，另一份则和两个苹果一起塞进书包。她用湿布擦干净台面，扫视着这小小的厨房，看有没有掉下的面包屑。最后，她才关掉收音机。外公最讨厌面包屑了。

送奶车的吱呀声从楼下远远传来，标志着它就要离开院子了。自从上次送奶工爬到五楼，有人偷走了他的送奶车后，他就再也不把牛奶送上楼了。他还是会帮对面养老院的老太太送牛奶。至于其他人，就只能去超市买一升装的盒装奶了，买完还得抱着大纸盒坐上拥挤的公交车，或是把它塞进鼓胀的购物袋里拎着走回家。要是莎拉赶得及下楼，送奶工会让她买一瓶牛奶——绝大多数时候，她都能买到。

她看了眼手表，又检查了咖啡滤纸，看那深棕色的液体有没有渗出来。她每周都要跟外公说一遍，速溶咖啡比真正的咖啡便宜多了，可外公只是耸耸肩，说有些钱是不能省的。她把马克杯的杯底擦干，走进狭窄的过道，站在外公的房间外。

"外公？"他很早以前就是又当外公又当爸爸了。

她用肩膀顶开门。小小的房间洒满了晨曦的光芒。有那么一瞬间，你可以假装窗外是个美丽的地方，比如海滩，或是乡间的花园。但实际上，外面只有伦敦东区一幢建于20世纪60年代的陈旧住宅。

外公睡床的另一头摆着亮铮铮的小抽屉柜，柜子上有外婆的照片，旁边还整齐地放着梳子和衣刷。外婆去世后外公就不睡双人床了，他说房间里摆张单人床会更宽敞。可她知道，他是无法面对失去外婆后双人床的空荡。

"咖啡。"

老人从枕头上撑着坐起来，把手伸到床头柜上摸到眼镜。"你现在就走？什么时候了？"

"刚过六点。"

他拿过手表，眯起眼睛。穿着睡衣的他看起来有种奇怪的脆弱感。这个男人平时总是穿戴整齐，穿任何衣服都像在穿制服。"你赶得上十点后的车吗？"

"快点跑就赶得上。你的三明治在冰箱里。"

"跟疯牛仔说，我今天下午给他钱。"

"我昨天就跟他说了，外公。他说好。"

"还有，让他拿点鸡蛋出来，我们明天吃鸡蛋。"

她赶上了公交车，但那是因为它迟到了一分钟。她气喘吁吁地冲上车，背上的书包疯狂地甩动着。她出示了公交卡，找个位子坐下，对着每天早晨都坐在对面同一个位置的印度女人点点头。女人手里拿着拖把和水桶。"真美！"公交车开过投注站时，女人冒出这么一句话。

莎拉朝后面望了一眼，如水的晨曦点亮了灰扑扑的街道。"确实很美。"她表示赞同。

"你穿靴子会热的。"女人说。

莎拉拍拍书包。"学校的鞋子放这里了。"她说。她们尴尬地微笑着，经过数月的沉默之后，她们今天竟然说了这么多话，似乎都有些不好意思。莎拉往座位后面一靠，把头转向窗外。

　　早上这个时间出发，只要十七分钟就能到牛仔约翰的农场。再过一个钟头，通往东城区的马路便会开始拥堵，路上的时间将会多近三倍。她一般都比他先到，而他只放心把备用钥匙交给她一个人。大多数时候，当他腿脚僵硬地从小路上悠闲走来时，她已经忙着把窝里的母鸡放出去了。通常，你还能听到他的歌声。

　　莎拉摆弄铁网大门上的挂锁，德国牧羊犬希芭立马大叫起来，等它看清了来人是谁后，便坐下来，充满期待地摇着尾巴。莎拉从口袋里拿出零食扔给它，然后走进小小的院子，轻轻关上身后的大门。

　　很久以前，伦敦的这片地区到处都是马场，它们隐藏在狭窄的鹅卵石小道尽头，或是谷仓的大门后和铁道的桥洞里。这些马拉酒、拉煤，也拉破铜烂铁。星期六的下午，人们经常可以看到全家人喜爱的短腿马或纯正的快步马在公园里绕圈。可后来，留下的马场寥寥无几。牛仔约翰的便是其中之一。他的马场占据了四个桥洞，有三四处修建在一起的马厩和仓库，位于通向商业区的小路尽头。桥洞前面是带围墙的院子，地上铺着鹅卵石，院里有成垛的垫料、鸡窝、垃圾箱等杂物，还有牛仔约翰准备卖掉的旧车，以及一个从不熄灭的火盆。每隔大约二十分钟，通勤的城铁会从头顶轰隆开过，可无论人还是动物都不会在意。鸡继续啄食，山羊冒险咬了一口它不应该吃的东西，希芭用琥珀色的眼睛警惕地盯着门外的世界，随时准备给不认识的人一点颜色看看。

　　目前，马场有十二匹马，包括一对双胞胎克莱兹代尔马，它们属于退休的马车夫托尼；几匹长脖子大眼睛的快步马是马耳他人萨尔和他的赌马团伙的；各种脏兮兮的小马驹则是当地小孩寄养的。莎拉不知道到底有多少人知道它们的存在——公园管理员肯定知道，他经常把这些马从公园里赶出来。他们偶尔还会收到寄给"斯伯佩尼大道桥洞马场主"的信件，威胁说如果他们还继续非法进入公众场所，有关部门就将采取法律措施。牛仔约翰哈哈大笑，把这些信扔进火盆，拉长语调说："据我所知，是马先到这儿的呀。"

他声称自己是费城黑牛仔协会的最初成员。他们并不是真正的牛仔——至少不是真在牧场上养牛的那种。约翰说，在美国有很多像他这里一样的城市农场，但比这里更大。人们可以寄养动物、组织比赛，小孩子们可以来学习，逃离拥挤忙碌的城市生活。他是 20 世纪 60 年代为了追一个女人来到伦敦的，虽然后来那个女人变得"太太太麻烦"了。他喜欢这个城市，可也非常想念自己的马匹。于是，他从绍索尔集市上买来一匹膝盖受伤的纯种马，又从市政府那里买来了几处建于维多利亚时期的荒废马厩。可以料想到，市政府做完这笔买卖就后悔了。

牛仔约翰的农场现在成了一个机构，或者说，一个眼中钉——这取决于你的立场。政府官员不喜欢它，总是向它发出环境保护和害虫防治的警告。但约翰跟他们说，你就是全身涂上奶酪酱在外面坐一整晚，也绝对看不到一只老鼠——因为他养了一大群凶狠的猫。房产开发商也不喜欢这里，因为他们想在这里立一大片公寓楼，可约翰就是不肯卖地。大多数邻居不介意：他们每天都会停下脚步，和约翰聊天，买各种新鲜农产品。当地的餐厅很喜欢它：有时候，拉杰宫殿餐厅的兰吉特或妮娜会跑来，买母鸡、鸡蛋，偶尔还可能会买只羊。另外还有几个跟莎拉一样的小孩，只要不上课，他们就会待在这儿。这些建于维多利亚时期的整齐马棚和一堆堆摇摇晃晃的草垛就像个避难所，隔绝了周遭城市街道无休止的嘈杂与混乱。

"你把那只大傻鹅放出来没？"

她正把草料扔给小马驹时，牛仔约翰到了。他戴着牛仔帽，仿佛生怕别人不知道他是牛仔。两片凹陷的脸颊闪闪发亮，那是在已经炙热的阳光下边走路边抽烟的结果。

　　"还没有，它老是咬我的腿。"

　　"也咬我。我要看看新开的餐厅要不要把它买了去。嗨，我的脚踝都被咬红了。"他们不再说话，一起看着他上周在集市心血来潮买下的肥壮大鹅，"把你蘸梅子酱吃了！"他大喊，它也嘎嘎叫着回答。

　　从有记忆开始，莎拉绝大部分时间都是在这里度过的。她很小的时候，外公就让她坐在谢德兰马驹的背上，这些毛发蓬乱的小马都是约翰的。外婆啧啧咂嘴，似乎责怪外公不该把对马的热爱传递给下一代。再后来，莎拉的妈妈离开，外公又把她带到这儿来，好让她听不到外婆的哭声；妈妈偶尔回家时，也不会听到外婆对妈妈的吼叫或是要她改邪归正的哀求。

　　在这里，外公教会了她骑马。他在小巷里来回奔跑，陪她磨炼骑马快跑的技巧。外公鄙视农场上很多马主人养马的方法。他说即便是在城市里，也应该让马每天练习。她不先喂马，外公绝不会让她吃饭；她不先把马靴擦干净，外公绝不会让她洗澡。后来，外婆去世，布彻尔来了，大家都叫它布布。外公和她当时都需要一些东西来转移注意力，都需要一个理由离开不再像家的家。大眼睛的小姑娘长到十来岁，深知世道凶险的外公决定为她找一条出路。他开始训练这匹黄铜色的小雄驹和他的外孙女，训练程度远远超过了本地小孩所谓的骑马——他们最多就是练一练翻身上马，骑马沿着大路跑到沼泽地边上，如果能从公园长椅、水果箱子或是其他什么障碍物上跳过去，那就算刺激了。可外公却是一遍又一遍地让她练习旁人压根看不明白的东西，比如小腿的角度要精确到毫米，双手要保持绝对的静止，直到她大哭起来，因为她只想跟其他小孩去闲晃，可外公就是不让。他说，这不仅仅是为了不让布布在柏油路上奔跑伤到腿，也是为了让她知道，要实现梦想唯有通过努力加自律。

外公现在仍然这么说，所以约翰和其他人都叫他上校。这本来是开玩笑，可莎拉知道，他们都有点怕他。

"喝茶吗？"牛仔约翰指了指水壶。

"不了，我今天只能骑半个钟头，要早点到学校。"

"你还在练习技巧吗？"

"实际上，"她夸张又礼貌地说，"今天早上，我们就要练习斜横步了，这需要在原地踏步和慢步小跑间迅速切换。这是上校的指令。"她摸着马儿油光发亮的脖子。

牛仔约翰哼了一声："我真是服了你外公。下一次马戏团来的时候，他们会求着他去表演的。"

在娜塔莎的工作中，经常会有刚代理过的孩子，没过几周时间，就又出现在法庭上，收到新的反社会行为令[1]，或再次被拘捕，有时候甚至出现在报纸上。可这一个出乎娜塔莎的意料，不仅是因为他罪行严重，更是因为他的身份。每一天都有孩子走进来，讲述各种关于绝望、虐待和冷漠的故事，而大部分时候她都会面无表情地听完。十年中，她听过太多故事了，没什么能引起她的触动，最多就是默默评估一下：他符合标准吗？她在法律援助文件上签字了吗？被告的辩护理由有多强？他是可以信赖的证人吗？阿里·艾哈迈迪本该和其他孩子一样从她的记忆中消退，她的同事会处理好他的档

---

[1] 英国法院发出的禁止伤害或骚扰他人的命令。本书除特别说明外，均为译者注。

案，他将只是出庭记录上很快被遗忘的一个名字。

他是两个月前走进她办公室的，带着和很多人一样谨慎的表情，凹陷的双眼显得多疑又绝望，脚上穿着别人捐赠的廉价运动鞋，瘦削的身躯上挂着不合体的衬衫。他迫切需要一张紧急禁令[1]，以免被送回他说差点毁了他的祖国。

"我真的不办理移民案。"她解释过，但处理这类案件的拉维休假了，他们束手无策。

"求求你了，"养母说，"我知道你，娜塔莎，你可以帮我们打赢的。"两年前，娜塔莎为她的另一个孩子做过代理。

娜塔莎扫了一眼文件，抬起头，冲阿里微微一笑。过了一会儿，他才回以笑容。那不是自信的笑容，更像是安抚，仿佛他应该这么做。娜塔莎迅速浏览记录时，他开口了，养母为他翻译。他越说越急，打着手势，虽然娜塔莎完全听不懂。

他们全家都被当作了政治异端分子。他父亲在下班回家的路上失踪了，母亲在大街上遭到毒打，接着母亲和妹妹也失踪了。被逼上绝路的阿里用十三天走到了国境线。他开始默默流泪，带着年轻人的羞赧，眨眼忍住泪水。要是回去就没命了。他才十五岁。

听下来，只是个很普通的故事。

琳达一直在门外徘徊。"你能不能帮我给法官的书记员打个电话？看我们能不能分到四号庭？"

他们离开时，娜塔莎把手放在男孩肩上——直到这时，她才意识到他有多高。而讲故事时，他似乎缩小了，好像身上的某个部分被过去的经历带走了。"我会尽力的，"她说，"可我还是觉得你另找

1　英国法院发出的要求停止或继续某种行为的临时性命令。

他人比较好。"

她帮他申请到了紧急禁令。她本来并不会多想他，可当她把文件收进提包，准备离开法庭时，却发现他在角落默默地哭到发抖。她有点惊讶，从他身边经过时，她故意把视线转开，可他从养母怀里挣脱出来，扯下脖子上的一条项链，用力按在她手心。她说不用了，可他连看都没有看她。他只是低头站在那儿，身体弓得像个大大的问号。他的手紧紧压着她的掌心，尽管这样的接触有违他的宗教信仰。她到现在还记得，他像个大人，奇怪地握着她的手。

可就是这同一双手，两天前的晚上，却对一名尚未透露姓名的二十六岁女售货员进行了"长时间且残忍的攻击"，就在她家里。

她的电话又响了。这一次，更多人毫不掩饰地啧啧咂嘴。她再次致歉后，站起来，拿起自己的东西，穿过拥挤的车厢。列车突然向左摆动，她差点没站稳。她把手提包夹在胳膊下，摇摇晃晃走向站立区，在窗户边找了块小小空地，这是她能找到的最适合打电话的地方了。可信号已经断了。她把包放到地上，暗骂了一句。看来她白白放弃了自己的座位。她正要把电话塞进口袋时，看到了一条短信：

嗨。我要拿点东西。还想谈谈。下周你什么时候有空？
麦克。

麦克。她盯着小小的屏幕，周围一切都静止了。麦克。
她别无选择。

没问题。

她回复短信，合上手机。

以前，城市的这个角落挤满了律师事务所，在一幢挨着一幢的狄更斯风格建筑中，挂着"合伙人"的金字招牌，代理商业、税务及婚姻等事务。但现在，它们中的大部分早就搬到新的商业区去了，那些城郊的高楼大厦有着整块玻璃幕墙和名家设计的内部装潢，租客们觉得，只有这样才能反映出自己21世纪的新观念。截至目前，戴维森·布里斯科律师事务所坚定地没有加入这个潮流，在摇摇晃晃的乔治亚时期建筑里，娜塔莎和另外五名律师共用一个摆满书的小房间。这里看上去不像公司，更像个辅导班。

"这是你要的资料。"本是个身形瘦长、勤奋好学的年轻人，一张光滑的脸颊上带着果断的表情，这与二十五岁的年纪很不相符。他把系着粉红绸带的文件放到娜塔莎面前，"牛角面包你碰都没碰呀？"他说。

"对不起，没胃口。"她翻着桌上的文件，"本，帮我个忙，把阿里·艾哈迈迪的档案找出来，行吗？应该是两个月前申请的紧急禁令。"她瞟了一眼桌上的报纸，那是她从城铁站出来的路上买的，她想证明之前看到的报道也许是缺乏睡眠引起的幻觉，可事实证明并非如此。

门开了，康纳走进来，他穿着她为他生日买的蓝色条纹衬衫。"早上好，女强人。"他从桌子上俯过身，轻轻在她唇上吻了一下，"昨天晚上怎么样？"

"挺好的，"她说，"真的挺好的，大家都很想你。"

"没办法，昨晚轮到我带孩子。对不起，不过你也知道我现在的情况。在我能争取到更多探视时间之前，一个晚上也不敢错过。"

"你们玩得开心吗？"

"玩疯了。看了《哈利·波特》的 DVD，吃了豆子吐司，都快把餐厅闹翻了。你呢，没有我，一个人睡酒店大床寂寞吗？"

她坐回椅子。"康纳，我确实希望你能陪我，不过到了半夜，我都快累死了，公园椅子上我也能睡着。"

本又走了进来，他对康纳点了一下头，把文件放在桌上。"艾哈迈迪先生的。"他说。

康纳眯起眼睛看着。"那不是你两个月前的驱逐出境案吗？怎么把他给翻出来了？"

"本，去帮我买杯新鲜咖啡来，行吗？去商店买，我不要琳达煮的黄水。"

康纳把一张钞票扔给他。"给我也买一杯：双份意式浓缩，不加奶。"

"你会把自己搞死的。"她看着他说。

"天哪，要是真的我会快点下手。好了，"他注意到她正等着本离开，"什么事？"

"这个。"她把报纸递给他，指着那篇报道。

他飞快地看完了。"啊，是你的人。"他说。

"嗯，是的。"她张开双臂，把脸栽到桌上，又立马抬了起来。她伸出手，拿了个杏仁牛角包。"是我的人。我在想要不要告诉理查德。"

"我们的高级合伙人理查德？哦，不要不要不要不要！没必要自找麻烦，女强人。"

"这是非常严重的罪行啊。"

"是你无法预料的罪行。别管了，娜塔莎，都只是工作而已，亲爱的。你知道的。"

"我是知道，就是……就是太可怕了。他其实……"她一边摇头一边回忆，"我也不知道。他看起来不像那种人。"

"不像那种人。"康纳笑出了声。

"哎呀，真的不像。"她喝了一大口冷咖啡，"我就是不喜欢被搅进这么可怕的事，我总觉得自己有责任。"

"什么？难道是你强迫他去打的人？"

"你知道我不是这个意思。我帮他打赢了官司，他才留在这个国家。他能留下，我是有责任的。"

"因为除了你，别人都不可能让他留下来？"

"呃……"

"别想了，娜塔莎。"康纳拍拍文件，"要是拉维没走，那让他留下的就是拉维。算了，往前看吧。今天晚上我们去喝一杯。计划还没变吧？想去射箭俱乐部吗？他们开始卖西班牙小吃了，你知道吗？"

可娜塔莎从来只擅长给人建议，却不擅长接受建议。那一天晚些时候，她发现自己又翻开了艾哈迈迪的文件，想找到一点线索和理由，来解释那个曾经悄声恸哭、温柔握住她双手的少年为什么会犯下如此暴行。这说不通。"本，你帮我找本地图来。"

"地图？"

不到二十分钟，他找来了一本书脊残缺、破破烂烂的布面地图册。"可能非常过时了，里面——呃——还有波斯和孟买呢。"他抱歉地说，"你要找什么最好在网上找吧，我可以帮你找。"

"我是个鲁德主义者[1]，你知道的。"她翻着图页，"我必须在纸上看到。"

她几乎是心血来潮地决定要找到男孩的家乡，她清楚记得那个

1　强烈反对提高机械化和自动化的人。

小镇的名字。

　　就在她盯着地图、用手指点着一个个地名耐心寻找时，她突然意识到，社工、律师，以及他的养母，没有一个人问过阿里·艾哈迈迪一个显而易见的问题。可问题就在那儿，就摆在她眼前：一个人是怎么在十三天里走了九百英里[1]路的？

　　那天晚上，娜塔莎坐在酒吧，责怪自己不够细心。她把阿里的故事告诉康纳，康纳发出短促的一声嘲笑，耸着肩说："你也知道这些孩子是铤而走险的，"他说，"他们只说他们认为你想听的。"

　　她每天都能看到他们，难民儿童、"问题"儿童、背井离乡或无人照管的孩子，从未听过一句赞扬、从未得到一个拥抱的少年。他们的脸早熟而坚毅，他们的思想早已固化，要不惜一切代价地生存下去。她以前觉得自己看得出谁在撒谎：说父母虐待自己，其实只是不想住在家里的女孩；发誓说自己只有十一二岁，其实脸上已遍布浓密胡楂的政治避难者。她总能看到同一拨少年犯在违法犯罪与假意忏悔间无休止往返。可只有艾哈迈迪，让她感动过。

　　康纳全神贯注地盯着她："好吧，你确定你找对了地方吗？"

　　"证词里面就有啊。"她让路过的服务员拿矿泉水来。

　　"他真的不可能走那么远吗？"

　　"在不到两周的时间里？"她的语气充满挖苦，她自己也控制不了，"那得每天走七十英里，我算过了。"

　　"我真不明白你为什么要纠结。你被保护得太好了。你在代理的时候，完全不知道会发生这种事，所以有什么关系呢？你什么都不

1　长度单位，1 英里约等于 1.61 千米。

必说，什么都不必做。去他的，我一直都能碰上这种事呀。我和我一半的客户第一次碰面时都得让他们闭嘴，免得他们跟我说一些我不该听到的。"

然而，娜塔莎还是想说，如果她能亲自核实他的故事，那么就有可能早一点发现艾哈迈迪撒了谎，就可以找个借口不代理他的案子——她可以说"困难"，而这往往可以让人们对案件的审查更加严格。她本可以拯救那位二十六岁的售货员，可她疏忽了。她让那个男孩留了下来，让他消失在伦敦的大街小巷，还以为他是那种不会再出现在法庭上的好孩子。

如果他在自己是怎么逃出来的事上撒了谎，那他也就可能在其他任何事上撒谎。

康纳往后一靠，长长地喝了一口酒。"哎呀，算了吧，娜塔莎。有些小孩走投无路了，想尽办法就是不愿意被送回到某个遍地瘟疫的人间地狱，那又怎么样呢？别想了。"

即便是在处理最受关注的案子时，康纳也总是带着一种颇具迷惑性的乐观态度，在法庭之外笑容灿烂，热情地打着招呼，好像输赢跟他没有关系。他拍拍口袋。"能再请我喝一杯吗？我该去取钱了。"

她把手伸进提袋找钱包，手指却被什么东西缠住了。她把它扯出来——是一个小小的护身符，一匹做工粗糙的银马，是她帮艾哈迈迪打赢官司那天早上他送给她的。她原本打算把它寄到他家——他几乎身无分文，她怎么能收他的东西呢？可后来她转眼就忘了。现在，它的出现提醒了她有多失败。她突然想起今天早上看到的一幕，在城市的背景中，那画面虚幻得一点也不真实。

"康纳，今天早上我看到了一件最奇怪的事。"

当时，列车在利物浦大街站外的隧道停车十五分钟。车厢里的温度渐渐上升，座位上的每个人都躁动起来，整个车厢响起了不满的喃喃低语。屏蔽了来电的娜塔莎正好趁这个时间望向窗外的一片漆黑，想着还没有完全成为前任的前夫。

她把两脚的重心稍稍调整了一下。这时，过热的金属发出刺耳的尖叫，列车缓缓前移，开进了光亮中。她不要再想麦克了，也不要再想阿里·艾哈迈迪了，真正的他和展现在她面前的他判若两人，她备感沮丧。

就在这个时候，她看到了。一切是那么快，那么不可思议。哪怕她伸长了脖子再回头张望，也无法确定自己有没有看错。那画面一闪而过，消失在模糊的街道、后院、脏乱的阳台和锈迹斑斑的晒衣绳之间。

可那场景一整天都留在她的脑海里，在火车把她送到薄雾蒙蒙的市中心后仍久久没有褪去：那是林立的高楼大厦间挤着的一条宁静的鹅卵石小道，在停满卡车和小汽车的停车场里，一位年轻的姑娘站在那里，高举的手中拿着长长的棍子——不是为了威胁，而是为了指引。

她的前方，小路的中央，一匹油亮结实的高头大马仅以后肢支撑，站了起来，保持着完美的平衡。

娜塔莎将银质护身符放进包里，忍不住打了个战。"你听到我刚刚说什么了吗？"

"啊？"他在看报纸。他已经没有兴趣了。往前看吧，他总是这么跟她说。就好像他能做到一样。

她盯着他。"没什么，"她说，"我去买喝的。"

二

"要保证马驹脾气温和，习惯接受人的触摸和喜爱……往往只有在家才能如此。"

——色诺芬《论马术》

布布不是你在伦敦东区小巷后院里经常能见到的那种马。它不是健壮结实、四肢多毛的拉货马，也不是脖子细长、血统纯正的快步马——在双车道非法赛马中，人们给快步马套上单座双轮马车，它们的成绩会被记入秘密账册，引得赌徒纷纷押下重注。它不是海德公园那些脾气温和、供游客消遣的马，也不属于类别众多的矮壮马驹——那些小马或黑或白，脾气固执，但天性愉悦，能够忍受人们骑着它冲下台阶或是跳过啤酒桶，甚至愿意被带进电梯，在旁人的尖叫和笑声中，让主人骑着它在公寓楼的阳台上溜达。

布布是塞拉·法兰西马，是大骨架的纯种马。相比同类，它的四肢更健壮，后背更结实。它喜欢运动，但也稳健沉着。短背让它擅长跳跃，像狗一样的亲和个性让它特别能忍耐也特别友好。再拥堵的交通也不会让它烦恼，有人陪伴便乐得像个傻瓜。它很容易感到无聊，所以外公在它的马厩里用绳子挂了好多球供它玩耍。牛仔约翰都说：老头子一定是想让它进篮球队吧。

莎拉的同学和小区的其他孩子热衷于拿小纸包或小塑料袋嗑药，把偷来的汽车推进一片片不断缩小的荒地，或是花几个钟头打扮成明星模样，他们对杂志的专注远远超过了对课本的认真。但莎拉对这些都没有兴趣。从搭上马鞍，触摸到温暖的马背，呼吸到干净皮革的熟悉气味开始，她便忘了其他一切。

骑着布布能让她远离一切的烦恼、肮脏和抑郁，能让她忘记学校的各种不快：她是全班最瘦的女生，全班唯一不需要穿胸罩的女生；她和那个无人搭理的土耳其女生芮蕾，是全班仅有的两个既没有手机也没有电脑的学生。她还会忘记这世上只有她和外公相依为命的事实。

在相处愉快的日子里，布布的沉稳、强大以及愿意为她做的一切总能让她惊讶。只有她还想着学校的琐事，或是因为口渴、疲劳而心情烦躁，没有好好对它提出要求时，它才会调皮捣蛋。而当她改正以后，它所表现出的温柔则会让她哽咽。布布是她的，它是与众不同的。

外公告诉不懂马的人，布布就是马中的劳斯莱斯：一切都是精细调谐的、反应灵敏的、优雅讲究的。你可以与它安静交流，无须打骂吼叫。你们可以达到一种思想与意志的融合。她要求布布，布布便会镇定下来，绷紧后臀，把大脑袋垂到胸口，完成要求。外公说了，布布唯一的局限，就是莎拉的局限。他还说，布布是他见过的马里面心胸最宽广的。

但它并非一直如此，莎拉手臂上两个月牙形的伤疤就是布布咬的。在被驯服的过程中，它有时会突然挣脱缰绳，高举着尾巴冲进公园，把推着婴儿车的妈妈们吓得尖叫躲闪，外公只能用法语大声祈祷它千万不要撞到汽车。每一次外公都说是她的错，说得她只想冲外公尖叫。可现在有了更多了解后，她明白外公并没有说错。

马大概比其他任何动物更容易受到人的影响。它们的天性可能是怪异的、胆小的、叛逆的，但它们对世界的反应完全取决于人的所作所为。孩子可能给你第二次机会，因为他们希望得到爱。狗即便是挨了打，还是会忠心地回到你身边。但马就绝对不会让你，或是其他任何人再靠近它了。所以，外公从不对布布大吼大叫。哪怕是布布像个叛逆的少年那样调皮捣蛋、不守规矩时，外公也从不发脾气，从不丧气。

如今，布布八岁，已经长大了。它接受了训练，懂礼貌又聪明，它的步法轻快又优雅。如果外公像他对别的事一样没有看走眼的话，它应该能带着莎拉离开喧嚣的城市，奔向美好的未来。

牛仔约翰靠着扫帚，望着门外的公园，女孩正骑着马在角落的树丛边慢步跑圈。她时不时放慢步子，赞扬布布或让它舒展一下。她没有戴帽子——她很少如此对抗外公的命令，而外公是绝对不会允许她不戴帽子骑马的。阳光照在她的头发上，也照在马的屁股上，闪闪发亮。他看到邮递员骑着自行车，经过时对她大声喊了什么，她举起一只手打招呼，可脸仍然朝向正在做的事。

她是个好孩子，和到这儿来的很多孩子都不一样。那些孩子会骑着马在空荡荡的街道上比赛，直到把马蹄跑坏，再把浑身大汗、疲惫不堪的马带回马厩，接着便转身回家，一边跑一边保证他们的爸爸妈妈第二天一定会送钱来。他们对大人粗鲁无礼，把饭钱用来买烟，但在农场时，约翰会把烟没收。"我才不关心你们的肺呢，但我不能看着我的马被熏成烤肉。"他会这么说，而且常常一边说一边抽着烟做出沉思的表情。他刚刚抽完的那包来自一个不到八岁的小孩。

他怀疑莎拉·拉夏贝尔这辈子还没抽过一支烟。上校就像给马上缰绳一样，也给她套上缰绳：不准在外面玩到很晚，不准喝酒，不准抽烟，不准在街角闲晃。女孩似乎从不生气，像是已被他驯服。

这跟她妈妈不一样。

牛仔约翰摘下帽子，擦了擦额头，感觉白昼的炙热已透过破旧的皮衣渗进了皮肤。马耳他人萨尔跟他保证过，如果他接手农场，那么上校还有其他不欠钱的人的马，仍然会是安全的。这个地方仍然会保留四十年来的模样，仍然会是马场。

"就像一座大本营。"他总是这样跟约翰说，"这里离我家很近，我的马在这里很舒服。"就好像已经定了似的。约翰想回答他：你是想在这破破烂烂的旧马场干非法的买卖吧？可这种话是不能对萨尔说的，尤其是当他开出了那样的高价时。

实际上，牛仔约翰确实累了。他相当憧憬退休后的乡下生活，可以把自己的房子换成乡间小屋，屋外还有马儿可以吃草的地方。城市生活越来越无聊，而他也越来越老了。他厌倦了和政府对抗，厌倦了每天晚上都要去捡醉汉和流氓扔进院子的碎玻璃瓶，以免动物们受伤。他也厌倦了和不想付钱的孩子争吵。他不断想象自己坐在某个地方的露台上，远眺一片青葱的地平线。

萨尔还会把这里当作农场。他开的价格很高，高到能让约翰梦想成真。可是……尽管金额诱人，尽管他向往宁静的生活，想要看到自己的马在辽阔的草地上甩着尾巴，但他心里的某个角落并不愿意把马场交给那个人。他隐隐觉得萨尔的承诺可能会一文不值。

"生日快乐！"

莎拉把钥匙从锁孔里抽出来，走进公寓，还未见外公其人，便先闻其声了。她微微一笑："谢谢！"

她原以为他会像去年一样，在厨房餐桌上放生日蛋糕，可她走过走道后，才发现他正站在电视机前。"快来！坐吧，坐吧。"他亲了亲她的左右脸颊，让她坐下。他戴着最好的领带。

她瞄了一眼小小的餐桌。"没有茶点吗？"

"今天吃比萨。搞完再吃，你来选。"他指着外卖菜单说。外卖是难得的待遇。

"搞完什么？"

她放下书包，坐在沙发上，激动起来。外公似乎很高兴，嘴角洋溢着笑容。她不记得他上一次这么开心是什么时候了。自从外婆四年前去世后，他就变得很内向，直到布布出现后才有所好转。她知道他很爱她，可他的爱并不像电视里演的那样：他从不对她说爱她，也从不问她在想什么。他保证她每天吃饱饭，洗干净，按时完成家庭作业。他教会她各种实用的本领，怎么管钱，怎么修理东西，怎么练习骑术。他们俩早就学会了使用洗衣机、做家务，以及用最少的钱完成每周的采购。她伤心时，他会把一只手放在她肩上，也许还会跟她说看开点。她兴奋时，他会等她冷静下来。她做错了事，他一定会用责备而坚定的眼神让她知道他的不满。总而言之，他对她的方式真有点像他对马那样。

"首先，"他说，"我们要看点东西。"

她顺着他的视线，看到她早上离家时还没有的一台 DVD 机。"你给我买了台 DVD？"她跪下来，用一根手指抚摸着那闪亮的金属外壳。

"不是新的，"他抱歉地说，"不过很好用。不是赃物，我是在别人家的杂物大甩卖上买来的。"

"我们什么都可以看吗？"她欢呼雀跃。她终于可以像学校里其他女生一样租电影看了，这样当别人聊起什么时，她才不至于落后好几年。

"也不能什么都看呀。我们要看的是一段非常精彩的表演。不过，首先……"他从背后拿出一个酒瓶，用夸张的姿势打开瓶子，把酒倒进酒杯，"十四岁了，是不是？可以喝点酒了。"他点着头把酒杯递给她。

她喝了一小口，酸涩的味道很一般，但她尽量没有表现出来。她更想喝罐健怡可乐，可说出来就会破坏当下的气氛了。

外公显然很满足。他扶了扶眼镜，盯着遥控器，用应该是演练过的夸张姿势，按下一个按键。电视屏幕亮了，他坐到沙发上她的旁边。虽然沙发垫是塌陷的，但他坐得笔挺。他喝了一口酒。她瞄到他安静又愉快的表情，靠到了他身上。

音乐响起，是经典乐曲，一匹白马昂首阔步从屏幕上走过。

"这是……"

"黑骑士马术团。"他回答了她的疑问，"你将看到的就是我们的目标。"

即便是懂马的人也几乎没怎么听说过黑骑士马术团。这是一个法国精英骑士组成的神秘组织，创立于18世纪，目前仍保持着成立时的样子。在这所马术学校里，骑士们都穿着古老的黑色制服，当马匹表演有着数千年历史的双蹄后蹬或前肢起扬时，人们会为了马后肢的精确角度争论不已。马术团每年最多只招收一两位新成员。它的目标不是赚钱，也不是向大众传授马术的技巧和知识，而是要在一些大多数人看不到的事情上追求卓越。知道这些以后，你也许会质疑它存在的意义。可当你看到严肃的骑士骑着马，排成完美的对称队形，挑战地心引力，惊人跃起，或迈着奇特的步伐起舞，以强大的力量完成指令时，一定会被那些马儿的顺从、优美和灵敏深深打动。甚至你可能不是那么喜欢马，不是那么喜欢法国人，但你还是会庆幸有这样一个组织存在。

　　莎拉默默看完了四十分钟的表演。她入迷了，恨不得马上去布布那里，把看到的一切重演。布布能做到，她知道。它比电视里的有些马还要漂亮，还要强壮，但它拥有同样的力量：她经常能感觉到那种力量。她看 DVD 时，手脚不自觉地动起来，像是要骑上屏幕中的马，鼓励它们去完成那些源自古希腊的精彩动作。

　　她的表演场不可能是古老法国小镇上的宏伟城堡，而只是草皮斑驳、满地垃圾的公园，她的制服不可能是正式的黑色外套和带金穗的小尖帽，而只是牛仔裤和 T 恤衫。可她清楚那些骑士的所感所想——摄像头停留在他们脸上时，她看到了紧张、努力和渴望，她感到了与同学之间从来没有过的亲密。她开始领悟到外公教过她的一切。他说，他们还需要多年的努力。他说，现在就让她去尝试就好比让牛仔约翰抽着烟去跑马拉松。此刻，她看到了他的目标，那个伟大的目标：腾跃后踢。这是最复杂、最漂亮、难度也最高的动作，马的四肢同时离地，像芭蕾舞演员般轻盈地一跃而起，在半空中将马蹄踢出，无视地心引力。那么美，那么厉害，那么惊人。

　　外公还在滔滔不绝地说着这所法国学校，所以莎拉一直没机会说出自己的想法：他们真的有机会吗？他说得再天花乱坠，莎拉都无法想象，她要怎么把在约翰农场上的生活和在公园的训练变成他所描绘的那个未来？她看着节目，意识到，这张 DVD 起到的效果与他的期待恰恰相反，它只是确证了外公在做白日梦。她的马再好也没用，谁能完成那挑战引力的凌空一跃，从伦敦的小巷跳进荣耀的黑骑士马术团呢？

　　一想到这里，她感到了愧疚。她把目光转向外公，不知道他有没有看穿自己。他仍然盯着屏幕。就在这时，她看到热泪从他脸上滑落。

"外公？"她说。他咬紧了牙，花时间冷静下来后，轻声说："莎拉，这就是你的出路。"

从哪里的出路？她从来没觉得自己的生活有外公想的那么糟糕。

"这就是我想让你达到的目标。"

她咽了口口水。

他举起 DVD 盒子。"我在索米尔的老朋友雅克·瓦尤斯给我写了封信。他告诉我们，他们现在接收了两位女骑手。几百年来，骑士团从不招女生，也从不考虑女生。可现在，他们招了。你也不用参军，只要非常优秀就行了。这是个机会，莎拉。"

他的认真让她有点不安。

"你有这个能力，你需要的只是自律。我不想你浪费生命，不想看到你跟这些笨蛋瞎混，最后推着婴儿车还在这里转悠。"他朝窗外的停车场打了个手势。

"可是我——"

他举起一只手。"除了这个，我没有别的能给你。只有我的知识，我的经验。"他微笑着，语气变得温和，"我的小姑娘穿着黑制服，如何？黑骑士马术团的少女。"

她默默地点头。外公从不会激动，可此时他看起来脆弱而悔恨，这让她有点害怕。她告诉自己是因为酒——他很少喝酒，而酒会让人激动。莎拉摆弄着酒杯，不去看他的脸："这礼物真棒。"

他走回她身边，似乎控制住了自己的情绪。"还不止呢！这只是一半。你想知道另一半是什么吗？"

她咧嘴一笑，如释重负："是比萨吗？"

"嘿！比萨！才不是呢，不是！你看！"他拿出一个信封，递给她。

"这是什么？"

他对着信封点了一下头。

她打开它，扫了一眼，两手便一动不动了。里面是四张票：两张大巴和轮渡的联运票，两张黑骑士马术团的表演门票。

"瓦尤斯寄来的。在 11 月。我们要度假喽。"

即便是外婆在世时，他们也从未出过国。"我们要去法国吗？"

"是时候了，是时候让你去看一看了，我也是时候回去一趟了。我朋友瓦尤斯现在是首席骑士。你知道那是什么吗？那是整个黑骑士马术团，不，是整个法国最重要、最有经验的骑手。"

她盯着宣传册上全身黑衣的骑手和皮光毛亮的骏马。

外公似乎燃起了新的激情。"我连护照申请表都填好了，只差你的照片了。"

"可你怎么出这笔钱？"

"我卖了几样东西，这没什么。你开心吗？这个生日开心吗？"

这时，她注意到他没有戴表。那块浪琴表是外婆送给他的结婚礼物，相当贵重，她小时候连摸都不能摸。她想问个清楚，可喉咙被堵住了。

"莎拉？"

她扑进他的怀抱，把头埋在他柔软的旧毛衣里，没有说谢谢，因为她什么话都说不出来了。

三

"永远不要在激动时和它打交道。愤怒、急躁、恐惧……基本上任何一种人类的情绪都会影响到人与马的有效沟通。"

——色诺芬《论马术》

在可以理性思考的时候，娜塔莎会带着一丝黑色幽默想，自己的婚姻始于左手，终于右手。手指能带来这样的灾难可真是奇怪，但事实就是如此。

讽刺的是，麦克离开时，她和康纳连亲吻都不曾有过，也并不是没有这样的机会。她的婚姻一开始走向恶化时，康纳的玩笑和出于关心请吃的午餐，都让她感激，他也表达了对她的感觉。"你像被掏空了，姑娘，这太可怕了。"他总是如此带着一贯的迷人魅力说道。他会把一只手放在她手上，而她总会把手挪开，"你要好好生活呀。"

"最后跟你一样？"他离婚时的闹剧早已成了办公室的传说。

"啊，不过就是痛苦到心力交瘁而已，你会习惯的。"只是他的境况意味着他比别人更能理解她。

在她父母的世界里，婚姻只终结于灾难，比如死亡、大祸或反复的放肆背叛，因为这些伤痛让人无法承受，而附带的损失也过于惨重。它们与娜塔莎的婚姻不同，她的婚姻是在冷漠中渐渐死去的。过去几个月来，她经常怀疑自己到底结婚没有。在情感上，在生活中，他很少出现，只有越来越频繁的出国工作。他在家时，他们之间最随意的交谈也会变成恶毒的相互斥责。两人都怕再被伤害和拒绝，都认为不相往来更加轻松。

"这张燃气费的账单要交了。"他说。

"你这是让我去交，还是告诉我你会去交？"

"我以为你会想看一下。"

"为什么？就因为你现在基本都不住在家里了？所以你想让我给你打个折？"

"别胡说。"

"哦，那你就去交钱啊，别说得好像是我的事。哎哟，对了，卡特莉娜又打电话来了。你知道是谁吧？就是那个有一对假胸的二十一岁的卡特莉娜呀，总叫你'麦克克'的那个。"她用颤抖的气声模仿着那个模特的语气。

听到这里，他总会把门一摔，去别的房间。

他们是七年前在一趟飞往巴塞罗那的航班上认识的。当时，她和法学院的朋友们一起去庆祝某人成为律师，而他则是刚刚度完短假，却不小心把相机忘在了朋友的公寓。后来她想，她本应看出苗头的，这件事说明他的生活是混乱的，他是缺乏常识的。（难道他没有听说过快递吗？）可当时，能坐在这个穿卡其外套、头发浓密的帅气男人旁边，她只觉得幸运。他不仅听她讲的笑话会笑，而且对她做的事很感兴趣，是真的感兴趣。

"那么你以后打算做什么呢？"

"认证事务律师啊，它介于事务律师和上庭律师之间，我既可以处理案件，也可以代表当事人出庭。我专办儿童案件。"

"少年犯吗？"

"主要是福利院的小孩，也办一些离婚案，为孩子们争取利益。《儿童法案》颁布以后，这方面的案件增多了。"

现在，她还是在为离婚案中的孩子争取更好的待遇，还是在促使政府和移民官员为孩子找一个临时的家园。可对每一个绝望的孩子而言，争取政治庇护其实是无所谓的，因为新的收养家庭往往意味着新一轮的虐待和退回。她让自己尽量少想这些。她擅长这份工作，她告诉自己，能改变一部分孩子的生活就足够了。

麦克喜欢她这一点。他说，她和他在工作中认识的很多人不一样，她有一种特质。在巴塞罗那机场，麦克任性的女友来接机时，还朝礼貌道别的娜塔莎投去阴沉的眼神。不到六个钟头后，麦克拨通了她的手机，说已跟女友分手，并问回伦敦后能不能约她出来。他愉快地补充说，娜塔莎不用为他的前女友感到内疚，他们本来就不是认真的。麦克这辈子没什么事是认真的。

他们的婚姻是她的责任：他本可以一直同居的，是她有些惊讶地发现，自己想要结婚。她想要那种永恒的感觉，她不希望他们的关系中还有疑虑。没有求婚仪式，就是这样。"如果你觉得求婚很重要，那我就求，"一天下午，他们双腿交缠着躺在床上时，他说，"不过得由你安排。"他愿意参与，但不会太投入——这就是他们的婚姻。

一开始，她并不介意。她明白自己确实有点麦克开玩笑说的控制欲倾向，可她就喜欢这样，这是她管理混乱生活的方法，是从小在拥挤嘈杂的家庭长大的结果。她和麦克都了解彼此的弱点，也拿这个开玩笑。可一个谁都不确定想不想要的孩子的到来，让他们之间生出嫌隙，并变成巨大鸿沟。

娜塔莎在知道自己怀孕后还不到一周，就小产了。她原本以为例假推迟是因为压力过大（她在同时处理两个备受关注的案子），等她反应过来推迟了多少天时，结果已不容置疑。一开始，麦克相当震惊。她不能对他生气，因为她也同样震惊。"我们怎么办？"她问他，手心都是汗，祈祷他的答案不会让她恨他一辈子。

他两只手揉着头发说："我也不知道，塔莎，你想怎么样我都没意见。"还没等他们有机会想清楚，那个小小的胎儿，那个等待中的孩子，便自己做出了离开的决定。

她的伤心欲绝让自己也很惊讶，她原本以为会如释重负的。

"明年吧，"她向他坦承了自己的伤心后，他们达成一致，"我们今年先好好休几个假，再认真备孕。"两人都有些激动。麦克打算多接些大任务，不再只接零散的活儿。娜塔莎要找一间好的律师事务所，这样产假福利才更有保障。

她在戴维森·布里斯科律师事务所找到了工作。他们又一致同意，最好再等一年。他们在伊斯灵顿买了房子，麦克开始重新装修，他们决定又等一年。那一年，发生了两件事：一是麦克的事业急转直下，二是她的发展如日中天。他们一连几个月都难得见上一面，见面时她又必须非常小心，免得让自己的成功刺激到他。再后来，他们也没有备孕，大概就是个意外——她又怀孕了。

很久之后，他指责她，说她还没有和康纳·布里斯科开始之前，就早已在他面前自我封闭了。她能说什么呢？她知道他说得对，可她有权不予置评。再说，还有什么好说的？四年怀孕三次，可都没有撑过孕初期。医生说她满足做进一步检查的资格了，就好像这是她的成就似的。可她不想去。她不想任何人碰她，不想再回忆起那些黯然神伤的日子，不想证明自己的怀疑。

她原本希望麦克能抚慰自己的愤怒和伤心，会抱着她，安慰她，可他竟然退缩了。他似乎也不知道该怎么面对她的伤心，不知道怎么面对一个一周不下床、一看到电视上的婴儿就要痛哭的妻子。

她重新振作以后，感觉遭到了背叛。她需要他的时候，他不在。

很久很久以后，她才明白，当时的他可能也正备受煎熬。可等她明白，一切都迟了。那个时候，她只看到他不停出差。她一开口抱怨，他便大喊大叫，说他怎么做都不对，说她总逼着他做这做那。性生活几乎不复存在。她开始自力更生，冷静而果断地处理一切事务，并在他做不到时大发雷霆。

与此同时，不断有女孩打来电话。带着斯拉夫口音的卖弄风骚的女人，傲慢张狂的小女生……她说他不在家时，她们似乎还很愤怒。"只是工作上认识的。"他总这么说，"她们是我的财神奶奶，你也知道我压根不喜欢给她们拍照。"

他们的亲密接触越来越少，她也不知道该不该信他。况且，康纳出现了——他有聪明的律师头脑，理解失败的婚姻状态，因为他自己的婚姻也是崩溃的。"我们离婚是因为不断的出轨，"他说，"有些女人太不可理喻了，鬼才知道。"她看得出他愉快面具之下的伤痛，她的心有了共鸣，仿佛看到自己的生活有了回响。

他们开始一起吃午饭，频繁的程度引起了同事的注意。接着，下班后也开始偶尔小酌。这有什么关系呢？反正麦克永远都不在家。有时候，她甚至觉得自己有权跟康纳打情骂俏，因为麦克这时候很可能也在什么豪华的会所里跟别人打情骂俏。一天晚上，康纳从酒吧的小桌上俯过身，轻轻吻上她的双唇时，她退缩了。"我还没离婚呢，康纳。"她一边说一边也不明白自己为什么如此保守，其实她很想回以热吻的。

"啊，一个孤独的灵魂想要试一试，你能怪他吗？"他说。第二天，他仍然带她出去吃午餐。

没过多久，她已非常依赖他。她不觉得愧疚。现在她对麦克好不好，麦克似乎也无所谓了。他们连架都不吵了：他们共同的生活只剩下礼貌的询问和反驳，怒火在内心翻滚，偶尔爆发出来，让他转身离开或摔门而去。

他们的派对是早就安排好的，为的是庆祝麦克完成了房子的装修——卸去了防尘罩和石膏板的房子不仅是漂亮，简直可以说令人梦寐以求。虽然现在她不想办派对了，因为她觉得他们没什么可庆祝的；可取消它就像发布正式的分手宣言，她也做不到。

宴席承包商和四人小乐队还是来了。外人看来，她和麦克是天作之合。麦克的摄影师同行们带着瘦得像羚羊的模特，和她的律师朋友们一见如故，欢声笑语飘过高高的砖墙。她觉得，她应该把这当作一次扩展人际关系的好机会。而且能住在这么漂亮的大房子里，她还是有点兴奋的。再说派对上出现这家律师事务所的老板或那个王室法律顾问，对她更是有益无害。于是香槟美酒，音乐飘扬，伦敦的阳光照在花园尽头搭起的小帐篷上。这景象真是金光闪耀。

可她却无比痛苦。

麦克几乎一整天都躲着她。他和一群她不认识的人站在一起，背对着她，笑得前俯后仰。她酸楚地发现，他邀请来的所有女宾好像都有一米八的个头。她们穿着入时，看似打扮随意，可显得成熟又性感。她本来想穿裙子，可没时间熨，只好穿了衬衫和短裙，看起来邋遢又土气。麦克没有跟她说她今天很好看——现在他很少评价她的外表。

她站在石阶的最高处，看着他。现在还想着挽回是不是太迟了？还剩下什么可以挽回的吗？她站在那儿时，他正和一个高个女人说悄悄话，那女人眯起眼睛，露出调皮的笑容。他说了什么呢？他说了什么呢？

"来吧！"一个声音从背后传来，"你表现得也太明显了吧？我们去喝一杯。"

是康纳。她任由他带着穿过花园，从人群中挤过去，她的脸上挂着凝固的笑容。

"你还好吧？"他们走到大帐篷角落时，他问。

她默默地摇头。

康纳看着她的眼睛，他没有在开玩笑。"一杯玛格丽特包治百病。"他让调酒师调了四杯，并且无视她的抗议，逼着她连喝两杯。

"哇，"过了几分钟，她挽着他的胳膊说，"你到底在干什么呀？"

"就是让你放松一下，"他说，"你总不想他们私下嘀咕'她到底是怎么了'吧？你知道这些人有多爱说闲话。"

"康纳，你到底在干什么呀？"她咯咯笑着，"我感觉已经好了七七八八了。"

"娜塔莎配玛格丽特，念起来还挺押韵的。"他说，"走吧，我们到处转转。"

她感觉高跟鞋的鞋跟陷进了草坪，而且不确定能不能扯出来。康纳发现了她的窘境，伸出一只胳膊，她感激地拉住了。他们朝几个经常打交道的律师走去。

"我们跟这几位聊聊天，"康纳低声说，"你知道吗？丹尼尔·休伊森上个月嫖娼被抓了。你等会儿可千万别说：'我听说你嫖娼被抓了。'"过了一会儿，他又说，"你现在就只想着这句话了，是不是？"

"康纳！"她嘟囔着，依然挽着他。

"心情好点没？"

"别离开，我怕还要靠着你呢。"

"没问题，亲爱的。"康纳愉快地打了个招呼，融入了人群。

娜塔莎只隐约听到周围的谈话。喝下去的玛格丽特酒劲越来越大。她现在什么都不在乎了，有康纳在身边，她就放心了。除了他，她什么都不想，她只要听到笑话时会笑，并对周围的人保持点头微笑就行了。她的鞋跟又陷了下去，她头晕目眩，靠到他身上。反正花园里全是人，好像没什么关系。周围的人一群群比肩继踵地站着。她感觉到康纳的手伸到她背后去拉她的手，她也握住他的小指头，以表达心中的感谢。他拯救了她，没有让她当众出丑。这个动作多么简单，多么自然，过了好几分钟，她才感觉到后颈发热，而那热应该不是完全来自阳光。

她停止聊天，转过头，看到了站在二十英尺¹开外的麦克。他正盯着她的手。摇摇晃晃、满脸通红的她赶紧松开康纳的手指。后来，她意识到这样的反应是最糟的，这说明她心里有鬼。可伤害已然造成。

麦克的表情告诉她，他这下将一去不复返了。大概很久以前便是如此了吧。

"你最近真的该去好好理个发了。"琳达在她背后说。从电脑的屏保中，娜塔莎看到了秘书下撇的嘴角。娜塔莎的肩上围着办公室擦茶具的抹布，上面粘着一些细碎的深金色头发。

"没时间。"娜塔莎继续翻阅着面前的一堆文件，眼镜滑到了鼻尖，穿着长袜的两只脚搁在桌上，"还得看完这些文件呢，两点钟要出庭做结案陈词。"

"可你做的挑染都褪色了，需要补一下颜色。"

1　长度单位，1英尺约为30.5厘米。

"你不能做吗？"

"我好多年没帮别人做过挑染了，何况我们只有午餐休息的这一个钟头。你挣的钱也不少啊，应该去好好做个头发，找个给明星做头发的发型师。"她捧起一缕头发，又让它落下。

娜塔莎哼了一声："太可怕了。"

"试一下，说不定效果挺好呢。"

"你这语气跟我爸妈一样。有茶喝吗？"

她迅速看完笔记的最后一页，合上文件，伸手又拿起放在下面的另一份文件。手机"嘀"了一声。那天早上，麦克给她发了两条短信，问什么时候能去家里。她已经拖了他将近十天。

> 不好意思，明天事情太多，周四吧。再联系。

她发完信息，还没把手机放下，又是"嘀"一声。

> 半个钟头就行，周三晚上。

她不想面对他，现在事情太多了。他都离开了一年，再多等一两天有什么关系？她回复道：

> 走不开，司法审查。不好意思。

可是今天，他似乎失去了耐性：

> 我要我的东西，最迟下周五。你不在家我也能去拿。如

果换了锁告诉我一声。

她把手机合上，重新整理了思绪。"再说了，琳达，"她说，"我为什么还要去找发型师呢？你剪得挺好的。"

"别抬举我了，麦考利太太。"

"请叫我小姐。"

"哦，好吧。我正想问你要不要把通信录里的称呼改成'女士'呢……我得更新通信录了。"

"我为什么要当'女士'？"

琳达耸耸肩。"我也不知道啊，你就像那种人。"

娜塔莎把头往前一伸，躲开了剪刀，转过身问："哪种人？"

琳达满不在乎地说："独立女性呗！希望每个人都知道她是独立女性，也很高兴做一名独立女性的那种人。"她认真想了想，又说，"'女士'这个称呼，有一种历经生活磨难的感觉。'小姐'这个称呼，有一种'哎呀，人家还想要一场梦幻婚礼'的感觉。"她双手扶住娜塔莎的头，转了个方向，让她面朝前方。

"历经生活磨难，"娜塔莎重复了一遍，"我都不知道你这是骂我呢，还是要夸我。"

本走进来，把一份新文件放到桌上。娜塔莎俯身拿起，招来了身后琳达的埋怨。

"琳达，社工打电话来说了艾哈迈迪的事吗？"她也不确定想问什么，可她需要一点线索：她怎么会看错那个男孩子？其他人发现了他说的故事并不可靠吗？

"艾哈迈迪……是报纸上的那个孩子吗？你代理的那个？我好像记得他的名字。"琳达什么都不会忘记，"他打了人，是不是？真想不到，他看起来不像那种人啊。"

娜塔莎不想当着实习生的面讨论这件事。"没人看得出来。快点，琳达，赶紧剪完。再过二十分钟，我就要出庭了，我连一块三明治都还没吃呢。"

"怎么样？"

康纳在法庭外等她。她往前探过身，吻了他，不再介意其他律师的眼光。他们现在是一对了，两个更成熟、更睿智的单身人士。没什么见不得人的。"搞定了，我就知道我能行，佩宁顿什么都不知道。"

"不愧是我女朋友。"康纳摸着她的后脑勺，"头发剪得挺漂亮的。一起吃饭吧？"

"哎呀，我倒是想，可我还要整理明天的一堆文件呢。"她看到他脸色阴沉，伸出手挽住他的胳膊，"不过喝一杯还是可以的，这一周我都没怎么看到你。"

他们步履轻快地穿过相对安静的林肯酒店，走到外面拥挤嘈杂的大街上。阳光照射在人行道上，他们朝马路对面的酒吧走去，还没走到，娜塔莎就已经开始脱外套了。

"这周末我没空，"他们站在酒吧门口时，康纳先发制人道，"得陪儿子。我想该早点告诉你。"

康纳有两个儿子，一个五岁，一个七岁，显然，康纳认为他们太伤心、太脆弱了，所以尽管已离婚一年多，却仍没打算让他们知道爸爸有了新女友。娜塔莎无比失望，但尽量没有表现出来。"可惜了，"她轻描淡写地说，"我还在沃斯利餐厅订了位子呢。"

"不会吧？"

她挤出一个笑容。"真的，这周末是我们正式交往六个月的纪念日，你该不会忘了吧？"

"我还以为你这人不会玩浪漫呢。"

"浪漫可不是你一个人的专利，"她风情万种地说，"我看只能另外找个人去了。"

这句话并未让他困扰，他点了喝的东西，转身对她说："她周末要去都柏林。"他说到前妻时总是用"她"，"所以我从周五到下周一早上都得带孩子，天知道我们会干什么！他们想去滑冰。滑冰哎！你相信吗？现在外面有二十六七度，竟然要去滑冰！"

娜塔莎小口喝着东西，心想要不要自告奋勇呢？如果他再次拒绝了她，那气氛就尴尬了。假装她压根就不想陪他，可能对大家来说，都更保险也更简单。"你肯定能想出办法的。"她小心翼翼地说。

"下周一晚上怎么样？你要是愿意，我可以直接去你家，洗干净，为你做好准备。"

"看来我也只能接受了。"她尽量不流露出愤愤不平的语气。他为什么不把她介绍给他的儿子们？因为他们的关系只是暂时的，所以没必要让他们认识她吗？又或者，更糟糕，是因为她有一种不适合当母亲的气质，所以他不敢让儿子们认识她？

过去一年，娜塔莎每天都在法庭上处理矛盾，她实在没心情再应付自己生活中的矛盾。"好吧，那就下周一。"她微笑着说。

他们喝完红酒，讨论了工作上的事，康纳就她下周即将面对的新法官给出了不少建议。他们在酒吧门口分开，她回到办公室，又工作了一个小时。她给妈妈打了电话，听她唠叨爸爸的身体。妈妈问起她的近况，她试图暗示自己的社交生活还是很丰富的。九点钟，她锁上门，走进夏末的夜色，叫了一辆出租车回家。

她看着一闪而过的伦敦街道，人们成双入对从酒吧和餐厅慵懒地走出来。当你孤身一人时，你总会发现全世界都是情侣。也许她应该和康纳一起出去，可工作才是生活中的恒量。要是她放弃工作，去和他共进晚餐，那她的人生还有什么意义？

突然，她感觉到排山倒海的悲哀。她从包里翻出纸巾，强迫自己盯着明天的文件。拜托，娜塔莎，要控制自己，她对自己说。她也不知道自己怎么会如此心神不宁，其实答案并不难找。

她合上文件，认真查看刚刚收到的短信，深吸一口气，回复道：

锁没换，随便你什么时候来。如果走得晚，就别关灯，把窗帘拉上。

四

"最甜的声音是赞美声。"

——色诺芬《论马术》

她到的时候，拉夫就在大门口。她诧异地看着他，又看了看表。十二岁的拉夫很少会在中午之前起床的。学校嘛，他说，去不去随便。他的主要活动时间都在晚上。"萨尔要赛马了。"他指了指停在马路对面的卡车。穿着外套的维森特耸着肩，看着自己的手机。"你来不来？"

"在哪儿？"

"高架桥上，足球场旁边。就二十分钟。快来，维森特说我们可以坐在他的皮卡车后面。"

他嘴角叼着点燃的香烟，期待地望着她。"我帮萨尔准备了那匹母马，它快发狂了。"

现在，她明白为什么斯伯佩尼大道上的车辆数比平时翻一倍了。在宁静的清晨，大家钻进车，关上门，低声说着话。她能听到引擎发动的声音，能感觉到众人的期待。莎拉又看了看手表，还是不确定。

"牛仔约翰已经去了，"拉夫说，"来吧，很好玩的。"

她应该去驯马，可拉夫还站在原地等她。她是马场里唯一没看过赛马的人。"来吧，这可能是今年夏天的最后一场了。"

她只犹豫了片刻，便跟着他朝红色的皮卡车跑去。引擎将紫色的轻烟喷进清晨静谧的空气。她把书包扔进车后厢，拉着拉夫的手，跳到一堆绳子和帆布上面。维森特让他们坐稳，接着便跟在四辆车后，开上了静悄悄的街道。那四辆车上坐满了黑头发的男人，半开的窗户里飘出香烟的烟雾。

"他在皮克斯船闸跟一帮流浪汉打了个大赌。"在引擎的轰鸣声中，拉夫大声说道。一辆警车开过，他们赶紧低下头。

"哪匹母马？"

"灰色的。"

"把马车踢翻的那匹？"

"他又买了辆新车，还给马买了更好的眼罩。他就赌这匹了，告诉你。赌得可大了。"他把两手分开六英寸[1]宽，脸上露出大大的笑容。

"别跟我外公说我来了。"莎拉大喊。他狠狠抽了最后一口烟，把烟头弹到路上。有些事情无须多言。

和赛狗以及星期天的足球联赛不同，轻驾马车赛是城东区一项无固定时间的即兴赛事。没有比赛场馆，没有让顶尖赛马一决高下的灯光赛道，也没有大喊着招徕下注的合法庄家。人们每年会举行好几次，参赛者会约定在偏僻处碰头，在光滑的柏油路面上完成议定路程的比赛。

这样的"赛道"毫无例外都是公共马路，但这并不会成为比赛的障碍。天刚亮，车还很少时，双方的皮卡车就会出发。司机并排驾驶，同时占据双向车道，到达事先约定的地点后，再减速停下，

1　长度单位，1英寸约等于 2.54 厘米。

打开警示灯，迫使其他车辆只能停在后面。还没等那些司机反应过来是怎么回事，参赛的马匹已经拉着轻驾双轮马车上路了。赛程只有一英里，观众们叫着喊着骂着。马蹄狂奔，马鞭飞舞，马车夫伸长脖子，催促马儿拼尽全力奔向事先约定的终点线。在终点线，可能还会有两个年轻人扯着绳子守在那里。不到几分钟，绳子就会被马冲过，结果已定，参赛者消失在小巷，或庆祝，或争吵，或发放赢来的彩金。警察赶到时，几乎找不到任何证据——可能只有零散的马粪和烟头，能说明确实发生过什么。

拉夫告诉莎拉，这是马耳他人萨尔最喜欢的赛道。"新铺的柏油路，怎么样？"他欣赏地用靴子划过光滑的路面。

他们从皮卡车后跳下来，站在通往工业园的高架桥下，看着几码外的人们进行着交易。远处的电缆塔下，居无定所的文身男坐在轮胎超大、光亮闪闪的卡车前，把手机贴在耳边，满是污垢的短粗手指间永远夹着香烟。他们从大捆钞票中抽出几张，握手前都要先往手心吐口唾沫。他们的眼神冷漠而闪烁，透漏出既不信任也不友善的神色。萨尔的人比流浪汉们个头矮，但更圆滑，开的车更破，但穿的衣服却很整洁。双方各占马路一边。牛仔约翰靠着一辆面包车，若有所思地抽着手卷纸烟，指着马匹跟坐在乘客座的某人聊天。一个莎拉不认识的男孩骑着一匹没有马鞍的黑马，双腿朝前，仅用马笼头控制着它在车流中进出。

不远处，马耳他人萨尔正在检查马具上的搭扣，训斥着焦躁不安的马儿。他咧嘴一笑，露出一颗金牙，剪成平头的头顶戴着帽子。他嘲笑对手的马，模仿着那马奇怪的四肢角度和窄小的胸膛。

"他们恨他，"拉夫一边说，一边又点燃了一支香烟，"去年，他跟某人的老婆鬼混被抓到了。这次是生死局。"

"生死局？"

拉夫看着她，好像她是个傻子。"要是他输了，就得赔上那匹母马呀。"

"那他不会气疯吗？"她说。

拉夫朝地上吐了口唾沫。"才不会呢，他们知道萨尔的人都是黑道上的，他们都带了家伙以防万一。不过，我觉得我们最好待在维森特的卡车上，这样可以随时逃跑。"他哈哈大笑道。他总是看热闹不嫌事大。

男人们纷纷回到卡车。莎拉打了个战，也不知道是紧张还是兴奋。在他们头顶上，是用巨大粗糙的水泥柱支撑的高架桥。车轰隆隆开过，不断增多的车流标志着早高峰的开始。

有人吹了声口哨，有只狗叫起来，拉夫把她拉到匝道。三辆卡车掉过头，以事先商量好的队形，朝来的方向开去。它们很快消失，随时准备开上高架桥，匝道上只剩站着的人和马，马的鼻孔喷着热气，蹄子轻轻地蹬着路面，骑手紧紧拉着马头的缰绳。灰色母马身后，萨尔蹲在他亮红色的双轮轻驾马车上，双腿弯曲，一只手松垮地挽着缰绳，不断回头张望，等待信号。他的出现仿佛有一种魔力。莎拉发现自己死死盯着他，盯着他灿烂自信的笑容，盯着他仿佛洞悉一切的眼神。她身边的拉夫又点了一支香烟，屏住呼吸喃喃说道："哦，来了，哦，来了，哦，来了……"

所有的目光都集中在高架桥的车流上。男人们低声交谈。可车还是不断开过来。

"肯定是唐尼被警察拦下了，他从来没交过车船税。"有人哈哈大笑，打破了紧张的气氛。突然传来一声大喊。头顶上，勉强能看到流浪汉那边的一辆皮卡车，保险杠后的警示灯在不停闪烁。"出发！"有人大喊，"出发！"两匹马转眼便跑上了匝道，马车轮子都快挨到一起了。两位驾车人弓着背，高举马鞭，催促马儿奔向空荡荡的公路。

"加油，萨尔！"拉夫兴奋地高声大喊，"加油！"莎拉感觉拉夫扯住自己的衣袖，把她往维森特的皮卡车拉。皮卡车已经启动，随时准备跟上即将消失的赛马。

他把她推上车，接着，她听到汽车的鸣笛声和轮胎擦地的刺溜声，她双手紧握后挡风玻璃的栏杆，风吹进她的耳朵。

"他会赢！"拉夫大喊，"他领先了！"她看到那匹灰色母马，步伐快得很不自然，快得有些怪异。她看见流浪汉扭曲的表情，他举起握鞭的手，催促马再快点，马趔趄了一下，他便破口大骂，招来马耳他人的咆哮抗议。

"加油，萨尔！干掉他！"

莎拉的心跳到了嗓子眼。她目不转睛地看着那匹勇敢的灰色小母马。它跑得飞快，每一块肌肉都绷得紧紧的，小小的马蹄几乎没有挨地。加油呀！她默默祈祷。她害怕它一旦输了，便会被赔给流浪汉，在杂草丛生的荒地，与黑白相间的短腿马以及破破烂烂的超市推车共度余生。她觉得自己与这匹小马有一种无声共鸣：她们都要在喧嚣和汗臭中，为生存抗争。加油啊！

这时，胜利的欢呼响起，比赛结束。两匹马从高架桥跑下的速度和它们跑上时一样快。后面的卡车陆续散开，被堵住的车辆拥上来，气冲冲的司机什么都不知道。维森特的卡车向一拐，开下匝道，碾过路面大坑时，莎拉的膝盖和手臂撞到了侧板，很痛，书包也被颠开了，书飞出来，书页哗啦翻动。她抬起头，看到萨尔，小母马还没停下，他就从马车上跳下来，得意扬扬地高举一只手，与同伴击掌相庆。莎拉和拉夫哈哈大笑，握住彼此的手，被疯狂的气氛和萨尔的胜利所感染。

未来几周，灰色母马都将安全地待在牛仔约翰的农场。

"我赌了一英镑！"拉夫满脸通红地大喊，揪住莎拉身上的校服，"快来！萨尔说，要是他赢了，等我们回农场，就请所有人吃早餐！"

放学后，莎拉回到农场，发现外公也在。他站在布布的马厩里，弯着腰，用布蘸着水，把布布的屁股擦得跟镜子一样亮。还没见到外公的脸，莎拉先听到了他粗重的呼吸声；还没见外公转身，莎拉先看到了他小心熨好的衬衫上T字形的汗渍。如果做不好一件事，那么宁愿不做，这是外公多年在军队受训养成的习惯。

莎拉走进桥洞时，牛仔约翰正靠着马厩门，喝着一大杯清澈的茶水。他好像从来没认真做过什么，但不知怎的，农场却总是井井有条。"马戏团女孩来啦？"他说。拉夫靠着一匹黑白相间的短腿大头马的屁股，冲她眨了眨眼。

"校车迟到了。"她把书包放在一垛干草上。

"她肯定是忘记她的小裙子了。"牛仔约翰说。

"数学成绩出来了吗？"外公问。

"满分。"莎拉挥了挥课本，希望他不会看到书皮上的轮胎印和泥巴印。她和拉夫四目相对，拉夫突然咳嗽起来。

"我告诉你了吗？马耳他人萨尔今天把那匹黑马买了又卖了，就是他在诺霍特从意大利人手里搞来的那匹。"

外公把手放在布布的胸口，布布温驯地往后退了几步。"是那匹领跑马吗？"他问。马耳他人萨尔永远都在买马或卖马。

牛仔约翰点点头："今天下午就会有人来带它走。"

"他能让那马好好走路，都算走运了，"拉夫说，"它跑起来就跟罗圈腿的牛仔穿了高跟鞋一样。"

"他可是把它当作亚历山大大帝的爱马卖掉的，"牛仔约翰像表演哑剧般摇着头，"它从马厩里出来时，像要去参加德比大赛马[1]呢。"

"可他是怎么——"莎拉开口问。

"他把玻璃珠塞到马耳朵里。"拉夫打断了莎拉。

牛仔约翰用帽子打了拉夫一下："你一直在偷听我讲话吗？"

"这话你跟今天上午来过的每个人都说了呀！"拉夫抗议。

"那马出来时一直发了疯似的摆头。他拿卖马的钱，又买了两匹马。那两匹星期六就要来了，都是赛马。"

莎拉知道外公很反感这种马贩的古老伎俩。他假装没听到。

拉夫从嘴里拿出一块口香糖，粘到马厩门上。"你还记得你在沼泽地那边，把那匹老掉牙的帕洛米诺马卖给意大利人时，也往它屁股里塞了片姜，好让它活泼一点吗？"

牛仔约翰的帽子又挥了起来："我才不知道那姜是怎么到它屁股里去的呢！"他坚持道，"那匹马一点毛病都没有，一点都没有！你们这些小孩老是污蔑我。你们说我的坏话，我还让你们留在农场，算你们走运。你们就该去上学。你们天杀的怎么从来不去上学……"他自言自语地朝大门走去，突然又冲门前经过的一位红发中年女子喊起来，"派瑞太太！昨天晚上我在电视上看到的是不是你呀？"女人继续走。他站在门边，摘下帽子挥舞，想引起她的注意，"就是你！我就知道是你！"

她放慢脚步，微微侧过头，不知所措。

1　英国著名赛马大赛之一。

拉夫哀叹一声。

"就是《英伦顶尖新超模》呀！就是那个节目！你笑什么？我知道是你。你要买点鸡蛋吗？我还有特别漂亮的牛油果，满满一盘。要吗？不要呀？你得快点回来，听到没有？等模特合同期满了，就快点回来啊！"

他笑着走回桥洞。"那是邮局的派瑞太太，她超级好。"他以欣赏的语气一字一句地说，"要是她再年轻二十岁——"

"——就能给你递个拐杖了。"拉夫说。

外公一言不发。他又开始刷马，刷得用力又干脆，甚至有点太急了。布布则努力承受着压力。

牛仔约翰又喝了一口茶。

莎拉喜欢这样的下午，马儿们睡意蒙眬地站在阳光下，大家开着无伤大雅的玩笑。在这里，她不会感觉到失去外婆的空虚。在这里，她才能真正融入。

"丫头，我一直跟你外公说，这就是他找不到新女朋友的原因。你看那儿！"她顺着他的视线望向外公，外公正轻快地刷着布布亮闪闪的侧腹。牛仔约翰伸出双手，带着做梦般的神情，轻轻摸着布布，朝莎拉眨了个眼。"跟你说了，上校，女人喜欢慢慢地摸，要温柔点。"

外公嫌弃地看了他一眼，继续工作。

"我还以为法国人都是大情圣呢。"牛仔约翰说。

外公耸耸肩，把马刷上的尘土敲掉。"约翰，你连泡妞和刷马都分不清楚，难怪你的马看起来都有点迷糊。"

男孩子们怪笑起来。莎拉也嘻嘻笑了，尽管她知道她不应该听懂这个笑话。外公让她快去追帽子，她这才恢复了表情。

夕阳西斜，朝铁路桥和后面的高架桥沉下去。正值车流高峰，公园周围，等候中的车辆排起了长队，司机们的注意力却被草地上出现的一幕吸引了。

莎拉没有在意他们。外公站在她身边，伸长双臂，帮助布布积攒向上的力量。"坐直，"他喃喃说着，"莎拉，力量都是从鞍座发出的。保持腿的姿势……可是不要动，不要动，就坐好指挥它，**就是这样**。"

她累得出了汗，左眼瞥到了外公的马鞭，只是这马鞭从来没碰过布布漂亮的皮毛。她感觉到胯下的马在集聚力量。她竭尽全力一动不动地坐着，双腿轻轻搭在它的腹部，从它竖起的双耳间，直直盯着前方。"不。"外公又说道，"往前，让它往前。现在再试一遍。"

他们练习原地踏步已将近四十分钟。莎拉大汗淋漓，校服湿漉漉地贴在背上，阳光炙烤着滚烫的头顶。先小跑，暂停，再跑。要让马儿积攒力量，使它能原地慢跑起来，这种有节奏的步法是其他更复杂动作的起点——外公曾一再告诉她，那些动作她目前的水平还不够。

几个月前，在她的恳求下，外公向她展示了他是怎么从零开始一步步让布布完成前肢起扬，也就是仅以后腿保持平衡的。莎拉迫不及待地想骑着布布尝试那些一跃而起的动作——比如前肢起扬，比如腾跃后踢。可外公就是不准。首先得练基本功，一遍一遍又一遍。在有人旁观的公园，肯定是不能练习前肢起扬的。那是要干吗？是要告诉布布它是演马戏的吗？她知道外公说的都对，但有时候真是太无聊了，就像永远被拦在起跑线的门外。

"我们能休息一下吗？我好热。"

"你不练习怎么能实现目标？不能休息，**继续**，它就快掌握了。"

她噘起嘴唇，表示无声抗议。和外公争论是没有用的，但她感觉他们已经重复了几个钟头。她想起了早上的灰色小母马，至少它还有地方可去。

"外公——"

"注意力集中！别说话！注意力集中在马身上。"

两个孩子跑过来，一个边跑边喊："骑它，牛仔！"莎拉的视线仍保持在布布的双耳之间，那里早已汗水涔涔。

"往前，奖励它。"她让布布往前走，接着半停下来，以身体重心的变化和缰绳的轻微发力把它拉回来。

"不对！你又往前倾了。"

她趴在马脖子上，发出哀号："我没有！"

"你给它发出了矛盾的信号，"外公满脸沮丧，"你的腿让它这样，你坐的姿势又让它那样，它怎么搞得明白？"

莎拉咬住嘴唇。我们为什么要做这些？她只想大喊。我永远也做不到你要求的那么好。这真是卖蠢。

"莎拉，集中精神。"

"我在集中精神呀！布布也很热，它烦死了。它根本不听我的。"

"它知道你没有听我的，所以它才不听你的。"

总是她的错，从来都不是马的错。

"你这样坐着，就是在教它不要听你的话。"

她燥热难耐。"好吧，"她把缰绳甩到一只手里，滑下马背，"我要是真这么没用，那你来吧。"

她站在坚实的大地上，被自己的叛逆震惊了。她很少会和外公对着干。

外公瞪着她，眼冒怒火，像条受了辱的狗，莎拉只敢盯着自己的脚。

"我很抱歉。"他突然说道。

莎拉等着，不确定他会作何反应。他只是轻快地走到布布身边，小声哼了一声，左脚踩进马镫，一跃上马，温柔地俯在马背上。布布的耳朵向后扑扇，显然是被这不熟悉的重量吓到了。外公什么话都没对莎拉说。他把马镫交叉着放到马鞍前面，垂下双腿。接着，他把后背挺得笔直，两手却什么都不做，他骑着布布绕了一大圈，便指挥它开始行动了。

莎拉手搭凉棚遮住阳光，盯着外公，她还从来没见过他骑马呢。外公以几乎无法察觉的细微动作，对布布提出了要求，可布布也不知道该怎么办。它嘴角冒出白沫，把腿越抬越高，直到不能再动。莎拉屏住呼吸。外公就跟DVD里的骑士一样，似乎不费吹灰之力，便做到了一切。莎拉发现自己捏紧拳头，插进了口袋。此时，布布精神高度集中，汗水像小溪一样从它结实的脖子上汩汩流下，马蹄在龟裂的深棕土地上踏出有节奏的步法，而外公仍表现得轻松自如。突然，它开始了原地慢跑的颠簸动作，她听到不知从哪儿传来一声"起！"的呼喝，她退后一步，只见布布以后腿支撑立了起来，前肢利落地折在胸口，臀部的肌肉为了保持平衡而微微颤抖。标准的前肢起扬。

人行道上传来"哇！"的欢呼，身后有人在窃窃私语表达着担忧。接着，马蹄落地。外公的腿从马鞍上摆过，唯一能显示他努力过的证据只有蓝色衬衫上的深色汗迹。

他对马儿喃喃说着什么，一只手缓缓抚摸它的脖子，表达谢意。接着，他把缰绳交给莎拉。她本想问他是怎么做到的，以及既然他骑得这么好，为什么却不再骑马了。可她还没想清楚怎么开口，他便先说话了。

"它太用力了，"他不屑一顾地说，"太紧张了。我们得让它放松点，别太担心平衡的问题了。"

一群女人坐在草地上观望，保持着安全距离。她们吃着冰棒，穿着不到膝盖的短裙，露出被阳光晒黑的长腿。

"再来一次！"有人大喊。

莎拉仍然为刚刚见到的一幕感到震惊。"你想让我接着试试吗？"她问。

外公摸着布布的脖子。"不要。"他小声回答。然后，他又揉了揉自己的脸，摸得满手是汗，"不要，它现在累了。"她松开缰绳，布布充满感激地伸长了脖子。

"上马，我们走回家。"外公说。

"那边有个冰激凌车。"她满怀期待地说，可他似乎没听见。

"别太难过，"他边走边说，"有时候……有时候我的要求太高了。它还小……你也还小……"他摸了摸莎拉的手。莎拉觉得，这大概就是他承认错误的方式吧。

他们绕着公园走了一圈，让布布舒展放松肌肉，然后便沿步行小道朝公园大门走去。外公显然想得入了神，莎拉不知道该说什么。她眼前总是浮现出外公骑马的样子，他好像变成了一个她从没见过的人。她知道，外公以前是黑骑士马术团最年轻的骑手之一。外婆也跟她说过，只有二十二位骑手有资格穿上象征马术大师身份的金穗黑制服，他们中的很多已代表法国出征过国际比赛，比如盛装舞步赛、越野赛马、骑马越障等等。而且，外公还是以更艰难的方式入团的：他原本只是土伦一个农民的儿子，加入骑兵部队后，一路擢升，最终才作为马术精英进入这所学校。

外婆还告诉莎拉，她第一次见到外公时，觉得马背上的他真是帅到令人心跳停止，都快让她晕倒了。她其实并不喜欢马，但她每天都去看他表演，站在观众席最前面，眼里只有他，而他正全神贯注地做着一件她也不明白的事。

莎拉想，外婆见到的一定就是这个——外公看似只是坐在马背上，而布布像是有心灵感应般明白对它的指令——她看到的是魔法。

他们向看门人点点头，摆摆手。他从不介意他们来骑马。他们沿小路走回去，布布的马蹄在柏油路面踩出嗒嗒响声，步履沉重。

最后，他们穿过主路，走向马厩时，外公打破了沉默。"约翰跟我说，他考虑把这里卖掉。"

如果是严肃的事，他会对约翰直呼其名，而不是叫他"疯牛仔"。

"那我们要把布布放在哪儿呢？"她问。

"他说我们不用另找地方。农场卖掉后，还会继续经营。"

牛仔约翰几乎每个月都会收到别人开出的价码，希望他出让农场，有时候甚至价码高得离谱，让他觉得好笑。但他总是拒绝，他会问那些买家，要是卖掉了农场，他该如何安置他的马、猫和鸡。

外公摇摇头。"他说有个熟人很有兴趣，什么都不会变。但我不喜欢。"他暂停脚步，擦了擦脸，心神不宁，"我们买鸡蛋了吗？"

"买了，跟你说过的，外公。还放在农场。"

"这天太热了。"他说。他的衣领全湿透了，甚至比他骑马时流的汗还多。他抬起手，摸着布布的脖子，像是在寻找支撑。他顺着鬃毛抚摸，对它嘀咕着什么。

莎拉后来回想起来，觉得她应该注意到外公情绪的变化。布布不肯安静地站在马路边时，外公并没有纠正它，可他明明一直认为马停下时就该端端正正地站好。两辆卡车开过去，一辆卡车的司机做了个粗鲁的手势。外公背对着莎拉，于是她也回了个粗鲁的手势。

有些人就是对骑马的女生有偏见。

他们走上安静的小道，栗树投下让人欢喜的荫凉。布布舒展四肢，顶着外公的后背，像要吸引他的注意，可外公似乎没感觉到。他又揉了揉脸，再揉了揉胳膊。"今晚吃煎蛋饼，"他说，"新鲜香草煎蛋饼。"

"我来做。"莎拉说。他们正横穿通往农场的小路。莎拉举起一只手，向减速让路的司机表示感谢，"我们还可以做份沙拉。"

这时，外公松开了一直握着的缰绳。"你拿……鸡蛋。"说着，他闭紧了眼睛。

"什么？"

可他没有听她说话。"得坐下来……"

"外公？"她看了一眼等待中的汽车，他们还在马路中央。

"都走了。"他嘀咕着。

她不明白他在做什么。

"外公，"她大喊，"我们该过去了。"

布布激动起来，马蹄在鹅卵石上踢出了火花，猛地向后甩头。外公在莎拉前面坐下去，仿佛是蜷缩着睡到床上，身体微微偏向一侧。车里的男人不耐烦地按了一下喇叭，接着，好像是反应过来有什么不对劲，从挡风玻璃里向外张望。

莎拉周围的一切都慢下来。她从马背上下来，轻轻落在地上。"外公！"她大喊着，一手去拉他的胳膊，一手还牵着缰绳。

外公双眼紧闭，似乎在认真思考脑海深处的什么念头，所以无论她喊得多大声，他都听不到。他一侧的脸垮了下去，像被人扯着，她只见过外公从容镇定的样子，此刻他脸上奇怪的扭曲让她害怕。

"外公！快起来！"她的叫喊让布布吓了一跳，扯着缰绳。

"他还好吧？"马路对面有人大声询问。

他不好。她看得出来，他不好。

开车的男人从车上下来，飞快地走到外公身边。她紧紧拉着不安的马，发出了恐惧的尖叫："约翰！约翰！帮我！"她记得的最后一件事是牛仔约翰的出现。当他看清眼前的一切后，平常轻松的模样立刻不见了。他僵硬地沿路朝她跑来，一边跑，一边大叫着什么，但她没有听清。

清洁工在油毡布地毯上慢慢移动，抛光机的两把大刷子嗡嗡地高效运转。牛仔约翰坐在女孩旁边硬邦邦的塑料椅上，第四十七次查看自己的手表。他们在这里坐了将近四个钟头了。这四个钟头里，只有一个护士来问莎拉是否还好。

他应该回农场了，他的动物应该都饿了。他临走时锁了门，所以马耳他人萨尔和孩子们应该都没法进去，明天他们说不定会对他大发脾气。

可他不能丢下莎拉。天哪，她还只是个孩子呢。她安静地坐着，双手紧握放在膝上，苍白的脸庞表情专注，像是在祈祷老人赶快康复。"你还好吗？"他问，"想喝杯咖啡吗？"

清洁工从旁边缓缓经过。他瞥了一眼牛仔约翰的帽子，便朝着心脏病病房去了。

"不用，"她说，接着马上小声补充道，"谢谢你。"

"他会没事的，"他第十次这样说，"你外公坚强得很，你知道的。"

她点点头，可并没有信心。

"我跟你打赌，马上就会有人出来告诉我们了。"

她略一犹豫，接着又点了点头。

他们等待着。穿塑料围裙的护士来来去去，没有理会他们。远处传来哔哔声和机器的嗡鸣声。约翰坐立不安，只想找个理由站起来，转移一下注意力。他脑海里挥之不去的全是老人的脸：他倒下时眼神痛苦而愤怒，牙关紧咬，显然是对自己的状况感到屈辱。

"拉夏贝尔小姐？"

莎拉想得出了神，医生的声音把她吓一跳。"我就是，"她说，"他还好吗？"

"你也是……他的家人吗？"医生的视线此时转到约翰身上。

"跟家人一样。"他站起来说。

医生回头看了一眼病房："严格来说，我不能把病情告诉——"

"你最好告诉我，"约翰慢慢说，"上校没有别的家人了，只有莎拉。我是他的老朋友了。"

医生在他们旁边的椅子上坐下，接着对莎拉说："你的外公是脑溢血，中风了。你知道是怎么回事吗？"

她点点头："差不多知道吧。"

"他现在稳定了，不过有点迷糊。他不能说话，什么都不能自己做。"

"但他会好起来的吧？"

"我说过，目前稳定了，但接下来的二十四小时很重要。"

"我能看看他吗？"

医生看了看约翰。

"我们都想知道他好不好。"约翰坚定地说。

"他现在身上连了很多仪器，你们可能会有点吓到。"

"她很坚强的，跟她外公一样。"

医生看了看手表。"好吧，跟我来。"

神哪！老人太可怜了。他似乎突然老了三十岁，鼻子里插着管子，皮肤上贴着针管，脸色灰青地耷拉着。约翰不由得抬起一只手捂住嘴巴。他周围全是带线的机器，以不规则的嘀嘀轻响彼此呼应着。

"这是干吗？"他的问题打破了宁静。

"就是监控心跳、血压之类的。"

"他还好吗？"

医生的回答很流利，但约翰怀疑它毫无意义。"我说过了，接下来的二十四小时非常关键。你们迅速找了人帮忙，这很好。救治中风病人时这很重要。"

两个男人沉默地站着。莎拉走到床边，小心地坐到床边的椅子上，似乎生怕打扰到他。

"你想跟他说话就说，莎拉，"医生温柔地对她说，"让他知道你来了。"

她没有哭，一滴眼泪也没流。她伸出纤细的手，握住外公的手。可她牙关紧咬。不愧是外公的亲外孙女。

"他知道她来了。"约翰说完，走到帘子外面，给她一些私密时间。

他们离开时天都黑了。约翰已经在外面站了一会儿，他在救护车上下病人的地方来回踱步，抽着烟，无视来往护士脸上阴沉的表情。"亲爱的，"他对一位护士说，"你们应该感谢我，我这是为了让你们有活干。"他需要抽烟。上校一直都很强壮，让人以为他会一直像一棵大树，等到约翰都不在了，还能骄傲而坚强地挺立在那里。可今天，看到他像个婴儿一样无助地躺在病床上，任由护士擦去脸上的口水——唉！约翰感觉不寒而栗。

这时，他看到莎拉站在自动门旁边，双手插到口袋深处，耸着肩膀。她一开始并没有注意到他。

"喂，"他发现她什么都没带，"穿上我的外套，你冷了吧？"

她摇摇头，沉浸在自己的悲伤中。

"你要是感冒了，就完全帮不了上校了。"他说，"再说，我要是没把你照顾好，他只怕会用各种法语脏话把我大骂一顿。"

她抬起头看着他。"约翰，你知道我外公会骑马吗？我是说，真正的骑马。"

约翰一时不知如何作答。他夸张地往后退了一步。"骑马？我当然知道。虽然我不太明白跑圈圈有什么意思，不过，我还是知道的。你外公是个骑士嘛。"

她想笑，可他看得出来，她非常勉强。她接受了他披到她肩上的旧牛仔外套。老去的黑人牛仔和年轻的女孩，就这样，一路走到了公交站。

五

"判断一匹尚未驯服的马驹，唯一的标准显然只能是它的身体，因为我们还无法观察到其脾性的明显特征。"

——色诺芬《论马术》

家里的灯亮着。她盯着灯光，把汽车熄火，努力回想是不是早上忘了关。可她从来不会把窗帘开着，那等于是在广而告之家中无人。除非有人在。

"呵呵，"她一边打开前门一边说，"你不是说几周前来的吗？"她的语气毫不客气，虽然她也不想这样。

麦克站在门廊，怀里抱着一堆相纸。"对不起，工作太忙，事太多。我今天下午给你电话留言了说我要来。"

她把手伸到包里翻手机。"哦。"他的出现让她有些意外，"我没收到。"

他们面对面站着。麦克，就在这儿，在她的房子里，他们的房子里。他的发型有点不一样了，他穿的 T 恤是她没见过的。她发现，痛苦地发现，他看起来更好了——没有她的大半年，他变得更好了。

"我需要一些设备，"他朝身后做了个手势，"我记得在那儿的，怎么没找到？"

"我挪走了，"刚说出口，她就察觉到这句话的语气也很不友好，好像她故意要消除他留下的一切痕迹似的，"在楼上，书房里。"

"啊！难怪我没找到。"他挤出个笑容。

"我有些文件需要放到楼下……再说……"她的声音越来越小。

再说，周围全是你的东西，让我觉得很痛苦。有时候，只是有时候，我恨不得拿起大锤子，把它们通通砸烂。

她真希望自己能提前做个准备。她今天加班到很晚，又喝了好多咖啡，尽管她知道晚上又会少睡好几个钟头。她脸上化的妆早就掉了，她怀疑自己看起来又苍白又憔悴。

"那我就上楼去找，"他说，"不会耽误你很久的。"

"没——没事！不着急，我反正还要……还要去买牛奶，你要找什么慢慢找吧。"

      对不起，她曾经说过。麦克，真的对不起。

      对不起什么？他的语气那么平静，那么理智。你刚刚不是跟我说了，什么事都没发生吗？他无法理解地看着她。你真以为我是因为他才离开你的，对吗？

还没等他反对，她已经离开了。她知道他是故意那么客气。他大概以为她是因为和康纳在一起，所以才这么晚回来的。可他从来不会多说什么。那不是麦克的风格。

她平常很少来这家超市，因为这个街区比较乱——在这样的地方，偶尔会有人不付钱就推着购物车冲出去，店里的其他人还会欢呼。可今天，她还没反应过来就已经上了车，关掉了手机。也许是害怕，也许是愚蠢。她只想远远地离开那座房子。

她站在奶制品货架旁，尽量躲开对着冻酸奶喃喃自语的流浪汉。她脑子嗡嗡响得厉害，甚至忘了自己为什么会在这儿。

麦克，这个她父母眼中最不适合结婚的对象，这个与她结婚却极不负责又让人费解的男人，这个几乎将他们俩都毁掉的婚姻中的另一半，又回到了他们的家。

在相当长的时间里，她不愿想起他，而他也让这变得很容易。有时候，他好像是从地球表面消失了一样。他们共同生活的最后一年，他基本不在家，她就像恢复了单身。而他在家的时候，她又发现自己对什么都大发脾气，独自生活反倒更轻松。拿上你的东西快走吧，她在心里对麦克说。她感觉到，那些刚刚远去的阴暗日子又发出了令人厌恶的回响。我一点都不想处理这些事。我一点都不想再感受我去年的心情了。你要做什么就快点，别打扰我。

通往收银台的隔壁货架出现一阵骚乱，将她从思绪中拉了出来。她走到麦片货架尽头，看个究竟。

一个肥壮的非裔男子抓着一个十几岁的女孩。她应该不超过十六岁，正拼命地想要挣脱，散乱的头发遮住脸庞，可男子毫不留情地紧紧攥着她的胳膊。

"有什么事吗？"娜塔莎从燕麦粥架子后面走出去。她这句话是对着女孩问的，眼前的一幕让她觉得很不舒服。"我是律师。"她解释道。这时，她看到了男人衣服上的保安标识。

"来得正好。你进了警察局反正要找律师的，"收银台的女人说，"这下电话都不用打了。"

"我没有偷东西。"女孩又甩了甩胳膊。刺眼的日光灯下，她脸色苍白，大大的眼睛透着疲惫。

"哼，那炸鱼条是自己从冰柜跳进你口袋的喽？"

"我就是在口袋里放一下，我还要拿别的东西呢。我说，求你了，让我走吧。我保证我真的不是要偷东西。"她快要哭了。她不像娜塔莎经常看到的那些小孩一样嘴硬。

"她就直接从我旁边走过去了，就这么走了，"收银台的女人说，"她以为我是傻子吗？"

"要不她现在把钱付了，让她走吧。"娜塔莎建议。

"她？"大块头男人耸耸肩，"她没钱。"

"他们从来都没钱。"女人说。

"我一定是把钱弄掉了。"女孩盯着地板，"我不会再来了，好吗？就让我去找钱吧，不然别人就捡到了。"

"多少钱，"娜塔莎伸手去拿自己的钱包，"那个炸鱼条？"

收银台的女人挑起了眉毛。

娜塔莎累了，她不想在回家时还想着被保安扣住的哭哭啼啼的女孩。"我们就当这是个小小的错误吧，我来付钱。"两人盯着她，好像她是参与诈骗的一分子，直到她拿出一张五英镑的钞票，收银台的女人才犹豫了片刻，给炸鱼条扫了码，并找了零。"我再也不想在这儿看到你那张偷偷摸摸的小脸了，"她伸出一根被香烟熏黄的手指，点着女孩说，"明白吗？"

女孩没有回答。她挣脱保安的束缚，匆匆朝门口跑去，手里还拿着炸鱼条。大门自动打开，将她放了出去，她立刻被黑夜吞没。

"你看看，"保安的皮肤在长条灯下闪闪发亮，"连'谢谢'都没说一句。"

"她就是偷，你明白了吧？上周我们就抓到她了，只不过上次我们没有证据。"

"这可能是她这周吃的最好的一顿，这么想你们可能会觉得好点儿。"娜塔莎说。她付钱买了牛奶，望了一眼正在与洗衣粉吵架的流浪汉，走入了夜色中的街道。

她只走了几步，女孩就突然冒到了她身边。要是她不注意，只怕会吓一大跳，以为来者不善。可女孩只是伸出一只手，"我找到了，"她说，"应该是从我口袋里掉的。"娜塔莎看到她掌心有一枚五毛硬币和几个铜板。后来她回想起来，那女孩掌上有着与年龄不符的厚茧。

可她不想再掺和了。于是她继续往前走。"你的钱留着吧，"她打开车门，"没关系的。"

"我没有偷东西！"女孩坚持着。

娜塔莎转过身。"你总是晚上十一点出来买晚餐吗？"

女孩耸耸肩。"我去医院看病人了。我刚到家，发现家里什么都没有。"

"你住在哪儿？"女孩比娜塔莎最初以为的更小，应该不超过十三四岁。

"桑当。"

娜塔莎瞥了一眼那庞大而杂乱的街区。即便是在这条街上，也能看见它高耸入云的塔楼。那儿可是全市闻名。娜塔莎也不知道为什么自己当时要那样做。也许她就是不喜欢它在黑夜中的样子，也许她只是还没准备好回家面对麦克，或者更糟糕，面对麦克的离开。周遭的城市怒气冲天：远处，汽车在鸣笛；街角，两个男人正愤怒而激烈地大声吵架。

我觉得你并不像你表现出来的那么坚强，康纳·迪恩斯曾轻声这样说过。我觉得在你心里有一个完全不一样的娜塔莎·麦考利。

哇，我可真惊喜！她回答。这话她自己听来也像在抬杠。

两个男人迅速大打出手，拳打脚踢。气氛发生了变化，像是被卷入了一个充满暴力的大旋涡。他们破口大骂，接着脚步声传来，更多不三不四的人朝他们跑去。娜塔莎看到了铁棍的闪光。

"这么晚了，你不应该一个人出来。"娜塔莎一边说，一边飞快走到自己的车旁，"上来，我送你回家。"

女孩打量了她片刻，看着她的西装和漂亮的皮鞋，又瞥了一眼她的汽车。也许，她是在说服自己，一个开着老款沃尔沃这种稳重又安全的车的人，应该不太可能会诱拐小女孩吧。

"后座的门锁坏了，"娜塔莎说，"你最好——"

女孩叹了口气，坐上车，仿佛是无论她再做什么或说什么都无所谓。

娜塔莎还没把车开进停车场，就已经开始为自己的一时冲动后悔了。一群群年轻人稀稀拉拉地聚在一起，有人突然离开，骑着自行车表演后轮支撑的特技；有人把烟头扔到地上，对骂脏话。娜塔莎把车倒进车位时，他们暂停了片刻，显然是在打量这辆不熟悉的小车。

"你还没告诉我你叫什么呢。"娜塔莎说。

她犹豫了一下："我叫简。"

"你在这里住了很久吗？"

她点点头。"没关系的。"她悄声说，说完便去开门。

这时娜塔莎只想回家，回到安全又温馨、平静又舒服的家，听听音乐，喝一杯红酒，回到她自己的世界。经验告诉她，她应该掉转车头，立刻离开。这里是这些年轻人的地盘，他们中有些人可能从来不会走出这个界限一两英里之外，而且他们对自己"领地"里发生的事保持着高度的警惕和关注。娜塔莎知道，自己的车和衣服暴露了中产阶级的身份，而眼前的这个世界比几个街区之外的那个要更加残酷、艰险。可她看了看身边这个面色苍白、身形瘦削的女孩。如果不把她安全送到家门口，此时就丢下她，自己还算什么人呢？

她悄悄把结婚戒指连同信用卡塞进屁股后面的口袋。要是有人来抢包，那就只有一些现金而已。

"没关系的，"简看着她说，"我认识他们。"

"我送你进去。"娜塔莎用她跟未成年客户谈话时冷静专业的语气说道。见女孩并没有露出欢天喜地的表情，她又说道，"没关系的，我什么都不会说的。现在很晚了，我只想确保你安全到家。"

"那就送到门口吧。"女孩说。

她们下了车。娜塔莎把后背挺得笔直，比平时更显果断，高跟鞋在沾满口香糖的人行道上像示威般噔噔作响。

她们走近楼梯时，一个男孩骑车经过，娜塔莎尽量没有退缩，女孩连头都没抬。"这是你外公的新女朋友吗，莎拉？"男孩把帽衫的帽子拉到头上，哈哈大笑着骑走了，昏暗的街灯下，他的脸隐藏在阴影中。

"莎拉？"

电梯坏了，她们只能步行爬上三楼。楼梯间带着一种令人压抑的熟悉感：墙上是胡乱的涂鸦，空气中带着尿骚，地上到处是外卖餐盒，散发着肥肉和鱼块腐臭的气味。走廊尽头，震耳欲聋的音乐声从敞开的窗户传来，楼下响起汽车的警报。娜塔莎听了一下，才意识到不是她的车。

"我到了，"莎拉指着门说，"谢谢你送我。"

事后想起，娜塔莎也不明白自己为什么没有当即离开，也许是因为女孩告诉她的是假名，也许是因为女孩有点过于急切地想要甩掉她。总之，她跟着前面急匆匆的女孩继续走。她们走到门口，女孩才停下来。她呆若木鸡的姿势让娜塔莎意识到，那门并不是为了欢迎她回家而开的，它是被撬开的。门锁边被撬烂的木框指向一间小小的公寓，所有的灯都亮着。

她们一动不动地站了一会儿。娜塔莎往前跨了一步，把门推开。"有人吗？"她问。她都不知道自己是怎么想的，难道入侵者会回答她吗？她朝莎拉瞄了一眼，她早已用手捂住了嘴巴。

入侵者早就走了。大门正对着小小的走廊，穿过走廊，可以看到客厅，客厅非常整洁，任何异常都会格外明显：电视机柜上是空的，厨房碗柜的门是敞开的，小抽屉柜里的抽屉都被拉了出来，地板上有一个碎掉的相框。莎拉径直走到相框旁，把它捡起来，小心地拿开上面的碎玻璃。这是一张 20 世纪 60 年代的情侣黑白照。突然间，莎拉显得是那么年幼而弱小。

"我打电话报警。"娜塔莎从包里拿出手机，打开电源。她颇为歉疚地看到麦克给她打过电话。

"没用的，"莎拉疲惫地说，"他们从来不管这里发生了什么。欧布莱恩太太家上周也被偷了，警察说这点小事压根不值得他们跑一趟。"她在公寓里到处查看，跑进房间又跑出来。

娜塔莎走进门廊，将前门的防盗链挂上。她还能听到楼下那群年轻人的喧哗，她尽量不去担心自己的车。"丢了什么？"她跟在女孩后面问。这里并不像她预料中的那般杂乱。这个家里还有不少像样的东西，并且井井有条。

"电视机，"莎拉嘴唇颤抖着说，"我的 DVD，还有我们度假的钱。"她好像又突然记起了什么，冲向一个房间。娜塔莎听到开门的声音和翻箱倒柜的声音，接着，莎拉又回来了。"他们没找到，"她微微一笑，"我外公的养老金存折。"

"你爸妈在哪儿，莎拉？"

"我妈妈不住这儿，就是我和我外公……"她窘迫地说。

"那外公在哪儿？"

她犹豫了。"在住院。"

"现在是谁照顾你？"

她不开口。

"你自己一个人住了多久？"

"几周吧。"

娜塔莎在心里发出一声哀叹。她自己的生活已经够复杂了，太多事要去应付，可这件事是她自找的。她一开始就应该拿上那盒她其实并不需要的牛奶走出超市。她应该待在家里，和前夫吵上一架。

她拨通了家里的电话。

"天哪，塔莎，你到底在哪儿啊？"麦克发火了，"你买盒牛奶要买多久啊？"

"麦克，"她小心翼翼地说，"我需要你过来一下。带上你的工具箱，还有我的包，我需要我的电话簿。"

麦克花了四年时间重新装修他们的房子。在她父母眼中，这是他的可取之处。他打了石膏板，做了木工活，除了房顶和砖瓦，基本上所有的一切都是他自己完成的，他甚至还参与了设计。他动手能力很强，拿起工具就和拿起照相机一样熟练。娜塔莎没有艺术细胞，可他却能在事物存在之前就看到它们：比如房间的形状、风景的构图，或是一张照片。他的脑子里就像存储着各种漂亮的意象，只等着变为现实。

他吹着口哨告诉她，给门安个新锁不在话下。娜塔莎迅速就意识到了，还在为度假的钱烦恼的女孩应该是请不起修锁匠的。麦克带来一个旧门锁，不到四十分钟，就把它装好了。

"克丽丝塔吗？我是娜塔莎。"回应她的是茫然的沉默，"娜塔莎·麦考利呀。"

"哦，娜塔莎呀，你好！今天怎么是你给我打电话呀？"

"是呀，我这里有个情况比较棘手，我得帮一个十几岁的小姑娘找个住处。"她概述了事情的来龙去脉。

"我们这里没有，"克丽丝塔说，"真没有。昨天早上来了十四个寻求政治庇护的儿童，都是没有监护人的，所有的寄养点都住满了，我一晚上都在打电话。"

"我——"

"在你开始申请紧急司法审查程序之前，我得告诉你，今天晚上我唯一能安置她的地方就是警察局。你不如给自己省省时间，也给法官省省时间，直接送她去警察局得了。明天情况可能会好点。但老实说，我也不确定。"

娜塔莎走回客厅时，麦克已经完工了。他还带了块铁板——鬼知道他这些东西都是藏在哪儿的。他用螺丝把铁板固定到门框上。"这样别人就再也进不来了。"他一边说，一边把工具收起来。

娜塔莎尴尬地朝他笑了笑，很感激他的能干，也感激他没有一句怨言，毕竟是她大半夜把他拉来做手工活的。他坐在离莎拉几尺远的沙发上，看着相框里的照片——这是麦克每次去别人家的第一个参考指标。"那么，"他说，"这位就是你外公了？"

"他以前是上校。"她说。她握着卷成一团的纸巾，声音很小。

"这张照片很漂亮，"他说，"你觉得呢，塔莎？你看那匹马身上的肌肉。"

作为摄影师，他有自己的办法让人放松。他几乎和任何人都能迅速建立起轻松而亲密的关系。娜塔莎尽量表现出欣赏的样子，可心里想的却是该怎么告诉莎拉她要去警察局过夜。"你能不能收拾个包，把校服也带上？”

莎拉拍了拍身边的旅行袋。她看起来有点不安。娜塔莎只能提醒自己，那是因为女孩对这群即将掌控自己生活的人一无所知。此时，时间是晚上十二点半。

“那我们该把你送到哪儿去呢，姑娘？”麦克的问题是抛给娜塔莎的。

娜塔莎深吸一口气。“今天晚上有点难办，我们得先给你找个临时住处，再找更适合的地方。”

两人期待地望向娜塔莎。

“我找了认识的人，可是，没有能住的地方。这么晚了……而且今天来了很多人……”

“那我们去哪儿呢？”麦克问。

“恐怕今天晚上我们只能送你去警察局了，这跟之前的事没关系啊。”娜塔莎看到莎拉脸色发白，赶紧安慰道，“只是现在真找不到寄养的地方，旅店也没床位了，至少还得等几个钟头。”

“去警察局？”麦克难以置信地问。

“没别的地方了。”

“可你一定还有熟人呀。你不是一直都在做这些吗，让政府把孩子们安排好。”

“有时候就是只能住到警察局去呀。就住一晚，麦克。克丽丝塔说明天一早就能帮她找到更好的地方，她会去那儿找我们。”

莎拉摇着头：“我不要住警察局。”

“莎拉，你不能一个人住在这儿。”

“我不去。”

“塔莎，这太荒唐了。她十四岁了，不能住警察局。”

"我们别无选择。"

"不，还有选择。我跟你们说了，我在这儿挺好。"莎拉说。

大家沉默良久。

娜塔莎坐下来，认真思考。"莎拉，你还认识什么人吗？可以借住的同学？其他亲戚呢？"

"都没有。"

"你有你妈妈的电话吗？"

她表情僵硬。"她死了，只有我和外公。"

娜塔莎朝麦克转过身，希望他能理解。"这种情况很常见，麦克。只要在警察局住一晚。我们总不能把她留在这儿呀。"

"那她可以跟我们回去。"

他的这个主意和这句话里的"我们"都让她不知所措。

"我不能把一个家里刚刚失窃的十四岁姑娘送到警察局去，鬼知道她会跟谁住一起。"他补充道。

"她在那里是安全的，"娜塔莎说，"她又不会和别人住一间，他们会照顾好她的。"

"我不管。"他说。

"麦克，我不能带她回家。那会违反各种规定，各种建议——"

"去他的规定。"他说，"如果规定说，我们应该把小姑娘送去警察局，而不准她在别人安全温暖的家里睡一晚，那你这规定算个屁。"

麦克很少说脏话，娜塔莎意识到他非常认真。"麦克，我们还不符合收养资格，别人会认为她——"

"我是有无犯罪记录证明的。我刚开始在高中上课时，就办了所有证明。"

上课？

他朝莎拉转过身："你想……住我们家吗？我们可以给你外公打个电话告诉他。"

她看了看娜塔莎，然后又看着他。"行吧。"

"还有其他什么规定说她不可以住我们家吗？"他带着嘲讽的语气说出"规定"两个字，仿佛娜塔莎是在故意找借口刁难。

还有我的工作原因啊，娜塔莎想说。要是大家知道了我收留流浪儿童，那我的专业素质就将受到质疑。再说，我也不认识这个女孩子啊。我看到她在超市偷东西，而我至今也不相信她的解释。

她盯着莎拉，努力不去想艾哈迈迪。那个年轻人曾经表现得那么绝望，才让她甘冒风险。"给我五分钟。"她说。

她走回女孩的卧室，拨通了克丽丝塔的电话。

"我要迟点去。"还没等娜塔莎开口，克丽丝塔就说道，"有个收养家庭出了点问题，我得去接个人。"

"我不是要说这个，"娜塔莎飞快地说，"克丽丝塔，我这里的情况有点特殊。那女孩不愿意去警察局，我……麦克也不想送她去警察局，他——他有无犯罪记录证明，他认为她应该去我们家住。"

克丽丝塔沉默了许久。

"克丽丝塔？"

"好吧……你们是这个女孩家人的朋友吗？你们认识她的父母吗？我们可以说是他们请你们帮忙照看的吗？"

"还不能这么说。"

又是久久的沉默。

"你到底认不认识她？"

"我是今天晚上才认识她的。"

"你……你觉得这样好吗？"

“她好像……”娜塔莎停了一下，想起了超市的事，“……是个好孩子，挺能干的。她家里一个人都没有，而且刚刚失了窃，所以……很难办。”

她从克丽丝塔的沉默中听出了她的惊讶。她认识娜塔莎近四年了，从没想过她能做出这样的事来。

“跟你直说吧。”克丽丝塔终于开口了，“我建议你，就当我们没打过这个电话，我反正还没有登记。要是你觉得她没事，觉得她跟着你们更安全，那就没必要大半夜跑到警察局去了。说实话，我不需要知道她的存在。明天你再给我打电话吧。”

娜塔莎合上手机。女孩的房间整洁有序，超出了她对这个年龄女孩的预期。到处是马的照片，都很大，有随杂志附送的骏马奔腾的全彩海报，也有应该是她小时候和一匹棕马的合影小照，背景中绿色的草地和无边的海滩与此时双层玻璃窗外的景观形成了奇异的对比。

她累了。她闭了一会儿眼，接着，走出房间，进入客厅。麦克和莎拉不再说话，齐齐望向她。娜塔莎看到，莎拉湛蓝的眼中带着疲倦与震惊的阴霾。

“你去我们家住吧，就一晚。”她勉强挤出一个笑容，“明天一早，我们就找社工来帮你安排。”

莎拉几乎是一言未发就去睡了。一路上，她保持着安静，像是才明白自己危难的处境。麦克大概猜到了，不遗余力地想要逗乐她，安慰她。娜塔莎差点认不出他来：他变得那么亲切，那么体贴，说起话来又是那么温柔。看到他向别人展示出最好的一面，娜塔莎不免隐隐心痛。只想着他的缺点还比较舒服。

娜塔莎开车时基本没怎么说话，麦克和女孩在一起的样子让她心里既不安又矛盾。这个夜晚变得越来越虚幻。不过分开短短一段时间，他就变得如此熟悉又陌生，仿佛是属于某个别的地方。

她忘了他对孩子有多好，因为除了她姐姐的小孩，他们很少与孩子接触。

"空房整理好了吗？"麦克问。她往后退了一步，让他们进屋。

"床上还有几个箱子。"都是他的书，那是在可以这么做的日子里她整理出来的。麦克太粗心了，她怕他把东西弄混。

"我来搬走，"他指了指莎拉，"要不你去问问看她想喝点什么？"

"热巧克力怎么样？"娜塔莎问，"要吃点什么吗？"这话刚一出口她便觉得自己很傻，像个完全不了解现在的年轻人喜欢什么的老阿姨。

莎拉摇摇头。她的视线穿过敞开的大门，望向客厅。麦克之前在整理他的摄影器材，地上到处是箱子。"你们家真漂亮。"

娜塔莎突然透过陌生人的眼看到了自己的家：它确实很大、很舒服，装饰得很有品味。它展示了主人雄厚的财力和精心挑选的物品。她不知道女孩是否能看出其中的破绽，看出这房子最近都没有男人住。"你上楼之前，需要我帮你准备什么吗？你想要我……帮你把校服熨好吗？"

"不用了，谢谢。"她把旅行袋拿近了一点。

"那我就带你上楼吧，"娜塔莎说，"楼梯平台有洗手间，你可以一个人用。"

"我希望你不要介意，"娜塔莎从楼梯上慢慢走下时，麦克说，"我在书房的沙发上铺好了床。"

她大半料到了。她不能在半夜这个时候把他赶出去，不能在他做了这么多事之后把他撵走。可是，一想到要和他同睡一个屋檐下，她又奇怪地觉得恐慌。"来杯红酒吗？"她说，"我得喝一杯。"

他长长叹了口气："嗯，好吧。"

她倒了两杯，递给他一杯。他坐在沙发上，她踢掉鞋子，盘腿坐在扶手椅上。时间是差一刻两点。

"明天都得交给你了，"她说，"我一早就要出庭。"

"只要告诉我怎么做就行。"

她出神地想，他应该没有工作安排，否则不会提出帮忙。

"我应该给谁打电话，我应该送她去哪儿，你都写下来。我大概会让她睡个懒觉，毕竟她折腾了一晚上。"

"我们都折腾了一晚上。"

"她是又惊又怕吧，"他说，"就是大人也会难以接受吧。"

"她做得相当好了。"

"这样是对的，"他朝楼梯摆了摆手，"把她丢下……感觉不太好，毕竟发生了这么多事。"

"是啊。"

他们默默喝着酒。

"嗯，你还好吗？"她终于承受不了沉默的压力，首先开口了。

"还好，你看起来也不错。"

她挑起眉毛。

"好吧，累是累，不过还好。这个发型很适合你。"

她抑制住想要摸一摸的冲动，麦克总是让她有这样的冲动。"你在忙什么呢？"她改变了话题。

"我现在每周上三天课，其他时候接一些商业安排，人像摄影什么的。偶尔出差。不过实话说，出得不多。"

"上课？"她尽量让语气不要太像质疑，"我还以为我听错了呢。"

"我不介意啊，有报酬的。"

娜塔莎反复咀嚼着这句话。多少年来，他一直不愿意妥协。哪怕是接不到广告，她建议他去上课时，他也总是嗤之以鼻。他不想受到约束，不想让任何事阻挡了他随心所欲的自由。但这也就意味着他要么赚得盆满钵满，要么颗粒无收，而实际情况往往是后者。

现在，他成了成熟的麦克，积极的麦克。她感觉遭到了背叛。

"是的，我对整个商业现状不再抱有幻想了。上课也没有我想象的那么可怕，他们好像挺喜欢我的。"

好吧，真是个惊喜，娜塔莎心想。

"在我想清楚何去何从之前，我会一直上课的，只是报酬不高。"

她全身紧绷，像是准备迎接打击。"还有？"

"还有，塔莎，我们总得找个时候，想想该怎么处理这房子。"

她很清楚他的意思，终于该确定财产分配了。"你的意思是？"

"我也不知道，可我不能永远拎着箱子生活吧？这都快一年了。"

她久久地盯着自己的杯子。那么，就是这样了，她想。可当她抬起头看他时，她保持着面无表情。

"你还好吗？"

她喝完了最后的红酒。

"塔莎？"

"我现在没法想这事，"她突然说，"我太累了。"

"没问题，要不明天吧。"

"我一大早就要出庭，我跟你说过了。"

"我知道，就是你什么时候有空——"

"你不能突然跑回来就让我卖掉我的房子吧？"她猛地打断了他。

"是我们的房子。"他纠正道,"而且你也不能说这件事很突然。"

"过去这半年,我连你在哪个国家都不知道。"

"你要是想联系我,可以给我妹妹打电话。可你宁愿坐在这儿,等尘埃落定。"

"尘埃落定?"她重复了一遍。

他叹了口气。"我不想找你吵架,塔莎,我只想把事情处理好。你不是总催我把事情安排好吗?"

"我知道,但我累了,我明天还有很多工作。如果你同意,我希望另外找个时间来分配财产。"

"行。不过我要告诉你,从现在开始,我需要在伦敦找个落脚之处。在我们把事情处理完之前,我想住在客房,除非你有非常好的理由反对。"

娜塔莎非常安静地坐着,确定自己没有听错。"住在这里?"

"是的。"

"你开玩笑吧?"

他露出一抹笑容。"跟我住有那么恐怖吗?"

"可我们已经不在一起了啊。"

"是,可这房子有我的一半,我需要找个住的地方。"

"麦克,这是不可能的。"

"你要是能接受,我是没问题的。就几周时间,塔莎,我也不想强人所难。如果你不愿意,那你就去另外找个地方。在我看来,我已经让你一个人住了大半年了。现在,我有权住回来。"他耸耸肩,"拜托了。这房子这么大,我们好好相处,不会成为噩梦的。"

他的轻松让人不安。他甚至有些开心。

她想骂他。她想扔东西砸他的头。

她想狠狠摔门，住到酒店去。可这个家里还有个十四岁的陌生女孩，她才刚刚同意要共同对她负起责任。

　　她一言不发，走出房间，爬上楼梯，走进卧室，可这卧室感觉也不再是她的了。她心想，要是房主的头被人打爆了，不知道这房子会不会比较难卖。

六

"马和人都一样：各种坏脾气在早期都更容易得到纠正。如果它们变成长期的行为又得不到正确的对待，那就不容易纠正了。"

——色诺芬《论马术》

照片里的女孩朝父母露出灿烂的笑容，父母各牵着她的一只手，像是要把她举起来。海报上写着："收养改变一切。"所以这两个不是她的父母。不过本来也长得不像，他们大概都是模特，收了钱，来扮演幸福的一家人。

孩子的笑容突然让莎拉心烦意乱，她在社工办公室的椅子上，不安地扭了扭，望向窗外，看到了市政公园里的灌木和大树。她要到斯伯佩尼大道去。她知道，就算她不去，牛仔约翰也会好好照顾布布，可毕竟还是不一样。布布需要出来透气，它需要继续训练。

女人匆匆在纸上写完。"好了，莎拉，关于你的详细情况我们都记下了，我们会帮你安排的。在你外公病好之前，我们尽量帮你找个暂时的家，你觉得行吗？"

女人跟她说话的语气就好像她跟海报上的小孩一样大，每句话都以升调收尾，似乎在发问，只是她所说的一切显然都是不容置疑的。

"我是儿童服务接待与评估组的，"她说，"我们来看看能不能帮你安排，好吗？"

"具体怎么运作呢？"麦克在她身边问，"是有家庭……专门在短时间内收养小孩吗？"

"我们登记了很多收养家庭，有些孩子——我们的客户可能只会住一个晚上，也有的可能会住好几年。至于你的情况，莎拉，我们希望只是短期的。"

"等你外公好了就不用了。"麦克说。

"是的。"女人说。

女人回答的语气并不确定，莎拉想。

"很多年轻人都会遇到你这样的情况，莎拉，他们都需要一些帮助。你不用担心。"

早餐时，麦克和娜塔莎都只跟她说了话，相互之间却没说话。她不知道他们是不是吵了架，也不知道是不是与她有关。她记得外公外婆从不吵架。外婆开玩笑说，她是可以和外公吵的，只是外公不会回嘴。外公一生气，就会非常安静，面无表情。"像跟雕像在吵架。"外婆总是会心一笑，似乎这是他们之间的玩笑。

她眼睛刺痛，眼泪要流出来了。她咬紧牙关，又把它们压了回去。她后悔跟着麦克和娜塔莎。昨天晚上她太害怕了，可现在她发现自己的生活被别人掌控了，而且是压根不了解她的人。

女人看着一份文件。"我看到你外公外婆是你的监护人。你知道你妈妈在哪儿吗，莎拉？"

她摇摇头。

"我能问一问，你最后一次见她是什么时候吗？"

莎拉朝旁边的麦克瞄了一眼。她和外公从来没有谈论过妈妈。要在陌生人面前把家底翻出来，这感觉很奇怪。"她死了。"她说得结结巴巴，不得不说出这件事，让她满心怒火，"她几年前就死了。"

她看到他们脸上的同情，可她从来没有像想念外婆那样想念过妈妈。她的妈妈从没有给过她温暖的拥抱，从没有张开双臂迎接她，而只在她的童年投下了混乱又难以预料的阴影。在莎拉的记忆中，妈妈只是一系列的影像，她记得被妈妈带到陌生人的家里，被丢在沙发上自己睡觉，她记得远处嘈杂的音乐和争吵，记得那种慌张而漂泊无定的感觉。后来，她跟着外婆和外公生活，一切才有了秩序，有了规矩，有了爱。

女人在纸上草草写着。"你确定没有朋友可以借住吗？还有其他亲戚吗？"她充满期待，像是并不想应付莎拉这摊事。可莎拉只能承认，确实没有一个人会愿意让她借住几周。她没有那么多朋友，为数不多的几个朋友都住在和她家一样小的公寓里，即便她想开口求助，她和他们也没有那么熟。

"我要走了。"她悄悄对麦克说。

"我知道。"他说，"别担心，学校知道你今天晚点去。帮你安排好一切更重要。"

"你刚刚说你外公在哪儿来着？"女人微笑着问她。

"在圣塔莉莎医院。他们说要给他换地方了，但我也不知道是什么时候。"

"我们可以帮你问清楚。我们会留好联系方式的。"

"我还能每天去看他吗？我一直都是每天去的。"

"我不确定，这得看我们把你安排在哪儿。"

"什么意思？"麦克说，"难道不是她家附近吗？"

女人叹了口气。"恐怕系统现在压力很大。我们也想把客户安排在离家近的地方，但这无法保证。在莎拉外公出院之前，我们一定尽力让莎拉定期探望他。"

莎拉从女人的字词间听出了巨大的鸿沟，在她本该确定的地方只有漏洞。她仿佛看到自己被安排进某个笑脸相迎的家庭，可那个家和外公、布布相距遥远。如果她去哪里都要好几个钟头，她还怎么照顾布布呢？这可不行。

"你们相信我，"她望着麦克说，"我可以照顾自己的。真的，只要有人稍微帮一下我，我住在家里就挺好的。"

女人微微一笑。"对不起，莎拉，但法律规定，我们不能让你一个人住。"

"我真的可以，主要问题只是家里被盗了。我必须留在家附近。"

"我们一定竭尽所能确保这一点。"女人圆滑地说，"现在，我们该送你上学了。放学以后，社工会去找你，希望他们能带你去住的地方。"

"我不能，"她突然说，"放学以后我还要去个地方。"

"如果是课后兴趣班，我们可以跟学校说明。我相信他们不会介意你缺一次课的。"

莎拉在思考，到底应该告诉他们多少。如果把布布的事告诉他们，他们会怎么做呢？

"好了，莎拉。接着说一下信仰的事吧，不会耽误你太久。你能不能告诉我，在这几个类别中，你属于哪一种？"

女人的声音越来越小，莎拉不由得又望向麦克。她看得出来，他在这里也很别扭。他坐立不安，好像宁愿去任何地方也不愿待在这里。好吧，他现在应该明白她的感受了。她突然很恨他，恨他和他妻子给她惹来这些麻烦。昨天晚上要不是一时吓傻了，她本可以自己把门修好的，牛仔约翰也可以帮忙。那样一来，她这会儿就还是在家里，过着自己的生活，每天看两次布布，坚持到外公回来。

"莎拉，是英国国教会，还是天主教？印度教？伊斯兰教？或是别的什么？"

"是印度教。"她叛逆地说，大家都难以置信地看着她时，她又重复了一遍，"就是印度教。"她看到女人把这写下时，差点笑出来。要是她故意为难他们，说不定他们就会让她回家了。"而且，我是严格的素食主义者。"她又补充道。麦克的表情告诉她，今天早餐他给她做的培根三明治他还没忘记呢。可她笃定他不敢反驳。

"呃呃呃好吧。"女人继续写着，"快完了。麦考利先生，你现在可以走了，接下来的交给我。"

"对了，我还有幽闭恐惧症，不能住有电梯的房子。"

这一次，女人的表情变得严厉。莎拉怀疑，她并不像一开始表现出的那样富有同情心。"好吧，"她干脆地说，"我会找你的学校和你的医生谈谈。如果真有什么特殊需要或问题，他们一定会证明的。"

麦克在纸上胡乱涂写着。"你还好吧？"他悄悄问莎拉。

"好得很。"她说。

他却很烦恼。他想，他也清楚是自己毁了莎拉的生活。他递给莎拉一张纸。"我的电话。"他说，"有任何问题，就给我打电话，好吗？我会全力帮你的。这样没关系吧？"他朝女人问了一句。

她冲着他微笑。莎拉发现，女人们都会对麦克微笑。"当然没问题，我们鼓励客户尽量保持正常的生活秩序。"

麦克站起身准备离开，他把从公寓带来的文件和私人资料递给她。"保重，莎拉。"他说。他还在徘徊，似乎不确定该不该走，"希望你快点找到一个家。"

莎拉踢着自己的椅子腿，没有说话。她发现，什么也不做，什么也不说，是她现在仅存的能力。

"谢天谢地，我还以为我们又要给你打电话了呢，还怕你发脾气。"

"对不起，有事耽搁了。"麦克把摄影包丢到地板上。他吻了吻跟他很熟的艺术指导露易莎的脸颊，便朝坐在镜子前的女孩转过身。女孩飞快地发着短信，完全无视身后正用硕大陶瓷棒帮她卷头发的造型师。"嗨，我叫麦克。"他伸出一只手。

"哦，嗨！"她说，"我叫赛琳娜。"

"你一个钟头前就该到了。"玛莉亚敲着自己的手表。她的牛仔裤低低地挂在胯上，几乎到了有伤风化的程度；上半身套着两层飘逸的深色薄纱，巧妙地系在一起，展示出纤纤细腰。她身后，有个人正在摆弄 CD 机。

"我是想多给你一点施展魔力的时间呀，亲爱的。"他吻了吻她的脸，一只手滑过她赤裸的后背，"那我现在准备，好吗？露易莎，你能帮我再简单说一下吗？"

露易莎概述了他们要为这位年轻女演员达到的拍摄效果，负责服装的女孩在一旁认真点头。麦克也点点头，表现出全神贯注的样子，可他满脑子还是那个儿童福利部门。四十分钟前，他从那幢气氛压抑的大楼跑下来，却没有预料中的如释重负。他们坐在办公室时，莎拉意识到了境况的变化，她看起来相当痛苦，仿佛缩成一团。他曾经想过问塔莎能不能让女孩跟他们住，可当他们在沉默中准备着早餐，他思考该如何开口时，他意识到了这有多么荒谬。塔莎已经明确表示，莎拉的出现影响了她的工作，况且她还没有完全接受和他同住的事。那里感觉都不是他的家了，他又怎么能强迫她接受一个陌生人呢？

"多用红色，胆子大点。我们得用照片表明一种态度，麦克。她不仅仅是一个年轻的小明星，她还是未来的严肃女演员，是年轻版的朱迪·丹奇，是不那么政治化的瓦妮莎·雷德格瑞夫 [1]。"

麦克望了赛琳娜一眼，她正对着短信咯咯傻笑。麦克压下心头的一声叹息。这十年来，他拍过多少崭露头角的年轻明星，数都数不过来。只有两位勉强撑过了最初的宣传造势，拿到了情景喜剧。

"她准备好了。"玛莉亚出现在走廊，嘴里咬着一支细细的化妆刷，灵巧的手指正盘着女孩的金发。服装师从长长的衣架上把衣服取下来，搭在一只胳膊上。"我把这些拿出去。"

"十分钟后开始，我去检查一下背景布。"露易莎离开了他们。

玛莉亚朝麦克走来。"我本来想问你为什么这么迟，"她用浓浓的斯拉夫口音说，"可又觉得无所谓了。"

他用一根手指套住她腰带上的小圈，把她拉近。她的头发散发着苹果的香气，皮肤上残留着化妆品和发胶的气味。"跟你说了，你也不会信的。"

她把化妆刷拿下来。"你到外面勾搭女人去了。"

"还真是，而且是个十四岁的女孩儿。"

她紧紧闭上嘴巴，他看到了她上嘴唇旁边小小的雀斑。"不意外，你就是个人渣。"

"我尽力啦。"

她吻了吻他，接着便走开了。"这个拍完了我还有个活，在苏荷区，你想约个会吗？"

"去你家的话可以。"

"现在回你前妻家了？"

"那也是我的家，我说过的。"

---

1   这两位都是英国著名演员。

"那女人不介意你住回去吗？"

"恐怕我们还没这么讨论过。"

她眯起眼睛。"我不信她。但凡有点自尊的女人怎么会接受前夫这样住回来？我在克拉科夫的前男友想回我家时，我就想拿我爸的枪对准他。"她模仿着拿枪的动作。

麦克想了想。"好吧……这也是种选择，我觉得。"

"事后我也觉得不太好，其实他只是要把我的 CD 机还给我。"她转身离开，朝门口走去，顺手从果盘里拿了一颗散落的葡萄，"我正好想要呢。"

补过的大门又卡住了。牛仔约翰用力拉着，他一边捣鼓门锁，一边想把门板对齐。这时，他看到一个熟悉的身影朝自己跑来，身上的书包正一下下地撞着屁股。

"我正准备关门呢。"他又打开了门锁，"昨天我等了你整整一天，就知道你有什么事。你去哪儿了，丫头？"他咳嗽着，声音嘶哑。

"他们让我住到霍洛威去了。"她把书包扔到鹅卵石路上，从他身边跑向布布的马厩。

他把门拉上，腿脚僵硬地跟在她后面。秋日的寒气冷得刺骨。"你进监狱了？"

"不是监狱，"她用力拉开马厩的门闩，"是社保部门。他们说外公不在家，我不能一个人住，非让我住到别人家，但他们家在霍洛威。他们以为我现在跟外公在一起——为了到这儿来，我只能这么说了。"约翰看着她扑到马脖子上，打了个长长的寒战，好像压抑了一天的紧张终于释放了。

"慢着，嗨，慢着。"他打开灯，"你得从头说，到底怎么回事？"

她面朝他，眼里亮晶晶的。"我家周二被人撬了。有个女人正好送我回家，好像是律师吧，她说我在家里不安全，所以就让我跟她住一晚。后来他们把我带去社保部门，接下来我就住到别人家了，要住到外公病好为止。这家人住在霍洛威。我之前从没见过他们。我坐公交车来这儿得一个小时零一刻钟。"

"他们为什么要没事找事？"

"我是挺好的，直到家里被撬了。"

"你外公知道了吗？"

"不清楚，我明天才能去外公那儿。他们还不知道布布的事。我不能让他们知道，要不然他们会把布布也送走的。"

牛仔约翰摇摇头。"这你就别担心了，布布哪儿都不去。"

"我没法给你租金，他们拿走了外公的养老金存折，除了坐公交车和吃午饭的钱，我什么都没有。"

"别担心，"她被卷入了小小的旋涡，"等你外公好了我再跟他解决租金的事，你有买马粮的钱吗？"

她把手伸进口袋，数好现金，递给约翰。"我这里的钱够买四捆干草和几袋马粮，不过得请你帮忙喂它，我都不知道还能不能来清扫马棚。"

"没问题，没问题，我帮你扫干净，要不就找个男孩子来扫。还有铁匠呢？你知道他星期二来吧？"

"我知道，我还攒了点钱，这个月的能付。不过租金就付不起了。"

"我跟你说了，等上校好了以后，我再找他要租金。"

"我会还你的。"她的语气像是担心他不相信她。他退了一步。"我当然知道，你以为我傻吗？"他朝其他小马打了个手势，"如果是那些小兔崽子，一天的租金我都不准欠，不过你和你外公……你只管冷静下来，把马照顾好，其他事我们慢慢解决。"

她似乎稍微松了一口气。她拿起刷子，开始刷马，她的手臂沿着马的侧身有条理、有节奏地刷下来，跟外公一样。她似乎在这简单的动作中找到了慰藉。

"莎拉……我想把你接到我家住，可我家有点小，而且我一直都是一个人。要是我家再大一点，或是家里有个女人……我感觉他们可能不会同意一个女孩子去住。"

她告诉他，没关系的。

他站了一分钟。"我走了，你关门没问题吧？"他说。他看得出来，她还不想马上离开。他靠在马厩门边，把帽檐往后拉了拉，好看清楚她的脸，"听我说，莎拉。要不明天我替你去探望外公，你到这儿来，怎么样？"

她挺直后背。"你愿意去？我确实不想两天都没人去看他。"

"当然愿意。他一定很想知道布布还在继续训练，我也有件事要告诉他，而且，亲爱的，这件事我也要跟你谈一谈。"

她变得谨慎，等着新的打击。

"我想把农场卖给马耳他人萨尔。"

她双目圆瞪："可是——"

"没关系的。我也会跟你外公说，什么都不会变的。我把房子卖掉之前，还会继续留在这儿，我每天还是会继续打开门做生意。"

"你打算去哪儿？"她搂着马的脖子不松手，像是害怕它也会不翼而飞。

"我要搬到乡下去，有青草的地方，我觉得我的马应该住在那样的地方。"他朝自己的几匹马点点头。他犹豫着，拿走嘴里的香烟，朝地板吐了口唾沫，"看到你外公的情况，莎拉，我很震动。我不年轻了，如果只有几年好活，我想找个安静的地方活。"

她什么都没说，只是看着他。

"萨尔跟我保证，什么都不会变的，丫头。"他说，"他知道上校的事，知道你现在很困难，他说他会让一切维持原样的。"

她什么都不必说，他从她脸上都看到了。考虑到她目前的处境，她怎么可能相信这种话？

"谢谢你临时赶来，迈克尔。帕西太太马上就到，我想把准备文件先跟你过一遍。"看到本拿着一盒纸巾和一瓶冰白葡萄酒走进来，娜塔莎停了一下，"我们一般不鼓励'哭诉'，"本小心地把酒瓶放到她桌上，"可客户是这种情况……"

"……你还得让她哭一哭。"

娜塔莎微微一笑。"再来一杯她最喜欢的夏布利干白安慰一下。"

"我还以为你们这儿一有酒就会被没收呢。"作为大名鼎鼎的离婚律师，迈克尔·哈灵顿以迷人的魅力和幽默的谈吐掩饰着自己极其敏锐的思维。娜塔莎还记得第一次在庭上看到他的情形，那时她还是个实习生，而他则是对方的法律顾问。他看似轻松自如，却以一针见血的狠劲打败了娜塔莎这边的律师，她恨不得拿台录音机把他的话录下来。

"好吧。"她扫了一眼手表，"简单来说，结婚十二年，这是第二任，前任太太离开后，他们立刻就在一起了，还引起了一些非议。一年前，他和互惠留学生[1]搞到一起，被她捉奸在床。很标准的离婚案。我们有两个问题：一，财产状况不透明，所以目前财产分割还

1　住在国外家庭，以劳动换取食宿并学习语言的留学生。

未达成一致；二，她拒绝接受探视小孩的安排，因为她说他一直在身体上和精神上虐待她，还对十一岁的女儿恶言相向。"

"真乱。"

"是的，报纸上说婚姻存续期间没有这方面的证据，"娜塔莎翻着自己的诉讼概要，"但她说那是因为她用尽了一切办法遮掩，为的是不影响他在商界的地位。现在她没什么可怕的了。可他威胁说，如果不能探视小孩，就要收回之前的财产分割方案。

"考虑到他的声望，我应该不用提醒你，这个案子会很高调。听证会定在皇家高级法院家事庭的立案庭，调解过程肯定是场灾难。与此同时，帕西太太好像……呃，好像迫不及待地想说出自己的故事，我费了好大力气才说服她不要去报社。"她顿了一下，将两手指尖压在一起，"迈克尔，你会发现她不是那种很好代理的客户。"

本把头从门后伸出来。"她来了。"

迈克尔飞快地朝她瞥了一眼，便站起身，伸出手，准备迎接走进房间的帕西太太。

在戴维森·布里斯科律师事务所工作期间，娜塔莎已看过太多受虐待的女人。她为很多孩子代理，他们母亲的太阳穴上还带着刚刚愈合的伤口，眼睛周围还有尚未消退的瘀青，可她们仍赌咒发誓说丈夫从来没有碰过她们一根指头。她见过长年饱受折磨的女人，说话都不敢大声——可她没见过乔治娜·帕西这样的女人。

"他又威胁我！"还没等本把她身后的大门关上，她的两只手就拉住了娜塔莎的胳膊，涂着艳丽颜色的指甲掐进娜塔莎的肉里，"他昨天晚上给我打电话，说要是见不到露西，就给我安排一场意外。"

精心打理的长鬈发在肩头跳动，一身昂贵的衣服，身材一看就经过多年严格锻炼和自我控制。可是她的脸，尽管化着精致无瑕的妆容，却似乎总带着痛苦与愤怒。她一开口说话，整个房间的能量就仿佛都被抽空了。

"请坐，帕西太太。"娜塔莎让她坐在椅子上，倒了一杯白葡萄酒给她，"请让我向您介绍一下迈克尔·哈灵顿，他是皇室法律顾问，我们之前说过的。他会代表你出庭。"

帕西太太好像没听到。"我告诉他，我都录音了，他威胁我的话，什么都录下来了。当然了，我其实并没有录，但是我好怕呀。我跟他说，要是他敢对我做什么，我就把录音带交给你。你知道他怎么样吗？他哈哈大笑。我还听到那婊子就在他后面，也在哈哈大笑。"她哀求地看着迈克尔·哈灵顿，"他把我的信用卡停掉了，你们知道在哈维·尼克斯（高级百货公司）刷卡被拒有多丢脸吗？后面排队的还有我认识的人呢。"

"我们一定竭尽全力，这几天就商量出一个临时协议。"

"我还想要一个不准他骚扰的禁令，我不想让他进屋。"

"帕西太太，"娜塔莎开口了，"我已经跟您解释了，如果没有确凿的证据能证明您和您女儿有危险，我们很难帮您申请的。"

"他就是想把我逼疯，哈灵顿先生。他就是不断给我压力，让我好像疯了一样，这样法官就不会把女儿判给我了。"发现了上庭律师的存在后，她便只对着他说话了。娜塔莎心想，她应该就是那种会无视同性的女人吧。

"帕西太太，"迈克尔·哈灵顿在她旁边坐下，"从我目前看到的资料来说，相比起精神失常这个理由，你如果不遵守法庭决议，倒是更有可能会失去她的监护权。"

"我绝对不会把女儿交给他！"她毅然决然地说。她仿佛这时才看到娜塔莎一般，突然挽起一只袖子，露出手臂，一条长长的白色伤疤一直延伸到手肘，"这是他上次把我推下楼梯伤到的，你觉得他对露西做不出那样的事吗？你觉得我会让女儿跟那样一个男人住在一个家里？"

迈克尔正在研究文件，娜塔莎向前俯过身。"我说了，我们需要证据证明露西如你所说有危险。你跟我说，保姆有一次见到你丈夫打你，可她的证词里完全没有。"

"是那个危地马拉的保姆，不是这个波兰保姆。"

"我们能从危地马拉保姆那里拿到证词吗？"

"我怎么知道？她现在在危地马拉呀！她太差劲了，我们只能让她走。"她喝了一口葡萄酒，"我发现她穿我的衣服！她穿得上吗？她至少有十二码！"

迈克尔·哈灵顿合上钢笔笔盖。"帕西太太，还有其他人见过他对你或你的女儿实施暴力吗？"

"我跟你说了，他很聪明！他什么事都关起门来做，所以他说没人会相信我。"她号啕大哭。

娜塔莎看了看迈克尔的眼色，伸手拿过纸巾盒，递给女人。

"我要去找媒体！"帕西太太气势汹汹地盯着她，"我要告诉全天下人他的真面目——他和他的那个婊子！"

"我建议，我们还是等一等再找媒体，"迈克尔委婉地说，"这可能会让法官反感，我们在采取行动的同时，一定要表现得毫无过错，这很重要。"

"你们都这么想？"

两位律师点点头。

"可这太可怕了，"她对着纸巾大声啜泣，"太可怕了。"

"慢慢来，帕西太太。"迈克尔说。她还在哭泣。

时间飞逝。娜塔莎不禁感慨，一个小时就有三百五十镑，上庭律师这活儿可真轻松啊。

"现在我们重新开始吧，弄清事实是很重要的。"

娜塔莎给本发了条短信：

　　你先走，我们估计还要很久。明天见。

跟超级富豪相处有点像看室内装潢杂志，娜塔莎一边想一边扫视着自己床上的衣服。它会让你对现状不满。在看过那个女人完美无瑕的肌肤、裁剪精致的羊绒和丝绸衣服，以及大牌设计师的小皮鞋以后，她突然觉得自己的衣服是那么邋遢，而并不肥胖的身材也是那么笨重而臃肿。她叠着牛仔裤，在心里提醒自己，至少在分居这件事上，她比乔治娜·帕西处理得好。那女人絮絮叨叨地讲了一个钟头，听不进别人的建议，说的话又自相矛盾，整个人处于一种愤怒、痛苦也许还夹杂着焦虑的混乱状态中。她走的时候，连迈克尔·哈灵顿都濒临崩溃了。

娜塔莎站在床边，突然听到开门的声音，吓了一跳。来人停顿片刻，似乎是在掂量该说什么，接着，她听到他在走廊试着喊了一句："嗨。"

她不自觉地咬紧牙。难道让我装作我们还是幸福的一家人，回答"嗨，亲爱的我在家"吗？她等了一会儿，大声喊道："我在楼上。"她确定自己的语气并不是在邀请。

可令人抓狂的是，他还是上来了。他的脑袋出现在门口，接着，整个人也进来了。"我准备点外卖，不知道你要不要。"

"不要，"她说，"我——马上出去。"

"出远门吗？"他显然注意到了她的行李箱。

"只是过个周末。"她走到抽屉柜前，拿出两件叠好的上衣。

"去什么好地方？"

"肯特郡。"他离开后，她在肯特郡租了间小木屋。她不确定要不要告诉他，可又担心告诉他以后，他就会知道她还有别的住处，就会越发认为这里应该归他所有。康纳警告过她，不管麦克表现得多友善，都不要跟他说任何事，因为最终都会变成对方的口实。"这个周末，这屋子是你一个人的了。"她补充道。她把衣服放进箱子，走进卫生间去拿护肤品和化妆品。

麦克把手深深插进牛仔裤口袋，尴尬地四下张望，就好像他们在这个房间里共度的时光变成了幽灵，飘浮在空中纠缠着他。她意识到，他离开后，这里的一切都没有变。她怀疑，这正是康纳不喜欢待在这里的原因。

"那么，"他说，"我要开个通宵派对。"

她转过身。

"开玩笑的，你忘了拿梳子。"

她犹豫了一下，拿起梳子。她不能告诉他，她在木屋有梳子。

麦克用手揉揉后脑勺。"我猜你是和康纳一起去吧？"

她正背对着他，把东西放进箱子。

"是的。"

"他怎么样？"

"挺好的。"

"如果是因为我，那你没必要担心，"他说，"你只要说一声，我一整晚都可以不回来。我不想影响到别人，别觉得你们非走不可。"

"我没有。我的意思是，你没有影响到我们。"她撒了谎，"我们一般周末都会出去。"

"我有可以去的地方，只要你说一声。"

她继续收拾。他的存在让她越来越不自在，有一种被侵犯的奇怪感觉。卧室是她的庇护所，是他回来以后唯一她还能觉得属于自己的地方。他的出现冷冰冰地提醒她，他们曾那么开心地躺在这张床上，一起看DVD，一起吃烤焦的吐司……而后来，当她和他隔着六英寸的冰冷距离躺在床上时，她觉得自己是全世界最孤独的人。运动鞋、靴子、牛仔裤、梳子，她努力理清思绪。

"你要去肯特郡的哪里？"他问。

"这是干吗？快问快答吗？"她想都没想就脱口而出。

"不过是出于礼貌，塔莎。我们每天都在躲避对方，我只希望我们至少能文明地说说话。"他继续说着，语气没变，"实际上，我是站在这儿挥手送别我太太——"

"前妻。"

"快要成为前妻的太太，去和情人过周末。我觉得这样挺文明的，你觉得呢？我们就不能各让一步吗？"

她想告诉他，她觉得目前的状况很难应付，比她预想的难多了。可就算是承认这一点，感觉也像是巨大的让步。"就是……"她说，"苏塞克斯旁边的一个小村子。"

他皱起眉头，两只脚在光亮的地板上蹭来蹭去。"好吧，我也住不了多久了。中介打电话告诉我，他们已经完成了具体的工作，明天就开始卖了。"

又是喘不过气来的感觉。她站在房间中央，手里拎着一双靴子。

"我们说好了的，塔莎。"他看到了她脸上的表情。

"别这么叫我，"她烦躁地说，"我叫娜塔莎。"

"对不起，"他说，"我要是钱够多，也不会卖的。我也不想卖掉这房子，别忘了我在这里花了多少时间。"

她把靴子拿起来。外面有人开始弹奏乐器，动感的节奏无休止地在一排排房屋间回响。

"长远来看，这样也许更简单。"

"我不觉得。"她飞快地说，"可如果非卖不可，那就赶快卖吧。"她拉上行李箱拉链，带着完全不像是笑容的笑容，从即将成为她前夫的男人身边走下了楼梯。

七

> "任何突然的信号都会让一匹活泼的马感到困惑，就好像人也会因为突然的场景、声音或经历感到困惑。"
>
> ——色诺芬《论马术》

10月。

他们又把他挪了地方，莎拉花了二十分钟才找到他。他现在在脑卒中病房。之前他一直在这儿，上周才由于肺炎被送回了重症监护室。

"我们本以为他这会儿应该好点了，"护士带着莎拉走向帘子后面的病床，"可他又出现了吞咽困难。可怜的孩子，太不容易了。"

"他不是孩子。"莎拉粗暴地说，"他七十四了。"

护士脚下一晃，似乎要说点什么，可又什么都没说，只是走得更快了。莎拉小跑着追上去。她在一张蓝色碎花帘子外停住，把帘子拉开，让莎拉进去。

莎拉把椅子拖到床边。床头板升高了，外公是半坐着的。看到他布满灰白胡楂的下巴无力地垂在胸口，莎拉的心都痛了。她从没见过外公一天不刮胡须的，现在这种状态他一定很难过。

她悄悄打开床边柜，想看看他的东西有没有一起被带回来，通常她得追着护士才能找到它们的下落。自入院以来，已经有两套睡衣以及她新买的一块肥皂和一袋剃须刀片不翼而飞了。她扫了一眼架子，放心地看到他的洗漱包、小毛巾还有他和外婆的合影都在。她把合影拿出来，放在柜子顶上。如果位置合适的话，他就能一整天都看到外婆。

她看了一眼表，算了算还有多少时间。休伊特家很注重规矩。就算她跟他们说了她要去哪儿，他们还是要求她四点到家。就快两点了，她不可能再去斯伯佩尼大道带布布出去了。

她碰了碰外公的手。他的皮肤又干又薄，像纸一样，她的心缩了起来。住院的四周已经把他的精神耗尽，力气也榨干了，完全看不出来几周前他还能骑着马表演后肢扬起。突然的变化让她感觉头晕目眩、漂浮无依，仿佛一切都没有意义了。

"外公？"

他睁开一只眼，茫然地盯着毯子，仿佛在想自己在哪儿。接着，他缓缓抬起头。

"外公？"

他表情漠然。她望了一眼他身边小推车上的各种药品。护士告诉他，保险起见，他要吃好几周的抗生素。她伸出手，帮他戴上眼镜。"我给你带了酸奶。"外公拔了喉管之后，她尽可能每天都带点容易吞咽的食物来，她知道外公最讨厌医院的食物了。

他的眼神变得温和，她看得出来，他认出她了。她把一只手放在他的手上。"还有黑莓，你最喜欢的那种。"他握紧了拳头，"还想跟你说件事。布布已经长出过冬的皮毛了，它现在很好。我们昨天练了好久的踏步和慢跑，它没有发一次脾气。我给它加了点马粮，因为现在晚上更冷了。我多给了它一大勺甜菜，可以吗？"

他只微微点头。这就够了。一切都是本来的样子：她寻求他的肯定。

"等会儿我走以后就会去它那儿，我想带它去沼泽地散步。现在是星期六下午，不能带它去公园，人太多了。不过它还是想要舒展一下腿脚的。"她在撒谎。这些日子以来，莎拉说每句话之前都要编一下——要保证他在这儿躺着什么都做不了的时候，只会想到好的事情。

"我现在住的那户人家挺好的，好多吃的，不过没有我们家的东西好吃。等你回来了，我要做一大锅炖鱼，放好多蒜，你最喜欢吃的那种。"

他的手指头在她的手底下轻轻抖动，这是他不好使的那只手，要很费力才抬得起来。她不停地说，仿佛这单方面的闲谈能让他们的生活稍微恢复一点正常。"你想喝点什么吗？"她终于问道。她端起塑料水杯，他微微侧过头，她把水杯举到他唇边，用另一只手轻轻扶着他的下巴，让水滴进他嘴里。现在，她做起这些事来已不再拘束。她发现，如果她不做，那很可能就没人做了。

"时间。"他说。

她看着他。

"面包。帽子。"他烦躁地闭上眼睛。

"要找护士吗？"

他皱起了眉头。

"我把你再扶起来一点吧。"她把手伸到他背后摸到枕头，想让他靠直一点。她熟练地调好床板，又整理好睡衣的领子，让他稍微体面一些。"好点没有？"

他点点头，显得垂头丧气。

"好了，别难过，外公。医生说了可能会这样，最后就是会这样，你还记得吧？你一直没有好转，我觉得那些药肯定没用，他们怕是把你搞糊涂了。"

他露出责备的眼神。他不喜欢她的同情。就在她盯着他时，他的目光转向桌子和她的书包。"你想喝点酸奶吗？"

他叹了口气，仿佛如释重负。"*帽子*。"他又说了一遍。

"好，*帽子*。"莎拉从包里拿出小勺，撕开酸奶盒的盖子。

即使分开已经一年，娜塔莎还是没想明白到底是什么导致了他们婚姻的终结。也许在这种状况下，就不可能找到真相：你找到的只会是两个人的真相。法庭上的真相也不是绝对的，只是一种观点，并取决于谁能更好地证明它。而他们的婚姻在他们有机会说清楚之前就早已终结。

麦克刚走的时候，娜塔莎对自己说，这样更好。他们的性格有着本质的不同。持续的愤怒让她精疲力竭，把她变成了一个连自己都不喜欢的人。过去一年，他们俩显然都不开心。如果他们能多一点时间相处，也许就会早点领悟，她无数次这样告诉自己。

可她真的没办法独自待在伦敦的这个家里。他以前总是开玩笑说，这里是他"一手打造的"，他存在于这里的每一寸每一毫。每个房间都在告诉她，她失去了什么：他改造的楼梯，他装了两次的架子，还有他放书、CD、衣服的地方。他把大部分东西都带走了，有的收了起来，可连这都让她生气：他们一起挑选的、彼此都很喜欢的东西此刻被锁在冰冷的仓库里，因为他宁愿把它们都藏起来，也不愿让自己的任何一部分继续参与她的人生。

"剩下的东西，我过一两周再来拿。"他这么说。她一动不动地站在门厅，至今还记得光脚踩在石板上的冰冷。她点点头，似乎也同意这样做是理智的。然后，他走出去，关上门。她慢慢地顺着墙壁往下滑，瘫坐到地上。她不知道坐了多久，眼前发生的一切让她不知所措。

此后几周，家人和朋友都还不知道她的婚姻已经结束。一到周末的清早或深夜不能去办公室埋头工作时，她就会开车。开过城市的街道，开过高架桥，穿过大桥下方，再开上路灯稀少、光线昏暗的双车道，只有加油时才会停下。她一边开车，一边听收音机里的谈话节目，她原本以为别人的诉苦可以提醒自己，生活没有那么糟糕，但实际上并没有。她又听政治节目、纪实探索、戏剧表演、肥皂剧直播。就是不听音乐，因为那无异于在雷区游走。你感觉良好时，一首颇具深意的歌曲可能会突如其来粉碎你的防线——以前听这首歌时，我们在跳舞，在吃烧烤，眼泪滚滚而下，只好手忙脚乱地换台。听新闻就好，听到无聊的标题时可以啧啧鄙视，听到疯狂的观点时可以大加赞叹。

　　她的脑子只有一半在运转，精力全部集中在聆听和开车这两项任务上。一个星期六的早晨，她开到了肯特郡。她突然觉得很饿，这才惊讶地意识到，自己已经将近十八个钟头没吃东西了。她看到一间茶室，是那种为了迎合外国人的英伦情结而刻意装饰成的古典风格。她吃了半个黄油面包（这几周她吃什么东西都没胃口），付了钱，走到外面如水的秋日晨曦中。小路环绕村庄，炊烟、腐烂的树叶和矮树篱里黑刺李的苦涩气味都让她心旷神怡。她意外地发现，自己感觉好了一点。

　　她遇到一幢挂着"出租"招牌的小屋，在一条好像只通往农场的小路中央。她懒得察看，便拨通了中介的电话，留下口信，说如果可以的话，她想租下来。事后反省，她想，钱确实买不来幸福，但能让你有个更好的地方去感受痛苦。

　　从那以后，大多数周末，只要不用陪儿子，康纳就会和她到这里来。他并不像麦克那样能干，但他乐于陪伴她。他会躺在沙发上看报纸，或为了享受盯着火苗的乐趣而升起炉火，或帮她准备晚餐。天气好的话，他经常坐在屋外喝啤酒，看她在花园里修修剪剪。她对园艺知之甚少，可她很快从清除野草和花园漫步中找到了快乐，感觉远离了工作的种种烦扰。

木屋她已租了将近一年，她在花园里付出的努力在今年夏天得到了回报：常青植物从肥沃的土壤里无拘无束地长出来，玫瑰开了花，苹果树结了果。小路尽头，农场的女人把一袋袋马粪放在她门口，后来她才知道那里并不是农场而是马场。"不用，我什么都不需要。"她说。可对方也是个利落的人："我那里多的是，玫瑰喜肥，肥料越多越好。"

肯特郡的小屋让她思绪宁静。对她而言，这里没有历史的痕迹，却需要她不断打理。有的周末如果去不成，她就会在家里坐立难安。

现在，她又多了一个离开伦敦的理由。

麦克花了将近一年时间，才来拿他留下的东西。

"呃……你儿子这个周末要做什么？"

"不确定，应该是她带去外婆家。"

"不确定？这不像你的风格呀。"

"嗯……我送他们回去时，她脾气可大了。我们没怎么聊。"康纳说话时撇下了嘴角。

每当谈起前妻时，他流露出的满满恨意总让娜塔莎惊讶。"可你说过他们喜欢滑冰呀。"她提醒他。

他们坐在康纳为了缓解中年危机买的跑车里。他瞟了一眼后视镜，换了条车道，语气轻松起来。"喜欢得不得了。我跟个老太太似的，可他们俩不到二十分钟就能倒着滑了。你有水吗？天哪，我要渴死了。"

她把手伸进包里，拿出一小瓶水，拧开盖子给他。他把瓶口举到嘴边，喝了起来。

"你带他们去了我说的那家餐厅吗，就是有魔术师的那家？"

"去了，"他说，"他们也超喜欢。不好意思，我早想告诉你的。"

"你觉得他们还会再去吗？"

"当然了。"他又喝了一大口，"下周日我说不定就带他们去。下周日我肯定要陪他们了。"

娜塔莎看着他，接过了他递回的瓶子。她很少待在康纳的公寓——她从来没有住过那么冷冰冰的家。除了两张儿子的照片和次卧里散落的玩具以及鲜艳的床单，那个家和酒店套房没什么区别。康纳过着僧侣般的生活。他有洗衣机，但他的脏衣服总会有人拿走，洗好熨好后再送回来，因为他不喜欢看到家里晾着衣服。他不做饭，用他的说法：为什么要做饭？餐厅的饭好吃得多。他的厨房一尘不染，从来不用，但每周还是会有人来做两次清洁。

她怀疑他心里还有个角落不愿开始新生活，不愿在这样板房般的公寓里落地生根，这是他表达无意久留的方式。在肯特郡的木屋里，他倒是能稍微放松一点：他生起炉火，开始烧烤，或是整理架子时，她看到了一个应该很宠妻子的男人。

"你知道吧……我不应该说这话，不过如果帕西的案子进展顺利，理查德可能会找你谈谈的。"

"谈什么？"

"哎呀，别装了，你没那么幼稚吧？"他的嘴角露出一抹笑容。

"让我当合伙人？"

"别显得这么惊讶。你最近带了不少客户，帕西的这个案子又让我们名声大振。我知道他原本不放心你负责家庭案件，不过他也没想到你成功得这么快。你下周有什么安排？"

她让自己突然间四散奔逃的思绪平静下来。"要跟哈灵顿见个面，讨论帕西的案子。有一个儿童诱拐案。对了，还有一个寻求政治庇护的孩子年龄有问题。也是拉维的案子。"她想起一上午都还没看手机，便拿起包，"那孩子来的时候没有任何证件，他说自己十五岁了，但政府工作人员说不是。"如果是十五岁，那他就符合第十七条法规：当地政府必须出钱照顾他。可如果他们能证明他超过十五岁，那他就会被移交给国家难民管理局。都是钱的问题。

"你能打赢吗？"

"会比较难，我们必须证明他还是个孩子。我唯一的希望是程序的漏洞——年龄出现疑问时，他从来没收到过审查通知。我会在这一点上跟他们争。"儿童档案系统相当混乱，要打赢这样的案子也越来越难：来自上头的政策压力使得大多数孩子要么被认定为成人，要么被直接送回家。

"你像是也在怀疑他的年龄。"

"我不知道该怎么想。我的意思是，他虽然没有长胡子，但他确实可能在撒谎，现在他们好像都说自己只有十五岁。"

"这也太夸张了，大律师，不像你呀。"

"唉，是实话。要不就是现在的孩子胡子都长得早。"她感觉到他盯着自己。

"你怎么从来不说那个伊朗小孩的事？"她抬起头看着他，"以前你老说的——走了很远，但又不是从他说的那个地方来的，也没有去他应该去的地方。"

"阿里·艾哈迈迪吗？是呀。"

"你也没跟社工说他的事？"

她抱起双臂。"我该说什么？这件事没有意义。"

"很好，你确实该得到点教训。你的工作不是评判别人，你的工作只是要将你获得的信息最好地展示出来。"他瞟了她一眼，大概也察觉到了自己的语气有些居高临下，"我只是认为你对他太上心了。他不可能走了他说的那么远，那又怎么样，他不是故意骗你一个人。"

"我知道。"可她确实觉得他就是在骗自己——她恨撒谎的人，这也是她一直对麦克心怀愧疚的原因。

"你不可能预先知道他会做出那样的事。"

"我知道，"她说，"你说的都对。可是……这确实影响到了我对他们所有人的看法。我现在看资料的时候，都会故意找漏洞。"

"可核实他们的故事不归你管啊。"

"可能是不归我管，但现在无论怎样，也改变不了他要上皇家法庭的事实了，而我要负一部分责任。"

康纳摇摇头。"你对自己太苛刻了，你不能对别人的人性负责呀。天哪，我要是对客户说的事件件较真，那就不用干活了。"

她拧开瓶盖，喝了点水。"大部分时候，我都能说服自己：你做的是好事。我认为我是站在法律正义的一方。我这并不是说你站的那一方就不正义，只是你想要的和我想要的不一样。"

"我要的就是钱嘛。"

"是的，"她哈哈大笑，"艾哈迈迪这件事……唉，我看它确实让我变得愤世嫉俗了，我也不想这样。"

康纳咧嘴一笑。"别多想了，丫头。你要是真不想变得愤世嫉俗，那就该去临终安养院工作，不该来律师事务所。"

康纳不是个占有欲很强的人，他在这段关系中唯一竭力表明的就是他无法做出明确的承诺。他不是在耍她，他说过他会到就一定会到，说过会打电话就一定会打。只是，他在周身筑起一道看不见的高墙。他从不表达欲望，也不表达需求。他深情款款，但也表示这不代表什么。所以，她没理由认为自己新的家事安排会成为问题——直到他们把他车上的东西往下搬，她开口告诉他时。

"他这一周都住在你那儿？"康纳放下自己的箱子。

"从星期二开始。"

"你没想过告诉我一声吗？"

"我这周几乎都没见到你啊，而且我也很难开口。我总不能在法庭外面跑到你旁边悄悄说'你好，亲爱的，我的前夫又搬回来住了'吧？"

"你可以打电话说呀。"

"是可以，但我不想打。我说过了，很难开口。"

"我想也是。"他拿起箱子和一袋商店买来的东西，气冲冲地走进小屋。

"事情不是那样的，好吧？"她听出了他的不悦。

"那我就不知道了，娜塔莎，事情到底是什么样的呢？"他的语气异常冷静。

她跟着他走进厨房。上周末她在水槽边放了一束花，此时已经枯萎了，棕色的花瓣耷拉在花瓶边缘。"他没地方住，而且房子的一半确实归他。"

他转过身，面朝她说："我就是病得要死了，破产了，脑子都糊涂了，我也绝不会出现在我前妻和她家周边五十英尺之内。"

"呃，我们没有经历你们那样的过程。"

"你的意思是你还没离婚，我没理解错吧？"

"你知道我要离了，康纳，只不过还没离完。"

"没离完？还是没决心离？"

他使出没必要的劲儿，把买的东西统统拿出来。尽管他背对着她，但她可以想象得出他咬牙切齿的模样。"你是认真的吗？"

"你刚刚才告诉我，那个还没有成为你前夫的男人搬回去跟你一起住了，我能不认真吗？"

娜塔莎从他身边走过。"天哪，康纳！我的生活难道还不够复杂吗？我没想到你也玩起了控制狂。"

"这话什么意思？"

"你连能不能和我一起度假都不能给个准信，现在我和我前夫要分财产了，你却对我生气了？"

"这不是一码事。"

"不是？你都没把我介绍给你儿子。"

他举起双手。"我就知道，我就知道你要把他们扯进来。"

"好，要是你真想说这个，行，我就跟你说。你把我当空气，你以为我是什么感觉？你陪儿子的时候我找你喝杯咖啡你都不让。"

"他们还很伤心呀，他们的生活一片混乱。他们的妈妈和我现在几乎不说话，让他认识个后妈有什么好处吗？"

"我为什么一定要是后妈？就不能是你的朋友吗？"

"你以为小孩傻吗？他们很快就会知道是怎么回事儿。"

她开始咆哮："那又怎么样？要是我们在一起了，我总有一天会成为他们生活的一部分。还是说，是我理解错了什么？"

"当然没有。是，我们是在一起，可你急什么呢？"他的语气变得温柔，"你不懂小孩子，娜塔莎。没生小孩之前，你是不会懂的。他们……他们必须是第一位的。他们现在还很生气，什么都气。我得保护他们呀。"

她盯着他。

"而我是不可能明白的，是不是，康纳？我生不了小孩，而且——"

"哎呀，去他的吧，娜塔莎，别搞得好像——"

"滚！"她咬牙切齿地说。她一步跨上两级台阶，跑上楼，把自己关进了浴室。

马的鼻孔张得大大的，她看到了黑色鼻毛后面粉红色的肉。它的眼睛是白色的，耳朵前后扑扇着，不断查看身后的动静，细长的四条腿正在模仿两步走的复杂动作。马耳他人萨尔从双轮马车上下来，走到马身边，一只手顺着它满是汗水的脖子摸下去。"你觉得呢，维森特？它能帮我赚到钱吗？"他开始把马车从马鞍上解开，朝侄子做了个手势，让他把另一边也解开。

"你会亏的，它的步法有点奇怪，我不喜欢它的腿。"

"这匹马跑了十五场，赢了十四场。它的腿比你的腿强。它就是马里的超级名模。"

"你说是就是。"

"你连快步马和赛马都分不清。这匹马很好，我感觉得到。拉夫，你能帮我把马腿冲洗一下吗？"

拉夫上前接手，此时马儿摆脱了双轮马车的束缚，绕着院子像跳芭蕾一样转起来，他不得不紧紧拉住缰绳。

莎拉从他们身边闪进来，关上身后的大门。牛仔约翰好像去了别的地方，她在萨尔这帮人面前总是颇不自在。

他周围总有一帮人。据说萨尔有老婆，那帮人大多都有老婆，但牛仔约翰说，据他所知，萨尔太太从没出过门。"我看他把她在家里关了二十年，她只会做饭、洗衣还有——"他调整了一下自己的帽子，"你别管了。"

她走向布布的马厩时，感觉到了他们的注目。拉夫对着暴躁的马冲水，引走了他们的注意力，莎拉不由得暗自庆幸。

莎拉总是为这些快步马和赛马感到难过：它们四肢健壮，眼睛大大的，它们被运到马场，吃到肚子滚圆，然后又被不停驱赶，直到腿脚受伤，或者直到萨尔失去兴趣，最后它们便消失了。外公不赞同那种驯马的方式，他们强迫马在路上来回奔跑，只要马表现出害怕或不服，就会受到残忍惩罚。萨尔暴怒失控，狠狠鞭打马匹时，其他人只是默默交换着眼神，但谁也不敢开口。他不是能听劝的人。

莎拉走进马厩，布布轻声嘶鸣着，把头从门上伸过来要东西吃。她给了它一片薄荷，搂着它的脖子，吸着它好闻的气味，任由它把鼻子拱到自己口袋里找更多东西吃。接着，她给它换了新鲜的水，整理了稻草的床铺。

尽管有牛仔约翰帮忙，照顾布布还是越来越吃力。休伊特一家特别整洁，连金鱼都没养过，对她总不能按时到家的行为，他们相当失望。她从不解释（她迅速用完了公交车晚点、学校留堂、突然得去看外公等诸多借口，知道他们不再信她了），宁愿再次忍受愤怒的指责，听他们唠叨说随时了解她的行踪有多么重要，一连消失好几个钟头有多么危险。要是她觉得他们真要监视她了，她第二天就不去上课。学校好像还没有记录她缺课的次数，但她很清楚时间不多了。可她有什么办法？有时候，她只有这样才能去马棚喂一喂布布。

她把布布从马棚放出来，用长长的缰绳牵着它，在斯伯佩尼大道上来回散步。她和它紧靠马路边缘，躲开来往的汽车，布布被压抑太久，总想跳上人行道或是在路牌前踌躇不前。这时，莎拉就会轻声跟它说说话。她早就料到了：它就是一匹好动的马。它不仅需要身体的挑战，还需要头脑的练习。当布布无数次打开马棚最上面的门闩后，牛仔约翰说："马太聪明了可不好。"

"对你来说的确太聪明了。"外公反驳道。

"去马戏团表演要多少脑子？"

她站在大道尽头。暮色降临，一片寂静，她努力不去想外公今天憔悴的模样。从一个钢铁硬汉，变成颤颤巍巍、依靠他人的老头，是种什么感觉？看到他，莎拉很难相信他还能回家，还能恢复以前的生活。可她不得不信。

她牵着马又走了一个来回，为自己的忙碌向它致歉，好像它能听懂一样。它扭过头，竖起耳朵，以轻快的步伐无声地请求她：走快点，走远点。她转过身准备回去时，它微微垂下了头，似乎很失望，她不由得心生愧疚。马耳他人萨尔和他的朋友们在小院的另一头，一边抽烟，一边聊天。她把大门推开时，看见拉夫在他们旁边。萨尔是他的偶像，萨尔扔给他一支烟，他都能高兴得脸红。

她打开粮草储藏间时，心沉到了谷底：只有四捆干草，连半袋都不到。她这周太忙了，忘了找牛仔约翰要。他的粮草都锁着。

她把手伸进口袋找零钱，说不定能找拉夫买一点。可她只有四毛六分钱和一张公交卡。

她听到身后有声音。萨尔打开自己的储藏间，吹着口哨。透过门廊，她看见了堆放整齐的大捆干草和一袋袋昂贵的马粮。她从没见过这么多上好的粮草。就在她看的时候，他突然转过身。她被抓了个正着，脸唰一下红了。

他望向她后面的储藏间。"不够啊？"

她没有马上回答，只忙着解开干草上的网子。

他龇着牙花子说："我看你那儿都空了。"

"我这儿挺好的。"她说。

马耳他人萨尔把身后的门关上，朝她走了一步。他的衬衫一尘不染，像是从没碰过马一样。他张嘴时，金牙闪闪发亮。"你的干草够吗？"

她与他四目相对，赶紧将视线挪开。"约翰……会借我一些。"

"约翰有事要办，明天才会回来。所以，你有麻烦了。"

"我这里够了。"她把四捆干草夹到胳膊下面。她挺直腰板，想从他旁边走过去，但他挡住了她的路，虽然没有完全堵住，但她必须开口叫他让一让。

"你的马不错。"

"我知道。"

"你不能用这种垃圾喂马。"

"明天就不会了。"

他拿下嘴里的香烟，从她胳膊下抽出一根干草，将燃烧的烟头凑上去，看着它被烧出一缕黑烟。"用来烧火还不错，干别的就不行了。你外公还没好吗？"

她摇摇头。火车在头顶呼啸而过，她的目光仍没有从他身上转开。

"我不想让你用这种垃圾喂马，放下吧。"他把香烟塞回嘴里，走到自己的储藏间，拿出一大捆干草。草还微微带着绿色，散发出牧草的清香。他轻而易举地拎着绳子，甩着粮草，走进她的储藏间，把它放在角落里。她靠墙站着。他放完便退回去，又拿来第二捆。接着，他搬起一大袋上好的马粮，从门口扔进来，嘟囔着。"给你，"他说，"这应该够了。"

"我不能要，"她悄声说，"我没钱。"

他似乎是一眼看穿了她。"你有钱了再给我，好吧？我要是接管这里了，也不想看到一匹好马因为没吃的倒下。"他用脚后跟踢了踢那四捆干草，"把这些丢到火盆去吧。"

"可是——"

"你不是也从约翰那里拿吗？"他盯着她，她不情愿地点点头，"那就从我这儿拿吧。我要走了。"

他走进了小院，带着一点大摇大摆的神气。

莎拉看着他回到人群中，接着，她弯下腰，嗅着新鲜粮草的香气。这比她平常买的质量更好。她想如果外公在，一定不会允许她接受。可他不在啊。

她看了眼手表，打了个哆嗦。还有十四分钟就到应该回休伊特家的时间了。在这十四分钟里，她要完成长达五十五分钟、换乘两趟公交车的行程。她割开捆草的绳子，抱起一大捧干草，半走半跑地奔向了站着等待的布布。

娜塔莎发现，在伦敦，安静的房子会有一种奇怪的辛酸感。关上身后的大门，她的喊声没有任何回应。不知为何，笼罩在伦敦街头与房间走廊的静谧让她感觉比置身乡野更加空虚。又或者，是因为想到这些天这房子里可能有其他人。

娜塔莎跨过随地乱扔的摄影包，走进客厅。她看到墙角堆积的摄影灯具，不由得轻叹一口气。她检查了电话答录机，一直亮着的小红灯表示没有留言。

她嗅到了一丝红酒或香烟的气味，他可能邀请客人来过，但她什么都没发现。沙发垫子是塌的，说明他整晚都在电视机前。她把垫子轮流拿起来，拍平，再整齐地放回去。可做完这些，她又隐隐有些烦躁。

她走回门廊，拿起包，爬上楼，脚步的回响让她颇不自在，像是自己家里的陌生人。

在激烈的争吵后，她和康纳还是好好过完了周末。可她很清楚，这次的争执以及双方都竭力否认的那种突如其来的恐慌感，让两个人都很意外。他对麦克的介怀，让她偷偷高兴，同时也很怨恨。他是在要求对她的生活指手画脚的权利，可他自己却没有让步。"你会跟孩子们见面的，大律师，我保证。"他送她回家时说，"就是再给我点时间，行吗？"他没有说要进屋。

她把包放到自己床上，打开锁扣。接下来，她将把脏衣服放进洗衣机，在电视机前把上班的衣服熨好。然后，她将坐在书桌前，准备明天早上开庭的资料，确保万无一失——这一套每周日晚的例行程序，对她而言就像左右手一样熟悉。

娜塔莎一动不动地站了几分钟，像是被新的环境搞蒙了。尽管麦克不在家，但她还是感觉他无处不在，仿佛他已收回了这里的主权。"你得检查一下，看他有没有把书啊照片啊偷偷拿走，"康纳说，"离婚时，让他什么东西都能接触到，相当于写了张不限金额的空白支票。"可她并不在意有没有丢东西，她不相信麦克会做出这种事。让她心烦意乱的是他的存在，和他周围的气场。

她发现自己还在生麦克的气：气他在她需要的时候没有出现，气他在她重新生活后又来打扰她。麦克就是这样，冒冒失失，从不考虑后果。她把周末的争吵怪到他头上，尽管理智告诉她那不是他的错。她还怪他让自己不得不离开这个家。但最可恨的还是他的若无其事：他就跟以前一样，带着迷人的笑容，轻飘飘地走进来，好像什么都伤不了他，好像他们失败的婚姻只是他情感上一个微不足道的污点。

娜塔莎几乎想都没想，便穿过平台，走进了客房。她又喊了一声，试探性地推开门，她看到麦克床上乱糟糟的，一堆脏衣服扔在墙角的脏衣筐边，房间里有一股淡淡的烟味。

看来，也没有彻底改变嘛。她在门口徘徊，接着便发现自己已悄悄穿过房间，走进了里面的浴室。他的剃须刀、牙膏和牙刷都插在玻璃杯里，瓷砖地板上的脚垫是歪的，她强忍住把它摆正的冲动。可这乱糟糟的场景反倒让她安心：他还是老样子，乱七八糟，并不完美。这就是我们离婚的原因，她提醒自己，可又差点因为安心生出对他的爱意。

她正要走出去时，突然瞥到了浴室尽头玻璃架上的一个瓶子。它装在金色的盒子里，是一款昂贵的面霜，女士保湿面霜。它的旁边，还有一袋卸妆棉片。

她心里什么地方突然变得冷冰冰、硬邦邦的。她眨着眼睛，不再注意脚步的声响，猛地转过身，迅速走出了客房。

八

"人的威严在如何优雅地对待这些动物中得到最好的体现。"

——色诺芬《论马术》

校长办公室的地毯是深蓝色长毛绒的，相当奢华，相当柔软，几乎每个来这儿的学生都会禁不住想：要是能把鞋子和袜子脱掉，光脚踩在上面，那是什么感觉？也许，这就可以解释为什么很多犯了错的孩子在菲普斯校长这里总是心不在焉，没有好好反省调皮捣蛋的行为。

可莎拉并没有被这地毯分心。让她分心的是，她已经有将近四十八小时没去马厩了。

"莎拉，这是你这个学期第四次逃英语课，以前你这门课学得很好呀。"菲普斯先生查看着面前的资料。

莎拉绞着身前的两只手。

"我知道你家里的情况比较难，但你的出勤率一直很好。你是不是不方便上学？寄养家庭没有帮你吗？"

她不能将真相告诉他——她跟休伊特一家说她弄丢了公交卡，他们给她买车票的钱都被她拿来给布布买垫料了。

"莎拉，他们有责任保证你上学，如果他们没法帮你按时到校，你应该告诉我们。"

"他们帮我了。"

"那你为什么还缺课呢？"

130

"我……我搞错了线路，没赶上车。"

布布开始对被打乱的生活规律有了反应。那天早上，它差点从马厩闯出去，接下来，又吓到了一个推婴儿车的女人，还突然冲到马路上，弄得出租车拼命按喇叭。莎拉站在车头前，冲着司机大喊。等她好不容易把布布带到公园后，它又狂蹦乱跳，不听她的指令，闭紧嘴巴，不让她上嚼子。她既生气，又沮丧。最后他们俩浑身大汗、垂头丧气地走回去时，她又很后悔。

"政府会给你付钱打车，莎拉，如果真是交通的问题，那我们一定会竭尽全力解决。"他将双手指尖对齐，"但我觉得不完全是这样。这里写了，你还缺了两次周四下午的地理课，缺了三次周五下午的体育课。你能不能告诉我，那又是为什么呢？"

她盯着自己的脚，能铺这种地毯的有钱人不可能理解她的生活。"我去看外公了。"她小声嘀咕。

"他还在住院，是吗？"

她点点头。她周五出现在医院时，外公都生气了。他抬起头，看着墙上的挂钟，嘟囔着说："不对啊，这么早。"他的意思不难理解。他想让她不要在那样的时候再去医院了。可他什么都不知道。他不知道，她每天有一半的时间都花在横跨伦敦东北部，她在各个公交站之间来回，在后街小巷狂奔，往返于马场，竭力赶上每一个截止时间。

"你外公的身体好点了吗？"校长的表情变得柔和。

如果她是另一种人，莎拉想，这会儿她就应该流下眼泪——大家都知道菲普斯先生最受不了女孩的眼泪。"好点了。"她说。

"这段时间你很焦虑，我理解。可你要明白，你必须上学，上了学以后才能生存。你如果觉得很吃力，莎拉，就告诉我们。跟我说，或者跟你的老师说。这里每个人都希望你能成功。"他往后一靠，"你不能一想看外公就翘课呀。很快要考试了，现阶段正是关键时候，有些科目你觉得还是很难的，是不是？所以，你需要按时上课。不管生活怎么样，你离开这里的时候都要有个坚实的教育基础。"

她点点头，不敢去看他的眼睛。

"我希望看到进步，莎拉，真正的进步。你觉得你能做到吗？"

牛仔约翰上次去了医院，看望了外公。当他从医院大门走出来时，说的第一句话就是他要免掉她拖欠的租金。他会跟马耳他人萨尔说，她不欠钱了。她只需要在萨尔接手后，重新跟萨尔算账。她从他的表情看得出来，他以为她会如释重负。可她只感觉自己面无血色。她清楚这意味着什么：约翰不相信外公还能还钱了。

他不相信外公还能回家了。

"不要再逃课了，莎拉，行不行？"

她扬起脸。"行。"她说。她想，菲普斯先生能看穿自己吗？

娜塔莎发现他在厨房时吓了一大跳。现在是六点四十五分。当初住在一起的时候，他起码要到十点才能有动静。

"哈福德郡有个活儿，宣传照、化妆、头发全套的，路上还得一个半钟头。"麦克散发着淡淡的洗发水和剃须膏味，大概是洗过澡了。她想，怎么什么都没听见呢？为了掩饰惊讶，她开始做早餐。

"希望你不介意，我刚把最后一个茶包泡了。"他举起一只手，挥了挥手里的吐司，眼睛在看她的报纸，"我会再买点来。你还喝咖啡吧？"

她关上橱柜门。"我猜只能喝咖啡了。"她说。

"哦对了，记得我跟你说过，我周四会出去几天吧？唉，那个活儿吹了，所以我又不出去了，你没意见吧？"

"没事。"她注意到他洒了点牛奶在桌面上。

"你要看这个吗？"他指了指报纸，"不好意思，不是要和你抢。"

她摇摇头，在想应该坐哪儿。如果坐在他对面，那么就有脚碰脚的危险。如果坐在桌子的同一侧，看起来又像故意靠近他。娜塔莎被这两种选择弄得不知所措，只好端着一碗麦片，站在橱柜边。

"我把体育版留下，其他的归你。中介有什么消息吗？我昨天晚上就想问的。"

"周末会有两对夫妻来看房子。顺便说一句，你要能不在家抽烟，我就感激不尽了。"

"你以前从不介意啊。"

"实际上，我很介意，只是没说过，但这不重要了。有人要来看房子，那还是别把这里搞得像阿姆斯特丹的酒馆一样。"

"知道了。"

"中介有钥匙，所以你不用守在家里。"

他转了下椅子的方向，好把她看得更清楚。"我不用守在这里？你又要出去吗？"

"是的。"

"你周末老出去啊。这次又是去哪里？"

"重要吗？"

他举起双手。"只是想跟你心平气和地聊聊，塔莎。"

"还是去肯特郡。"

"挺好，你一定很喜欢那里吧。康纳在那儿有房子，是不是？"

"差不多吧。"

"他不怎么到这儿来吧？"

"为什么呢？"

她的注意力集中在麦片上。

"你们真是让我意外。我们还没分开时他好像也没怎么介意……好吧……好吧，"见她猛地抬起头，他说，"我知道啦，新起点嘛，不说以前的事。"

娜塔莎闭上眼睛，深吸一口气。大清早的，不宜争吵。"我们当然能说以前的事，麦克。我只是觉得，如果我们对以前发生的事不做刻薄的评价，应该能轻松一些。或者说，对以前没有发生的事。"她意味深长地补充了一句。

"我同意。我跟你说过了，要是他想来，我可以走。只要你愿意，我们还可以做点安排。周二的晚上我出去，周三的晚上你出去，类似这样。"他聚精会神地看着报纸，又补充道，"我们可以很现代的。"

她伸出手拿咖啡。"我相信在开始安排'约会夜'之前，这房子就该处理好了。"

约会夜。她真切地感到了那个未露面的女人的存在——在她还没有偷溜进客房浴室确认之前，她就知道，在她不在家的周末，有女人来过。有时候，她甚至嗅到了她的气味。有时候，她是从麦克的举止中看出来的。他很舒服，很放松——以前他们大半天都不下床的时候，他就是这样。你竟然整个周末都在我们的家里跟别人做爱！她总会这样想，想完又骂自己。

嘴里的麦片变得黏黏的，她咽了下去，然后把碗推向洗碗机。

"你还好吗？"他问。

"挺好的。"

"又是挺好的。不觉得这么说很勉强吗？"

有时候，她觉得他在故意考验她。好像他巴不得她说受不了了，然后一走了之。你不能走，康纳尽管生气，但仍这样警告她。你走出家门那一刻，就将失去精神和法律上的优势。如果麦克真在这房子上投入了那么多时间和精力，那他也许并不像他声称的那样想离开它。

"是他想把房子卖掉的。"她表示反对。

"那是他想让你这么以为。"康纳回答。他总能从任何行为中看出可能的阴谋。他将麦克视作攻城的敌军：不能让出分毫，不能退缩，不能让他知道你的计划。

"我一点也不觉得。"她愉快地说。

"很好。"麦克的语气温和下来，"我回来之前，还有点担心会怎么样呢。"

她不是太相信。麦克好像从来没担心过什么，这一点是不会变的。"嗯，我说过了，我这边你不用担心。"

他盯着她。

"怎么了？"她问。

"一切都没变，是不是，塔莎？"

"什么意思？"

他打量了她片刻，笑容不见了。"你还是什么都不说。"

他们四目相对。他先把视线挪开，大口喝着茶。

"哦，顺便说一句，我昨天晚上洗了一大桶衣服，筐子里有你的东西，我一起洗了。"

"什么东西？"

"呃……蓝色的 T 恤衫，大部分是内衣。"他的茶喝完了，"应该说，是胸罩。"他翻过一页报纸，"我发现，分开以后，你的尺寸变大了一码……"

娜塔莎的脸色变得煞白。

"没事儿，我用的低温模式，我懂这些。我本来还准备用手洗模式呢。"

"别，"她说，"别……"一想到那情形，她就感觉像是赤身裸体。

"我只是想帮个忙。"

"不，不，你没有。你——你——"她拿起公文包，从他身边挤过去，走向大门，接着又转过身，"不要再碰我的内衣了，行吗？不要再碰我的衣服。不要再碰我的东西。你住在这里，就是不翻我的内裤，就已经够讨厌的了。"

"嘿，别自以为是了。你以为我翻你的内衣是想找刺激吗？天哪，我只是想帮个忙而已。"

"那就不要帮，行不行？"

他把报纸摔在桌上。"别担心，我以后再也不会碰你的内衣。要是没记错，以前我也没怎么碰过。"

"哎哟，说得好。"她说，"说得真好，真好！"

"对不起，我只是——"他长长叹了口气。

两人都盯着地板，接着又抬起头，四目牢牢相对。他挑起眉毛："以后我的衣服都单独洗，行了吧？"

"行！"说完，她狠狠关上身后的大门。

莎拉弯腰伏在马脖上，脚趾卡在马镫里，大风吹得她泪水横流。她骑得相当快，整个身体都弓了起来。她双手紧握缰绳，抱着马的鬐甲，在风力和重力的共同作用下，她竭力保持平衡，肚子绷得紧紧的，双腿牢牢夹在两侧。她喘着粗气，胳膊压着马脖子，马在飞奔，她只听到马蹄咚咚的震响。她不会让它停下的。憋了几周了，它需要这个，这片辽阔而平坦的荒原足以让它跑到累为止。

"跑吧，"她悄声对它说，"跑吧。"可这些话又被风刮了回来。就算她大声叫喊，布布也听不到的。它迷失在纯粹肉体的世界里。本能告诉它，要享受这自由，要舒展紧张的肌肉，要让四条腿飞过高低不平的地面，要让肺感受飞驰的力量。她明白。因为她也需要。

远处的天际线耸立着高高的铁塔，铁塔间电缆相连，在城区形成精妙的路。电缆下面，荒原中一块又细又长的地带，竖起了钢筋水泥的森林，车流在其间川流不息。远方几声鸣笛，可能是对着她按的，可她的注意力一闪而过，无法分辨。布布的速度超过了拥堵的车辆，刚开始的刺激慢慢变成了恐惧。她想：还能停下来吗？她以前从没有带它跑这么远，从没有让它跑这么快。它猛地转弯，避开了草丛深处一辆破旧的自行车，却差点让她摔下来，她好不容易才保持住平衡。她感觉到它臀部绷得紧紧的，它越跑越快，她的视线开始模糊，气都呼不出来了。她把头从它脖子上抬起来，拨开拍在她皮肤上的马鬃毛，想看看到底跑了多远。她轻轻扯动缰绳，这才发现，如果它反抗，她并没有力气把它拉回来。然而她内心深处的某个角落毫不介意：要是能一直跑下去，那该多轻松。它冲上长满青草的河岸，穿过马路，避开车流，马蹄都擦出了火花。它带着她跳过车顶，跳过栅栏，飞奔过电线塔，从仓库和停车场中穿过，一直跑到郊外。就让她和她的马，穿过深深的草地，奔向一个不复杂的未来吧。

可布布还是属于外公的。它感觉到来自缰绳的力量，开始顺从地放慢速度。它的耳朵前后扑扇，似乎确认没有弄错她的指令。莎拉在马鞍上坐低，慢慢挺直腰板，再次强调了她的指令，慢一点。它要遵守她的指令，回到他们的世界。

离双车道大约还有五十英尺时，布布换成了踱步。它的身体由于刚刚的拼命奔跑而剧烈起伏着，它呼吸急促，鼻孔大张，短促又粗重地喷着气。

莎拉安静地坐着，回头望了望跑过的路。风不再吹，可泪还在流。

社工露丝守在学校门口，莎拉在书包里翻零钱时看到了她。她站在校门边，漂亮的红色小车停在马路对面，像是不想引起别人的注意，可每一个从校门走出的学生都瞪着她。莎拉颇不情愿地朝她走去。露丝就是戴一块写着"社工"的霓虹灯胸牌，也不会比这更打眼了。他们跟便衣警察一个样。

"莎拉？"

她突然意识到这个女人的出现可能意味着什么，不由得心头一紧。露丝一定也明白了，因为当莎拉匆匆朝她走去时，她连忙说："你外公没什么事，不用担心。"

莎拉松了一口气，心不甘情不愿地跟着露丝朝小车走去。她打开副驾车门，坐上车。她本计划今晚去看外公的，不知道能不能让露丝送她一程。可就在这时，她发现了后座两个黑色的袋子。从一个袋子的袋口，她看到了自己的运动裤。五周以来两次搬家的经历告诉她这些袋子意味着什么。"我这是要去哪儿？"

"莎拉，恐怕休伊特家你不能再住了。"露丝发动汽车，"不是你的错。他们都觉得你是个好孩子，只是他们实在没办法对一个动不动失踪的人负责了。麦克艾维斯家也是一样，他们怕你会出什么事。"

"我不会出事的。"莎拉的语气带着不屑。

"学校也很担心。他们告诉我，你一直在逃课。能跟我说说到底是怎么回事吗？"

"没什么事。"

"是跟男孩子有关吗？跟男人有关？你最近失踪的时间可不少，莎拉，别以为我们没发现，我们算了你在休伊特家和在学校的时间。"

"没有，没有什么男孩子，也没有什么男人。"

"那到底是怎么回事？"

莎拉的脚在脚垫上蹭着。她多么希望露丝能把车开走！这样停在学校外面，每个人出校门时都要朝车里看一眼。可露丝还在等她的回答。"我想去看我外公。"

"不光是这样吧？周二学校给我打电话说你又失踪以后，我去了医院。我是去接你的，但你那天不在那儿。你去哪儿了？"

莎拉盯着自己的手，上面还留着缰绳磨出的水泡。他们迟早会发现的，她很清楚。她想到了布布，想到了骑在它背上的感觉，想到了他们奔向一个不一样的未来时，那转瞬即逝的自由。她把手伸进包里，条件反射地去找马厩的钥匙。

"你得帮帮我，莎拉，我都快没有选择了。你在五周里换了两户人家。他们都很好，很善良。你是想去福利院吗？我可以把你安排到福利院，他们不会让你乱跑的。我们会制定宵禁的规矩，或是找个人每天陪你上学、放学。你想这样吗，莎拉？"

莎拉把手伸进包里，拿出了一张纸。

"如果你有任何需要。"他当时是这么说的。"任何需要。""麦克，"莎拉扬起脸对露丝说，"我想住在麦克家。"

十个人，六次看房，没有一个人说要买。中介很抱歉："都是利率，搞得大家都很紧张，老是决定不了。"

"可我们必须把这房子卖了。"娜塔莎自己也很吃惊。她曾经很不愿意离开，但那是在麦克搬进来之前。

"那我只能建议再降点价了。只要够便宜，什么都能卖出去。对了，我还得说一句，希望你们不要介意，你们最好把客房稍微收拾一下。客户来看房时，还得跨过男人的——呃——内衣裤才能走进浴室，这可不好。"

娜塔莎躺在浴缸里，想着应该降多少价。必须既能吸引买家，又不会让她感到心疼。这是一幢漂亮的房子，坐落在一条漂亮的街道上。伦敦这个地区正处于上升阶段——大家都是这么说的——而且，她得有足够的钱才能另买一套公寓。

一想到还要再住公寓，娜塔莎心头涌起挥之不去的阴霾。人到了三十五六岁，应该已经扎牢根基，找到了人生伴侣，住进了喜欢的房子，成就了不错的事业，说不定还生了一两个孩子。然而，在看似圆满的虚幻泡沫之下，她的肚子却一直没有动静。四缺一。这样看来，她的人生还算不得完美。而艾哈迈迪的事件过后，她甚至对自己的事业也不那么有信心了。

"娜塔莎？"

她在浴缸里坐起身，查看自己有没有记得锁门。"我在这儿！"她大声回答。他可千万别带人到家里来啊。

她听到什么东西放到地板上的沉闷响声，接着是他上楼的脚步声。他的器材不断侵占着走廊的空间——成堆的灯具、装相机的帆布包、锡箔纸的反光板。很快，她就不得不跳着进出家门了。

"我在洗澡。"她又喊了一句。她听到他在门外停下，突然感到奇怪的尴尬。她仿佛看到他穿着 T 恤和牛仔裤挠头的样子。

"我去了超市，"他说，"买了东西回来，放厨房了，茶包什么的。"

很好，她想，你是想领赏吗？

"我还给中介打了电话。他们说最后那两个人可能会买，他们是两天前才看的。"

"他们不会买，麦克。人们要是喜欢一个地方，就会立马出价的，这你都不知道吗？"

她听到他的手机短信提示音。他再次开口时，有些心不在焉，像是在回短信。他从来不会同时做两件事。她往浴缸里一沉，让泡泡没到下巴，麦克的声音也变得模糊了。"不管怎么说，他应该告诉你了，下周三还有人来看房。结果怎么样谁知道呢。"

这房子是他们一起看的。那天，麦克刚完成工作就来了，脖子上还挂着相机，她说他是在摆样子。他给房间拍了很多照片，后来，房子的采光和户型都让他们很满意。第二天早上，他们就出价了。

"我还接了个电话。"这句话的语气充满了试探。

娜塔莎擦擦眼睛。"什么事？"她一下就坐直了。

"社会服务部打来的，关于那个跟我们住了一晚的女孩子。"

"她怎么了？"

"他们问，我们能不能考虑收养她几周？显然她没地方住了。"他暂停了一下，"她提出来想跟我们住。"

娜塔莎仿佛又看到女孩警觉地盯着早餐餐盘，还有她满脸震惊地打量着五楼那间公寓被劫后的惨状。

"可我们又不认识她。"

"她跟他们说，我们是她们家的朋友。我不喜欢反驳，但我觉得这不重要。我说我觉得可能不行。"

娜塔莎从浴缸里爬出来。"为什么？"

他没有立刻回答。她听到他走到门边。

"你好像……之前很不情愿。我不确定你愿不愿意让不认识的人住到家里来，最近又有这么多事。我跟他们说，你可能会很忙。"

"我们对她一无所知啊。"

"确实。"

她将一条柔软的白毛巾裹在身上，坐在浴缸边。"你是怎么想的？"她对着门问。

"如果能帮她几周，我也不介意。就到我们把房子卖了为止。她像是个好孩子。"

她听得出来，他和她一样如释重负。这会带给他们一个不一样的关注点，会打破目前的僵局。

她想起了那袋被偷的炸鱼条，女孩发誓说她是准备付钱的。行吧，她对自己说，也不是所有孩子都那么自私的，这女孩可能只需要一个机会。

"塔莎？"

这可能是她这辈子最有可能当父母的机会了。

"我看住几周应该可以，"她说，"但你得安排好工作照顾她。我有个大案子，没什么休息时间。"

"我想应该没问题。"

"我不知道……这个责任很重大，麦克。你也得改改你自己，不能再抽烟了，少喝点酒。也不能由着性子，说来就来，说走就走。你的生活方式得有个大的转变。说真的，我不知道你——"

"我给他们打电话，"他已朝楼梯走去，"看下一步该怎么办。"

九

"首先，你们必须认识到，马的脾气就像是人的怒气。"

——色诺芬《论马术》

还没看到莎拉，娜塔莎就听到了她走路的脚步声，很轻，鬼鬼祟祟的，似乎不想让人听见。可娜塔莎对于住进自己家的外人仍保持着警觉，所以这声音足以让她从文件堆里抬起头。她近来一直在厨房的餐桌边工作（因为书房让给麦克睡觉了）。这会儿她靠在椅背上，一眼就能看到门廊。"要出去吗？"

莎拉在走廊里转过身，像是没料到会被人发现。她穿着蓬松的外套，围着条纹的羊毛围巾。"只出去一下。"她说。

"去哪里？"娜塔莎尽量随意地问。

"找个朋友。"

娜塔莎站起来。"要我送你吗？"

"不用了……谢谢。"

"好吧，等会儿要我接你吗？现在晚上天黑得早。不用客气。"

莎拉露出笑容，但并不是特别有说服力。"不用了，谢谢，我可以坐公交车。"没等娜塔莎再说一句话，她就转身走了。娜塔莎手里松松地握着一支笔，一直盯着大门。

莎拉跟他们住了十天了。最开始的两天，彼此都觉得很陌生，莎拉几乎不说话。娜塔莎在家时，她就躲在自己的房间里。到了第三天，生活便有了秩序。娜塔莎会做早餐（一般她都是最先起床的），麦克则会照社工的建议把莎拉送去学校。放学后的几个小时由麦克负责，接着，看娜塔莎加班到什么时候。如果很晚，莎拉就和麦克一起吃晚餐；如果不太晚，三个人就会像一家人一样共进晚餐。一开始，娜塔莎觉得和麦克同桌吃饭很是尴尬，大家不得不找些话题，相互试探。可麦克会和莎拉闲聊，就算她不做回应，气氛也比较安全，有时甚至还颇为温馨。莎拉的生活，她的小小需求，包括她的固执，都让他们有话可说。

学校打了两次电话说莎拉逃课，莎拉坚称是她弄错了课表。还有一次她说她上了课，是老师没看到。社工露丝提醒过他们，这个女孩不是很守规矩。"她在该出现的时候没有出现，我们对此一直有些疑问。"露丝说。娜塔莎感觉她们没有完全说实话。

"年轻人不就这样吗？"麦克倒是很愉快，"我就从来没有在该出现的时候出现过。"

"我只是觉得，你们不要给她太多自由。"露丝继续对娜塔莎说，"大家都说，她外公非常严格，她似乎对那种严格也有些叛逆。她缺了不少课，也不愿意告诉我们到底在做什么。我并不是说她会给你们惹麻烦，"她飞快地补充道，"只是告诉你们，她这样的孩子最好有个规矩，你们和她商量好什么时间可以出去，可以去哪里，这样我觉得对大家都好。"

他们有优势，露丝微笑着说，因为是莎拉主动说要跟他们住的。"我们发现，年轻人在自己选择的环境中会表现得更好。我相信目前的情况就是这样。"

娜塔莎没时间为这句话感到荣幸。现在，莎拉安顿下来以后，却似乎在尽可能减少与娜塔莎的接触。晚餐时，她寡言少语。在家的大部分时间，她都躲在房间里，还经常外出。有时候他们甚至感觉不到家里多住了一个人。

第一次共进晚餐时，麦克说："好啦，我们家从没接待过你这个年纪的客人，你想怎么样？"他的状态很愉快，很轻松。

娜塔莎站在烤炉边，将烤煳的比萨从烤盘上铲下来，假装没有在偷听。

"我一般放学后会去找朋友。"她小心地说。

麦克耸耸肩。"好啊，那就一周两次吧。其他时候，你放学了就直接回家，我们一起做作业。不过我也不知道你怎么做最好。"

"我习惯自己进出。"

"我们也不习惯跟别人一起住。看来，我们都需要一点时间适应。莎拉，我相信过不久你就可以有自己的钥匙了，不过目前还是配合我们的安排吧，好吗？"

女孩耸耸肩。"好的。"

娜塔莎一开始以为，让莎拉住进来只是麦克为了缓解他们之间尴尬的局面找的烟幕弹，后来发现他是真的关心莎拉。他戒了烟，每天晚上最多喝一杯红酒或啤酒。他找来烹饪书，娜塔莎不在家的时候，他就做饭。他似乎潜意识里就知道该怎么跟莎拉聊天，知道她可能喜欢吃什么，喜欢看什么电视节目。他说的话偶尔能逗乐她，有时候她放学回来，还会向他倾诉白天的小秘密。

娜塔莎也试着寻找合适的语气，可是经常就连她自己听来都像是在跟客户交谈。"你有什么需要吗？你一般在学校午餐吃什么？"这些问题令人难堪，像在拷问。莎拉在这样的交谈中露出谨慎的表情，似乎也有同样的感受。

莎拉不想让娜塔莎布置客房。娜塔莎给她看新买的羽绒被和放在浴室里的各种洗漱用品时，莎拉只是礼貌地笑笑。娜塔莎提出周末去买几张海报或照片挂到墙上时，她温和地拒绝了。一天下午，女孩在学校时，娜塔莎偷偷溜进她的房间，想要了解一下她是个什么样的人，她可能还需要些什么，可她寥寥无几的物品并没有给出答案：只有几件连锁品牌的便宜衣服，和周围十来岁女孩穿的并没有什么不同；一张她和两位老人的照片，应该就是她的外公外婆；几本关于马的书和她的校服。奇怪的是，和整洁的房间相比，她的鞋子却总是脏兮兮的，满是泥泞，牛仔裤上也带着污渍和一股娜塔莎分辨不出的刺鼻气味。一天晚上，娜塔莎引出这个话题，莎拉脸一红，说是她和朋友在公园遛狗弄脏的。

"没关系，多给她点时间，她会敞开心扉的。"莎拉消失在房间后，麦克这样说，"你就想想，这一切对她来说有多奇怪。这几个月来，她的人生简直天翻地覆。"

人生天翻地覆的可不只是她，娜塔莎想说。可她忍住了。她拿起文件，走进厨房去工作，她越来越强烈地感觉到，自己倒成了这家里的外人。

"……所以这周末我不去肯特郡了。"

康纳不敢相信自己的耳朵。"你和麦克收养了一个孩子？"他又重复了一遍。

"别这么说，康纳，不是那种收养。我是偶然认识她的，她在我们家暂住一段时间，等她外公病好了就走。其实——其实她来了我反而轻松些，家里的气氛没那么紧张了。"

康纳可不这么想。"我没理解错吧，大律师？"他用手指敲着真皮公文包，"首先，他搬回去跟你一起住了。现在，你们俩又一起收养了一个孩子。你们要扮演幸福的一家人，所以你也不能跟我去木屋了。"

她一直非常冷静。"这是她来的第一个周末。社工周五晚上会来看看她有没有安顿好，我不能在她一搬来后就立马消失。"

"所以你们就是要扮演幸福一家人嘛。"

"康纳，这是绝对不可能的，我看麦克也是这么想的。多一个人在家，意味着我们不用再像以前那样应付对方了。"

"这些都很好，可我就是想不明白，你们有了孩子以后——"

"这不是有了孩子。这个女孩子有她自己的生活，有她自己的兴趣，她几乎一半时间都不在家。"

"要是她都不在家，那这还有什么意义呢？你不是说，她住进来意味着你和麦克不用应付对方了吗？"

天哪，跟律师吵架真是讨厌。"别曲解我的话。她主动说要来住，麦克和我都觉得这样能稍稍缓解家里紧张的气氛，也能帮到困难中的年轻人。"

"你们真是毫不利己，专门利人。"

她绕过桌子，走到他的座位边，在他身边坐下，压低声音："如果是你，遇到了一个很好的孩子，需要找个地方住几周，你的帮忙说不定能改变她的命运，难道你会拒绝吗？"

这句话把他问倒了。

"你是个父亲。假如这个孩子就是你的孩子，你难道不希望有个好心人收留他吗？"她让他看着自己的眼睛，"等我们把房子卖了，她就回自己家，我们三个就各走各路了。这对大家都好。"

她伸出手去握他的手，可他把手缩了回去，把头偏到一旁。"当然好。我都明白。可还有一件事你得给我解释解释。"他往前俯过身，"你是怎么跟政府的人解释你们的情况的？他们应该觉得很奇怪呀……两个一年来几乎没见过面的人，所有人都知道处不来的两个人，突然间提出要收养一个遇到麻烦的孩子……"

她深吸了一口气。

"呵，我知道了……"

"不是的，康纳——"

"你压根没告诉他们，是不是？他们以为你们还在一起。无论怎么看，你们都还是夫妻。"他的语气相当尖刻。

"没必要说这个……而且你也很清楚，在职场里，我也还没改掉夫姓呢。"

"可真方便。"

"我就是还没告诉大家，"她表示抗议，"仅此而已。工作伙伴都知道我姓麦考利，我也不知道该怎么办。"

"现在，麦考利先生和麦考利太太还收养了个小女孩。哎哟，这下一切都妥当了，是不是？又是一家人了。"

"我们没有收养她，她只是个想找地方住几周的年轻人。拜托，康纳，不要无中生有。"

可他似乎从这件事里看到了过多的动机、手段和欺骗。一连几天，他都不理她。她叫他出来，他不是说已有安排，就是彻底躲着她。娜塔莎告诉自己，他会想明白的。她盯着自己的手机，上面除了办公室打来的十四个电话，再没有别人找过她了。工作吧，她对自己说，集中精力好好工作。

家里很安静，在接下来的几个小时里，家里都将只有她一人。她把头埋在手里，闭上眼睛。接着，她又像是游泳的人从水里冒出来一样，抬起头，深吸一口气，拨通了办公室的电话，对着话筒说：

"本，你听到后，能不能把诺丁汉那个案子里所有的专家证词收集起来？我去办公室之前放我桌子上。你要是收到了三号庭的回复，马上通知我。我觉得汤普森的案子，检方应该会上诉。"

同样的情况又发生了。莎拉的储藏间里靠墙放着三大包新鲜草料，散发出夏日牧草淡淡的香甜气味，旁边还堆着一袋没开封的马粮。莎拉并没有付钱。她拿着冰冷的挂锁，盯着眼前的一幕，这是几周来的第二次了，她既感激又担心。感激的是布布有东西吃了，担忧的是这些东西的来历。

秋日的凉意渗进马棚，晚上更冷了，马儿们似乎永远都吃不饱。莎拉从储藏间望着外面的火盆，牛仔约翰一边把牛皮纸信封塞进火盆，一边和他的狗说话。他在清理那间他称作办公室的小砖房，烧掉了多年来拆都没拆过的政府信函。她曾经找他借过粮草，可他抱歉地说，他只留了自己的马要吃的，其余的全卖给萨尔了。

她装满一网袋，拖着它穿过小院，走到布布的马厩。她往水桶里装满水，整理了垫料，时不时把自己冰冷的手指伸到布布柔软温暖的皮毛里，休息一下，听听它有节奏的咀嚼声。

她原本以为住麦考利家会比较简单，从某方面来说，确实如此。他们的房子很漂亮，离学校更近，离马棚也更近。可钱是最大的问题。外公没法付马棚的租金，而她已是捉襟见肘。娜塔莎没有给她午餐钱，而是坚持给她准备三明治，他们给她办了张公交卡，所以她也不能再要车费了。他们每周末会给她一点零花钱，这是前所未有的，可仍不足以支付布布的开销。

她不敢想她现在欠了多少钱，更别提这些还没付钱的草料了。

她想到了她在娜塔莎房间看到的存钱罐，那女人恐怕压根不知道里面有多少硬币。从门口经过时，莎拉盯着它看，可能有几百个吧，还会有银币。娜塔莎·麦考利写支票时看都不看一眼。她留在厨房桌上的信用卡账单显示，她上个月花了将近两千镑，不过莎拉不敢细看她都买了些什么。律师太有钱了，不会在意扔进存钱罐里的那点硬币的。她也许只是不想让它们沉甸甸地压着西服口袋罢了。

莎拉知道外公会怎么说偷拿别人钱的孩子，可她越来越清楚地发现自己想好了该怎么回答：那又怎么样？你不在家。我不这样，怎么在你回来之前养好我们的马？

"莎拉。"

她吓了一跳。牛仔约翰不知道消失去了什么地方，希芭也没有叫，一般有人进来它都会大叫的。"你把我吓了一跳！"她后退着，靠到储藏间的门，手里仍然拿着挂锁。

马耳他人萨尔站在她后面，他的脸在黄昏的光线中显得朦胧。"我正好路过，看到门开着，"他说，"想来看看都还好吗。"

"都挺好的。"她一边说，一边转过身拧着钥匙，"我就要回去了。"

"你在帮约翰锁门吗？"

"我一直都有钥匙，"她说，"要是他提前走了，我就会帮他锁门。我……等你接管了，我也可以帮你锁门。"

"等我接管了？"他的金牙闪闪发亮，"亲爱的，这里已经是我的了，我都买了一个多星期了。"他靠在门框上，"不过，当然了，钥匙你留着，可能会用得着。"

莎拉伸手去抓地上的书包，她庆幸外面人行道上路灯昏暗，萨尔应该看不到她绯红的脸颊。

"你要去哪儿？"

"回家。"她说。

"你外公回来了？"

"没有，"她说，"我——我住在别人家。"

"天黑了，"他说，"小女孩晚上一个人在外面不好。"

"我没事，"她把书包背到肩上，"真的。"

"要我送你吗？我有的是时间。"

她还是看不清他的脸。他身上散发着烟草的香气，不是香烟，是一种又醇厚又香甜的气息。"不用了。"她想从他身边走过去，可他站着不动。她怀疑他把这当成了游戏，他就是要让别人不自在。不知道他手下的人是不是也在院子里，嘲笑着她。

"你看到草料了吗？"

"谢谢你。不好意思，我早想跟你说谢谢的。"她把手伸进口袋，拿出早上数过的零钱，"这是最近两次的钱。"她把钱递给他，手指碰到他的手时，她缩了一下。

他把钱举起来，在灯光下仔细查看。接着，他哈哈大笑："亲爱的，这是什么？"

"草料的钱啊，还有马粮的钱，两周的。"

"这点钱连买两袋干草都不够，那些都是好东西。"

"一袋两英镑，我给约翰付的就是这么多。"

"这些东西比他的好多了。那些干草，都是一袋五英镑的。我跟你说了，我会拿最好的喂你的马，你欠我的是这个数的三倍。"

她瞪着他。他不像在开玩笑。"我没有那么多钱。"她悄声说。希芭在她脚边轻轻呜咽。

"那就麻烦了，"他像是对自己点点头，"因为你还拖欠了租金呢。"

"拖欠了租金？"

"牛仔约翰的账簿上写着，你六个星期没付租金了。"

"可约翰说他免了我们的租金啊，因为外公的事。"

马耳他人萨尔点燃一支香烟："那是他说的，亲爱的，不是我说的。就我而言，我接手的是生意，账簿上写得明明白白，你名下欠了一大笔钱。我不是做慈善的，我得收租金呀。"

"我会跟他说的，我——"

"这里不是他的地盘了，莎拉。你欠的是我的钱。"

莎拉开始计算六周的租金，再加上他说的粮草钱，算出来的总额让她头昏脑涨。"我……我凑不出那么多钱，一下凑不出来。"

"这样啊……"马耳他人萨尔后退一步，让她过去，他也开始朝大门走去，"暂时还没关系，我反正哪儿也不去，莎拉。你想到办法了再来找我吧。"

娜塔莎刚从法庭出来，便看到琳达匆匆忙忙跑上石阶。娜塔莎从正与之聊天的事务律师边转过身，琳达气喘吁吁地把一张纸塞到她手里。"你给这个女人打电话，她说有个叫莎拉的女孩子又没去上学。"

"什么？"娜塔莎满脑子还想着法庭上的诉讼。

"十点刚过他们就打电话来了，当时我不想打扰你。"琳达朝法庭扬了扬头。见娜塔莎似乎还没明白状况，琳达又说，"莎拉今天早上又没去上学，他们好像觉得你应该明白。是客户吗？我也在想他们说的到底是谁？"

娜塔莎瞟了一眼手表：差一刻十二点。"你给麦克打电话了吗？"

"麦克？"琳达说，"你前夫麦克？为什么要给他打电话？"

娜塔莎开始找手机。"你别管了，我以后再解释。"找到手机后，她大踏步从成群的律师和客户间穿过，一直走到走廊远处一个安静的角落里。

"娜塔莎？"麦克接到电话时显得很惊讶。她能听到背景里的笑声和音乐声，他好像是在参加派对。

"学校打电话了，她又没去。"

"谁？莎拉？"他突然中断，示意什么人安静一点，"可我八点三刻就把她送到学校了呀。"

"你看着她走进学校大门了吗？"

他愣了一下。"这么说来，还真没有。她跟我挥手道别了。天哪，我不知道还得把她牵进去啊。"

"他们给我打了两次电话。从法律上说，她失踪两个小时，我们就得上报。这事得你来处理，麦克，我只有不到一个钟头休息，整个下午都要出庭。按照今天上午的进度，至少要到四点。"

"见鬼，我才拍了一半啊，而且我在伦敦南区还有活儿呢。"她仿佛听见他在思考，他努力想办法时总会轻轻哼歌，"好吧，你给学校打电话，看她到了没有，我回家看她在不在，然后给你回话。"

莎拉不在家，不在学校，也不在医院。娜塔莎在办公室来回踱步，狼吞虎咽吃着三明治时，麦克打来电话告诉她，先不要告诉社工，晚上再说。"我们得先跟她谈谈。"他说。

"万一她出了什么事呢？上次她只是逃了一节课，这次是消失了快一天呀。麦克，我们必须告诉社工。"

"她十四岁了。她就是想放松一下，搞不好跟朋友跑去喝酒了。"

"哎哟，那可真让人放心。"

"她会回来的。她不会离开外公的，是不是？"

娜塔莎不像他这般有信心。那天下午，她在听证会上心神不宁。她十二岁的客户琳赛闷闷不乐地坐在监护人和社工中间，他们都是来参加申请收容的最终听证会的。娜塔莎看到她，仿佛又看到了莎拉要出门时脸上那茫然的表情。肯定有什么事是他们不知道的，这让娜塔莎紧张。她在担忧与烦躁间摇摆，担忧的是这孩子确实有难处，烦躁的是她把这么大一个麻烦带进了自己平静有序的生活。

"你的笔记本，"本悄悄坐到她旁边轻声说，"你忘在外面的椅子上了。"

"天哪！谢谢。"

我应该慎重考虑的，她一边跟自己说，一边听着政府律师的发言。一想到要跟麦克住一个屋檐下，我就太冲动了，没想到事情可能会变得更复杂。

"麦考利太太，你还有什么要补充的？"法官问。

她没有反应过来，她感觉不在状态。"没有了，法官大人，我都说完了。"

"你不是要提交心理医生的报告吗？"本悄声提醒。

糟糕！她猛地站起来："实际上，非常抱歉，法官大人，我这里还有一份证词希望您注意……"

　

她到家时，麦克正坐在餐桌边。她把公文包扔到冰箱旁，解下脖子上的围巾。"还是没消息？"

"从你下班以后到现在，还没有。"

"天快黑了。你觉得我们还要等多久上报？"第一次跟他通电话时，她感觉焦虑的情绪在心口结成一团乱麻，此时，那团乱麻变成了巨大的铅球。她在与社工的交流中已多次装傻充愣，他们大概以为她和麦克很蠢，或者更糟糕，以为他们俩很粗心。他们只要求一件事，就是保证莎拉按时上学。社工如果知道莎拉又失踪了，肯定会有一堆话说，甚至可能质疑娜塔莎的专业能力。而且，除了这些担心，娜塔莎的脑海深处还有个可怕的声音，她想用理智压住它，可还是冒了出来，就是她给麦克打电话时说的：如果这次真是意外怎么办？我完全没有经验啊。真正的父母可有很多年的时间去习惯这种焦虑。

"我们再给她半个小时，"麦克说，"快到六点了。到那个时候，我们也算给足她机会了。"

她在他对面坐下，接过他给她倒的一杯红酒。他脸上没有笑容，之前的轻松劲儿不见了，取而代之的是沉默和紧张。"你赶上另外那个活儿了吗？"她问。

他摇摇头。"我想着应该在放学的时候守在校门口，万一她出现了呢。"他叹了口气，喝了一小口红酒，"反正也没心思工作了。没关系，他们帮我安排到明天了。"

他们对视片刻。

——前提是明天之前她能回来。

"我在法庭上也不行，"她主动说，"没法想工作，连我自己都感到意外。"

"这可不像你。"

"是不像。"她说。她输了。离开高级法庭时，本的表情告诉她，莎拉就是输的原因。

"都是孩子啊。"麦克忧伤地说。

门铃响起，两人跳了起来。"我去开门。"他推开桌子就出去了。

她还是坐着，小口喝着红酒，听到他打开前门的声音。他嘟囔了几句，她听不清楚，接着，他的脚步声沿走廊传了回来。在他身后，用围巾半遮着脸，衣服上还散发着夜晚寒气的，正是莎拉。

"欢迎回来。"麦克转过头对她说，"我们也不知道你是不是在别的旅馆住了。"

她露在外面的两只眼睛在他们之间来回摆动，估量着自己到底惹了多大的麻烦。

"能跟我们说说，你去哪儿了吗？"麦克声音不大，但娜塔莎听出了他的沮丧。

莎拉把围巾扯下一点。"跟朋友出去了。"

"今天晚上不该出去，"麦克说，"不，今天一天都不该出去，你应该上学。"

她像是踢着地板上什么看不见的东西。"我心情不好。"

"所以呢？"

"所以我就去散步了，让头脑清醒一下。"

娜塔莎忍不住了。"走了九个钟头？你走了九个钟头去清醒头脑？你到底知不知道你惹了多大麻烦？"

"娜塔莎——"

"不行！"她把麦克的警告抛诸一旁，"我今天打输了官司，就因为老是担心你去了哪儿。学校每个钟头都来问我们，麦克也取消了一个重要的工作。你最起码应该告诉我们你去了哪儿吧？"

围巾又拉了上去，莎拉盯着地板。

"你住在这里，我们就要对你负责，莎拉，这意味着我们在法律上要对你负责。我们必须确保你按时上学，放学后按时回家。这是法律规定啊，你懂不懂？"

她点点头。

"所以，你到底去了哪儿？"

令人难受的漫长沉默后，女孩最终耸耸肩。

"你想去福利院吗？这是你十天来第四次失踪了。你再失踪一次，学校就会先通知你的社工，而不是我们，你就会被送去福利院。你知道那里什么样吗？"娜塔莎提高了嗓门，"你会被关起来的。"

"塔莎……"

"到时候就由不得我们了，麦克。他们只会认定，我们没有能力照顾好她，如果他们觉得她还会再失踪，就会向法庭申请把她送进福利院。"

女孩的双眼瞪圆了。

"你想那样吗？"

莎拉缓缓摇着头。

"唉，"麦克说，"大家冷静一下。莎拉，我们只是想让你守规矩，明白吗？我们必须知道你在哪儿。"

"我都十四岁了。"她的语气平静，但充满反抗。

"你是在我们的监护之下，"娜塔莎说，"是你自己要来的，莎拉，最起码得守我们的规矩吧？"

"对不起。"她说。

可她看起来一点也没有抱歉的意思，娜塔莎想。"明天，麦克会在点名前送你进学校，把你交到老师手上。"娜塔莎说，"放学后，我或者麦克会守在校门口。等到你能证明我们可以相信你之后，我们就不接送了。"

麦克站起身，走到橱柜前，拿出一袋干意大利面。"好啦，不说了，相信这样的事不会再发生了。莎拉，把外套脱了，坐下来。你肯定饿了吧？我来做吃的。"

可莎拉转过身，走出了厨房。他们听到她迈着沉重的脚步，爬上楼梯，断然关上了卧室大门。

短暂的沉默。

"聊得不错。"

麦克叹了口气。"给她个机会，她现在很艰难。"娜塔莎咽下红酒，长长舒了口气，看着麦克："现在是不是不应该告诉你，我房间存钱罐里的钱越来越少了？"她不确定他有没有听懂，"少了很多。我也是刚发现的。我明明记得前天晚上我把四个一英镑的硬币丢在最上面，昨天就没有了。"

他继续往厨房的秤上倒着意大利面。

"哦……不要这样……"她说。

"我本来也不想说的，"他说，"不过，我也记得有天晚上，我把牛仔裤口袋里的一张五英镑钞票放在咖啡桌上，还提醒自己早上记得拿。等我再去拿的时候，就没了。"他走到厨房门口，轻轻把门关上，"你觉得她在吸毒吗？"他问。

"我也不知道，我从来没想过她会吸毒。"

"应该不会……她看起来不像……"

"反正不是买衣服。"她说。这是娜塔莎在莎拉身上发现的优点之一。莎拉似乎对时尚和明星毫无兴趣，每天早上在浴室里花的时间也不会超过十分钟，"据我所知，她也没有手机。她身上也没有烟味。"

"但确实有什么事。"

娜塔莎盯着自己的红酒杯。"麦克，"她说，"有件事我要告诉你。我第一次遇到她时，她在超市偷东西被人逮住了。"

他停下了手里的动作。

"只是一包炸鱼条。我在超市里看见她，她发誓说她是准备付钱的。"我又被骗了。我还以为我做了件好事。我真是个愚蠢又容易内疚的中产自由主义者。我真是头脑简单。"真的很抱歉，"她说，"应

158

该早点告诉你的。"

他摇摇头。她感激地意识到，他并不打算将这件事小题大做。"你觉得……"她试探着说，"我们会不会——"

麦克打断了她。"明天再说。"他终于把意大利面倒进了沸腾的开水，"给我一两天时间，我跟着她，我要看看她在搞什么鬼。我们会查个水落石出的。"

十

"那是怎样的精神、怎样的气概，它是那么骄傲——让人一见欢喜，又心存敬畏。"

——色诺芬《论马术》

一连两天，莎拉遵规守纪。尽管愤愤不平，但她还是让麦克陪她走进教室。放学后，麦克去接她时，她也总是在校门口等着。可年轻人呀，麦克心想，就是总以为自己比别人都聪明。莎拉也不例外。

第三天，麦克送她到学校后，说没时间跟她一起进去了，问她能不能自己进去。他看到她眼中一闪而过的轻松，但很快便掩饰过去了。他挥挥手，像是很着急一样，迅速离开，将车开过街角。他在车库旁停下，数到二十，再慢慢绕回来，停在学校前面的大街上。学生们肩上松松垮垮地背着书包，还在往校门里涌。他们冲着彼此大喊，或是以手机为中心，成群结队聚在一起。不出麦克所料，莎拉朝着和他们相反的方向，半走半跑地奔向公交车站。

麦克暗暗祈祷她不要转身，但她的注意力完全集中在她要去的地方。唉，莎拉，麦克在心里对她说，你为什么非要毁掉自己的未来呢？他眼睁睁看着她跳上一辆公交车，记下了车牌号和终点站。他发现，那不是去医院的方向。社工上周带她去看过外公，提到过医院的地址。麦克答应这周末会带她去，所以把地址也写了下来。那她这是要去哪儿呢？

他开车跟在公交车后面，虽然看不见她，但他相信她下车时一定能看到自己。他让两辆小车插到他前面，免得被发现。正值早高

160

峰，小车和公交车都开得很缓慢。

希望是去找哪个男生，他一边想一边调着收音机。要是这样，他们完全可以邀请那男生到家里来，跟他们俩好好谈谈。男生的问题好解决。千万不要是毒品。可千万不要是毒品啊！

小车在伦敦市区爬了二十分钟，朝西堤区开去。后面白色货车的司机表达着强烈的抗议，让他开快点，自以为是的女司机也朝他做出粗鲁的手势。情况不妙时，他就停一下，让他们先过。这样反复插进公交车道，不知道又要收到多少罚单。他已经开了这么远，绝对不能跟丢。开到金融城时，开始下雨了。每到一站，西装革履的职员们就会打着伞，从公交车上上下下，麦克只能瞪大双眼寻找她的深色校服。坐车的人越来越多，他也越来越难看清楚了。有好几次，他都觉得她已经下车了。他怀疑自己是在徒劳，可他还是坚持着。

最后，当金融城玻璃幕墙的高楼大厦开始变少，破败的公寓楼越来越多时，他看到了她。她从公交车上跳下来，跑着绕过车尾，跳上了路中央的隔离岛。麦克屏住呼吸。他很清楚，只要她往右瞄一眼，立马就能看到他。可她的注意力集中在对面来的车流上。突然，她松开栏杆，跑过马路。还没等麦克反应过来，她已经跑进了一条小巷，和他分道扬镳了。

"混蛋！"他大声吼道，"混蛋，混蛋，混蛋！"他猛打方向盘，超过公交车，朝后面被迫急刹的小车做了个抱歉的手势，冲过十字路口的黄灯，搞得一位女行人捶着他的车身以示抗议。"对不起，对不起，对不起。"他嘟囔着，以最快的速度朝环岛开去，绕过环岛，回到反方向的主路上，透过挡风玻璃，努力寻找她的身影。他把车开到她消失的小巷，才发现那是一条单行道。反方向的。

麦克只犹豫了一下，便加速开了进去，他希望能在对面来车之前开出去。一个骑电动车的人朝他冲来，头盔里传出骂骂咧咧的叫声，他只能大喊："我知道……我知道……"

他终于开到路口，却什么都没看见。没看见一辆车，也没看见一个人，只有一排灰扑扑的维多利亚风格的建筑，一个通往停车场的入口，还有一片公寓楼。他的左边，有大马路、咖啡馆和被公交车暂时挡住的印度外卖餐厅。冲动之下，他转头向右，慢慢开在鹅卵石小路上，朝每一条街道里张望，寻找穿校服的女生。一无所获。她像是不翼而飞了。

麦克把车开上小路，找了个停车位停下。他坐了一会儿，骂自己，也骂莎拉。我到底在干什么？我穿过整个伦敦，就为了追一个我都不怎么了解的女学生，为了什么啊？反正再过几周，她就要走了。说不定，她就是想找个蠢男朋友或是用吸毒毁了自己的人生，这关我什么事呢？她的外公会好起来的，他会管好她的，到那时候，他们就各走各的路了。

麦克的电话响了，他把手伸到副驾座位底下。这一路乱开车，他所有的东西都从包里甩出来，掉到地上了。他花了几分钟才找到手机。

"麦克？"

是玛莉亚。

"嗨。"他说。

"你可别说你也正想给我打电话来着，只是被大家具给困住了。"她听起来有点受伤，但他并没往自己身上想，毕竟茶的颜色不对她也是这种语气，"你不是要打电话约午饭吗？"

"哎呀，"他说，"对不起，亲爱的。我有事忙，吃不成了。"

"工作？"

"不完全是。"他往后一靠，抓着头。

"又是你前妻吧？你俩一整晚都在疯狂做爱，没精力应付我了。"她开始笑起来。

"跟娜塔莎没关系。"

"在波兰，娜塔莎是妓女最常用的名字，你知道吗？"

"我会告诉她的，相信她听了一定很高兴。"

玛莉亚对着什么人吼了一句，又接着说："很遗憾告诉你，你将有两周都见不到我了。"

"什么？"小路尽头的那个是莎拉吗？他探出头张望，可那女孩转过身，他看到她推着一辆婴儿车。

"在加勒比海，有个很重要很重要的工作，我跟你说过的。"

"是的。"

"给西班牙版的 *ELLE* 拍照，你猜摄影师是谁？"

"玛莉亚，你知道那些时尚摄影师我一个都不认识。"

"是塞维呀！谁不认识塞维？"

他必须给娜塔莎打电话，说他把莎拉跟丢了，他们得决定要不要告诉社工。

"这个月的《嘉人》封面就是他拍的。"

也许，他可以给学校打电话，说她另有安排。这次他必须让她说出她去了哪儿。

"《嘉人》啊！"为了强调，她又重复了一遍。

"这个月报刊亭肯定把我的照片放错了位置。"

"你真是可悲，这一点都不好笑。"

"玛莉亚，亲爱的，"他说，"我要挂了，我还有个电话要打。"

"你变成同性恋了吗？"

"今天不是，还没有，不过我会考虑的。"

"我姐姐就嫁了个同性恋，我跟你说过没有？"

他没再听了。一匹棕色的高头大马在小路远处的两扇铁丝门后出现，轻巧地跳过垃圾桶，沿鹅卵石小路朝麦克冲来，又闪到一边，马蹄在坚固的地面上噔噔作响。它越跑越近，麦克眯起眼睛。车玻璃里面全是雾，可那骑马人的身份不容置疑，他惊得像是触了电。

"玛莉亚，我要挂了。不管你去哪儿，给我打电话，到时候再说。"他把手机塞进口袋。等马跑出二十英尺后，他悄悄打开车门，走下了车。莎拉的头发绑在脑后，瘦削的身躯轻轻伏在高高的马背上，校服的套头衫很是显眼。马又往旁边跳了一下，她却似乎岿然不动。他看到她伸出手，摸着马的脖子，像在安慰它。

麦克关上车门，迅速走到车尾厢，拿出了里面的莱卡相机，他的视线一直盯着马背上的女孩。他锁好车门，开始跟在她后面，边走边观察。她安静地坐在马背上，显然对周遭城市的喧嚣与混杂毫不在意。他们拐了个弯，他看到她朝公园而去。

他稍加思索，拿出手机，拨通号码，站到路边的门道里，免得声音传开。"是学校办公室吗？嗨！是的，我是莎拉·拉夏贝尔的监护人。我打电话是想说，她今天上午要去看医生，不会去上课。是的，真对不起，应该早点打电话的……"

在外公生病之前，布布几乎一半的训练内容都是他站在地上完成的。外公以长缰绳控制它，站在它身边，让它体会他手上以不同力道拉扯缰绳发出的指令，以及如何调整平衡，如何将后腿抬得更高，如何向左或向右倾斜。莎拉总会站在布布的头或肩膀旁边，用轻微的动作或声音强调外公的指令，有时候可能只是轻轻地抖一抖鞭子。外公解释说，这样布布就可以在学会遵守指令的同时，又不用让她失去平衡。外公总说得好像是她给布布添了麻烦，她让布布为难。不过她早就不在意了。

外公以前有匹马，叫杰隆修斯，外公以长缰绳驯了它三年，它才允许别人骑它。外公跟她说，那不是训练的替代，而是训练的基础。所有"空中动作"的动作，所有漂亮的起跳，都源自这样的基石。它们是必经的过程。

那很好啊，莎拉心想，可她还是想要骑马。她坐在马背上，任由它舒展筋骨。六周前，它连眼睛都不眨就能绕过路灯、交通柱和下水井盖，此时却被它们弄得紧张兮兮。她忍不住发出责备的声音。她有两天实在没办法来：在这两天里，它应该吃饱喝足了，但一定没有出过马厩。对布布这样聪明又健壮的马来说，这是一种折磨。莎拉知道她会为此付出代价的。

雨越下越大，莎拉横穿马路时，举起一只手，示意汽车暂停。此时，布布看到了草地，她感觉到它正积攒着力量。雨水会赶走公园的行人，她就能不受干扰了。可布布太兴奋了，兴奋得过了头。被关两天之后，它的马蹄一接触有弹性的地面，就像是被通电了一样，飞奔起来。

听我指令——她用坐姿、双腿和双手的动作告诉它。可一想到如此巨大的力量正等着被释放，她也不由得激动起来。

前肢起扬——她脑海里一个小小的声音在说。

外公说过，她不能尝试这个动作，这个动作太难了。前肢起扬要求马将全身的重量转移到两条后腿上，并保持三十五度。这是对力量和平衡的考验，是向经典花式骑术中更大挑战的转变。

可是外公做到过。她站在地上也练习过。她知道布布能做到。

莎拉呼吸着湿漉漉的空气，擦去脸上的雨水。她让布布绕着小圈慢跑，停住，又往前走，让它把注意力集中到她的指令上来，她在垃圾桶、护栏和儿童游乐场边缘之间创造了一个看不见的训练场。她确定它已完成热身，便开始慢跑。她一开始只拉着一侧缰绳，接着又拉另一侧。她努力回忆外公的动作：坐稳，双手不动，双腿微微向后，更多地抓住外侧缰绳。没过几分钟，她已经入迷了。她远离了必须按别人的规矩生活的挫败感，远离了欠钱的烦恼，远离了病床上散发着药物和老朽气味的外公。只剩下她和布布，不停踩着步子，在蒙蒙细雨中跑到冒汗。她让它重新走步，并松开缰绳，由它舒展。它不再被马路上的噪声和双层巴士吓到了，艰苦的训练让它放松，让它得到磨炼。外公今天要是看到了，也一定会满意的，莎拉边想边用手摸着它湿漉漉的脖子。

前肢起扬——给它一点小小的考验真的不行吗？非要告诉外公吗？她深吸一口气，再次收紧缰绳，让它慢跑。接着，她越收越紧，它开始原地踏步，有节奏地抬起马蹄。她挺直后背，回忆外公的指令。马的重心必须放在后腿正中，跗关节要挨着地面。她稍稍后倾，以两腿鼓励它，让它集中力气，轻轻用缰绳把它往后拉。她弹了一下舌头，发出一系列指令。它紧张地听着，耳朵不停扇动。她突然意识到，它做不到。她还需要另一个人在地面上向它解释。可就在这时，她感到它的屁股往下一沉。有那么一刻，她慌了神，她怕他们俩都会失去平衡。接着，它的前腿突然在她面前抬起来，她往前俯身去帮它，感觉到它为了维持平衡全身都在发抖。他们摇摇晃晃立起来了，他们战胜了地心引力。莎拉从一个全新的更高的视角，俯瞰着整个公园。

很快，它便把腿放下了。猝不及防的莎拉趴到它脖子上，它猛地往前一冲，兴奋地颠了一两下，她费了好大力气才没被它掀下来。

莎拉坐直后，哈哈大笑。她心里好像冒出一个狂喜的大泡泡。她拍着马脖子，表扬它，让它明白它有多厉害。她伸出手，抱住它的脖子。"聪明！真聪明！"她说了两遍。她看到布布的耳朵扇动着，听着她的赞扬。

"厉害！"身后一个声音说。莎拉在马鞍上扭过身，心里一紧。

麦克的外套被雨水打湿了。"我可以摸一下吗？"他问。问完，他走上前，摸了摸布布的脖子。"它身上好热。"他说。他把手收回来，揉着手指尖。

她说不出话。她的任何想法都已烟消云散，恐慌像潮水淹没了她。

"你骑完了吗？我们可以回去了吗？"麦克朝斯伯佩尼大道做了个手势。

她点点头，手指抓紧缰绳。她的思绪如万马奔腾。她现在就可以走。她可以让布布跑起来，他们俩可以从公园飞奔到荒地。她可以一口气跑上好几英里，他肯定追不上。可她一无所有，也无处可去。

她慢慢地走回农场。布布伸长脖子，低着头，显然是疲倦了。她自己也是垂头丧气。麦克走在前面，她认真打量着他的背影，却无法查探他的态度。

她在门口停住。牛仔约翰从工棚出来，打开大门。"你洗澡了吗，马戏团女孩？你湿透了。"

他走过时，拍了拍布布，接着便看到了在莎拉身边徘徊的麦克。"有什么需要帮忙的吗，年轻人？想买点鸡蛋吗？水果呢？我今天有特别好的鳄梨。只要三英镑，就能买一整盘。"

麦克盯着牛仔约翰，像是从没见过他这样的人。也许是因为约翰戴着一顶最脏的牛仔帽，口袋里插着一条红手帕，穿的是修路工人去年留在这儿的反光外套——也有可能是因为他发黄的牙齿间咬着一支巨大的烟。

"鳄梨？"麦克恢复了常态，"应该不错。"

"相当不错，哥们儿。熟得刚刚好，再熟一点，果肉就会撑破皮，变成鳄梨酱了。你想尝一下吗？哎呀，你今天再也找不到比这更划算的买卖了。"他坏笑了一声。

麦克跟在莎拉后面走进大门。"带我看看吧。"他说。

莎拉牵着马走向马厩。她取下马鞍和笼头，擦去雨水，把它们小心地放进储藏间，然后开始清扫。院子远处，她看见牛仔约翰正向麦克展示着各种水果和蔬菜，后者点着头。麦克不断环视四周，像是要把一切都记住。他显然还问了问题，莎拉看到约翰指着不同的马匹、母鸡和办公室回答着。麦克似乎对什么都有兴趣。最后，莎拉给布布的水桶装满干净的水时，约翰和麦克从桥洞下面悠闲地朝马厩走来。雨下得更大了，积水像小溪般流下斜坡，在鹅卵石地面上四处流淌。

"你忙完了吗，马戏团女孩？"

她点点头，紧挨布布站着。

"我两天没见你了。你是不方便到这儿来吗？今天早上老布布又差点逃出去了。"

她看了一下麦克，把目光投向地面。"差不多吧。"她说。

"你看了外公吗？"

她摇摇头。她惊恐地发现，自己快要哭了。

"我们现在就去看他。"麦克说。

她猛地抬起头。

"你想去吗？"麦克问。

"你认识这丫头？"牛仔约翰戏剧性地一退，朝麦克手里的一盒水果打着手势，"你认识莎拉？哎呀，你怎么不早说。我要是知道你是莎拉的朋友，才不会把这些垃圾卖给你。"

麦克挑起眉毛。

"我不能把这些卖给你，"约翰说，"你到我办公室来，我把最好的给你。这些我就留着给过路的人。莎拉，帮我跟你外公问好，跟他说我星期六去看他。把这个给他。"他丢给她一大串香蕉。

麦克跟着约翰走回办公室，莎拉看到他嘴角露出了一抹微笑。

她坐上车时，衣服还是湿的。他被开了一张罚单。他把罚单从挡风玻璃上撕下来，探进车窗，把它丢进储物格。他看到她在发抖。

"你要干衣服吗？"他说，"后座有件备用的毛衣，你就穿在校服外面吧。"

她照做了。他把车开上马路，开始往前走。他思绪万千，不知该说什么。在红绿灯前停车时，他说："所以，你缺课，消失，就是因为这个？"他没有提钱的事。

她微微点了一下头。

他打了转向灯，向左拐弯。"嗯……你真是太让人惊喜了。"他安心了。她不过是养了匹小马，虽然个头有点大。

"你刚刚做的是什么，就是跳到半空的那个动作？"

她嘀咕了一句，他没有听清楚。"前肢起扬。"她又大声重复了一遍。

"那是什么？"

"是高等马术的一个动作，类似盛装舞步吧。"

"盛装舞步？是骑马绕圈圈的那种吗？"

她勉强笑了一下。"差不多吧。"

"这马是你的吗？"

"是我和外公的。"

"它好聪明。我对马一无所知，但一看它就觉得它不同凡响。你们是怎么买到它的？"

她观察了他片刻，像是在盘算到底能告诉他多少实情。"外公在法国买的，它是塞拉·法兰西马。在外公接受训练的法国骑术学校，他们用的就是这种马。"她停了一下，接着说，"他什么马术都会。"

"什么都会……"麦克喃喃说，"你骑马很久了吗？"

"从我有记忆就开始了。"她说。她像被毛衣吞没了——袖子拉过手背，把膝盖缩到衣服下面，如同一颗充满了戒备的羊毛球，"我们本来要回去的，去看他们，去法国，可外公病了。"

麦克好像又看到她穿过路上的公交车和大卡车，全神贯注在草地上留下一圈圈马蹄印。我们到底是怎么走到这一步的呢？他想。

"这是一种奖励，"她小心地说，"对我对他都是，度假嘛。我从来没出过国。"

她摆弄着毛衣袖子。"我很想去，外公也很想去。"

"嗯……"麦克瞄了下后视镜，"有很多人因为家人生病，不得不推迟假期。你跟旅行社解释一下外公的状况，我相信等外公好了，他们还是会让你们去的。"他看到她咬着自己的指甲，"等会儿就可以给他们打电话。要是你愿意，我帮你打。"

她又怯怯地朝他笑了笑。他想，这是今天的第二次了。也许，我们真能帮到她。他伸出手，设置好导航。"好了，去医院。"他说，"咱们把暖气调高一点，可不能让你外公看到你湿透的样子。"

麦克对医学跟他对马术一样，一无所知。但即便是他，也能一眼看出来，无论莎拉怎么想，拉夏贝尔先生都不可能在近期去度假，也不可能很快回家了。他半躺在枕头上，皮肤呈现出重病人的蜡黄色。他们走进病房时，他没有醒。直到莎拉握住他的手，他才睁开眼睛。麦克尴尬地站在门边，感觉像个外人。

"外公。"她温柔地喊。

老人的目光立刻聚焦在她身上，他认出了面前的是谁，眼里的迷雾消散了。他歪着嘴笑了。

"两天没来了，对不起，实在不方便。"

老人摇摇头，轻轻捏了捏她的手。她看到他的视线朝麦克转去。"这是麦克，他现在正照顾我呢。"

麦克感觉自己正接受着审视。老人尽管身体虚弱，双眼却是炯炯有神，像是想从他身上看出什么端倪。

"他……很好的，外公。他和他太太都是好人。"她说。麦克看到她红了脸，仿佛是后悔自己为了安慰老人透露得太多了。

"很高兴认识你，拉夏贝尔先生。"麦克走上前，握住老人的手，又用法语说，"很荣幸。"

老人又微微一笑。莎拉笑得更灿烂："你从没说过你会法语。"

"我可不确定你外公会承认我说的这是法语。"他说着，坐到病床另一侧的椅子上。莎拉忙着整理外公的柜子，检查他的洗漱包，重新摆放相框。

沉默让麦克颇不自在。他又开口了，却发现嗓门似乎太大了点。"我看了你外孙女骑马，她太有天赋了。"

老人的目光转向莎拉。

"我今天上午出去骑马了。"

"很好。"老人慢慢说，声音像是年久未用的铰链。

这一次，莎拉立马换成了笑脸。"很好！"她重复了一遍，像是在确定外公说的话。

"很好。"老人又说了一次。三个人满意地彼此点头，麦克感觉这是他们谈话的重大突破。

"它非常努力，外公。今天下雨，你也知道它下雨天脾气很暴躁的，可今天它注意力一直很集中，嘴巴咬得很轻，也听我的，很认真在听。"

莎拉仿佛又骑在马上，她挺直后背，双手放在身前。老人仔细听着她说的每个字，不愿错过任何细节。"你要是看到了，一定很高兴，真的。"

"我从来没见过那样的情形，"麦克插话了，"我对马一无所知，拉夏贝尔先生，可是，我看到它用后腿那样跳的时候，简直连大气都不敢出。"

突然的沉默。老人缓缓转过头去看外孙女，脸上的笑容消失了。

麦克结巴起来："看起来……很厉害……"他发现莎拉脸红到了发根，老人目不转睛地盯着她。

"前肢起扬。"她无比愧疚地小声说，"对不起。"老人开始左右摇头，"它精力太旺盛了。我得给它点新东西，让它保持注意力，它需要挑战……"

麦克看到，女孩越是反驳，老人就越是默默地愤怒摇头。"贪心，"他说，"不要贪心。一点点。重新。"麦克想搞清楚他在说什么，可又意识到这没有用。他隐约记得，中风病人是会出现语言模糊的问题。"那个，之前，不行，马，马……"他显然相当沮丧，他咬紧牙，不再看莎拉。

麦克万分羞愧。莎拉咬着自己的指甲。老人沉默着，表情愤怒。

这都是我的错，麦克想。他想假装自己不存在，可一转念，他举起了还挂在脖子上的照相机。"呃……拉夏贝尔先生，我拍了几张莎拉骑马的照片，快步跑什么的，不知道你想不想看看？"他趴在床边，点开数码照片。最后，停留在一张应该不会惹恼老人的照片上，将它放大。莎拉帮外公戴上眼镜。

老人认真看着，似乎从他们身边消失了。看完，他朝莎拉转过脸，闭上眼睛，像是在集中精力。"嘴巴。"最后他说了这么一句，手指在微微颤抖。

莎拉仔细盯着照片。"是，"她表示同意，"它当时是在和我对着干。但只有一开始那样，外公。我让它屁股用力以后，它就放松了。"

老人点点头，显然心满意足，麦克感到胸中一口闷气缓缓舒出。

"你还拍了别的吗？"莎拉问他，"后来还拍了吗？"

麦克翻着照片，又把相机递给莎拉。"我得去打几个电话，"他说，"你们俩单独待一会儿吧。这儿，莎拉，这样可以查看照片。按这个能把照片放大，你和外公就能看得更清楚。半个小时后，我在楼下等你。"他抬起老人的一只手，"拉夏贝尔先生，很荣幸认识你。"

"你就叫他上校吧，"莎拉说，"大家都叫他上校。"

"上校，"麦克说，"希望很快还能再见面。我保证，我们会好好照顾你外孙女，等你回家的。"可他心想，天知道那会是什么时候。他离开了病房。

"你开玩笑吧？"

"才没有。你要自己看吗？"他把回家后冲出来的照片递给她。娜塔莎把手伸进包里，拿出眼镜，透过眼镜看着照片。他想，她以前从没戴过眼镜。

"她没有吸毒。"他说。她却什么话都说不出来。

她点点头。"确实。"她把眼镜摘下，抬头看着麦克，"可养了匹马？"她把照片还给他，"我们该把这匹马怎么办啊？"

"我倒是觉得，我们不需要怎么办。马是她的，她会照顾好的。"

"可是……她一直养着这匹马？她失踪就是因为这个？"

"我没有问她钱的事，但我觉得，那钱只怕也是拿去养马了。"

"她那样的孩子怎么会养马呢？"

"她把它养在一个火车桥洞下面。"麦克继续说，一边回想着那个城市农场，"应该是外公养的，他好像是个什么骑手，养的也不是公园里那种普通的小马，"他说，"大得像斯塔布斯 [1] 画作里的那种，很刺激。她骑着马，做了什么……盛装舞步的动作，跳到了半空中。"

"天哪，"娜塔莎望着远处，"要是受伤了可怎么办呀？"

"我看她控制得挺好的。"

"可是我们对马一无所知，社工也没说过这事呀。"

"社工压根就不知道，莎拉不想让他们知道。她觉得，他们要是知道了，恐怕会把马送走。她这么想没错吧？"

娜塔莎耸耸肩："我不知道，我猜没有先例吧。"

"她让我保证，"麦克说，"保证我们不会说出去。"

她难以置信地说："这我们怎么能保证呢？"

"呃，反正我保证了。她也跟我保证，再也不逃课了。我觉得这样挺好。"

他在午餐时间把莎拉送到学校，匆匆忙忙给她写了张请假条。她似乎不敢相信他竟然和她串通一气。"仅此一次，下不为例。"他

1　英国画家，被誉为历史上最伟大的画马大师和"画马的达·芬奇。"

警告她，他很清楚自己太心软了，"等你回家了，我们再想办法，好吗？"她点点头。麦克郁闷地想，她连"谢谢"都没说。可他开车离开时又笑自己，得像个父母那样思考，他不是经常听到朋友们抱怨自己的孩子不知好歹吗？

娜塔莎坐下来，嘀咕着自己的案子，什么家庭之间和家庭内部的虐待之类，说得好像他能听明白似的。他有些内疚地意识到，这么多年来，他其实很少认真听她说工作的事。

"你看，这是好消息啊，塔莎。"他说，"这说明她没有吸毒，也没有交不三不四的男朋友。她就是个喜欢马的小姑娘，这种情况我们能处理好的。"

"你说得轻巧。"她的语气竟然有些怨恨，"可这其实是个大问题，麦克。她一个人照顾不来那匹马，所以她才经常逃课。你跟我说，以前主要是她外公在负责。现在她要上课的时候，谁照顾马呢？你去吗？"

他勉强笑了一下："我可做不来，我又不了解马。"

"那我就更不了解了，还有别人可以帮她吗？"

麦克想起了叼着烟的美国老头。"应该没有。好吧，我明白你的意思了，"他表示赞同，"是不好办。"

他们默默坐了一会儿。

"好吧，"娜塔莎开口了，她没有看他的眼睛，"我有个主意。"

十一

"让它熟悉各种场景和噪声。每当小马因为这些感到害怕时，我们就应该通过安慰而不是刺激去告诉它，没什么好怕的。"

——色诺芬《论马术》

娜塔莎事后想起，把布布转到肯特郡去，这主意从一开始就明显是个错误。莎拉当时就强烈反对："不行！它得留在这儿，我才能看着它！"

"它在豪尔农场绝对安全，卡特太太是专业的。"

"她不了解布布，它周围全都是不了解它的人。"

"我相信卡特太太比你更了解马。"

"可她不了解布布。"

娜塔莎想：这可真怪，这女孩以前一连几天都不怎么说话，这个时候却固执地提高了嗓门。"莎拉，你没时间一个人照看它，你说过很多次了。如果你希望我们遵守承诺，不把这件事告诉社工，那你就必须接受我们的安排，另找个办法，在外公回来前照顾好它。在豪尔农场，一整周都会有人照顾它。到了周末，我们就去看它，你可以陪它一整天。"

"不行！"莎拉抱起双臂咬紧牙，"我不能把它送去一个我不知道的地方！"

"可你会知道的呀！这只是暂时的，而且它在豪尔农场会受到比现在更专业的照顾。"

莎拉几乎是脱口而出："它现在很开心！"她瞪着娜塔莎，"你不

176

了解布布，它住在斯伯佩尼大道很开心！"

娜塔莎努力保持语气冷静："可这样行不通，不是吗？你外公回来之前我们应付不来。你应付不来。"

"你不能把它从我身边带走！"

"别那么夸张，莎拉，没人要把它从你身边带走。"

"就当它是去度假吧。"麦克四肢摊开躺在沙发上，吃着苹果，娜塔莎必须不断提醒自己，这也是他的家，"它可以一整天在田野里跑步，或是干点儿马都喜欢干的事儿。总比被关在高架桥洞底下强吧，是不是？"

以上庭律师的专业眼光，娜塔莎看得出来，麦克这句话说动了莎拉。有那么一刻，莎拉像是准备让步。

"我看它没怎么在田野里玩过，对吧？"麦克把苹果核扔进垃圾桶。"嘭"的一声，正中目标。

"我有时候会把缰绳放长，让它吃草。"她辩解道。

"但这和自由自在地到处跑还是不一样，是不是？"

"它从没坐过运马的车。"

"它会适应的。"

"而且它——"

"说实话吧，莎拉，我不想把法律条文搬出来，但这个问题真的不用讨论。"娜塔莎坚决地说，"你没有时间一边照顾它一边学习。麦克和我对马也不了解，没法帮你。我们很乐意出钱让它去豪尔农场，等外公好了，我们还会出钱把它接回来，你们就还可以像以前一样。至于现在，不好意思，我要先去工作了。"

离开房间时，她打了个踉跄。说到莎拉外公时，麦克的表情突然变得尴尬，像是知道什么又没有说。离开房间很久以后，她还能感觉到背后莎拉叛逆又灼热的目光。

运马的过程简直痛苦。一个星期六,他们从纽马克特请来了专业运马公司来运送布布。后来麦克告诉娜塔莎,庞大的卡车费尽千辛万苦才开进斯伯佩尼大道,本来司机就对农场地址困惑不解,看到那里的情况后更是不知所措。"他以为是赛马训练场,"麦克说,"很大的那种。"

"考虑到他们的价格,我一点也不觉得意外。"娜塔莎反唇相讥。布布感觉到了气氛的微妙变化,死活也不肯上车。莎拉恳求它,劝说它,让大家都退后,一遍又一遍地想要把它带上斜踏板,走进舒适的内车厢,可布布就是站着不动,跟她对抗。好几次,它吓得抬起后腿,朝后噔噔踩到鹅卵石路面上,让一小圈围观的人纷纷跳着躲闪。麦克说,时间拖得越久,街上驻足观望的人就会越多,布布也就变得越烦躁。它满身大汗,翻着白眼,眼看就要失控。男孩子们踩着滑板车冲过去,被运马拖车挡住的司机生气地按着喇叭,牛仔约翰站在门口抽着烟,把帽子掀到脑后直摇头,仿佛对眼前的一切颇为不满。

莎拉朝旁观者吼了两次,让他们回家,让他们安静点。后来,司机和助手跟她说,他们没时间耗下去了。于是,他们拉着长长的绳网,以粗暴的武力强迫布布进了车厢。卡车缓缓出发,向商业街开去时,他们还能听到它在车厢里嘶鸣,用马蹄踹着车厢侧面。

莎拉不能跟他们一起走("是保险公司的规定,哥们儿,对不起。"),麦克好不容易说服脸色苍白的她坐上他的车之后,才发现她的手掌在流血。

一路上,她都不肯同他说话。

这些是麦克在半路稍作停留时，给娜塔莎打电话说的。她已先行开着自己的车，去肯特郡的小屋做准备了。至少，她是这么跟他们说的。实际上，她是要去清除康纳留下的痕迹。更重要的是，她要让自己做好准备。她感觉到，这唯一仅属于自己的地方，如今也面临着入侵。

小屋只有两间卧室。莎拉睡客房，麦克睡沙发。一想到要跟他们同住，娜塔莎就觉得自己被逼入了绝境。她害怕，麦克离开后，这间房子也将被打上婚姻失败的烙印。这里本来没有他，也没有回忆，可以后就会多出一个不和谐的回音。她到底是怎么走到这一步的？她是怎么彻底牺牲掉自己的独立、平静，甚至一份恋情的？康纳在公司故意不理她。如果不小心接了她的电话，他就会说他很忙。他的冷漠激怒了她。那天早上，她给他发了条短信：

虽然你前妻害过你，但这不意味着我跟她一样。

她趁着恢复理智前，把它发送了出去。

你不能这样对我，康纳。

她合上手机，坐在静悄悄的厨房里，半是发呆，半是等待回复。可是没有任何回复。她的心情更差了。

娜塔莎走到外面的花园，胳膊上因风立起的寒毛让她感受到冬天的临近。两周前她刚剪过草坪，而不断变冷的天气延缓了草的生长，所以草地现在看起来还是很整齐。她用耙子收了落叶，修剪了看得到的灌木，还在原来长着小矮树的地方种下长长的几排鳞茎植物。花坛上是一行行长势喜人的中国金橘，枯萎的小橘子在灰蒙蒙的秋日中闪闪发亮。最后一批玫瑰在纤细的茎秆上顽强地盛开。原本被人遗忘的荒园，此时呈现出各式各样的美丽。

她深吸一口气，双臂抱肩，对自己说：我别无选择。运气好的话，麦克以后就不用来了。她可以周末把莎拉送来——听那女孩的口气，她恨不得每时每刻都陪着她的马。康纳也不用知道麦克曾经来过。说不定有一天，康纳和莎拉能成为朋友。毕竟，他了解孩子，知道该怎么跟他们聊天。不像她。

娜塔莎慢慢走过院子，看着鞋子被雨水淋湿，颜色变深。她多么希望自己不要因为莎拉的出现而失常。她们俩的每一次对话似乎都很别扭，她好像永远也找不到合适的语气。与此同时，麦克则像个大哥哥，轻松自如地跟莎拉相处。他们在厨房餐桌边，说着只有他们俩才懂的笑话，或是讲起外公的事。每当这时，娜塔莎就觉得自己被排除在外了。

她想，莎拉应该是不喜欢自己的。她随口问的每一个问题，莎拉都当作刺探，而且对自己总带着不加掩饰的怀疑。当麦克打电话说，莎拉坐在车上都不跟他说话时，她竟然觉得有些高兴。她想大喊：原来不仅是对我！她对你也会发脾气！

如果娜塔莎能坦诚一些，她就会明白，莎拉感觉到了她的不信任。是的，失踪的钱可能拿去养马了。是的，没有任何证据表明她吸毒或酗酒。可不知怎么的，这女孩就是太内敛了，似乎还有事瞒着。

这些她都不能跟麦克说。毕竟，在肯特郡租房子的事她瞒了他好几周，她还怎么开口？况且，他对一切的回答都很简单。莎拉经历了这么多，肯定会有所戒备。他的语气似乎在暗示，如果娜塔莎不能体谅，那就是她的错。

而娜塔莎只想说，这可真有意思。我竟然和前夫住在一起，还有一个根本不喜欢我的女孩，还要出钱养匹马。你还想让我怎么体谅？

差一刻一点，他又给她打来电话。"你能到马棚来找我们吗？"他问，"你认识这个女的吧？"

"我刚把午餐端上桌。"她看着素卷饼和炉子上的一锅汤。

"你这话能跟马去说吗？它刚刚冲出卡车，差点把人害死。"麦克说，"哎呀，天哪！莎拉在吼那个女人，我最好去看看。"

娜塔莎抓过外套，沿小路跑去。跑到那儿时，麦克正试着安慰卡特太太，卡特太太则不高兴地撇着嘴巴。

"她有点紧张，"麦克说，"她太担心她的马了，不是故意说那种话的。"

"不管是谁把马放这儿，"卡特太太说，"都得守我的规矩。"

"我可不想把马放这儿。"莎拉从马厩门后面插嘴道。一匹马的脑袋时不时出现在她旁边，又慌张地消失在昏暗中。

马棚里面，娜塔莎听到木板断裂的声音。

"要是它把墙撞垮了，"卡特太太对她说，"恐怕你就得赔钱了。"

"那是因为你吓到了它。"

"莎拉，求你别说了。"麦克说，"有任何破坏，我们当然会赔。"

我们？娜塔莎心想。

两个男人等在拖车旁。"有人结账吗？"一个人问，"我们要走了。"

娜塔莎朝他们走去，从外套口袋摸出钱包。"真难搞。"一个人嘟哝道。

"我对马确实不了解。"她说。

"我说的不是马。"他回答。

娜塔莎转过身，莎拉自己走出了马厩。她和卡特太太的争吵还在升级。

"我养了四十年马，小丫头，我的农场里不容许有这种态度，你这么粗鲁我可不能忍。"

"你都没有给它机会，"莎拉大吼着，"它从没离开过自己的农场，它吓坏了。"

"那马必须从车里出来，不然就要伤到自己了。"

"那你也该让我来。"

"莎拉，"麦克再次嘘了嘘，"拜托，我们都冷静一下。任何损坏我们都会赔的。"他又说了一次。

"我不想让那个女人碰我的马。"她向麦克恳求。

卡特太太朝娜塔莎转过身："你说这马很乖的，你还说这丫头也很乖的。"

莎拉张开嘴，但麦克先说话了："它在那个农场很安静的，我见过，它很厉害。"

"厉害？"卡特太太重复道。

"它在懂马的人旁边表现很好。"莎拉踢着地面。

"小丫头，我要让你知道——"

"一周，"娜塔莎打断她的话，"就请你帮忙照顾它一周。如果你真的觉得管不了它，那我再安排把它接回去。"她看着莎拉说，"到那时候，我们都得再想办法了。"

卡车沿公路开走，娜塔莎想起了厨房锅里不断变浓的汤。"求你了，卡特太太，莎拉显然太紧张了，马也一样，况且我们今天没办法把它带走了，不可能再做安排。"

卡特太太叹了一口气。她瞪着莎拉，莎拉却把身子探进马厩大门，试着安慰她的马。"那我可不能保证到场率。"

"没关系。"娜塔莎说。她完全不知道这女人在说什么。

"她得把马关在拐角的马厩里，离其他马远点儿。"她转过身，重重地走向自己的办公室。

"好了，都解决啦。"麦克咧嘴一笑，仿佛他早已料到，"我快饿死了。来吧，莎拉。我们让它冷静冷静。现在去吃午饭吧，吃完饭你可以马上来看它。"

莎拉以创纪录的速度喝完汤，然后整个下午都待在马厩里。麦克建议随她，理由是：她是个好孩子。如果能让她和卡特太太自由相处，也许卡特太太会发现她的优点。她们都爱马，肯定能很快找到共同点。

娜塔莎多么希望自己能像麦克一样自信。

莎拉离开后，他们坐在厨房里，麦克把椅子往后推。她看到他认真地看着她父母的照片，它原来是挂在他们伦敦房子的书房里的，她把它连同一些餐具带到这儿了。

"这不是康纳的房子吧？"她洗盘子的时候，他问。

她知道他看到了什么：一个女性化的空间。她没选什么镶边或印花的装饰品，但各种物品精心摆放的方式和温柔的格调透露了主人的性别。"你是要问这个的话，我可以告诉你，这房子我没买，是我租的。"

"我什么也没问呀，我只是……"他在椅子上转过身，穿过走廊看着客厅，"有点意外。"

她不知道该说什么，所以什么也没说。

"你每周末就是到这儿来了啊。"

"大部分周末是。"她突然谨慎起来，仿佛在担心盘子会摔掉。

"我以前没看出来，你是喜欢住在乡下的人。"

"我以前也没看出来，我是会离婚的人。不过，嗨，总会有事情发生嘛。"

"和莎拉相比，你才尽是惊喜呢。"

"哼，你突然来我家时，也没事先商量呀。"她让水流进水槽，庆幸还有事可做。他的存在令人感觉奇怪，好像他变成了一个她不认识的人。有时候，她不敢相信他们曾在一起过。他看起来变了很多，离她的生活那么远，而她却很清楚，自己的人生几乎还在原地踏步。

"谢谢。"他对着安静的空气说。

她的第一反应是回以挖苦。

"谢什么？"

"让我们来这儿呀，我知道这对你来说很不容易。"

他的语气没有丝毫讽刺。他棕色的眼里满是真诚，这把她吓得魂飞魄散。"没什么。"

"既然说起这个了，我现在能不能告诉你，我在诺丁汉也一直有套公寓呢？"她还没转过身，他已哈哈大笑，"开玩笑的！"他说，"塔莎，我是开玩笑的！"

"真好笑。"她不屑一顾，可她也不知道为什么自己在笑。

"她总会冷静下来的。"他顿了一下，说道。

她一动不动。他也明白这一点。

他走向水槽，站在她身边。她一直盯着要洗的盘子。"我觉得……除了外公和她的马，其他一切对她来说都不重要。发生了这么多事，她大概是害怕也会失去布布吧，所以才反应过激。她的心思不难猜。"他递给她一把勺子。

你可能觉得不难猜，她想。可她不会说出来。

"我冲了些照片，在我车上。"他又坐下去，"我来泡茶，你想看看吗？"

反正她也没别的事做。看他到处翻杯子和勺子的样子，她尽量不皱起眉头。他在康纳的地盘上沏茶，让她感觉背叛了康纳。接着，她又悲哀地意识到这有多么讽刺。

他们在客厅里坐下。麦克坐在康纳最喜欢的椅子上，她坐对面的沙发。麦克翻着透明文件夹里的照片。"这个地方，是她养马的地方，有点维多利亚时期的风格，除了车和那些东西。这位老人，"他指着头戴破旧牛仔帽的黑人老头，"他告诉我，现在在东区，还分散着一些这样的小农场。以前更多，但大都被开发商铲平了。"

娜塔莎看着那狭小的院子、冒着火光的铜盆以及到处乱跑的小鸡，试着想象它周边的环境。它坐落在情景喜剧《斯特普托和桑恩》中的那种路口，隐蔽又神秘，带着消逝已久的生活方式。院里有母鸡、山羊、高头大马，还有瘦削的孩童。在堆得高高的运货板上方，闪闪发亮的流线型火车从头顶开过，乘客对脚下这场景一无所知。这就是莎拉的来处，这就是她的世界。这样一个地方是如何融入现代社会的？莎拉这样一个女孩又是如何融入的？

"觉得怎么样？"她把视线从照片上抬起来时，麦克正直直盯着她。他是真想知道。

"我从没见过这样的照片，这是肯定的。"她的目光又被另一张照片吸引。照片上，一匹马直立起来，一个熟悉的细长身影趴在马背上。云层透出的阳光照亮马头，在肮脏街景的衬托下，马和人显得那么空灵。她猛然想起，她见过这个场景，那是在一辆飞驰的列车上。

"你喜欢这些照片吗？"麦克提高嗓门，"因为我想搞一次展览。

我准备把这些拿去给滑铁卢那边一家艺术馆的馆长看看。你还记得他吗？三四年前，我在那里办过展览的。我跟他说了照片的事，他让我拿去给他看看。"他往前俯身，用宽大的手掌在她看的那张照片上比画，"我觉得可以把这张裁一下，就这里。你觉得呢？"

麦克接着说，这张照片是他用胶卷拍的，不是数码照片。他用的老莱卡相机，给她看的这些只占十分之一。在那样的地方，根本不可能拍出难看的照片。无论看向哪里，都是绝妙的取景地。过不了多久，这个院子也将成为失落的世界，牛仔说。他还说，原本三十个农场，现在可能只剩五个了，麦克可以去其他几个看看。也许能拍一个系列。麦克滔滔不绝，满腔热情，娜塔莎很多年没听过他这么说起自己的工作了。

终于，他的劲头小了一点。"你听得无聊了吧？"他抱歉地笑笑，把照片收起来。

"没有。"她一边说，一边把膝盖上的照片递给他，"真的，拍得特别好。我觉得是……是我看过的你的作品里最好的。"

他猛地抬起头。

"真的，"她说，"太漂亮了，但是我对摄影也不了解。"

他粲然一笑。"毕竟，你是个女人……"

"……是个曾经连镜头盖都没打开就拍了一整卷胶卷的女人，我知道。"他们尴尬地笑了。笑声过后的沉默中，她用手指敲着膝盖。

"不管怎样，"他站起来，"我们已经给了她一个半钟头。我们最好去看看，'玉女神驹'在那边又惹了麻烦没有。"

她摆好桌上的杂志，奇怪地感觉到自己好像失去了什么。她不敢看他。"好的，我看是该去了。"

他们沿着小路朝豪尔农场走去，冷空气让他们裹紧了衣服。娜塔莎觉得自己蓝色的羊毛衫有些不合时宜。走着走着，他们的胳膊碰了一下，她赶紧避开了。

她听很多分手的情侣说，前任是他们最好的朋友。这怎么可能？你怎么可能轻而易举就把激情（爱也好，恨也好）变成勾肩搭背的朋友关系？她还记得恨麦克的时候，恨不得把他剥皮抽筋。想他的时候，又想得要死要活。那么强烈的感情怎么能变成中立的温和的友谊？他怎么可能不受伤害就全身而退？她清楚，婚姻的阴霾仍未远去，并时不时通过她的言谈举止、她对他不自然的反应，以及总是愤怒的情绪表现出来。可他已经往前走了。显然，他的船已经开到了平静的水面。娜塔莎把下巴埋进围巾，稍稍加快步伐，像是迫不及待地要走到那里。她只希望心里的困惑不要暴露在脸上。

这里与麦克照片上狭小的城市农场迥然不同。一处如画的红砖小院里，有几个中年女人和几个十来岁的少女，她们细长的双腿裹在彩虹色条纹的马裤里，正一边听着小小的收音机聊天，一边给马刷毛并清扫马棚。只言片语传到了娜塔莎耳边。

"它在沙地上总跑不好，像是后腿被套了一样。"

"我跑了三圈，中途换了步法……"

"珍妮佛给它喂大麦草，吃得它咳嗽了，剪毛花了一大笔钱……"

马耐心地站在上马区，或者好奇地把鼻子从门栏上伸过来，无声地交流着。这是一个封闭的世界，这里的语言和习俗是陌生的，这里的居住者被一种娜塔莎无法理解的激情绑在一起。麦克饶有兴致地观察着，两只手动来动去，仿佛没有了照相机，它们都不知道该怎么办了。

莎拉的马不在马厩里，门四敞大开着。卡特太太从办公室走出来："我跟她说可以用半小时训练场，虽然这不是我的本意，我觉得她应该让马休息一下。可她说，马就是要运动才能更快适应。"她咬紧的牙表明了自己的态度，"她不太听人说话，是吧？"

"她外公懂很多，教了她不少。"

"但没教怎么讲礼貌。"她吸了吸鼻子，"我得去看看，不能让她把训练场搞得一团乱。"

娜塔莎与麦克四目相对。她突然想笑，这可不妙。

卡特太太有关节炎，走路有点跛，他们跟在她后面，生怕踩到了她的杰克罗素犬。他们转了个弯，看到莎拉正站在一片沙地的中央。马套着两根长长的缰绳，绕着她慢跑，遵守着某种指令，不断改变方向又跑回来。接着，它放慢速度，像是在原地小跑。她紧靠马屁股站着，都快要贴上它了。马身边最不应该站的就是它的正后方。

娜塔莎把双手深深插进口袋，默默观望着。此时，马跑得非常慢，像是漂在水中，它高抬膝盖，步伐轻柔而有弹力。她看得出，马跟女孩一样，都是全神贯注的。它的侧腹微微颤抖，它低着头，马蹄合着无声的节拍，抬起又落下。女孩再次喃喃发出指令，它又绕着她跑起了小圈。

"这就像马的芭蕾。"麦克在她身边说，他把相机举起来，很快就拍完了一卷，"我之前看她做这个跳起又落下的动作，不记得叫什么了。"

"这是原地踏步。"卡特太太说。她站在门边，认真看着，变得相当安静。

"她很厉害，对吧？"他放下相机。

"这匹马很有天赋。"卡特太太承认。

"她想……跟它一起做盛装舞步。反正是那类的，有点像芭蕾，空中什么的。"

"空中动作？"

"她好像是这么说的。"

卡特太太摇摇头。"你肯定听错了，她不可能完成空中动作。以她这个年纪，不可能。那是欧洲马术学校的拿手戏。"

麦克认真想了一下："她绝对说过盛装舞步。"

"嗯，她得完成基本测试才能开始，起步、预考、初试等等。要是表现不错，加上正确的辅导，她能到中级。但如果不参加比赛，那也没什么用。"

她说得无比肯定。娜塔莎突然对莎拉生出同情。她不确定眼前的是什么，但可以确定，女孩完全沉浸其中，她的注意力全放在马的动作上。她身上再也没有少女的愤怒，只有一种沉静，一种对所做事情的热爱，身边的马也在默默顺从地回应着她。这就是了，娜塔莎想。这就是你的激情所在。

"你还没见过她骑马呢。"麦克像在捍卫莎拉，"她很厉害。"

"任何人骑上漂亮的马，都会显得很厉害。"

"可她就坐在马背上，就算是马把后腿这样——"他模仿着马用后腿站立的姿势。

卡特太太瞪圆了眼。"不能鼓励马用后腿站起来。"她果断地说，"要是朝后倒了，马会受伤，甚至摔死，还会连带摔死骑马的人。"

麦克似乎想说话，但只是长长叹了口气，又闭上了嘴。

他们练完了。莎拉转过身，带布布朝大门走去。布布低着头，显得很放松。莎拉走近他们时，布布用鼻子顶着她的背。"它喜欢这里。"她显然有一刻忘了自己，"整套动作都不一样了，它觉得这里的地面很有弹性。"她笑容灿烂，"它从没进过训练场。"

"从没有？那你以前是在哪儿训练它的？"卡特太太打开大门，让她出来。娜塔莎紧张地退后了几步。

"一般在公园，没别的地方去。"

"公园？"

"我在游乐场旁边划了一块地方。"

"怎么能在公园训练？夏天地面太硬，冬天要是地上有泥，就会伤到它的肌腱。一个不小心，它的腿就受伤了。"卡特太太的语气中带着一丝责备，娜塔莎看到莎拉火了。

"我又不傻！"她反唇相讥，"只有地面状况好的时候，我才会带它训练啊。"

刚才那小小的兴奋不见了。小孩子就是这样吧，娜塔莎心想。错误的时间，说错一个字，他们就发火了。她猜莎拉应该再也不会对卡特太太笑了。

"好了，让它回马厩去吧，最后面那一间，我们说好的。"

莎拉停下了。"可是它独自待在那里，会觉得孤单的，它习惯了和别的马在一起。"

"它能听到别的马的声音啊。"卡特太太态度坚决，"它个头太大了，别的马厩关不下。再说了，我还得找布莱恩来，把它在墙上踢出的洞补好呢。"

"就听卡特太太的吧。"麦克催促着，"快点，布布这会儿心情很好。"莎拉露出怨恨但服从的表情。娜塔莎不明白自己为什么感觉有点奇怪，后来她反应过来，她还从莎拉脸上看到了一些东西——是信赖。女孩牵着马走进新的马厩。

"好了，你们还得填几张表。"卡特太太一边说，一边领着他们朝办公室走去，"定金也最好是支票。还有，你们不介意的话，连维修费一起付了吧。"她加快步伐，她的狗跟在后面小跑。她一只手放在麦克胳膊上——所有女人，只要有机会，都会这样。"你们也知道，这马不坏。麦考利先生，你最好帮它找个新家——能让它发挥潜力的地方。"

短暂的沉默。

"我觉得，"麦克说，"我更应该帮它的主人找个新家。"

回到小屋后，莎拉躲进自己的房间。娜塔莎花了点时间，找到干净毛巾，将橱柜抹干净。走回楼下时，她才想起来查看自己的手机，手机就放在桌上。

有一个未接来电，康纳打的。还有一条短信，房产中介发的：

弗里曼夫妇想买你的房子，请速回电。

麦克还在外面，从柴堆里捡柴火。她看着他弯着腰，轻松地把干木柴扔到一边。她走进厨房去打电话。中介告诉她，对方出的价"很不错"，只砍了两千块。对方没有购房限制，且很快就能搬家。"考虑到目前的市场状况，我建议你们接受。"他说。

"我还要跟我——我回头再打给你，谢谢。"说完她挂了电话。

"你天天拖这些，怎么没长出施瓦辛格那样的肌肉呢？"麦克拎着满满一筐木柴，摇摇晃晃进了门，他的身影在小小的房子里显得特别巨大。他"嘭"的一声把筐子放在火炉边，木屑和灰尘飞得遍地都是。

"所以我每次都只拿两三根进来，不会搬一满筐。"

他把手上的灰尘在牛仔裤上拍干净。"那我就生火了？火烧起来就舒服了，感觉这里的温度挺低的。"他夸张地抖动身体，外套上掉下了树皮。他的耳朵尖都冻红了。

他一定觉得这儿像别的男人的家吧，她不明白他为什么可以轻松自如地去生火。他把木柴在引火柴上摆好，蹲下去，点燃下面的报纸，用力吹着，直到确定火苗燃起。

"有人想买我们的房子，"她拿着电话说，"虽然砍了两千块，但他们没有购房限制，中介认为我们应该卖了。"

他盯着她的眼睛，多看了一会儿，接着又转过去对着火炉。"听着不错，"他又把一截木柴放进炉栅，"你开心就好。"

事后想起，她觉得，如果在电影里，这个时候她是应该说点什么的。这个时候，整件事就要变得无可挽回了，情绪和行动都将不受控制了。可无论她怎么想，她还是不知道自己该说什么。

"我们还得告诉莎拉。"她说，"万一……万一事情进展太快，我们还得另外给她找住的地方。"

"船到桥头自然直。"他仍然盯着火苗。

"那，我给他们打电话。"说完她走回厨房，穿着袜子的两只脚踩在冰凉坚硬的地板上。

麦克问能不能让他做饭。他从自己车尾厢拿出一盒调料，还把毛巾盖在上面，宣布饭做好之前谁都不准偷看。娜塔莎不知道前夫从哪儿学会了烹饪，但她发现，这种非同寻常的待遇让她更多地感到不平衡而不是兴奋。为什么他们一分开，他就变成了完美先生呢？他更帅了，更有风度了，还找了份稳重的工作，可他的魅力未减分毫。相较之下，她的生活则停滞不前。仅仅是为了活下去，她就已经拼尽全力了。直到晚餐被端上桌，她才奇怪地觉得安心了。

"这是……呃……墨西哥菜。"他说，带着一丝歉意。娜塔莎和莎拉打量着蓝色碗里像是一堆棕色砂土的东西，以及还裹着包装的玉米卷饼。黏糊糊的油里是一条条无法分辨的物质，夹杂着红色。隔桌对坐的两人相视一眼，咯咯笑起来。

"好吧……我还没有完全掌握好火候，"麦克说，"对不起，牛肉可能烧过头了。"

"这是什么？"莎拉戳了戳那堆糊糊。娜塔莎努力保持严肃的表情，心里却在想，像你的马拉出来的东西。

"那是煎豆泥，"麦克说，"你没吃过煎豆泥吧？"

莎拉摇摇头，颇为质疑，好像这一切是麦克开的玩笑。

"味道比品相好，真的。"

他等着，望着她们。

"哦，那好吧，"他说，"我们点外卖吧。"

"这里没有外卖，麦克，"娜塔莎说，"这里是乡下。你看，"她打开玉米卷饼的包装，"把这个蘸上酸奶油和芝士酱，应该就好吃了。反正所有的墨西哥菜都是那个味儿，不是吗？"

晚饭后，莎拉去洗澡，洗完她露了个面，说要是他们没意见的话，她就要睡觉了。她胳膊底下夹着一本破旧不堪的平装书。

"现在才九点半！"麦克惊呼。他和娜塔莎转移到了前面的小房间，他把脚搁在放木柴的筐子上，"你这算是什么年轻人啊？"

"我看是累坏了的年轻人，"娜塔莎说，"她今天一天够受的了。"

"这是什么书？"

莎拉把书从胳膊下面拿出来，书包着红纸，用透明胶带贴着。"是外公的书。"她说，她看到两人充满期待的表情，"是色诺芬的。"

"你看古书？"娜塔莎掩饰不住惊讶。

"是关于马术的，外公经常看，我觉得可能会有帮助……"

"古希腊人能教你骑马？"

她把书递给麦克，麦克认真看着封面。"马术没怎么变。"她说，"你知道维也纳的白马吗？"

就连娜塔莎也知道那些洁白的种马，她一直觉得它们就像伦敦的皇家卫兵一样，只是吸引游客的装饰。

"它们的骑手现在还按《拉盖里涅尔论》驯马呢，那书是1735年写的。腾跃后踢、双蹄后蹬、直立跳跃……那些飞跃啊、动作啊，从在太阳王面前表演时开始，就没怎么变过。"

"很多法律的基本原则也可以追溯到那个时代。"娜塔莎说，"我只是很惊讶，你竟然也会对古典著作感兴趣。你看过《伊利亚特》吗？我楼上有一本，说不定你——"

可莎拉已经在摇头了。"这只是……只是为了训练好布布，外公现在不在。"

"莎拉，你能跟我说说，"麦克伸出手拿了一个卷饼，放进自己的嘴巴，"这些到底是为了什么？"

"什么是为了什么？"

"就是这些精细的动作啊。什么要确保你的两只脚放在准确的位置，要确保马的四条腿准确地这样或那样移动，确保它的头是这样摆。我的意思是，我明白为什么要让马跳跃或奔跑。可我看到你在公园，一遍又一遍地做同样的事，一遍又一遍，这样做到底有什么意义？"

娜塔莎看到莎拉震惊了，仿佛这个问题是异端邪说。

"这样做有什么意义？"莎拉说。

"如此纠结地重复那些小动作，我看着觉得很可爱，但我不明白你在追求什么。有一半时间，我都看不出你的目的是什么。"

她洗过发，头发还是湿的，留着梳子梳过的整齐痕迹。她死死盯着他："那你又为什么要一直拍照片？"

他咧嘴一笑，很喜欢这样的对话："因为总能拍出更好的呀。"

她耸耸肩。"我也总能做得更好呀。我们都能做得更好。要努力达到与马的完美交流，手指在缰绳上的一个细微动作或是重心的一点点调整，都可以是交流。每一次的状态都不同，因为马可能会有脾气，我可能会太累，地面可能会比较软。这不仅仅是技术问题，这是两个头脑、两颗心……试着找到平衡，是我们之间的互动。"

麦克朝娜塔莎挑起一侧的眉毛："我觉得我们明白了。"

"当布布领会了，"莎拉继续说，"当我们做对了，没什么比那感觉更妙。"她的视线飘向旁边，双手下意识地握紧，仿佛抓住了面前看不见的缰绳，"要是你知道怎么正确地提出要求，马可以完成很多漂亮的动作，不可思议的动作。关键是要释放它，释放它的潜能……让它自己做到。更重要的是，让它因为自己想做而去做到，因为这样能让它做得最好。"

短暂的沉默。她有点尴尬，似乎是察觉到自己说了太多。

"不管怎么样，"她说，"它还是宁愿回家。"

"嗯，你很快就能带它回家了，"麦克高兴地说，"等它过完这个小小的假期。到那时候，我们就成了不愉快的回忆，成了你跟朋友聊天的话题。"

"我觉得，"莎拉好像没有听到麦克的话，还在说，"周一到周五我不在这儿，它会不开心的。"

娜塔莎心中涌起极不耐烦的情绪，语气不由得变得尖刻："我们商量好的。就算它待在伦敦，你也没办法去看它呀。在这里，至少你可以肯定有人在照顾它。拜托了，莎拉……"她不想显得如此烦躁，但她真的累了。

莎拉似乎准备离开房间，但又转身回来。"你们是要卖房子吗？"她站在走廊里问，"我洗澡的时候听到你说了。"她补充了一句。

这房子小得藏不下任何秘密。娜塔莎看了看麦克，麦克长叹一声："是的，我们是要卖。"

"那你们搬到哪儿去？"

他把一盒火柴扔向天花板，又接住了。"嗯，我可能搬去伊斯灵顿区，至于娜塔莎要去哪儿，我就不确定了。不过你不用担心，一时半会儿还卖不了，等卖掉的时候，你早就跟外公回去了。"

她在走廊里徘徊。"你们其实不在一起了，是不是？"这更像是结论而不是问题。

"是，"麦克说，"我们是为了孩子才住在一起的。顺便说一句，那孩子就是你。"他把书扔给莎拉，莎拉接住了，"好了，别操心我们了。"他察觉到她的窘迫，"我们还是好朋友。在问题解决之前，我们也乐意住在一起。是不是，塔莎？"

"是的。"娜塔莎的回答低沉而沙哑。莎拉望着她，她感觉这个女孩能一眼看穿自己，察觉到自己的尴尬。

"明天早饭我自己解决。"莎拉把书夹到胳膊底下，"要是可以的话，我会尽早到那边去。"说完她便踩着吱呀作响的狭窄楼梯，上楼睡觉去了。

麦克和娜塔莎在伦敦房子里的第一晚睡的是灰扑扑地板上的床垫。从她公寓搬家来的过程中，连接沙发床的螺栓不见了，而经过了一整天的拆包整理后，他们已经疲惫不堪。于是，他们把床垫铺在客厅的暖气片前，盖了床羽绒被便睡了。她记得，她躺在他的怀抱里，睡在没挂窗帘的窗户下，望着黑漆漆的街道。远处，一架飞机划过夜空。他们周围是摇摇欲坠的纸箱，恐怕几个月都收拾不完。墙上是别人贴的墙纸。她有种奇怪的感觉：这间房子是他们的，但还不属于他们。两人挤在床垫上，不知为何，更增添了奇异的不真实感。她躺在那儿，心怦怦直跳，她没有想象他们以后会怎么样，也没有想象这房子会变成什么样。她只是在享受一个小小的完美时刻，一种幸福与希望的交会。只是在那时，她就已经怀疑它不可能长久了。

他的手臂放在她身上，他们四周是空荡荡的老房子，她只觉得他们无所不能。这是如天空般的无垠的起点。她转过身，凝视着这个沉睡中的英俊男人，用手指轻轻拂过他梦中的脸颊，在他的肌肤上留下一个个吻，吻到他缓缓醒来，惊喜地在蒙眬中嘀咕着，将她拉近。

娜塔莎给自己倒了一大杯红酒。她盯着电视机，却不知道在看什么。她有种被暴露的奇怪感觉，她惊恐地发现眼里竟然涌出了泪水。她微微侧身，背过麦克，拼命眨着眼睛，从杯子里喝了一大口酒。

"喂。"麦克温柔地说。

她不能转身。她从没恣意地哭过。可此时，她的鼻子应该红得像个灯笼了。她听到他站起身，穿过小房间，去关上了门。接着，他又坐下来，关掉了电视机。她心里暗暗骂他。

"你还好吧？"

"还好。"她轻快地说。

"看起来不像。"

"哼，我就是还好。"她又端起了酒杯。

"是她惹你生气了吗？"

她挺直了腰板。"没有，"这个回答显然不够，"我觉得，可能是马的事把我累着了。说实话，家里住了个年轻人也挺累人的。"

他点点头。

"……有那么明显吗？"他冲她一笑。

别这么好，她心想，别这样。她咬紧嘴唇。

"是……房子的事吗？"

她强迫自己装作无动于衷。"呃……我猜这种事谁都会觉得有点奇怪吧。"

"我也觉得很难过，"他说，"我很喜欢那房子。"

他们默默坐着，盯着炉火。屋外，乡野的夜幕将木屋包裹，模糊了声响和光线。

"费了那么多心血，"她说，"那么多年的设计、装修，还有畅想。真的……很难，一想到一切都要消失了。我总是忍不住想起我们第一次去那里时的情形，乱七八糟，却有着无尽的潜力。"

"我还有照片呢，"他说，"有一张，是你在敲掉那堵后墙，全身都是灰，拿着把大锤子……"

"那感觉很奇怪，一想到别人会住在那里，他们什么都不知道，不知道楼梯的木扶手是改造过的，也不知道我们为什么要在浴室装上圆窗户……"

麦克好像突然间无言以对。

"费了那么大劲，什么都没了。我们往前走了。"她很清楚，是酒精的作用让自己说了这么多。可不知怎么，她就是停不下来，"感觉……好像把自己的一部分留下了。"

他们四目相对，她把视线转开。壁炉里，一根木柴垮下来，一串火星冒上烟囱。

"我觉得，"她自言自语地说，"我再也不可能在别的地方费那么多神了。"

炉火沉闷的响声中，她听到了楼上莎拉打开又关上抽屉的声音。

"对不起，塔莎。"他犹豫着，把手伸过来，握住她的手。她盯着他们相交的手指，这奇怪又熟悉的肌肤相触让她无法呼吸。

她抽出手来，双颊绯红。"这就是我不怎么喝酒的原因。"她站起来，"今天真是漫长。我猜，任谁要卖掉自己住过很久的房子，都会有这种感觉吧。不过，那毕竟只是座房子，对不对？"

麦克脸上没有透露出任何想法。"是呀，"他说，"只是座房子。"

十二

尽管疲惫不堪，娜塔莎却是时睡时醒。乡村的宁静让人压抑，小小的木屋里，麦克和莎拉仿佛近在咫尺。她能听到楼下麦克翻身时沙发吱呀的声响，也能听到凌晨莎拉赤着脚悄悄走进厕所的声音。她甚至觉得听到了他们的呼吸，她不知道这是不是意味着麦克也能听到她的一举一动。她昏昏睡去，断断续续地梦到跟他争吵，又昏昏醒来，在幻觉中仿佛看到陌生人闯进房子，直到天色发白，冬日橘色的太阳从远处的树梢升起，她才不再强迫自己闭上眼睛。一种静谧降临，仿佛思绪在周围环境的影响下变得平和。她躺在床上，盯着不断变亮的天花板。最后，她终于披上睡袍，爬下了床。

她不会想麦克的。为房子的事烦恼是愚蠢的。回味被触摸的感觉更是会让人发疯。她喝醉了，所以才卸下防备。要是被康纳看到，还不知道要被他怎么说呢。

她看了看时间——六点一刻。她听着中央取暖器定时启动的低沉嗡鸣，望了一眼自己紧闭的卧室门，仿佛能透过大门看到睡在平台对面的莎拉。

我真自私，娜塔莎想。莎拉又不蠢，她当然能感觉到我的不悦。失去了那么多，不得不依靠陌生人会是什么感觉？金钱、年龄和背景让娜塔莎有诸多选择，而莎拉可能从来就没有。娜塔莎下定决心，接下来几周要友好一点，不要表现出内心的怀疑和猜忌。她要让这次短暂的寄养有所收获，成为一个虽小但有意义的善举。而且如果她能更多关注莎拉，那她就能更少受到麦克的干扰，说不定昨晚的情形就不会重演了。

她决定喝咖啡去。她要煮点咖啡，享受一个钟头的平静。

她尽量轻手轻脚地打开卧室门，走了出去。客房门虚掩着。娜塔莎盯着看了一会儿，突然心血来潮地往前一跨，轻轻推开门。她跟自己说，当妈的都这样——全世界的妈妈们都会推开卧室门，去看一看睡梦中的孩子。她也许能找到一点点当妈妈的感觉，就一点点。不知为什么，只有在那女孩睡着的时候，她才更容易感受到一点什么，又或者说，试着去感受到一点什么。

刺耳的电话铃声打断了她。她缩回手。这么早的电话只可能是坏消息。她向看不见的神灵祈求，千万不要是爸妈有事啊！也不要是姐姐，拜托了！

电话那头不是家人。"麦考利太太吗？"

"是我。"

麦克醒了，她看到他从沙发上坐起来。

"我是马厩的卡特太太。不好意思，这么早打电话，可是我们遇到麻烦了。你的马好像逃走了。"

"它是怎么出去的？"麦克坐着揉眼睛。他穿着一件她很熟悉的旧 T 恤——穿了很多年了，非常柔软。

"卡特太太说，马有时候会想办法拉开门闩。好像是故意撞门，把门闩撞开吧。我也没怎么听。"

天哪，她在想，我们该怎么跟莎拉说啊？她会发疯的，她会怪我们强迫她把布布带到这儿来。

"我们怎么办?"

"卡特先生骑四轮摩托去附近找了,她也准备开她的四驱车出去找。她问我们能不能带上马鞍,也开车出去找找。她就怕那马跑到双车道上去,搞不好已经跑了一整晚了。"

娜塔莎抱紧双臂,全身颤抖。"麦克,我们得把莎拉叫起来,告诉她。"

麦克搓了搓自己的脸。他的表情告诉她,他也跟她一样害怕。"先不要,"他一边说一边穿上毛衣,"我们先去找找。要是马就在附近,就没必要吓她了,她昨天晚上累坏了。希望我们在她醒来之前能把马找到。"

地上有一层薄霜。他们把车开上小路时,轮胎在银色的柏油路面上压出嘎吱的响声。他们开得很慢,摇下车窗,努力搜寻棕色大马的踪迹或声音。他们没有放过远处灌木丛中任何一个移动的身影,霜冻的地面上,任何足迹都可能意味着它曾经来过。娜塔莎试着在脑海中勾勒出一幅周边小路的地图,猜测这匹她连摸都没怎么摸过的马会有什么意图。

"没指望了。"麦克不是第一次这么说了,"树篱后面的地方基本看不到,就算有声音,也被汽车的引擎声盖住了。我们还是下车吧。"

他们把车停在村庄的最高处。娜塔莎记得,教堂旁边有个地方可以俯瞰村子的大部分区域。康纳的望远镜还在她口袋里,只是她不确定能不能在田野里认出莎拉的棕色大马。

天色已亮,只是还带着夜间的寒凉,她感到了冷。出门时,她抓了件外套,可里面的 T 恤完全不能抵御接近零度的气温。

麦克站在一处拱顶上方,扫视整个墓园,对着低悬的太阳眯起眼睛。她把望远镜递给他时，他发现她抱着双臂。"你还好吧？"

"有点冷，出来的时候太急了。"万一莎拉醒了怎么办？她突然想，要是她发现布布不见了怎么办？

"给你。"他取下围巾，递给她。

"你会冷的。"

"我不怕冷，你知道的。"

她接过围巾戴上了，围巾上还留着他的体温和气味。她突然头晕目眩，为了掩饰，她连忙从他身边走开，朝台阶走去。这个味道她太熟悉了，是淡淡的柑橘类草木清香，是他身上清新的男人气息。这算哪门子的受虐倾向啊？她把围巾解下来，趁着他不注意，塞进口袋，把衣领竖了起来。

"我看不到。"麦克放下望远镜，"真没希望了。它可能跑到任何地方，可能躲在高高的树篱后面，躲在森林里，甚至可能跑到去伦敦的半路上了——我们都不知道它跑了多久了。"

"这是我们的错，对吗？"娜塔莎双臂交叉。

"我们只是想帮忙。"

"是。到目前为止，我们还真是帮了忙。"她踢着地面，看着霜冻的结晶消失在鞋子上。

他身手敏捷地跳下来，一只手放在她胳膊上。"别怪自己了，我们只是想尽力帮忙。"

他们对视一眼，他的话还在耳边萦绕。

"我们该回去了。"他从她身边朝汽车走去，"说不定，卡特太太已经把马找到了。"

她觉得他们俩都不信这句话。直觉告诉她，凡是涉及莎拉的事，就不会有简单快乐的结局。

短短的回程中，他们一言不发。就算麦克发现了她没有戴围巾，他也没说什么。笼罩在黑暗中的小房子静悄悄的，他们也静悄悄地走进屋，庆幸屋里暖和。

"我烧壶水吧。"娜塔莎脱下外套，站在炉子旁，把冻得发红的手指放在上面取暖。

"我们怎么告诉她呢？"

"实话实说。天哪，麦克，搞不好就是她没上门闩，可能就是她自己的错。"

"我觉得她挺细心的。"他一只手摸着没刮胡子的下巴，"天哪，这可麻烦了。"

娜塔莎拿出两只杯子，开始煮咖啡。她隐约感到，麦克在走廊外的房间来回踱步。他站在窗边，拉开窗帘，她感到灰白的光线照进来，照亮了残存的夜色、喝过的酒杯以及满是灰烬的壁炉。

喝咖啡吧，她想。然后给卡特太太打电话，再叫醒莎拉。

"塔莎。"

她条件反射地咬紧牙。他要到什么时候才能不这样叫她？

"塔莎。"

"什么事？"

"你最好过来一下。"

"怎么了？"

"你看窗户外面，侧面的窗户。"

她蹑手蹑脚地朝他走去，递给他一个杯子，望向窗外的花园。她的眼前，原本整齐漂亮的长方形草坪此时被翻得遍地泥块和草皮。中国金橘一个都没有了，刚刚盛开的鲜花茎叶折断，被踩进潮湿的泥地里。在与乡野交界的地方，她细心竖起的柳树篱笆倒了，乱七八糟地在苹果树旁堆成一堆。她的花盆被砸碎在露台石板上。这是战地，是犯罪现场。她精心打理的美丽花园像是被人强拆了。

娜塔莎试着估算损失的程度。她屏住呼吸，将难以置信的目光转向结着薄雾的窗户附近。

露台的左边，不远处的花园长椅上，她看到了沉睡中的莎拉。她裹着冬天的外套，盖着满是淤泥的羽绒被，那是娜塔莎最好的冬被。

离她垂下的手几英尺的地方，站着一匹棕色的高头大马。在小小的花园里，它显得硕大无比。它一门心思寻找着光秃枝丫上仅存的苹果，从鼻孔中轻轻喷出一团团热气。

十三

莎拉坐在公交车的上层，第四次数了数口袋里的钱。够付两个
星期的租金，再买五捆干草和一袋马粮，够往储藏间存满两星期的
粮草——可要还清马耳他人萨尔的欠债还远远不够。现在是三点一
刻，他一般不会在四点半前去农场。她可以把钱交给牛仔约翰，或
是写张字条塞到办公室门底下。运气好的话，她一句话都不用跟他
说就能走了。自从她回来后，萨尔两次提到了她的欠款，两次她都
保证说会想办法凑钱，可其实她也不知道该怎么凑。

能回来她已如释重负。布布离开不到一周，就又被送回了斯伯
佩尼大道。麦克和娜塔莎别无选择：马场的女人气疯了，说她在黑
夜里开车转了两个钟头，到处找马。她说莎拉既不负责任，又愚蠢
透顶，还质问她，难道她不知道花园里的红豆杉、女贞和其他六七
种植物都可能让马中毒吗？就连麦克也没有站出来维护她。他和娜
塔莎也把她当犯人了，就因为她弄坏了一点草皮。她从没见过麦克
冷冰冰的样子。准确地说，不是愤怒，而是那种人在深深叹气之前
露出的失望。

他陪着她和布布走回马场时，就带着那种失望。他双手深深插
进口袋，告诉她，娜塔莎很爱惜这个小花园。她可能没有表现出来，
但并不意味着她不在乎。每个人都有热爱的东西，都有想要保护的

东西，莎拉本该比很多人都更明白这一点。

看到娜塔莎在走廊痛哭时，她突然感觉很糟。她之前没想到布布会在花园里造成这么大的破坏，她只觉得在封闭的花园里，布布比较安全，能跟她在一起。麦克没多说话，但只言片语间的沉默让她相当难受。最后，他建议说，她和娜塔莎应该给彼此一些空间。

没人让她说出她想说的话：他们不能把一切都怪到她头上呀。她早就无数遍跟他们俩说过，她不能和布布分开。他们必须理解，她不能把布布留在陌生的地方，让它对着漆黑的田野呼喊。最搞笑的是，她为了不让他们担心，才特意没有离开小屋的。

回到伦敦几天后，气氛依然凝重。她看得出来，娜塔莎还很生气。有时候，她听到她和麦克悄悄关上门低声说话，好像这样她就不知道他们是在说她一样。说完后，麦克总会从房间出来，看到她时，会马上露出开心的表情，跟牛仔约翰一样，喊她"马戏团女孩"，装作一切如常。她曾担心他们会让她走，可事情又回到了正轨。她每天早早起床，上学前清扫马厩。有几天，麦克甚至也起来送她一程，并在农场给布布和牛仔约翰拍拍照片，不过后来他上课太忙，就不再去了。

前一天晚上，他把她叫进厨房（娜塔莎还在工作，她几乎总在工作），递给她一个信封。"约翰跟我说了你需要多少钱，"他把信封递过来，"现在，我们会支付布布的费用，但你得干活。如果我们再发现你逃课，或是该去的地方没有去，那我们就会把布布再送走。这样公平吧？"

她点点头，捏着薄薄白信封里的钞票，忍住一把夺来的冲动。她抬起头，麦克也正盯着她。"所以……家里的零钱应该不会再消失了吧？"

她羞红了脸。"不会了。"她嘟囔着说。

她不能告诉他她还欠了萨尔多少钱，尤其是他们俩都还在生她气的时候，尤其是麦克在暗示她偷了钱的这个时候。

她试着朝好的方面想：他们也没有那么差；她的马还和她在一起；外公不在家，生活还是原样，或者说，尽量保持着原样。然而，有的时候，当她早上坐在公交车上时，她还是会想起布布在那柔软的沙地训练场上的模样：它好像快要飘起来了。能有尽力表现的机会，它是那么高兴。她想起它在那个远离烟尘、噪声和轰隆火车的地方，一圈圈地在柔软的青草地上小跑，高高地抬着头，仿佛在欣赏遥远的地平线，高举的尾巴像一面小旗。

"那么，情况怎么样？"

露丝·泰勒接过茶杯，在米黄色的长绒沙发上微微后靠。这里可不是她平常工作中会看到的客厅，她想，她注意到墙上挂的艺术作品和脚下古色古香的橡木地板。不用担心卫生问题，安心地喝一杯茶，这感觉也很好。

"一切都还好吗？"她从包里拿出莎拉·拉夏贝尔的档案，伤感地发现，今天下午她还有四个家访，那些地方肯定不会有米黄色的长绒沙发。她要去芬利路上一家脏兮兮的小旅店询问两个申请政治庇护的年轻人：一个男孩发誓说他的继父毒打了他，还有一位住在桑当、吸毒成瘾的未成年妈妈。

夫妻俩对视一眼，一种无声的信号在两人间传递。丈夫开口了："挺好的，都挺好的。"

"她还适应吗？住了——呃——有四周了吧？"

"四周零三天。"女人说。露丝刚到，麦考利太太就回来了。此时她坐在椅子上，公文包放在脚边，偷偷地看着手表，好像在等着离开的许可。

"学校呢？出勤有问题吗？"

夫妻俩再次交换眼神。"一开始我们是遇上了一点问题，"麦考利先生说，"不过我认为已经解决好了。我们……达成了共识。"

"你们按照我们的建议，给她定了规矩吧？"

"是的，"他说，"我认为，我们都更加理解对方了。"

哎呀，这个男人真帅，正好是她喜欢的类型。乱糟糟的头发，亮闪闪的眼睛。不能这样，露丝责备自己，不能对客户产生这样的想法，尤其是客户的太太还坐在旁边呢。

"她很健康，"他继续说，"胃口很好，按时完成作业，她有……有自己的兴趣爱好。"他朝太太转过头，"我不知道还要说什么了，真的。"

"莎拉挺好的。"太太简单明了。

"别担心，我不是来评判你们的，也不是来给你们当父母的水平打分的。"她冲着他们微笑，"这是非正式的安排——我们称为亲友关怀——所以，我们不会干预太多。我已经和莎拉聊过了，她说在这里很开心。不过，考虑到她以前的情况，我觉得最好顺路来看看。"

"我说过了，"麦考利先生说，"都挺好的，真的。我们也没听学校说还有什么问题。她从来不大声听歌，把我们吵醒。男朋友也只有六七个吧，没吸太多毒品……哈哈，开玩笑的。"太太瞪了他一眼，他连忙补充。

露丝低头去看文件。"有她外公的消息吗？不好意思，我知道我应该自己打电话问的，不过最近我们部门太忙了。"

"她外公恢复得很慢，"麦考利先生说，"不过我在这方面真不是专家。"

露丝后悔今天穿了这条棕色裙子，显得腿又粗又短。"哦，好的。我想起来了，中风，是不是？嗯，不会恢复那么快的。你们……你们愿意让她继续住吗？我知道我们一开始都以为她只会住两周而已……"

夫妻俩又交换了眼神。

"严格地说，超过六周后，我们就要进行审查，还可能考虑申请特殊的监护令，让你们承担一些做父母的责任。"

"也许有一个问题，"麦考利太太说，"我们很快就要卖掉这房子了。实际上，我们已经接受了别人的开价。"

"那你们的新家会有莎拉的房间吗？"

这一次，他们没有交换眼神，男人先开了口："还不确定。"

"你们想另外让人来照看她吗？想转回给我们吗？"求你千万别说想，露丝默默祈祷。我这里积压的名单有你们的手臂那么长。而且，相信我，这些小孩很难找到你们这样的家庭。

"我们正在想办法，只不过我们还没决定——呃，搬去哪儿，是吧，塔莎？但她再住几周绝对没问题。"

几周。几周的时间，什么都可能发生。露丝稍稍轻松了一点。"希望她很快就能跟外公一起回去。"她微笑着，环视客厅，"这房子真漂亮，你们肯定舍不得卖吧？"

两人都不说话。她把手放在文件上，向前俯身。"那么，你们俩怎么样？要是你们不习惯跟小孩子同住，可能会觉得格外麻烦吧？"她是朝不怎么说话的麦考利太太问的。

"还好。"麦考利先生说。

"麦考利太太呢？"

女人开口前略加思索。露丝从面前的文件上看到她是律师，难怪了。"确实，比我预想的更累。"她的措辞很小心，"不过话说回来，我也不知道我预想的应该是什么样。"

"有什么特别的麻烦吗？"

她认真思考。"没有。"她终于开口说，"我觉得，主要是……看事情的角度不同了。"

"小孩子跟成年人可不同。"

麦考利先生粲然一笑："一点儿没错。"

"他们会自找麻烦。不过学校说，她比以前安心多了。"

"她是个好孩子，"他继续说，"她会鞭策自己。"

"要是你们再考虑收养，更小一点的孩子可能会更让你们开心。你们想过成为正式注册的寄养家庭吗？"没必要强调经济报酬，露丝心想，这两个人看起来都不缺钱，"目前这方面需求很大，"她补充道，"很多孩子需要被安置。"

"我知道。"麦考利太太低声说。

露丝看着他们，丈夫用手背碰了碰太太的手，很温柔，是在表达支持。不知为什么，她脸红了。"我们会考虑的。"他说，"目前，我们先过好每一天。"

储物间门下有一张字条。她踢开门，捡起字条，把它展开，上面潦草的字迹是她并不熟悉的。

嗨，马戏团女孩，我得回美国一趟。对不起没能当面跟你说。我妹妹艾琳娜病了，家里没别人（这蠢女人吓跑了三个老公），我只能去看看她。

马耳他人萨尔有钥匙，他会给我的动物喂食，不过你还是帮我看着点，好吗？

跟上校说，这周末我不能去看他了，很抱歉，一两周后我就回来。要是能瞒过那些纳粹一样的护士，我还会帮他带点威士忌的。

牛仔约翰

她把字条整齐地叠好，放进口袋。约翰的离开让她奇怪地感到恐惧。她知道他有个妹妹在美国——他总开玩笑说妹妹很丑。他之前也去看过她几次，每次都是外公负责接手。这回，外公不在，约翰也不在，整个农场感觉丢了根。她对自己说，不会很久，一切很快就能恢复正常了。

天空飘起蒙蒙细雨，鹅卵石路面有点黏糊糊的，有些地方散落着草屑和食粮没有清扫。她把外套挂到钩子上，换上外公的旧大衣，他总穿着它保护里面的衣服。她下意识地发现，劳动缓解了焦虑，她检查了希芭的水盆，又开始忙活马的事，铺好弄歪的垫料，确保马厩门都锁紧。她清扫了布布的马棚，换上干草和清水，查看了马蹄，把小鸡和一头她不认识的新来的山羊赶走，停下来跟兰吉特聊了两句，他是拉吉宫餐厅的，来买鸡蛋。最后，她回到储藏间，换回学校穿的鞋子。

就在她准备锁上挂锁时，她想起了信封里的钱，她把手伸进口袋——一只手轻轻放到她脖子后面，她惊得跳起来，转过身，准备出击。

"怎么了？你以为我是来抓你的疯子吗？"马耳他人萨尔的心情相当好，嘴角的金牙在储藏间昏暗的光线中依稀可见，他在她面前晃着一根手指。

她打了个哆嗦，手偷偷伸到脖子后面。

"你给我留了封情书吗，马戏团女孩？"

他拿过她手里的信封，另一只手拿着点燃的香烟，双腿稳稳开立，如同在强调他对这里的主权。剃须膏和烟草的气味盖过了干草和马粮的淡淡清香。"你可以跟我当面说呀，知道不？"

"是钱，"颤抖的声音让她感到尴尬，"给你的钱。"

"啊……"他从她手里拿过信封，手指触到了她的手指。

"我要走了。"她拿起书包，可他抬手拦住了她。

他拆开信封，朝里瞥了一眼，接着皱起眉头，撑开信封给她看。"这是什么？"

"我的租金，两周的，还有干草和马粮的钱。"

外面的雨越来越大。希芭悄悄跟在后面，乱糟糟的毛上闪着宝石般的水珠。铁路桥洞下面，一匹马喊起来，马蹄在水泥地面上拖动。

"剩下的呢？"他满怀期待地盯着她。他在笑，但不是真正的笑。

她咽了下口水。

"我还没凑到。"

"欠的钱呢？"

"也没。"

马耳他人萨尔透过牙缝发出嘶嘶的声音，摇着头说："你知不知道，我帮你留着那间马厩已经算你走运了？两周前，你跑来把马带走，都没提前通知我一声，你觉得礼貌吗？"

"那不是我——"

"是我帮你留着那间马厩的，莎拉，有二十个人想租我都没租。结果，你又带着马回来了，跟什么事都没发生一样，连声'谢谢'

都没说。"

"可是，我说过了，这不是我的错，是——"

"亲爱的，我才不管是谁的错。我现在想的是，我怎么知道你会不会又消失呢？你还欠了我那么多钱，你有这里的钥匙。搞不好你打算明天就带着你的马跑到廷巴克图去。"他朝她走近一步，衬衫领子跟她的眼睛平齐。

她发现，自己咽口水的声音格外明显。"我不会的。"她小声说，"我欠的钱总会还的，外公欠的钱也总是还的，约翰知道的。"不过这事发生之前，我们从没欠过债，她想。

"但是约翰不在，你的外公也不在。这农场现在是我的，不是他们的。"

她无法回答。

一列火车从桥洞上方轰隆而过，车厢灯光短暂地照亮了小小的院子，头顶上一千人正在回家的路上，他们要回到自己安全舒适的家。萨尔歪着头，像在思考。他朝莎拉又走近一步，离她更近了，太近了。她憋住呼吸。

他压低声音说："你外公病了，莎拉。"

"我知道。"她小声说。

"听约翰说，你外公病得很重。所以你得告诉我，你到底打算怎么还清欠我的钱？"他的语气温和，话音悦耳，像在唱歌，但这只是为了掩饰表面之下的威胁。他离她很近，近得她能感觉到他吹在自己脸上的热气，能闻到他麝香味的剃须膏和皮夹克的味道，以及某种未知的男性气息。

她双眼低垂。她听说过关于马耳他人萨尔的传言：不能惹怒他，他坐过牢，他有很多狐朋狗友，他的事你不要过问。

"怎么样？"

"我跟你说过——"

"你什么都没跟我说。我说了，我原本以为你会走，结果你没走，现在我得知道你打算怎么还钱。"他的目光像在灼烧着她，"我们得想个办法，莎拉。"

她朝他眨巴着眼睛，尽量不让呼吸颤抖。

"我们得想个办法，让你把钱还给我。"

她只想对他说：难道你不明白吗？我也想这样呀！这负债压在她心头，每当她一想起来，就觉得五脏六腑纠结成一团乱麻。她每次来看布布都觉得心情沉重，和布布在一起也越来越无法安心。然而，她又不能把这个秘密告诉别人。除了马耳他人萨尔，没有人能帮她卸下这个包袱。

"我可以帮你打扫。"她脱口而出。

"有人做这个了，莎拉。"

"那我可以在周末帮你照看农场。"她小声说。

"可我不需要。"他说，"你卖鸡蛋也好，拿个扫把走来走去也好，对我没有一点价值。你明不明白，价值是什么？"

莎拉点点头。

"我是个生意人。也就是说，我尽量考虑了你的特殊情况。要是别人，莎拉，"他摇着头，"我早就没耐心了。"

他朝身后望了一眼，看着桥洞外面。雨水在鹅卵石路面上流淌，朝大门涌去，路灯一照，闪闪发亮。有那么一瞬间，她觉得他要走了，就这样了。可是，他朝她转过身。

他又默默朝前跨了一步，她被逼到门边。接着，他抬起一只手，从她的头发上轻轻拿下一根干草，在她面前举了一下，才用满是老茧的粗壮手指将它弹走。

她直视前方，尽量不退缩。马耳他人萨尔缓缓露出笑容，用眼神告诉她：没关系的，他都明白。就在她也准备回以笑容时，他突然把一只手放在她的右胸上，用大拇指慢慢拨着她的乳头。动作很轻，随意又确定，她过了两秒钟才反应过来他在做什么。

"不一定要用钱解决，莎拉。"他轻声说。接着，他飞快地笑了一下，她还没来得及抬手反对，他便把手拿开了。

她的皮肤像在被火灼烧。她满脸通红，屏住了呼吸。

"你长得可真快，亲爱的。"他把信封装进自己的口袋，摇摇手指，像是摸到了什么滚烫的东西，"漂亮女孩总有办法的，你只要跟我说一声。"

说完，他便吹着口哨，走出了铁丝网大门。她呆若木鸡地站在原地，无力地拎着书包。

"我今天晚上要出去。"他们终于送走露丝，关上了门。露丝临走时，朝麦克露出了笑容，就是女人总会朝麦克露出的那种格外灿烂的笑容。尽管不愿承认，但娜塔莎还是为此烦心。她庆幸自己早就约好了去看姐姐。

"好的，反正我也说了会在放学后带莎拉去医院。不过我明天要出去，没问题吧？"他没有说要去哪儿。

"没问题。"娜塔莎往前跨了一步，但他并没有让开，"我要开会去了，麦克，我已经迟了。"她说。她发现，他穿的牛仔裤是以前她很喜欢的那条，深蓝色，很柔软，口袋的位置有些褪色，那是因为他总无视她的建议，往口袋里装很多东西。她记得，很多年前的一个周末，他们出去玩，她靠着他，冷风刺痛了耳朵，她把手深深插

216

进这条裤子后面的两个口袋。

"我给你买了点东西。"他把手伸到背后，拿出了一大袋各式球茎，"我知道这还只开了个头，不过……你别伤心了。"

她从他手里接过网袋，手上留下细细的土屑。

"如果你愿意的话，我可以帮忙，下周末吧，至少能帮你把围栏修好。"

她咽了下口水。"都会再长出来的，总会长出来的。"她抬起双眼，看着他的眼睛，微微一笑，"总之，谢谢你。"

她好像看到麦克系着挂满工具的腰带，笑着聊天，而她自己则细心地栽着被踩坏的植物。这样对吗？她想问自己。我们现在的关系是不是太亲密了？

他们站在走廊，各怀心事。麦克开口了，显然他们的思绪不在同一个方向。"有件事我们还没认真谈过呢，塔莎。要是莎拉的外公好不了了，我们该怎么办？"他靠着大门，拦住她的去路，"他情况很不好，你知道吧？我看他不可能很快好起来了。"

娜塔莎深吸一口气："那她就只能成为别人的问题了。"

"别人的问题？"

"好吧，别人的责任。"

"可那匹马怎么办？"

她仿佛看到那匹马漫不经心地在她的小院里胡乱践踏，所经之处一片狼藉。从那一天开始，她就不再觉得它是优雅漂亮的了。

"麦克，我们离开这儿以后，就不再是一家人了。不管有没有马，我们都不能再给她一个家了。你的工作不可能让你全职照顾她，你知道我的工作肯定也不可能。现在我们每天都已经应接不暇了。"

"我们会让她失望的。"

"让她失望的是这个体系，这个既不灵活又没有足够资源的体系无法处理她的情况。"看到他脸上的表情，她的语气变得温和，"听我说，在给她找到新家之前，他们可能会给那匹马找个临时的安身之处。要是她非养不可，也许能去乡下，说不定更适合她。"

"我觉得不太可能。"

"嗯，我可以打听打听，看有什么选择，又不用舍弃什么。"

他仍然没有从门口走开。娜塔莎看了眼手表，开会要迟到了。

"你希望她走吗？"

"我可从来没说过。"

"但是……你好像不喜欢她。"

"我当然喜欢她。"

"你从来没说过她的好话。"

她在包里翻东西，掩饰自己的脸红。"那我该怎么办呢？别把我说成是坏人，麦克。她不过是个陌生人，我让她住进我家——而且，我还要说一句，为了她，我还在我们的关系问题上对社会服务部说了谎。我花了几百英镑，把她的马送到肯特郡，又接回来。我牺牲了我最爱的小花园——"

"我不是要说这个。"

"那你要说什么？我应该和她一起讨论讨论怎么化妆吗？我试过的，好吧？我说过带她去买东西，说过帮她布置房间，还试过跟她聊天。难道你从来没想过，也有可能是她不喜欢我吗？"

"她是个孩子呀。"

"那又怎样？孩子就不能不喜欢别人吗？"

"不是。我只是想说，要克服这种不喜欢是大人的责任。"

"哦，所以你现在是儿童教育专家了？"

"不是，但是一个还有点人性的人。"

两人怒目相对。

她将球茎放在门厅小桌上，拿起文件盒，满脸通红。"麦克，做你这样的人感觉一定很好吧？每个人都喜欢你。哼，那个社工简直要坐到你腿上了。而且，不知道为什么，莎拉也喜欢你，这对你们来说都很好。"她抓起手机，"但不要因为我没有你这样的魅力就批评我，行吗？我尽力了。我放弃了自己的家，牺牲了我的恋情，就因为你俩每天都在这儿，我就不得不跟你们一起扮演幸福的一家人。我一天天受着煎熬，混账，我真的尽力了！"

"塔莎——"

"还有，别再叫我塔莎！"

她从他身边挤过去，猛地拉开前门，走下台阶，在自己怦怦的心跳声之外，她还能听到他说话的声音，她不知道为什么泪水会夺眶而出。

"好吧，你真的疯了。"乔摘下橡胶手套，走到厨房桌边，娜塔莎正捧着一杯红酒，"麦克？你前夫麦克？"

"可这就是问题所在呀，是不是？从法律上讲，他还不是前夫呢，他有权住在那房子里。"

"那你就该搬走呀，这真是疯了。你看看你，简直不成样子。"

乔最小的孩子多蒂走进厨房，嘴里嚼着狗吃的橡胶骨头。"不能吃，亲爱的，肚子里会长虫的。"她把骨头从孩子嘴里抠出来，还没等多蒂反抗，她又立马往她嘴里塞了一块杏干，"爸妈知道吗？"

"当然不知道，反正只住几周。"

"你必须搬出去，去住酒店。你以前跟他住的时候，简直不成人样。这样你还怎么往前看，是不是？天哪，塔莎，你今年夏天才真正开始新生活呀！上床去，你们俩！"她朝隐隐传来打架声的前厅大吼，"这个也该睡觉了，我现在带她去睡觉，你一个人坐会儿行吗？现在是差一刻八点。"

"没问题。"娜塔莎说。脸上满是果酱、浑身爽身粉香气的胖嘟嘟的多蒂被带离房间，娜塔莎暗松了口气。大点的孩子就没这么可爱了，就会像个大人。多蒂的存在尖锐地提醒她，她本可以有自己的孩子的。那种失落她至今尚未释怀。

"跟塔莎小姨说晚安。"

娜塔莎假装坚强地准备接受孩子的吻，尽量表现得随意。

"不要。"孩子把头钻到乔的两腿中间。

"多蒂，这样不礼貌哦，你要说晚安——"

"没关系的，真的。"娜塔莎摆摆手，"她也累了。"她知道她姐姐会把这种敷衍看作她不合适当妈的又一个表现。

"给我五分钟，我要给她讲个故事。"

乔长胖了，娜塔莎心想。她看着她熟练而轻松地把孩子抱起，架在腰间，一看就是经过长期锻炼的。她总是抱怨没有时间，抱怨生儿育女毁了自己的身材，总是把消食片扔进从不离手的茶杯。"控制血糖的，"她总是解释，"免得我茶点时又吼起来。"

很长一段时间里，娜塔莎都尽量不到姐姐家来。在她两次流产期间——家里人只知道一次——她发现乔吵吵嚷嚷的家以及家里孩子们的手指画、掰烂的石膏板和塑料玩具，都能让她想起自己失去的孩子。她恨自己不够坚忍，总忍不住嫉妒这三个孩子。后来，她发现假装自己很忙更简单。自她申请法学院后，家里人都说她是雄心勃勃的工作狂，是搞学术的人，是成功人士。她跟家人解释，工作太忙没空参加家庭聚餐，要准备这个或那个案子时，她知道他们会记挂着她，会宽容地谈起她，妈妈大概还会伤感地责怪她，为什么不把精力放到生活中更重要的事上去。

麦克离开后，他们不敢再提及她的个人生活。"至少你还有你的工作呀。"她主动提及的几次，他们总这么说，他们总以为反正她一直真正想要的也就是工作而已。

大概十分钟过后，乔回来了。她把杏干扔进水槽，把头发缩到脑后扎成马尾。"我真得去弄头发了，"她说，"上周都约好了发型师，结果西奥不舒服，可我还得照样付一半钱，真是不要脸！"

她坐下来，品鉴似的喝了一大口白葡萄酒。"啊，真棒，真是好喝得爆炸。其他几个就让他们晚点睡，不然我永远都没时间跟你说句话。"

"你还好吧？"娜塔莎问。她怀疑在姐姐心中，自己是个以自我为中心的人。到了一定年纪又没有孩子的单身女人都是吧？反正总听到别人这么说。"大卫也还好吗？"

"只要去塞舌尔玩两周，再做个美容手术，就什么问题都解决了。哦，还有夫妻生活，都不记得那是什么感觉了。"她喷了下鼻子，"无所谓啦。说你吧，你什么都不告诉我，快说来听听。"

娜塔莎意识到，她的生活变成了紧绷的奇怪泡泡。这里的一切是正常的，她的生活却一点也不正常。"我以为他只住几周，"她说，"没必要告诉别人。"

"我说真的，塔莎，搬出去吧。我是想让你住这儿来，但不要五分钟，你就会疯的。"她又喝了一大口酒，"你有的是钱，找个漂亮的温泉酒店住下，每天晚上下了班，就做个按摩加美甲，花销就从他分到的卖房钱里扣。是他把你逼走的呀。他胆子够大的。"

"我不能走。"娜塔莎拿着孩子的蜡笔胡乱画着。

"你当然可以走。天哪！要是有这种机会，我立马就走。"

"不行，我真不能走。"她叹了口气，抱臂在胸，"我现在要负责照顾别人，一个女孩子。"

事后，娜塔莎隐隐有些后悔。过去这几年，她和姐姐见面的时间太少了，所以乔对这个消息的反应之强烈完全出乎了她的意料。她让娜塔莎把整个故事讲了两遍，就在娜塔莎结结巴巴又尴尬地解释时，她从椅子上站起来，绕过桌子，紧紧地抱住妹妹，在她深色的西装上留下了面粉的印迹。"天哪，塔莎，这太好了，真是太不可思议了。我希望更多人能像你这样，这太棒了。"乔泪光闪闪地又坐下去，"是个什么样的孩子？"

"这就是问题所在了。事情跟我预料的不太一样，她和我……好像合不来。"

"她还只有十几岁呀。"

"是，可她跟麦克相处得很好。"

"谁都能跟麦克相处得很好，他 97% 的时间都在卖弄风情。"

"我试过了，乔，我们好像怎么都合不来，跟我预料的不一样……"

乔朝门口俯过身，也许是在看孩子们有没有在附近偷听。"我跟你说实话吧，凯特琳刚满十三岁，就变成了个烦人精。我感觉我可爱的宝贝不见了，被一个全身充满荷尔蒙的怪兽代替了。她看着我的时候表情是那么……厌恶，好像我让她全身心都觉得恶心，我说的每句话都能让她发飙。"

"凯特琳吗？"

"你最近没怎么见到她，她跟个当兵的一样天天骂人，还顶嘴，时不时偷点零花钱，不过大卫装作不知道。她什么事情都要撒谎，就跟所有翅膀硬了的早熟少女一个样。我能这么说她，因为我是她妈妈，我爱她。要不是我知道以前的凯特琳还在她心里，要不是我相信她总有一天还会出现，只怕几个月前我就把她赶出家门了。"

娜塔莎从没听过姐姐如此理性地谈起自己的孩子。这让她不由得思考，她到底选择性屏蔽了多少做父母的真实体验，而更倾向于想象她以为自己失去的美好图景。她想，她也许是对莎拉过于严厉了。

"不是你的问题。听你说她经历了很多事，你……陪着她就好。"

"我跟你不一样，我做不来那些事。"

"胡说，你很聪明的，你帮那些弱小的孩子做了那么多事。"

"可他们是我的客户，不一样的。我很纠结……还有一件事，我被一个代理过的男孩骗了。他说他经历了可怕的旅程，后来我发现他撒了谎。现在，我都看不出来别人是不是在骗我了。"

"你觉得这个女孩子也在骗你？"

"我感觉她没有把实情全告诉我。"

乔摇摇头。"她才十四岁啊，没告诉你的事多着呢。暗恋啦，被别人欺负啦，长胖啦，或是哪个同学不再是她的朋友啦。这些事她们不会跟我们说。她们怕我们指手画脚，怕挨批评。"她笑着说，"要是我们还想插手，去帮她们解决，那就更恐怖了。"

娜塔莎盯着姐姐：那你是怎么知道这些的？

"听我说。我觉得，她不是故意欺骗你的。她本质上大概就是个担惊受怕的小丫头，她会乐意对别人敞开心扉的。你带她出去吃个饭，就你和她。不，不要吃饭。"她咬着指甲说，"吃饭压力很大。一起做点什么事吧，你们都喜欢的事，不要太紧张，也许她能放松一点。"她拍拍娜塔莎的胳膊，"去吧，至少能让你不要老想着家里那个讨厌鬼。还有，记住，你让她住在家里就已经是做了件大好事了。"

"这是小事。"

"但绝对是好事。好了，我得把那两个小恐怖分子弄上床去了。"

还有麦克呢？她想问，我要怎样才能对麦克感觉好点呢？可姐姐已经消失了。

老人用比较好的那只手从莎拉手里拿过叉子，慢慢把一片芒果放进嘴巴。他没有说话，但很满足。麦克在来的路上，从超市买了削好的水果盒。莎拉把每片水果切成小块，把白色的塑料叉交给老人，让他保留自己进食的尊严。

麦克等到他们吃完，上校用纸巾小心地擦干净嘴巴后，才拿出一个文件夹。"我有东西给你，上校。"他说。

老人朝他转过头。他今天似乎精神好了一点，麦克想，反应更敏捷，说话也没那么含糊了。他两次要水喝都说得很清楚，看到莎拉时还喊了句："亲爱的。"

麦克拉出椅子，坐到床的另一侧，打开文件夹，里面的东西一目了然。"我们决定装饰一下你的病房。"

还没等上校露出困惑的表情，麦克就拿出了第一张照片，那是一张 A4 大小的黑白照片，上面是莎拉和布布正在公园练习原地慢跑。老人认真地盯着照片，朝外孙女转过头说："不错。"

"那天布布表现很好，"莎拉说，"它很认真听我指挥，真的很认真，每个动作——"

"都很美。"他小心地说。莎拉显然被这句突如其来的话感动了。她轻轻爬到病床上，躺在外公身边，头靠着他穿睡衣的肩膀。

麦克不去看他们，又拿出一张照片。"我觉得这一张——"

"肩内转了。"她说。

"我看不清楚。"老人用法语说。他耐心地等莎拉把眼镜给自己戴上后，朝麦克做了个手势，让他把照片拿近点。麦克将另一张照片一并举起，上校赞许地点着头。

"这些都是拿来放在你房间里的。"麦克一边说，一边把手伸进口袋拿出胶带。他开始小心地把照片贴到病床四周，慢慢遮住了原本浅绿色的空白墙壁，那上面只有一张 20 世纪 80 年代的水粉画海报和一张要求来访者"请洗手"的告示。还有两张照片，麦克把它们贴在上校的床尾。

老人认真看着，一张一张轮流凝视，像要把每个细节都刻进脑海。麦克觉得，他只怕能看上一整天。

开车来医院的路上，他跟莎拉说了自己的打算后，莎拉呆呆地看着照片，一句话都没说。"你觉得可以吗？"莎拉的毫无反应让麦克有些担心，"你做那些不该做的动作的照片，我都没放进来，就是让它用后腿站立什么的。"

她对他微微一笑，可笑容带着悲伤。"谢谢你。"她说。她的语气表明她很少接受别人的慷慨，更没指望过。

"我把最好的留在最后了。"麦克打开一个相框的包装纸。就连莎拉都没见过这个。它并不贵重，就是很轻的木框，硬纸垫板。但在磨光的玻璃板后面，是一个女孩和她的马脸贴脸的照片，很明亮，很清晰，老人能看清每一个细节。照片捕捉到了她的脆弱，尚未成熟的美丽脸庞上带着奇妙的表情，紧紧贴着高头大马的骨架，仿佛在进行某种超自然的交流。高清的黑白照片让两张脸都呈现出高贵神秘的气质，如果是彩色照片，反而不会有这种效果。麦克知道，这算得上是他最好的作品之一。在他按下快门的那一刻，他就知道了。而当他看到成品时，他感到心跳都停止了。

"布彻尔。"上校仍然盯着照片,"莎拉。"可他说成了"莎啊"。

"我特别喜欢那张照片。"麦克说,"是上周有一天早上,我们离开农场前拍的。莎拉都不知道我拍了。我特别喜欢光线从莎拉的脸上照到马身上的那种效果,他们俩都半闭着眼睛,像是想事情想得出了神。"

艺术馆馆长也如此认为。他跟麦克说,他想展出这些照片,他非常喜欢。他说,伦敦的一些地方正在慢慢消失,都柏林骑马少年已成回响,但这些更好。他给每张照片都开出了让麦克瞠目的不菲价格。

"你要是同意,就可以在春季展出,不过这些是你的。我觉得没事看看照片应该不错。"

久久的沉默。麦克不是个拿不定主意的人,可此时,他也感到一阵凉意。是不是太过分了?他想。我这是在提醒他,他失去了什么。他在害怕我会利用莎拉。再说了,我是什么人呢?像个乐善好施的老板跑到这里来,占领他的房间,决定他每天都该看什么?把他的墙上贴满照片,让他看着一个他无法融入的世界,不是在故意提醒他自己的无能吗?

麦克朝墙迈了一步。"我的意思是,要是这样不好,我可以——"

老人朝他打了个手势,让他靠近。麦克弯下腰,老人紧紧攥着他的手,眼眶都湿了。"感谢,"他嘶哑地小声说道,"感谢你,先生。"

麦克用力咽着唾沫。"没什么,"他挤出一个随意的笑容,"下周我还可以多拍点。"

直到这时,他才注意到莎拉。她今晚有些不同寻常,没怎么说话。她还靠在外公身边,紧紧搂着他的胳膊,像是再也不想离开他。她双眼紧闭,脸侧向一旁,一滴孤单的泪水从脸颊滑落,被灯光照亮。她像一幅痛苦得令人心惊的画。

她是个如此独立的女孩，如此真实，对马又是如此痴迷。有时候，麦克甚至忘了她的内心该有多么失落。她一定很想念从小将她带大的外公吧。麦克再次悲从中来，将胶带塞回自己包里。

"好了，"他说，"我在楼下等你，莎拉，可以吧？咱们十五分钟后见。"

他将相框放在床上，离开了病房，最后看到的画面却久久萦绕在他心头：不知所措的老人抬起颤抖的手，抚摸外孙女的头发，而外孙女把脸埋在他的肩头，试着掩饰自己的眼泪。

十四

几年前,麦克和娜塔莎刚搬来这条街时,人们还乐观地称,这个社区"欣欣向荣"。但当时娜塔莎就在想,即便会这样,那也还有些距离:破败是整条街最大的特征;四分之三的房子在五年甚至是十年内都没有重刷过油漆;街道上没有禁停的黄线,缺了轮胎的废旧汽车被架在路边砖垛上;年轻的家庭开着满身凹痕的两厢车,忙碌于各种琐事。

所有的房子都是泥灰墙的维多利亚风格,墙皮开裂剥落,屋前有小小的花园,里面可能有长过界的女贞树、盖着防水帆布的摩托车,或是盖子对不上号的垃圾桶。娜塔莎经常停下脚步,和邻居闲聊,比如汤金斯先生、西印度群岛的老画家、玛维斯和她的猫,还有养着八个缺牙小孩、租着福利房的一家人。他们都很友好,会聊一聊天气,问一问麦克现在又在对房子做什么改造,还有她知不知道马上就要建住户停车场,佛教中心已经搬到了商业街,等等。如果说首都还有哪条街是最有社区感的,那就是这里了。

可现在,汤金斯先生搬走了,玛维斯早已入土为安,福利租房部门卖掉了资产,租客也不知被转移到何方。几乎所有房子都被刷成了白瓷色,裂缝都被小心地补好,前门也被漆上了法罗公司色调优雅的高档油漆。前院台阶的两侧是修剪整齐的红豆杉或月桂树,有一半的小花园里铺上了漂亮的鹅卵石，成为私家车道，或是竖起亮闪闪的铁栏杆，不欢迎外人。房子外停着亮铮铮的四轮驱动奔驰车。背负沉重压力的专业人士们碰面时只微微点头以示问候，便马上匆匆忙忙进出于城铁站，尚未还清的贷款使他们无暇顾及其他。

现在，这里是个富裕的街区了。仅剩的为数不多的老住户明显感觉到，他们油漆脱落的窗户和网眼窗帘成了旧时代的残余。

在经济上，娜塔莎知道，她是这一中产阶级化进程的受益者。可内心深处，这个两极分化的世界让她深感不安。这条街跟它周边的街区越来越像，成了渴求成功的中产阶级的小小绿洲。四周的房屋越来越阴暗、坚固、咄咄逼人，住在里面的人也越来越没有机会逃走了。

两个世界没有往来，除非是通过犯罪（比如偷汽车、入室盗窃，或在便利店抢钱包）、商业（每个人家里当然都需要清洁工或照看小孩的保姆）或是结构的正规化（比如娜塔莎目前代理的十二岁小孩，他酗酒成瘾的父母不愿接他回家）。

娜塔莎在开车前往桑当的路上，经过被纵火烧坏的汽车和闪烁不定的路灯时，她想到了这些。莎拉安静地坐在旁边，攥着钥匙。自从她们离开外公的病房后，她就没再说一句话。娜塔莎还为自己的所见震惊，也并未劝她开口。她看到老人的脖子软弱无力地靠着枕头，一边脸微微下垂，当即便明白他们收留莎拉是个多么重大又冲动的决定了。

"他在好转啦，"病房护士愉快地说，"真不容易，是吧，亨瑞？"

"是亨利，"莎拉低声怒吼，"他叫亨利，他是法国人。"

护士走出去时，朝娜塔莎挑了挑眉毛。

"呃——你觉得他还要在这里住多久？"趁莎拉跟外公打招呼时，娜塔莎匆匆追上护士。

护士看她的表情好像她是个傻子。"他中了风,"她解释道,"你这个问题相当于在问一根绳子有多长。"

"可你总该能告诉我个大概吧?几天?几个星期?还是几个月?我们……正在照看他的外孙女,想要心里有个数。"

护士回头看了一眼。莎拉一边整理外公的床单,一边跟他说话,外公目不转睛地盯着她。"你最好问他的主治医生,不过我可以告诉你,几天绝对好不了,"护士说,"几周也不大可能。他的中风很严重,还需要大量复健治疗。"

"这些事……年轻人应付得来吗?照顾他什么的。"

护士板起面孔。"她这么大的孩子?当然不行,我们不会这样建议的。对孩子来说,这个责任太重大了。目前,拉夏贝尔先生还有半边身体是轻微偏瘫的,所以他很虚弱,只有一边能动。他要人帮着洗漱,帮着上厕所,现在还有褥疮的问题,他的语言也没有百分之百恢复。他每天要做两次物理理疗。不过,他现在能自己吃东西了。"

"他还会继续住在这里吗?"

"我们这里可以长住。我觉得,现在就把他送去养老院也不合适,毕竟他还在康复中呢。"她看了一眼手表,"对不起,我要走了。不过他确实在好转。我觉得,那些照片对他有帮助,挺有意思的,它们让他可以集中注意力,我们都很喜欢。"

娜塔莎回头看着小小的病房,以及墙壁上贴满的麦克拍的照片。又是麦克。哪怕他人不在,仍然能迷倒护士,帮助病人。

她们开进杂乱的住宅区,把车停在赫姆斯利公寓的停车场。开始下雨了,娜塔莎认出了她第一次送莎拉来时看到的几个年轻人,他们戴着帽衫的帽子,相互弹着火柴棍。他们看着她从破旧的沃尔沃车上下来,就在这时,有人电话铃声响起,分散了他们的注意。

"你想拿什么来着？"娜塔莎跟着莎拉，爬上阴冷潮湿的楼梯。四周雨声哗啦，雨水流进破损的排水沟，旋转着涌入被包装纸和口香糖堵住的管道。

"就是几本书。"她说，接着又补充了几句，娜塔莎没听清楚。

她们走过露台，打开房门，进屋后又迅速关上。娜塔莎庆幸麦克装在门框上的铁板很结实。公寓里冷冰冰的。几周前，莎拉和社工露丝最后一次来这里时关掉了暖气，拿走了莎拉的一些东西。这会儿，莎拉进了自己的卧室，娜塔莎站在客厅里。客厅很整洁，但带着长久无人居住的气息。所有的照片都被带走了，要么被带到娜塔莎家里莎拉的房间，要么被带到医院病房，墙壁上空空荡荡，冷冷清清。

她听到抽屉打开又关上的声音和拉动旅行袋拉链的声音。莎拉不会再回这儿住了，她很肯定。即便老人康复了，他也不可能爬上这些楼梯。想到这里，娜塔莎心头沉重。莎拉意识到了这一点吗？她是个聪明的女孩，她觉得自己以后会怎么样呢？

娜塔莎瞥到了一张还没被拿走的照片，它挂在门厅墙上。照片里，一位花白头发的女人微笑着怀抱三四岁的莎拉，笑容和莎拉的一样。而莎拉也和其他小孩没什么区别：有安全感，有家人的拥抱，清澈的眼神里没有恐惧也没有疑虑。可十年过后，她却要依靠陌生人的善意生活。

娜塔莎双手抱头。这就是为人父母的难处，你要对另一个人的幸福负起完全的绝对的责任。

"我说，咱们出去吃饭吧。"她们回到车上，拂去衣袖上的雨滴时，娜塔莎开口了，"你想吃比萨吗？"

莎拉转头看着她。娜塔莎惭愧地意识到，这个随意的邀请出乎了她的意料。过去几天，即便是以莎拉内向的性格而言，她也显得孤独得不太正常。她两次提出要在自己房间单独吃饭。她基本不和别人交流，甚至同麦克也不说话，以前麦克可是能经常逗她笑的。

娜塔莎回想起姐姐说过的话。她有责任做点什么，至少得试一试。"走吧，我不想做饭，今天晚上太累了。我知道商业街尽头有家不错的店。"她的语气尽量显得愉快轻松。天哪，要是莎拉也能表现出一些热情，哪怕是一点点开心也好啊。她以前能出去吃几次饭啊？"那里的比萨很好吃。"她说。

莎拉抓紧膝盖上的旅行袋。"好吧。"

比萨店里只坐了一半人，服务员把她们带到靠窗的座位。娜塔莎点了蒜蓉面包和两杯可乐，莎拉望着暮色中繁华的街道，把旅行袋整齐地塞到自己的椅子底下。她从菜单上选了火腿菠萝比萨，可比萨来了，她却不怎么碰，只一丁点一丁点地慢慢吃，娜塔莎怀疑她是不是得了厌食症。

"这么说，"两人间的沉默变得令人尴尬时，娜塔莎开口了，"你一直都对马有兴趣？"

莎拉点点头，将一片奶酪推到自己盘子边。

"是因为你外公？"

"是的。"

莎拉抬起眉毛，似乎在告诉娜塔莎她认为这个问题很蠢。

"他是法国哪个地方的？"

"出生在土伦，后来去了索米尔，马术学院。"

娜塔莎追问："那他最后是怎么来这儿的呢？"

"他爱上了我外婆，外婆是英国人，所以他也不再骑马了。"

"哇。"娜塔莎想象着法国乡村以及从那里搬到桑当会是什么感觉，"他来这儿后做什么呢？"

"他在铁路上工作。"

"他一定不好过吧，离开马，离开法国，离开全部的生活。"

"他很爱外婆的。"

娜塔莎听来这句话像是在指责。事情真的如此简单吗？如果你真的那样爱一个人，你生活的环境就不重要了吗？你所做的牺牲真的就可以让它消失在过去了吗？很明显，老人对马无比热爱，这种热情在他自我放逐后并未消退。可他是怎么甘心忍受失去一切的呢？

她想起了莎拉外婆的照片，那是一个习惯了被爱的女人。尽管失去了女儿，可她的脸上除了满足什么也没有。娜塔莎想起自己的婚姻，是琐碎的争吵和恶意的不断累积导致了它的终结。是她们这一代人在这样一个年代缺少了维持爱情的能力吗？

"你是怎么认识麦克的？"

娜塔莎的叉子停在嘴边，接着她把叉子放到盘子上。"在飞机上认识的。"

"你对他一见钟情了吗？"

娜塔莎略加思索。"是的，"她说，"他……很讨人喜欢。"

莎拉似乎表示认同。

他也把你迷住了，娜塔莎不无伤感地想。

"是你离开他的，还是他离开你的？"

娜塔莎喝了一小口可乐。"呃，不是这么简单的……"

"那就是他离开你的。"

"你要是问，是谁从家里搬走的，那么是的，是他搬走的。可那时候，我们都觉得应该给对方一点空间。"

"你想复合吗？"

娜塔莎感觉脸上泛起红晕。"没这回事，你为什么这么问？"

莎拉从比萨上面扯掉一小块脆皮，放进嘴里。她慢慢嚼着，咽了下去，然后说："外婆有一次跟我说，她希望外公先死。不是因为她不爱外公，而是因为她担心她不在了，外公应付不来。她觉得她能比外公处理得更好。"

"可你和外公过得挺好的。"

"他不像外婆在的时候那么开心了，外婆总能把他逗笑，"她想了想，"我就不行，尤其是在那里，他不喜欢那里。"

"病房吗？"

莎拉点点头。

"他一定也很辛苦。"娜塔莎小心地回答。

"他宁愿去死。"

娜塔莎手里的刀叉停住了。莎拉的话也许刺耳，但多少道出了实情。一个一生都在大自然中追求着体格健壮灵敏的人，现在却被困在那样的地方，像个婴儿般由别人喂食更衣，他一定无法忍受吧。

她尽量语气平淡。"他会好起来的，"她轻声说，"护士说他一直在好转。"

莎拉或许是没有听到，又或许是与她自己的推测不符。总之，她将刀叉交叠放到盘子上，表明吃完了，虽然她显然没有吃饱。"你觉得他能回家过圣诞节吗？"

娜塔莎拿起纸巾，拖延着时间，可即便是这短暂的犹豫也表达了深刻的含义。"我没法回答，我不是专家。"

莎拉咬着嘴唇，呆呆地盯着街上的某个地方。

"对不起，莎拉。"娜塔莎说。莎拉是那么苍白，应该瘦了不少。娜塔莎犹豫着要不要伸手。"我知道这一切对你来说很难接受。"

"我需要一点钱。"

"什么？"

"我得给外公买点东西，圣诞节礼物，新睡衣什么的。"莎拉说得轻松自如。

娜塔莎被话题的突然转变弄得措手不及，只好又把一块比萨送进嘴里，嚼了起来。"他需要些什么？"她把比萨咽下去后问，"你要是同意，明天我上班的路上，可以去商店帮你买。"

"我可以自己买，你把钱给我。"

"你哪来的时间呢，莎拉？你的时间不是要照顾布布，就是要写作业。"

"我可以午餐休息时去。"

"这可不行，中午也不能离开学校，我看你没别的时间可以去。"

"因为我从你存钱罐里偷偷拿了钱，是不是？"

"不是，我只是不想让你再缺——"

"对不起，好吧？我道歉，当时我还不能告诉你布布的事，我会把钱还你的。"

"没有必要。"

"那你就让我给外公买点东西吧，我一定要自己挑，"她非常坚持，"我知道他喜欢什么。"在餐厅刀叉碰撞的叮当声中，她提高了嗓门，"他们老是偷偷拿走他的洗漱用品，还有衣服，我自己买不了，因为社工把外公的存折拿走了。要不是没办法，我不会开口的。"

娜塔莎用纸巾擦着嘴。"那就周六上午一起去吧。你觉得他需要什么，我们就买什么，买完了我送你去马场。"

莎拉的眼神透露出她对这个提议的反对。

她为什么非要自己去呢？娜塔莎想不明白。难道她并不是想买睡衣，而是想买别的？又或者，她只是不想再和自己一起出去了？娜塔莎感觉心力交瘁。莎拉只是盯着窗外，和原来一样，让人琢磨不透又无法靠近。

"你还想吃点别的吗？冰激凌？"

莎拉摇摇头，连看都没有看她一眼。

"那我买单。"娜塔莎疲惫地说，"我们得走了，我还没跟麦克说在外面吃饭呢。"

她不相信我。莎拉暗自骂自己，为什么要从存钱罐里偷偷拿钱！要是当初没有拿，那现在真有需要的时候，就可以去拿了。

她把脚搁在旅行包上。包还在，她就安心了。社会服务部的人拿走了外公的退休金和存折，确保按期支付房租，可他们不知道他还有债券。如果她能躲着马耳他人萨尔几天，把债券兑现，那就可能还清欠债。想到这，她仿佛又看到了萨尔，感觉到了他的手放在自己的胸脯上，听到了他对着她的耳朵说的那些话。她打了个冷战。

她需要钱。她想了想从家里拿来的东西：一个古老的玻璃装饰品，她用毛衣小心地包着，应该可以卖给旧货商店；她的 CD，也许可以卖给学校同学；还有点东西。什么东西都好。

"天哪，"娜塔莎说，"都十点一刻了，我都不知道这么晚了。"她拿出钱包付账。娜塔莎把信用卡插进手持式刷卡机，一边跟服务员闲聊，一边输入密码。

2340。很好记。

莎拉闭上眼睛。要是外公知道她动了这样的念头会怎么说？她皱起了眉头。他会跟她说，无论什么理由，都不能偷。楼下的一个男孩因为一周内四次偷窃被警车带走时，外公就是这么说的。你以为偷了一点东西，其实什么也没得到。偷东西只会自损身份。外公甚至不贷款。他说，买不起的东西他从来不要。

可莎拉跟着娜塔莎高跟鞋清脆的噔噔声，沿着潮湿的人行道走回车上时，那四位数的密码却仿佛有节奏的咒语，深深刻在她脑海中阴暗的角落里。

他说过要送她回家，只是让她在台阶上等两分钟，他好跑进屋拿车钥匙。他注意到莎拉房间的灯亮着，娜塔莎的车不在。她说过可能会工作到很晚，可他没想到她竟然让莎拉一个人在家待这么长时间。他站在台阶上找钥匙时，玛莉亚突然出现在他背后。她紧贴着他，修长玲珑的身躯像蛇一样缠上来："进去吧？"

"不行。"

"你欠我的。这是我看过的最难看的电影，你得赔我的一个半小时。"

"没问题，但不能在这儿。"

她像个喜剧演员般皱起眉头。"可人家想你呀，都一周多没见了！我得给你看看我还没被晒黑的地方，"她拉开低腰牛仔裤的裤腰，露出里面被晒黑的小腹，"只剩一点点了，"她娇喘着补充，"你要凑得很近很近才看得到。"

玛莉亚很美，很单纯。她就是想要他。他怀疑她并不爱自己，甚至并不需要自己，可他就是因为这个忍不住喜欢她。他需要这种踏实感，他需要知道无论自己做了什么，都不会伤害到她。

"亲爱的，不行。"他说。

"你周末带我来过的，现在怎么就不行？"

他低头盯着路面。"因为我前妻很快就回来了，这样不公平。"

她往后一退。"对我才不公平呢！哼！你为什么要让这个可悲的女人指挥你的生活？你跟我说过她有男朋友了，是吧？"

"是的。"

"她跟他上床了吗？"

"我不知道，"他颇不自在地喃喃道，"我猜应该吧。"

"当然上了。"她把一只手放在他胸口，"跟那个可怕的老男人不知道上了多少次了。两个无聊的人凑到一起。你怎么知道她现在不是跟他在一起？"

他努力回想着娜塔莎早上说过的话，她今天晚上到底回不回来。他当时正在听板球比赛的结果，没有认真听她说话。"我也不知道。"

她咧嘴一笑。"说不定现在就在做爱呢，真恶心！两个可怕又无聊的人做爱，搞不好还在笑话你。你都是她前夫了，竟然还怕惹恼了她，不敢跟自己漂亮的女朋友在自己家里做爱。"她冲他甜甜一笑，得意地欣赏他的窘迫。

"你可真是个坏女人。"

"哦，我还可以更坏呢。"

"我不相信。"

"那就来啊。把我偷偷带到你房间去，我们速战速决，完事儿我就走。好像又回到了十几岁的时候呢。嗯，好像是你回到了十几岁，因为我现在也没比十几岁大多少。"她环着他的腰，两只手插进他裤子后面的口袋，把他拉近。

他看了眼手表，不敢保证莎拉这时已经睡觉了。"我说，还是去你家吧。"

"我两个表妹今天住我家，还有我叔叔卢卡，现在我家就跟皮卡迪利广场一样热闹，还有毕高思呢！"

"什么是'毕高思'？"

"就是……炖白菜。"

"哇，这下我兴致起来了。"

"麦克，"她把声音压低，沙哑地喃喃着，"麦克，我喜欢你家。"她用手指绕着他的头发，"我喜欢你的房间，我喜欢你的床……"

他努力保持坚决："我肯定会喜欢吃'毕高思'的。"

她眯起眼睛，露出猫咪一样的微笑。"你知道这个词是什么意思吗，翻译出来的话？"

"我现在身上可没带波英词典。"

"麻烦，"她悄声说，她的双唇掠过他的耳朵，"意思是'麻烦'。"

莎拉可能睡了。就算没睡，又有多大关系呢？反正她几乎每天晚上都在自己的房间里。

他们把便携式小电视机给她了，因为她想看的跟他们都不一样。又或者，她只是不想跟他们在一起。

玛莉亚往后退了一点，低下头，又抬起眼睛，与他对视。"你敢说你没有想我？"

娜塔莎也许正在康纳家，他给自己找了个理由，推着咯咯笑的玛莉亚走进家门。反正玛莉亚对什么事都只有三分钟热度。他潜意识里有个声音在警告他不要这样，可他强迫自己不去理会。那个警告说：不要搬起石头砸自己的脚。

"灯亮着，麦克肯定回来了。"娜塔莎说。她好像想不出别的话了。莎拉看到，她的嘴巴抿成细细一条缝。娜塔莎把钥匙从点火开关上拔下来，从脚下地板上拿起自己的包，在空气中留下一丝淡淡的昂贵香水味，"要我帮你拿包吗？"

这是把我当小孩吗？"不用了，谢谢你。"莎拉觉得今天晚上不能松开这个旅行袋，似乎只有抓住它，才能使自己不至于倒下。

"明天你得坐公交车上学。"娜塔莎继续说着，锁上车门，"麦克给我发短信说他一早有工作，我也要去开会，没问题吧？"

"没问题。"

"我们一定会给你外公买些好东西的。我很乐意出这个钱，莎拉。"她打开前门，转过身面朝莎拉，又关上了门。

娜塔莎带着同情的表情，她在客户面前大概就是这样。房子里很暖和，莎拉脱掉了外套。

"这不是信任不信任的问题，莎拉，真的。我要是不信任你，就不会让你住到我家来。我只是觉得，我们周六下午一起去买比较好。我上午把文件处理完，直接去马场接你。你想去哪个商场，我们就去。你要是愿意，我们可以叫辆出租车，去塞尔福里奇百货公司，怎么样？"

莎拉耸耸肩。即使不看娜塔莎，她也知道她一定相当生气。

"好了，挺晚了，你上楼吧，明天早上再说。"

她们刚转过身，就听到厨房里叮里哐啷的声音。娜塔莎解下围巾，朝门口走去。"麦克？我正跟莎拉说——"

她突然呆住了。一个只穿着男士 T 恤和内裤的高个金发女子走进门廊，手里端着两杯酒。她的满头秀发像在拍洗发水广告，顺滑漂亮得不可思议；大长腿是晒过太阳的小麦色，脚指甲涂着玫瑰色的指甲油，像小小的海贝壳。"你一定就是娜塔莎吧？"她微微笑着，笨手笨脚地用一只手拿着两个酒杯，伸出另一只手，"我是玛莉亚。"那笑容很灿烂，但并不友好，带着嘲讽的意味。莎拉站在娜塔莎背后，目瞪口呆。女人伸出的那只手，悬在空中。

娜塔莎好像不会说话了。

"麦克跟我说过好多你的事。"高个女人收回手，并未露出明显的不悦，"我正准备泡茶，不过你没有豆奶，是吧？牛奶对皮肤很不好哦。"她打量娜塔莎的时间有点久，"不好意思，我得上楼去了，还有人在等我呢。"她莞尔一笑，走过娜塔莎身旁，没穿内衣的胸脯在 T 恤衫里跳动，所经之处，留下淡淡的麝香味。

娜塔莎一动不动。

莎拉半张着嘴巴。娜塔莎脸色惨白，紧紧攥着手提包，指关节都发白了。莎拉感觉她就要哭了，可又不想哭。

过了一会儿，莎拉试探性地往前跨了一步。"我去泡杯茶吧？"总得有人做点什么，这一幕真是令人不忍心看下去，"我就喜欢牛奶。"她无力地补充道。

然而，娜塔莎好像忘了她的存在。她抬起头，双眼圆瞪，勉强挤出一个笑容。"那……挺好。不过不用了，谢谢你，莎拉。"她似乎不知道该怎么办了。

莎拉抱着自己的包。她只想躲进自己的房间，可如果此时上楼，她就好像是要跟麦克站在一边，刚刚发生的事让她也很混乱。

"你知道吗……"娜塔莎抬起一只手摸着自己的脸，她的脸恢复了血色，变得粉粉的，"你知道吗……我觉得我好像……"

她们听到开门的声音和笑声。麦克摇摇晃晃地走下楼来，双手抓着栏杆。他穿着牛仔裤，光着上身。"塔莎，"走到一半他愣住了，"对不起，我以为你……我以为莎拉……"

　　娜塔莎盯着他。莎拉觉得，她看起来突然无比疲惫。"你就是这样，麦克。"她小声说。她站了片刻，点了下头，似乎在对自己确认什么。接着，她转过身，走出房子，用力关上了身后的大门。

十五

"马在强迫下完成的动作……它并不会理解。在这种情况下，马和人的动作都不太可能是优雅的，而更可能是丑陋的。"

——色诺芬《论马术》

　　莎拉躺在床上，双膝屈在胸前，双臂抱膝。白鹅绒的被子轻轻地盖在她蜷缩的身体上，成了个柔软的巢穴，她假装自己永远都不用离开这个蚕茧。埃及棉的床单还带着干洗店熨床单时用的喷雾剂的清香，有薰衣草和迷迭香的气息。带薄纱花边的灰色厚丝绸窗帘透着微光，让人不至于被刺眼的光线惊醒。房间里摆着老派的抽屉柜和威尼斯风格的巨大镜子，挂着小小的枝形玻璃吊灯。当房间慢慢变亮，莎拉却觉得自己的心愈发阴沉了。

　　她盯着墙，集中精力呼吸。如果不想，呼吸会自然地进出身体。不管你在做什么，跑步也好，骑车也好，睡觉也好，它就这样自己进来出去，让你活着。可一旦过于认真地想，它就变得被动了，等着你自己去填充你的肺。而当你有不愉快的念头，或因为害怕全身紧张时，它还会停下来。

　　现在躲不开他了。星期五他会在农场。他一直在，周末也在。她之前东拼西凑的那点钱不会满足他的。她闭上眼，把杂念抛到一旁，又开始呼气，吸气。

　　外公这时应该醒了，他一直习惯早起。他会盯着墙看吗？会等阳光照亮马的照片和他最爱的外孙女的照片吗？他会在脑海里想象自己以前骑着的马，默默地专注地，在巨大的表演场上翩翩起舞吗？还是会因为服用太多药物，陷入流口水的半睡状态，任由护士用海绵粗暴地给他擦身体，跟他说话的语气就好像他不光老而且笨？莎拉把膝盖抱得更紧了，打了个哆嗦。

昨天晚上，外公用颤抖的手握住她的手。他的皮肤像纸一样，原本身上的老人味也被刺鼻的消毒水味代替。他不再是他。无论他们怎么说他在不断恢复，每次看到他时，她都只觉得他好像又远离了一点，又绝望了一点。好像随着每一次呼吸，他身体里让他成为外公、成为上校、成为外婆最崇拜的丈夫的那些点滴，就会消失一点。有时候，她似乎清楚地知道他的感受。

两英里外，娜塔莎被隔壁洗澡的水声吵醒，睡意蒙眬地想，这些人得有多自私，才会早上六点一刻就把电视机开到最大声。为什么有人要一边洗澡一边听电视？他们是不是到哪儿都不能安静地坐着？

新闻插播。六点半。透过纸一样薄的墙壁，她甚至能听到电视里的报时。她挣扎着坐起，感觉头疼袭来。有那么一会儿，她不知道自己在哪儿。她只隐约记得发生过的事，预感有更大的麻烦。头顶上乌云向她悄悄卷来。这时，她看到了不熟悉的床单，挂在椅背上的手提包，带图案的米色地毯，一瓶快喝光的红酒。

昨晚的事涌上心头。她躺在酒店枕头上，闭上眼睛。女人看她的样子，好像她是个不相干的人。女人眼中的笑意，暗示了暴露的秘密和可笑的过去。他怎么能这样？她擦干眼睛。可他为什么不能？这不是最终的分手还能是什么？她还能希望他怎样？太多的画面：还在一起时，麦克身边就总是美女环绕，她们似乎从没把她当过障碍。麦克的样子：他总能让女人垂青，在吸引异性上总比她更胜一筹，女人们都知道。她们也故意让她知道。一开始，她觉得这不重要，因为他全部的魅力只对她一人施展，她能感觉到他对她的爱慕、需要和渴求。参加聚会时，她会开玩笑说："去玩吧。"可随后四目交会时，他的眼神告诉她跟她比别的什么都不是。

后来每次小产，她对自己女性魅力的信心就会减弱一点。她发现自己偷偷估量其他女人的生育能力，结果总是比不过。在她眼里，那些女人那么成熟，丰满。年轻。她开始感觉老了，内心也干涸了。麦克却只要一站在那里，便能迷倒众生。他说不定已经计划好跟某个更年轻、更漂亮的女人过新生活了，她会给他生儿育女。他还会留在她身边吗？她说得多了，他就生气。最后，什么也不说反而简单。是康纳第一次让她感觉到，麦克才是那个幸运的人。

可麦克不是她的，很可能从来都没有属于过她。他们同住的现实掩盖了这一真相，环境给他们笼罩上了虚伪的亲密。

娜塔莎沉重地爬起来，走进浴室，打开水龙头。接着，她又回到卧室，打开电视机，开得很大声。

莎拉悄无声息的脚步会让印第安人追踪者也相形见绌。过去几周，她经常在楼梯上或厨房里突如其来地出现在他身后。她似乎下定决心，尽可能让自己不引人注意，不占据空间，也不发出声响。通常，这个十来岁女孩蹑手蹑脚下楼的脚步声是不会吵醒麦克的。可今天，麦克已经醒了好几个钟头了。

昨天晚上，玛莉亚快十一点才走，这时离娜塔莎开车离家已过去了足足半个钟头。没必要去追了，他也不知道她会去哪儿；而且就算找到了，他也不知道该说什么。

他回到楼上，重重地坐在床边，拒绝了玛莉亚递给他的酒杯。

玛莉亚不屑一顾地哼了一声："她因为酒生气了？那我再给她买瓶新的，反正只是超市货。"她喝了一小口，"在波兰，对客人不礼貌是很粗鲁的。"

他知道，玛莉亚很清楚这不关红酒的事。有那么一刻，他觉得无比厌恶她。她是故意这么残忍的，而且她很享受。

"我觉得你最好走吧。"他说。

"你干吗这么在意？"她大喊，摇摇晃晃地穿上牛仔裤，"你一年都没跟她见面了，你们再过几周就离婚了，你自己跟我说的。"

他无法回答。是因为他不想伤害娜塔莎的感情？因为他刚搬回来时，还愚蠢乐观地希望最终两人能成为朋友？因为他希望经历离婚的混乱和创伤后，那个风趣、尖锐又聪明的女人还能出现在他的生活中？又或者，是因为夜深人静时，他的脑海中总会浮现她因为震惊和伤心而变得苍白的脸庞，以及燃烧着怒火和充满斥责的眼神？

他站起来，用冷水洗了脸，穿上牛仔裤，轻轻走下楼。莎拉在厨房。她穿着整齐的校服，正准备三明治。"对不起，"他睡眼惺忪地说，"应该是我给你准备午餐的。"他揉了揉下巴的胡楂，不知道还有没有时间剃掉它。

"一般是娜塔莎准备的。"她说。

"我知道。昨天晚上，我没想清楚。你要去马场吗？"他看了一眼钟，"还来得及。"

"你不用管我。"

"我想送你，可是我有——"

"我不需要你送。"她打断了他。

"你要给布布带个苹果吗？"他把手伸进果盘，朝她扔去一个苹果，以为她会伸手接住。他们经常这样玩。可她只是往旁边跨了一步，让苹果"嘭"的一声掉在石灰岩地面上。

他捡起苹果，认真打量着她僵直而苗条的背影，她是故意站得笔直。"你在生我的气吗？"

"又不关我的事。"她将三明治包得整整齐齐，放进书包。

麦克拿起烧水壶，灌满水。"昨天晚上，我很抱歉。"

"我觉得你该道歉的人不是我。"她穿上外套。

"我不知道她会回来。"他说。

"可这是她的房子。"

"是我们的房子。"

"随便吧。"她耸耸肩，"我说过了，这又不关我的事。"

他煮好咖啡，惊讶于一个十四岁女孩竟能让他如此难堪。他知道娜塔莎会生气，只是没料到这个。

"能给我点钱吗？"她站在他身后，准备出门。

"没问题。"他很高兴能做点什么来缓和这弥漫着谴责的气氛，什么都好，"你要多少？"他开始翻口袋。

"五十？"她斗胆开口。

他翻着手里的零钱。"给你。"他递给她一枚银币。

"五十便士？"

"你是说五十镑？真有意思。你看，我今天早上还有工作，下午我会去取款机取点钱。你先拿十块钱，买点好吃的，等会儿跟朋友去吃汉堡吧。"

她看起来没有他想象的开心。可如果十块钱能让他不用操心今天晚饭要做什么，还能让莎拉不碍他的事，那也挺好。

他需要同娜塔莎谈谈。可他也不知道见面后，到底该说什么。

上庭律师收到的每一份诉讼摘要（与政府相关的除外），都会系以粉红色缎带。这个传统不仅是为了保持整齐，也不仅是一种神秘的归档方式，它还有个目的：象征着上庭律师在案件面前不掺杂私人情感的能力。法律特别要求上庭律师要保持独立和客观。当缎带再次系上时，这份摘要将被送回。而上庭律师就该放下这个案子了。

娜塔莎坐在迈克尔·哈灵顿对面时，心想：尽管如此，也不是每个案子都能让人轻松保持客观。他们这次见面是要讨论即将开庭的帕西离婚案。"你看起来很累啊，娜塔莎，"说完，他大声喊来助手，"我希望这些细枝末节不会让你睡着。"

"怎么可能。"

"我认为，我们明天上午最好与帕西太太见个面。我知道我们还在等法务会计师的报告。明天会面时你能把报告带来吗？我还想最终确定下我们两边各有哪些证人。"

他盯着娜塔莎，娜塔莎也不确定自己低头看文件看了多久。

"娜塔莎？你还好吧？"

"挺好的。"

"你能不能到场？"

她看了一眼日程本，已经满满当当了。

"我会挤出时间。"

"很好，那就这样。今天差不多就到这儿。"他站起来，她开始收拾自己的东西，"不急，不急，我不是让你马上走。再坐几分钟吗？喝点东西吧。"

她想起昨天晚上的事。"就喝茶吧，"她又坐下来，"谢谢你。"

"不客气。"

他的助手把头伸进门来。

"贝思，请你帮我们倒两杯茶好吗？要糖吗？都不要糖。谢谢。"

他突兀地改变了话题，说起自己已经成年的孩子，说起自己对游艇重新燃起的热情。他们还聊到了两人都认识的一位律师，他最近被卷入了法律援助的丑闻。"说实话吧，"他继续说道，"我早就想跟你谈谈了。我们准备重组这里的架构，改变员工比例，我们很有可能会有一个空位。"

她等待着。

"我一直对你有兴趣，也关注了你的职业发展。我很欣赏你在里士满起诉特纳那个案子中的表现，还有三胞胎的拐骗案。我跟很多事务律师聊过，他们都提到了你的名字，而且都说了你的好话。"

"谢谢。"

"如果我们这里有了空位，你会有兴趣吗？"

娜塔莎吃了一惊。她还在培训时，就听说过哈灵顿·莱文森事务所的鼎鼎大名，这家现代又开明的公司有着令对手闻风丧胆的声威。此时，它的创始人，迈克尔·哈灵顿，竟然在主动邀请她。"我非常荣幸。"她说。他的助手端着茶进来了，他们等到她走出去关上门后才继续说，"我得告诉你，我在现在的事务所有可能会被提拔为合伙人。"

"我觉得，那对你不见得是最好的。你也知道，现在很多认证事务律师都转成了全职辩护律师，"他说，"现在就有这样的跳板。我们很高兴让你成为实习律师。不到两年，你就能转正。"

她认真分析着他的话和背后的深意。如果她接受了，这就意味着她将远离事务律师日常的繁杂工作，站在上庭律师更中立的立场上。她将不再像现在这样，每天参与客户的生活。自从阿里·艾哈迈迪的事之后，她已不再确定这样做是否有用了。"迈克尔，这是大事，显然。"她想到了康纳，"我要认真考虑一下。"

他在一张纸上草草写了几笔，递给她。"我的电话。别通过接线员，他们像狼狗一样保护着我呢。直接给我电话。想问什么都可以，薪酬啦，实习规定啦，办公室啊，什么都可以问。"

"你想让我找个推荐人吗？"

"我需要知道的关于你的一切，我都知道了。"他微笑着说，"你接下来要去哪儿？还有会吗？"

她盯着粉红色的绸带，强迫自己记住它的含义。"差不多吧。"最后，她终于开口了，她把茶杯和碟子放到桌上，"我会给你电话的，迈克尔。谢谢你。我会非常认真地考虑你的建议。"

这幢房子并不特别，和其他风格现代、造型普通的房子相比，都是丑陋的褐红色砖房，只有入口的对讲机表明里面已被划分为更小的公寓。但是在人行道上，女贞树下，一截皱巴巴、脏兮兮的警方封锁胶带还在风中孤单地飘扬，讲述着自己的故事。它那刺眼的颜色，透露着这扇门后曾经发生的惨案。

她站在人行道上，抬头看着一扇扇挂着网状窗帘的窗户。那个二十六岁的销售员现在在哪儿？她会躲在窗帘后偷偷张望，还是仍住在医院？她会怕得不敢回家吗？她有没有想过是怎样一连串的事导致那个年轻人找上自己？

是什么让阿里·艾哈迈迪偏偏选中这里？那来自世界另一端的艰苦卓绝的历程，是怎么终结在这扇门前短短的六级台阶？她的一个小小疏忽，别人的一个小小疏忽，怎么就导致了这场灾难？

一位老太太推着花格布购物小车从她身边走过。娜塔莎站到旁边，挤出一个笑容，可老太太只是用阴冷的眼神瞄了她一眼，便继续孤独而决绝地往前走了。

娜塔莎觉得喉咙被堵住了。也许，她不是来找线索的，而是来致以无声道歉的。她默默对那个女人说：我本该认真查查的。如果我核对了那个小镇的名字，还有他说他走过的路，我可能就救下你了。如果我不帮他，我可能就救下你了。

手机铃声打断了她。

"你没忘记四点一刻的会吧？这时候该回来了啊。"是本。

"推迟吧。"她说。她站在车旁，望着马路对面两个推着婴儿车的女孩。她们都拿着手机聊天，显然无视孩子以及彼此。

"什么？"

"取消吧，今天我不去办公室了。"

本沉默良久。"那我跟琳达怎么说？你还好吧？"

"挺好的。不，说实话，我感觉不太好。我要回家了。跟她说我很抱歉，这周重新再安排个时间吧。是斯蒂芬·哈特。他会理解的。"

她挂断电话后，才想起来，现在她已经回不了家了。

杰茜卡·阿诺德交过二十三个男朋友，十四个跟她同龄，四个比她大，其他都不是学校同学，而是来自桑当和周边地区。她目前的男友都比她大，会开着低底盘的大马力汽车在校门外等她，等她一上车，便会在震耳欲聋的音乐声中呼啸而去。她跟一些男友上过床，而且不像某些"有经验"的同龄人那样是随意吹出来的，而是被人把各种细节写在了厕所墙壁上。她的书包里掉出过空的避孕药盒，而那些开车来的男人一看也不是会满足于在公园长椅上接吻的人。杰茜卡把脖子上的紫色吻痕当作荣誉勋章。她必须如此，她必须装作一切都是自己的选择，是她自己想这样的。否则，她就成了荡妇。

如果说在性经历方面，杰茜卡是一个极端，那么莎拉、德比·德摩特和萨丽玛就是另一个极端。德比戴着厚厚的眼镜和牙箍。萨丽玛一出校门就只穿长袍，从没跟男生说过话，更不用说亲嘴了。而莎拉其实并不丑，她只是对男生没兴趣。

　　她认识的男生不想听她说布布的事，不想听她说布布怎么从初级动作一步步学会更复杂的动作。他们不想跟她一起去农场，再一起坐公交回家。他们会说农场很臭这类蠢话，会冲着马大吼大叫，会在干草堆旁抽烟。他们不理解她的生活。

　　她从没告诉过外公，只是偶尔夜深人静时，她会被痛苦的情绪淹没，全身充满一种自己也不明白的失落。她想象自己进入了黑骑士马术团，成了那里有史以来最优秀的骑手。那里还有一位年轻帅气的上校，穿着黑色制服，佩着金色肩章。他很聪明，明白她想要的一切。他不会开着贴满贴纸却没有保险的汽车到处晃，不会吹嘘自己又干了多少反社会的荒唐勾当，更不会带着满嘴肉串和辣椒的味道亲得她满脸都是口水。他们的关系是纯洁的，以对马的热爱为基础的，与杰茜卡的那种恋爱有着本质上的巨大差异的。

　　她总这样幻想着自己的未来。她能清晰地看到它，就像她能清晰地看到布布的未来。可现在，她只有卖掉 CD 和装饰品得来的七块一毛五分钱，麦克给她的十块钱，以及一张债券证书——至少要过三周才能兑现，且必须有外公的签名。

　　那个巨大差异也许比她预料的消失得更快。

　　"我想跟你谈一谈。"

　　"你凑齐欠我的钱了吗？"

　　"我就是要跟你谈这件事。"

　　"那就谈呗。"

她朝站在院子对面的他的手下点点头。"他们不能在这儿。"

他正在收拾鬃毛刷，每把刷子都亮闪闪的、一尘不染，像是从没刷过马身上的一粒灰尘。他把最后一把刷子放回原位，抬起头看着她，掂量着："你要干什么，马戏团女孩？"

她压低嗓门，把书包背带绞在左手腕上。"我想知道，"她悄悄说，"多少……你准备免掉我多少钱……如果……"他一开始没有回答，也没有笑。没有惊讶或是高兴。她原本希望，他会哈哈大笑，告诉她，他只是开玩笑的，她以为他是什么人。可他并没有。

他微微点了下头，像是对自己确认什么，接着，看了看她，转过身。他朝站在火盆周围的手下走去。他们呼出一团团白气，让人分不清什么是烟，什么是冷气。他对他们做着手势，嘀咕着什么，她听不清。手下耸耸肩膀，拍着口袋找钥匙和香烟，把废纸团弹进火里。拉夫在院子对面看着她，像在对她重新评价。也许，他只是嫉妒莎拉获得了萨尔的注意。可她怀疑，在他眼里，自己已经变了。不再是上校的外孙女，不再是可以共同冒险的伙伴，而是一个可以交易的人，没有价值的人。他离开时，没有看她一眼。

她走到布布的马厩，进去，摆弄它的垫料，头靠在它温暖的身体上，获得稍许安慰。它转过大大的脑袋，观察她，看她到底在干什么。她抚摸着它的脸庞，手指头触摸柔软皮肤下的骨骼。

她透过门廊看到萨尔。他得意地走着，拇指和食指间轻轻夹着一支烟。手下走出大门时，他敬了个礼，用马耳他语喊着什么。最后一辆车开走后，他把大门关上，套上沉重的铁链。天色已黑，希芭在他们脚边不安地徘徊，也许在等待牛仔约翰的归来。

这时，他朝布布的马厩走来，像是没有丝毫烦恼般吹起了口哨。

"那么。"他站在门口时，她努力让自己的语气强硬一点。她想模仿桑当的那些女孩，她听过她们冲着骑车的男孩尖叫。强硬。冷漠。好像没有任何事能伤害到她们。"怎么弄？"

他仿佛没有听见她的话，深吸一口烟，走进马厩，关上门。布布失去了对莎拉的兴趣，回到草料槽旁，在她身后有节奏地嚼了起来。只有外面小院的灯光偷偷照进来。她看不清他的脸，可她发现，灯光照亮了自己，她的全身变成了鬼魅般的橘黄色。

"衣服脱了。"

他说得如此随意，像是喊她去锁个门。

"什么？"

"把你衣服脱了，我想看看。"他又抽了一口烟，视线却没有离开她的双眼。

她瞪着他。现在不行啊，她想，我现在还没准备好啊。我只是想搞清楚你在打什么算盘。"可是——"

"要是你不愿意……"他作势离开，耷拉着脸，"你只是在玩小孩子的游戏，我还以为你是认真的。"

两根手指从嘴里夹出烟，弹到水泥地上。烟头闪了一下，就被地上的水弄熄了。她看到了他冰冷而坚决的脸，思绪万千。

还没反应过来自己在做什么，她已经从头上脱掉了上衣。她今天穿的是带绒运动衫，脱掉后只觉寒气逼人，从门缝吹进的冷风刺痛了原本温暖安全的身体。

他转过身。她看不到他的眼睛，但能感觉到它们榨取着他眼中她的每一点价值。显然，她的价值不再是她自己可以决定的了。她觉得他在用目光侵犯自己，他似乎能透过裸露的肌肤看到下面的血肉。很快就完事了，她对自己说。她强迫自己站得笔直，保持着近乎挑衅的姿势。然后我就不欠他什么了。然后就没事了。

"还有胸罩。"

他说得很慢，但是命令。这是只要想要就能得到的人才有的语气。

她想确认自己没听错。"你想干吗？"她抗议道，"你又没说——"

"现在轮得到你告诉我该干吗？条件是你定的？"他的语气变得强硬。

她全身颤抖，胳膊上鸡皮疙瘩都冒出来了。

她闭上双眼。心怦怦跳得那么响，都快听不见他说话了。

"脱了。"

她用力咽下口水，把手伸到背后，咬紧下巴，免得牙齿磕个不停，她不确定是因为怕还是因为冷。她闭着眼，解开胸罩。这是件便宜货，薄薄的，尺码还有点大。她是趁外公买袜子时买的，当时特别尴尬，生怕被外公看到，所以试都没试就买了。萨尔从她手里拿过胸罩，扔到旁边的地上。腰以上全是裸的了。她感觉冰冷的空气刺激着皮肤，乳头抗议般变硬。她听到他嗖地吸了口气，脚步声逐渐接近。她意识到，自己跌进了无底深渊。这个她之前压根不知道的深渊。

她睁不开眼，也无法呼吸。她站在那儿，像一个东西，一种虚无。她将自己从身体中抽离，所以，这个赤裸上身站在马厩里的莎拉不是她。萨尔新买的马在隔壁嘶鸣，狗在外面大叫，有人在街上说话。男人温暖干燥的大手滑过她冰冷的皮肤，热气呼到她脸上，污言秽语对着她的耳朵喃喃不休，但这不是她。一股奇怪的味道钻进她的鼻孔，他的皮带扣顶着她的屁股，把她推到冰冷的石墙边。真实的世界渐渐远去，只剩下他，他的话，还有他无休止的抚摸。可她无法阻止。这不是她。不是她。莎拉到底怎么了？这不再是她的生活、她的家庭、她的未来。她对这些都没有发言权。那么，就让这个喘着粗气的男人揉捏她，试探着一寸寸占有她，这又有什么区别呢？她如同被催了眠，恍恍惚惚，什么都不是。

毕竟，这不是她。此时他握住她的一只手，把它从她颤抖的身边拉到自己面前。她咬紧牙关，强压内心的恐惧。这只是件小事，她一遍遍在脑中重复。一件小事，然后就都结束了。她听到拉链的声音，粗重的呼吸变成了刺耳的喘息。她听到他说话，她迟钝地想：真的听到了吗？她感到指尖触到粗糙的牛仔裤，接着是一个柔软温暖又硬挺的东西。直觉告诉她，她不该碰这个东西。

她控制不了自己。她想缩手，可他有力的手牢牢抓住她的手，把它重新放回那东西上。他很坚决，毫不留情。是命令。可这让她爆发了情绪，解放了她。她突然尖叫，把他推开，边打他边冲他大喊："滚开！离我远点！"布布吓得一缩，跳到旁边，马蹄踢到了墙壁。接着她抓起书包，逃离了他的魔掌，冲出阴冷潮湿的储藏间，朝大门跑去。她把大门打开，冲上人行道，向晚高峰市中心明亮的灯光飞奔，一边跑一边把运动衫从头上套在了身上。

"我就猜你可能在这儿，"康纳站在她面前，端着啤酒杯，"今天下午理查德想跟你谈谈的，我帮你找了个借口。"见她没说话，他又补了一句，"琳达很担心你。"

她往后靠着隔间的椅背。"琳达对每个人的私生活都太关心了。你自己看，我不是挺好的？"

康纳的视线扫过她面前的数个空杯，然后脱下外套，坐到对面。今天是周末，酒吧里人满为患。他喝了一口啤酒。"我给你家里打了电话，你——那位小客人说，她刚到家，不知道你去了哪儿。"

她又喝了一口。白葡萄酒喝多了，尝起来就像带酸味的葡萄汁。"我现在没住那儿。"

他盯着她。"好吧，娜塔莎，发生什么了？"

"哎哟，你现在有兴趣了？"

"我看得出来你有事。五年来，你从没爽过约，可突然间，没有任何理由，你就一下午没来。"还有一句他没说："而且你还喝醉了。"但这句不用说。

"聪明啊，福尔摩斯先生。"她的声音低沉而克制。她发现，自己其实挺喜欢霞多丽葡萄酒的，尽管它可能不那么流行。她为什么没早点发现呢？"我去被阿里·艾哈迈迪打的那个女人家了。"

"为什么去那儿？"

"我也不知道。"

"我还以为你放下了呢，为什么还要操心那件事？"

她眨眨眼。"因为它还让我烦心啊。我一直在想那个女人，一直在想他。"一双瘦削的棕色大手合十祈祷，也扼住了那个女人的喉咙。

"这太荒唐了，娜塔莎。你不……你这样太不理智了。"

"啊，因为我喝醉了。"

"好吧，我帮你叫辆车送你回家。来吧，大律师。"他牵起她的手，可她抽了回去。

"我不回家。"

"为什么？"

"因为我现在住酒店。"

他打量她的神情就像在研究一枚没引爆的炸弹。"你在住酒店？"

"假日酒店。"

"我能问问为什么吗？"

不能！她想大喊。你不能，因为很久以前麻烦刚冒头时，你就离开了我的生活。你不能，因为这几周来你一直无视我，让我感觉自己像个废物。你不能，因为你的行为好像在说我的幸福与你无关。

"这样更简单。"

她从他的沉默中听出了质疑。哪怕坐在桌子对面，她也能看穿他的心思。他为什么还不走？

"就是更简单，行了吧？你说得对，家里会变得太复杂。我错了，我不该以为自己应付得来。这下你开心了？"

他没说话。她用力咽下口水，努力把注意力集中在面前的酒杯上，可它们好像都飘了起来。她朝它们狠狠地皱眉，它们才顺从地恢复了秩序。

最后，她放弃了，看着他。他的眼神温和，表情伤感。

"唉，大律师，我也很难过，"他站起身，绕过桌子，走到她身旁坐下，叹了口气，"我也很难过。"他又说了一遍。

"没事儿。本来就挺荒唐的，我当时一定是疯了。"

"啊，是啊，是啊。"他伸出手臂，环住她的肩膀，把她拉近。她有些不情愿地靠着他，僵硬地躺在他怀里。"对不起，"他对着她的秀发喃喃道，"我是个吃醋的傻瓜，我永远都不想看到你不开心。"

"撒谎。"

"好吧，我不想看到你跟他在一起开心，但我从来没想过……会这样。"

"我挺好的。"

"显然。可我不好，都是我的错。"他低下头，捧着她的脸，让它朝自己倾斜，"来我家吧。"

"什么？"

"你听到了。"

她挣脱他的怀抱。"康纳，我不太知道……我的生活一团糟，我

258

让自己陷进了一个黑洞，又不知道该怎么挖条路出来。"

"我知道。"他拨开挡住她眼睛的头发，"来我家住吧。"

"我说了，我还——"

"来吧，"他顿了一下，"一起生活，只要你愿意。"

她一动不动，怀疑自己有没有听错。

"让麦克收拾这个烂摊子，是他把你拉进来的。"他继续说，"你就……来跟我住吧。"

"你不用这样。"

"我知道，但是，相信我，过去这几周我什么都没想，只想着你们俩一起吃饭、一起聊天、一起做……"他揉着自己的脸，"鬼知道。就算真做了，也别告诉我，我不想知道。可这让我开始想，我们还是往前看吧。"

"'往前看'，"她重复了一遍，"你还真浪漫。"

他说了。他给了她这几个月来一直想要的，尽管她还不敢承认。也许是还没从昨晚甚至这几周来的震惊中恢复，她竟一时不知如何回答。"这件事很重大，康纳，我们都……"

"……都是一团糟，所以很配。"

"你可真会勾引人。"

"我是认真的，娜塔莎，"他犹豫着，"我爱你。"

她将杯中的酒一饮而尽。"我不知道，这有点太突然了。"

"你更想住假日酒店，我知道你一直喜欢那个环岛。"他的语速很快，笑容很脆弱。

她突然涌上一股柔情，握住他的手。"我今晚就来。"她靠着他，任由自己被他环抱。她闭上眼睛，他的下巴搁在她的肩头，无视隔壁桌的眼光。"我们一步步来吧。"

十六

"当他发现自己与敌人近在咫尺时，他必须掌控好他的马。这样……他才能给敌人以最大的打击，并使自己受到最少的伤害。"

——色诺芬《论马术》

从星期一晚上到今天早上，他给她打了十五次电话，每次都直接转到了留言信箱。她办公室的人说她"在庭上"，但从不问来电者是谁，所以他怀疑是她交代他们不要理他。他不再留言，只说出她的名字和自己的名字。他早忘了自己想说什么。

他又给自己倒了杯咖啡，顺便骂了句娜塔莎的咖啡壶。无论怎么小心，它总是要洒出来。他突然想起他们收到的一份结婚礼物，一台漂亮的意大利咖啡机，闪闪发亮的加吉亚咖啡机，此时大概在西伦敦的某个仓库里。他觉得自己很傻，为什么非要把认定是自己的东西拿走，哪怕这意味着谁都用不上？他要把咖啡机给她，他发誓。反正他一年都没用过，不会舍不得的。过去几天里，他发了不少这样的誓。

莎拉在楼上睡觉。周一晚上回来时，她直接进了房间，不吃东西不喝水，也不想说话。她一直躲着他，避免眼神接触，把自己关在房间里，所以，他怀疑他还在接受惩罚。真奇怪，她竟然对娜塔莎如此忠心。他想去敲她的门，跟她解释清楚，提醒她，严格说来其实是娜塔莎不忠在先。可他仔细想想，向一个十四岁女孩大声解释自己的行为，也太荒谬了。

昨天她说不舒服，一整天都关着门。她面容憔悴，脸色苍白，皮肤好像都变成了半透明。她没费口舌，就让他同意她请了一天假。

六点二十分，在娜塔莎离家约三十六小时后，他听到了钥匙开门声。她轻轻关上门，在脚垫上脱掉鞋子，只穿着长袜走进了门廊。她还穿着离开时的套装，但里面是 T 恤。大概，是他的 T 恤，麦克想。

他们瞪眼看着彼此。

"有个大案子。"她说，"我只是来换身衣服，拿手机充电器。"她脸色苍白，没化妆，头发睡得乱糟糟的，看起来心力交瘁。

"我给你打过电话，很多次。"

她挥挥手机。"关机了。我说了，没带充电器。"她开始往楼上走。

"娜塔莎，求你了，就五分钟，我们真的需要谈谈。"

"今天没时间，我一个钟头之内要赶到办公室。"

"可我们真的得谈谈，你今晚回来吗？"

她停在半路。"会很晚。就算回来了，也得研究资料。"

"你还在生我的气？生玛莉亚的气？"

她摇摇头，但毫无说服力。

他一步跨过两级台阶，从她身边挤过去，站在她上面的台阶上，低头看着她。"拜托了，"他说，"你又不是没男朋友。天哪。"

"我从没把他带到这里来羞辱你。"她反唇相讥，"听我说，我现在不想——"

"是，你总说不想，可你看看我们这状况。玛莉亚来这儿怎么就是羞辱你了？你和我又没在一起。你在找男友上一直挺开放的，这次不过是你碰到她了。听着，我不是说这样合适，可这真是一次失误。我以为你不会回来，早知道我绝不会让她进屋的……"

她似乎连看都不想看他。

"塔莎？"

她终于看他了，眼神却无比冷酷。她带着奇怪的落败表情。"我不能，麦克。懂了吗？你赢了。房子卖出去前是你的了，你想让谁来就让谁来，我无所谓了。"

"你无所谓什么了？"

"我就是觉得，现在终结这场闹剧，对大家都好。"

麦克在楼梯上张开双臂拦住她。"哇，哇，哇！什么？你就这么走了？那可怎么办？莎拉怎么办？你知道我不可能一个人照顾她呀。"

"那帮她找到新住处后我就走，反正她过几周也要走的，我们只是提前一点。"

"你就不能多住一段时间？几周都不行？"

她像是事先演练过一样说道："你跟我都清楚，她外公好不了了。她需要一个稳定的家庭好好照顾她，而不是被两个显然不能成熟面对彼此的成年人当作缓冲器。"

"你这么想？"

"你敢说不是这样？"她硬是往上跨了一级，于是他不得不后退，否则就要面碰面。她显然意识到自己的优势，又往上跨了一步。

"那马呢？"

"信不信由你，麦克，马真不是我心里的首要问题。"

"所以你就这么离开了？"

"你再敢提她！"娜塔莎说，"这是你和我的事。不管我们在她或别人面前怎么表现，都不可能成为幸福的一家人，麦克，你清楚的。"她牢牢抓住栏杆，关节因用力而发白，"过去这三十六个小时，我一直在想。我们不该给她一个家，因为从一开始这就不是个正常的家。我们假装是，这对她不公平。"

"这是你的想法。"

"不，这是我知道的事实。我们该坦诚一点，对她坦诚，也对自己坦诚。好了，不好意思我现在真要去换衣服了。"她从他身边挤过去，爬完剩下的楼梯。

"塔莎。"

她不理会。

"塔莎，不要这样结束，"他朝她伸出手，"拜托，是我的错。"

她转过身，表情复杂——有愤怒，有怨恨，有悲哀。

"那么，我们该怎么结束呢，麦克？"

"我不知道，我恨这样，我恨你……这样。我只是觉得我们——"

"怎么？我们该深情地挥手道别，没入夕阳的余晖中？"

"我不是——"

"离婚没有开心的，麦克。知道吗？有时候，就是有人不喜欢你。有时候，大名鼎鼎的麦克也发挥不了魅力。还有——"

"塔莎……"

她长叹了口气，哆嗦了一下。"我——不能再在你身边了。"

外面，一辆汽车停下，音响声在大清早显得不合时宜。他们在楼梯相隔咫尺，却谁都没动。麦克知道他应该下楼，可他抬不动脚。他闻到淡淡的香味，却不知是不是她的。他看到她的手仍攥着栏杆，似乎不这样会站不稳。

"你知道最坏的是什么吗？"他等着她即将抛出的炸弹，"你知道我真正受不了的是什么吗？"

他说不出话。

"这就像……这就跟你第一次离开前一样。"她泣不成声，然后沉重地走向自己的房间。

楼上，莎拉从栏杆边缩回头，跑进自己房间。娜塔莎的话还在耳边回响，一切都在四分五裂。娜塔莎要走了，她也要走了。我们不该给她一个家。她没听清他们的每句话，但这句听到了。她盯着镜子中的自己——穿着最大最厚的毛衣，牛仔裤里还穿了羊毛紧腿裤。可她现在只觉得冷。放学后她会看到露丝，后车座上是装着她东西的黑袋子，然后直接去别处吗？他们甚至不敢跟她谈谈。

莎拉坐在床边地板上，两只拳头压着眼睛，不让自己哭出来。整整一天一夜，她都感觉萨尔的手仿佛还在自己身上，下流的话好像还在自己耳中。她用娜塔莎昂贵的面霜和乳液把全身擦遍，想要消除他嘴巴留下的气味和看不见的痕迹。她的胸罩还在布布的马厩里，一想到别人可能看到，她就不由得打个冷战。不知为什么，一想到它还在干草堆上，她就无比烦心。

她听见娜塔莎在隔壁房间拉开又关上抽屉的声音，还有嵌入式衣橱的轻轻开合声。

她必须告诉外公。今天上午她不去上课了，等她去过农场后，她就要告诉外公她需要他回家——他必须回家。不管他们怎么说，她会照顾好他的。只有这个办法了。要是萨尔知道外公回来了，他就不会惹她了。

娜塔莎在敲她的门。"莎拉？"

她爬到床上，尽量不露出任何表情。"嗨。"她说。

娜塔莎脸上斑斑点点，由于缺乏睡眠而面色苍白。"就是想跟你说一声，我最近有点忙，今晚可能晚点回来，到时候能不能聊聊？"

她点点头。聊聊。聊完好把你重新扔回垃圾堆去。

娜塔莎小心翼翼地看着她。"都还好吗？"

"嗯。"莎拉说。

"那就好。嗯，就像我刚说的，今天晚上我们三个聊聊。有任何问题就给我打电话，你有我的号码。"

她走了，莎拉听到什么东西砸到门上。十分钟后，她悄悄下楼，发现是麦克的鞋。

萨尔的四轮驱动车停在院子外面，车身锃亮，前脸方正。一看到它，她就觉得五脏六腑都缩紧了，双手戒备地抱在胸前。她深吸一口气，把外套拉紧，裹住脖子，走进了铁网门。

他在院子的另一头，正和拉夫还有几个亲信说话。他们都在围着火盆暖手，用泡沫杯喝着咖啡。拉夫看到她后，赶忙装作摸萨尔的马，她希望这不意味着他昨天没喂布布。昨天她没来。她觉得应该给萨尔二十四个小时冷静一下。

这不是唯一的原因，但也许她不用担心，因为萨尔没抬头看她，尽管他肯定听到了她的推门声。她祈祷他没注意到她，或者他决定把那天晚上的事当没发生。也许他觉得尴尬，只是她心底里怀疑萨尔这辈子是否会为什么尴尬。

她走进储藏间，把学校的鞋子换成马靴，清楚地意识到院子对面的人在窃窃私语。千万别到这儿来。她笨手笨脚地解开外套纽扣，换好衣服，趁他没来前赶紧出去了。她把布布的早餐装进桶里，又装满一个网兜，扛到肩头，轻快地走向马厩。她一路低头，决心不与任何人的视线接触。

她愣了好一会儿才反应过来。马厩门是开着的。网兜掉到了地上。

布布不在。它的门敞着，垫料上还有散落的马粪。她朝院子望了一眼。为什么要把它转到别的马厩去？

她边走边看别的马厩。不同的马伸出头来，有白花斑马、斑纹杂色马、栗色马——但没有布布。喉咙深处仿佛被什么扼住，胸口涌起一阵恐慌。她半跑半走到那些人站的地方，焦虑压过了其他一切情绪。她对萨尔说："布布在哪儿？"一边努力保持冷静。

"布啥？"萨尔甚至没有转身。

"布傻……"一个手下嘀咕着，恶意地笑起来。

"它在哪儿？你把它弄走了吗？"

"是不是哪儿卡住了只猫？我听见噪音了，"萨尔把手卷在耳边，"像是喵喵叫。"

她绕过他的手下，让他不得不面对她。她呼吸急促，恐慌像浑身冒出的冷汗迅速扩散。"它在哪儿？你把它弄哪儿去了？萨尔，这不好笑。"

"你看见我笑了？"

她攥住他的衣袖。他挣脱了。

"我的马呢？"她咄咄相逼。

"你的马？"

"是，我的马。"

"我卖了一匹我的马，不知道你说的是不是它。"

她轻轻摇头，皱眉。

"我卖的是我的马。你没有马。"

"你在说什么？"

他把手伸进口袋，拿出一个皮面小本，翻开其中几页给她看。"八个星期的租金，你欠我的。八个星期。还有干草和马粮钱。你合同上写了，要是你八个星期没付钱，你的马就是我的了。我把它卖了，抵你的债。"

耳朵里的嗡鸣盖住了外面街道的声音。面前的大地在摇晃，像惊涛骇浪中危险航行的一艘小船。她等着最后的话，等着他否认。可他的表情告诉她，他不会。

"我把你的马卖了，莎拉，如果你还没明白。"

"你——你不能卖掉它！你没有权利！什么合同？你在说什么？！"

他把头歪到一边。"每个人都有合同。你的在你的储藏间，你也许没注意到。作为农场所有者，我是在行使自己的权利。"他的眼神像两潭冰冷恶臭的黑水，穿透了她，仿佛她不存在。她看了一眼拉夫，他正踢着松动的鹅卵石。是真的。她从他脸上的不安看得出来。

她又朝萨尔转回身，思绪失控。"听我说，"她说，"钱的事我很抱歉，所有事我都很抱歉。我会凑到钱的，我明天就能凑到钱，所以你把它还给我吧。我愿意——我什么都愿意。"她不再介意旁人会听到，萨尔想让她干什么她都干。她会从麦考利夫妇那儿偷钱。什么都行。

"还不明白？"萨尔的语气变得强硬粗暴，"我把它卖了，莎拉。就算我想把它弄回来，也不可能。"

"谁？你把它卖给谁了？它现在在哪儿？"她的两手牢牢抓住他。

他用力挣脱。"不关我事。我建议你下次记得履行承诺。"他把手伸进外套，"哦，对了，也没卖上什么钱。脾气太差了，跟它主人一个样。"他朝手下转过身，等着他们必然的哈哈大笑。"欠债还清后，这是剩下的。"她难以置信地站在那里，看他抽出五张二十镑的钞票递给她，"好了，现在我们两清了，马戏团女孩，另找匹会杂耍的小马去吧。"

她从众人似笑非笑的脸上看明白了，他们跟她一样清楚：他永远不会告诉她布布卖给谁了。她惹恼了他，这是他的报复。

她双腿发软，跌跌撞撞走回储藏间，跌坐在一捆干草上。她盯着自己颤抖的双手，发出低沉的哀叹。储藏间的角落，门背后，有一张打了字的白纸，应该就是合同吧，昏暗的光线照射出预示不祥的白光，说不定是他昨天才放进来的。

她把头埋在膝盖上，双手抱膝，想象着她的马在惊慌中被装上卡车，开进地下通道，它瞪着眼睛，害怕地抬起头。走了一百万英里了。她牙齿打战。她抬起头，透过门缝看到外面的人一边聊天，一边爆发出哄笑。"布傻！"一个人哀号着嘲笑道。有人扔掉烟头，用鞋跟将它踩熄。拉夫朝储藏间的方向扫了一眼，也许看到了她在黑暗中蜷缩成一团。接着，他也转过身，离开了。

"干得不错。"他们离开四号庭时，哈灵顿说，"你对那个证人的询问很不错。举重若轻。我们这个头开得好。"

娜塔莎将文件交给本，取下假发。她因为激动而全身燥热，头皮开始发痒了。她将两束假发扯下来，塞进口袋。"明天就没这么简单了。"她说。

本手忙脚乱地从文件中找出一份，递给她："这些是我们一直在等的其他会计师的报告，我觉得可能没什么新东西了，不过这也说不准。"

"今天晚上我会看一遍的。"

康纳出现在走廊。他朝她眨眨眼，她等到本和哈灵顿聊得起劲后，才朝他走去。"怎么样？"他吻了吻她的脸。

"哦，还不错，哈灵顿差不多驳回了他们在经济上的诉求。"

"那是他收了钱该做的。你想先回办公室吗？"

她看着本。"不用，我要的文件都在楼下。我们走吧。"

他挽起她的胳膊，这是罕见的表示占有的动作。"今天晚上你没问题吧？"

她突然看到了站在楼梯上的麦克。你不是找了个男朋友吗？他说。为什么还要生玛莉亚的气？"我不能久留。"她说。她套上外套。"我跟莎拉说了，我们要谈谈她的未来。不过，先在你的浴缸里好好泡个澡，喝杯红酒以后，再去办我的事也挺好。"

他停住脚。"哦，红酒是可以喝，不过泡澡可能要下次了。"

她疑惑了。

"我叫了儿子们到家里来，我觉得你该认识一下他们了。"

"今天晚上？"她无法掩饰自己的惊慌。

"我们已经等得够久了，我跟他们的妈妈也说了，我以为你会高兴呢。"

"可是……"她叹了口气，"我现在正忙这个大案子呢，康纳。我希望在不那么……那么忙的时候，再认识他们。"

他不以为然。"你什么都不用做，大律师，微笑就好，展现你平常可爱的一面。你只要能出现就够了。管他的，你就泡澡吧。我们在客厅里玩。我们就当你是个家具呗。"

她勉强笑了笑。

"我们会先给你点自由，然后再强迫你趴在地上玩骑马游戏。"这句话吓到了她，可他只是偷笑，显然陷入了四人在客厅和谐共处的想象。她想起莎拉，想起了她必须跟她完成的谈话，以及那对她来说意味着什么。康纳带着她朝门口走。"我做饭，你很走运，走大运了。你喜欢吃白面包夹炸鱼条配番茄酱不？"

她看不清公交车前面的字。她在车站坐了将近一个钟头，盯着红色的公交车笨重地开来，发出嘶嘶的刹车声，将大拨乘客吐到人行道上，再吞进另一拨，刹车灯在昏暗的城市夜色中格外明亮。她什么都看不见。她的视线被泪水模糊，手指和脚趾已冻到麻木。她感觉自己瘫痪了。即便她知道公交车要开往哪个方向，她也无法决定坐哪一趟。

什么都没了。外公不会回来了。布布也没了。她没有家，没有家人。她坐在冰冷的塑料椅子上，紧紧裹着外套，无视旁人漠然的目光。他们来了，等到了车，然后继续各自的生活。

他喊了她两次，她才听见。她沉溺在悲伤中，麻木了。

"莎拉？"

拉夫站在她面前，嘴角叼着一支烟。

"你还好吧？"

她说不出话。她不知道他为什么要问。

他挤进角落，这样一来，他就被遮雨棚和等车的人挡住了。

"对不起，好吧？这事跟我有点关系。"

她还是说不出话。她不知道自己还能不能说话。

"他是昨天卖的。他说你欠了他很多钱，莎拉。我想劝他，可你也知道他是什么人……你做了什么？你真把他给惹毛了。"

她听人说过，他们把马运到国外的时候，会让它们挤进卡车车厢，不给吃的，也不给水喝。有些马虚弱得不行，只是因为周围挤满了马才不至于倒下。一滴孤独的泪从脸颊滑落。

"反正，"他大声朝人行道吐了口唾沫，引得一位非洲女士对他怒目而视，"我跟你说了什么，你千万别告诉他是我说的，行吗？"

她慢慢抬起头。

"你要是知道了什么，他就会知道是我告诉你的，好吧？所以，在农场或在马路上，我不会跟你说话，我会装作不认识你，好吧？"

她点点头，心里有什么东西被点亮了。

他朝她望了一眼，又望了望身后，长长吸了口烟，又把它喷出来，很难分辨那到底是烟还是他呼出的热气。"它在斯德普尼。停车场后面。吉卜赛人买的。后天，萨尔要带灰色母马跟它比赛，布布还有那匹海湾赛马。"

"可是布布不会拉车啊，它这辈子从来没拉过车。"

拉夫有些尴尬。"它现在会拉了。萨尔给它套上了双轮马车，早饭前就把它赶到那里去了。"他耸耸肩，"它挺乖的，没有灰色母马跑得快，但从来不乱踢什么的。"

那还不是长缰绳训练的结果？莎拉出神地想。萨尔的任何命令它都会服从的。"他们在哪儿比赛？"

"老地方。高架桥，六点半左右。"

"我该怎么办？"她问，"我该怎么把它要回来？"

"这我可管不着，莎拉。我已经说得够多了。"

他准备离开，可她抓住了他的手腕。"拉夫，求你了，帮帮我。"她脑子转得飞快，"求你了。"

他摇摇头。

"我一个人办不到。"她说。可她还在思考。她坐下来，另一只手紧紧握拳插在口袋里。拉夫抽着烟，假装她并没有挨到他。

"我得走了，"他终于开口，"我还要去别的地方。"

"听我说，"她说，"我们另找个地方碰头，不要在比赛的地方附近——找个萨尔看不到你的地方。就在家具厂后面跟我见面吧，带上布布的马鞍和笼头。"她把手伸进口袋，掏出农场钥匙，塞进他手心。"给你，不用等萨尔去，你早点拿出来。"

"拿它们有什么用？"

"用来骑马啊。"

"什么？你准备就这样走过去，给它装上马具，再骑着它跑掉？拜托了，先生，能把我的马还给我吗？"

"你去找我就行，拉夫。"

"我不。这对我有什么好处？要是萨尔发现我跟你有关系，他会打死我的。"

她没有松开他的手腕，但压低了声音，免得旁人听见。"我给你一张信用金卡。"

他笑了。"说得跟真的似的。"

"还有密码。我保证，拉夫，我一定帮你搞到。卡主人有的是钱。停卡之前，你可以取一大笔钱出来，说不定能取几千块。"

他扫视她的脸，又挣脱了被她抓住的手腕。"你最好别骗我。"

"你得保证会去那儿，"她说，"没有马具，就没有金卡。"

他又朝背后看了一眼，接着，往手心吐了口唾沫，朝她伸来。"周五早上，家具厂见。你要是七点还没到，我就走。"

莱姆用叉子戳着意大利面，皱起鼻子。"看起来像鼻屎。"他说。

"才不像鼻屎呢。"康纳平静地说，"还有，约瑟夫，不要那样踢桌子腿，亲爱的，你会把大家的饮料都弄翻的。"

"吃起来也像鼻屎。"莱姆很坚持。他朝娜塔莎扫了一眼。

"就是意大利青蒜酱啊，你妈妈说你们总吃这个。"

"我不喜欢这种青蒜酱。"约瑟夫用力把盘子推开。幸亏娜塔莎反应快，才没有让他那杯果汁洒进自己的意大利面。

两个男孩子并不想吃爸爸做的炸鱼条，他们想去比萨店。他们坐了将近四十五分钟，娜塔莎和康纳除了点饮料的时候，几乎没说话。

"约瑟夫，能坐好吗，拜托？我知道你在家不是这么坐的。"

"可这不是家里呀。"

"这是餐厅，"康纳说，"所以你就更要坐好。"

"可我不喜欢这些椅子，坐着屁股滑。"

娜塔莎看着康纳第十四次把坐在旁边椅子上的小儿子拉直，那无可奈何又耐心的表情让她觉得不可思议。和他的两个儿子共进晚餐像是一边在放牧鱼群，一边与巴尔干半岛对立派大佬谈判。每次一件事才解决，另一场战争又开始了，不是大蒜面包，就是餐巾纸，要不就是会让小朋友屁股打滑的椅子。所有这些都是冲着他们的爸爸。他们既不承认她，也无意让她参与谈话。

是妈妈的指示吗？她有没有让他们收集爸爸女友的信息？在见面之前，娜塔莎是不是早就成了他们的众矢之的？

她感觉莱姆盯着自己。她努力挤出笑容，尽量不去想这些浪费的时间她本可以用来准备明天的文件。"那么，"她边说边用纸巾擦着嘴巴，"你们喜欢托马斯小火车吗？我外甥可喜欢了。"

"不喜欢，"莱姆轻蔑地说，"那是给婴儿看的。"

"但你们可以买超级厉害的火车套装啊，大人都可以玩，有托马斯里面的角色，我见过。"

他们木然地看着她。

"那你们喜欢什么呢？"她不屈不挠地问，"你们有什么爱好？"

"你们不是喜欢骑自行车吗，孩子们？"康纳插话了，"还喜欢玩电脑游戏。"

"约瑟夫把我的游戏机搞坏了，"莱姆说，"妈妈说我们没钱修。"

"我才没搞坏呢，"约瑟夫抗议，他黑着脸，悄声补充了一句，"蠢猪。"

"妈妈说我们没钱了，没钱买好玩的东西了。"

"哦，不可能，"康纳说，"我给了妈妈好多钱呢。你们要是缺什么东西，就告诉我。你们知道，我一定会想办法的。"

"妈妈说，你只给了我们最低生活费。"

"我想要任天堂的游戏机，"莱姆说，"学校里每个人都有。"

"不可能吧？"康纳的语气变得紧张。

"真的。"

"我外甥和外甥女都不允许玩电脑游戏，"娜塔莎大胆地说，"可他们还是玩得很开心。"

"哦，他们是笨蛋。"

娜塔莎深吸一口气，用叉子挑起意大利面。

"拜托，孩子们。我们跟娜塔莎说说，我们做过哪些好玩的事吧。有时候，我们把自行车带到里士满公园去，是不是？我们喜欢骑车。"

"我不喜欢，"约瑟夫说，"我骑得不够快，你还要吼我。"

"我没有吼你啊，约瑟夫。我只是怕你跑不见。"

"可你的车轮那么大，我的车轮那么小。"

"我们还喜欢滑冰。"康纳继续说。

"你说那些人是在抢钱。"莱姆说。

"我确实觉得价格贵了点，是的。"康纳朝娜塔莎的方向望了一眼，"可我们还是玩得很开心，是不是？"

"你和妈老是说钱的事。"约瑟夫哀怨地说。

娜塔莎失去了仅存的胃口。她叠好餐巾纸，放到盘子旁边。"孩子们，"她伸手去拿外套，"见到你们非常高兴，可是我现在恐怕要走了。"

"这就走吗？"康纳一手拉住了她的胳膊。

"快八点了，你知道我明天有大案子。"

"我还以为你今天晚上会优先陪我们呢，"他说，"考虑到目前的状况什么的。"

"康纳……"

"再过半小时我就要送他们回去了。天哪，这没多久了呀。"

"你听我说，"她压低声音，"你替莎拉想想。她也是个孩子，她马上就要搬去这几个月来的第四个家了。以后我多的是时间和你一起陪儿子。"她偷偷伸出手，碰了碰他的手，她感到两个孩子都在盯着自己。"第一次见面短点也好。我认识了你的两个孩子，康纳，可我得先去收拾我的烂摊子。是我接受了她，我不能一走了之。"

"当然。"他的语气并不好。他继续吃东西，她把包从椅背上取下来时，他突然漫不经心地加了一句："麦克也在吗？"

"我不知道。"她说。

"是，"他说，"你当然不知道。"

麦克在成为摄影师之前的很长一段时间里，都在生活中运用着一种策略，这种策略就算没有预示他后来的职业，也至少展示了他的某些天赋。这个策略就是：当局面变得尴尬或过于情绪化时，当他不想处理眼前正在发生的事时，他就会调低脑海中的音量，从远处观察一切，就像给照片构图。纯粹的情绪通过这个镜头的过滤，变成了美丽的画面，光影与线条的非凡组合。二十三岁时，他就是这样看着躺在棺材里的父亲的：熟悉的脸庞变得那么安静，那么冰冷，像是早已被遗忘。他把那张脸放在相框里，以远处的视角观察它，死亡让肌肉得以放松，也抹去了脸上长期以来的紧张和一生惯有的表情。他记得，娜塔莎第二次流产后躺在床上，他看着她蜷缩在羽绒被里，无意识摆出的胎儿姿势提醒着她失去了什么。她翻身背对着他，将自己封闭起来。他感觉到她的空虚在自己心里的回响，最后他无法忍受，将注意力转向了照在被子上的光线、她精致纤细的散发和朦胧的清晨。

现在，他又是这么做的。他看着坐在面前的两个女人，年纪大的穿着套装，端正地坐在沙发上，正向年纪小的那位解释她为什么明天一早就要离开这个家，不会再回来，以及女孩为什么要搬到另一个更适合她的家里去。

莎拉没有像他害怕的那样大吼大叫，或是哀怨恳求。她只是一边看着娜塔莎说话，一边点着头，没有问任何问题。也许从她来的那一刻起，她就料到了。也许，他所抱的希望只是自欺欺人。

可娜塔莎吸引了他的目光。她此时靠着浅色的沙发垫，背挺得笔直，像是经历了一场风暴，风暴过后留下的天空就算不是湛蓝的，也是宁静的；在这样的天空下，你可以看得很远很远。她已经放手了，他发现。我那天晚上做的事让她自由了——这个想法让他意外地痛心。退一步看，他意识到他才是三人中最激动的：只有他在拼命眨眼忍着眼泪。"我们会想办法的，莎拉。"房间里安静下来时，他说，"如果有需要，我来付马的租金。我们不会让你走投无路的。"

最后，娜塔莎站起身。"好了，我们说清楚了。"她第一次正眼看着他，"大家都知道是怎么回事了。我现在去收拾东西，你们俩没意见吧？"这个三十五岁的女人个头低于平均水平，几乎不施粉黛，头发从早上开始应该就没梳过。她不是模特，也不是造型师，算不上典型的美女。麦克看着她离开，莎拉的目光则委婉地盯着娜塔莎的手提包。

"你还好吧？"他对她说，他们听到娜塔莎在楼上往返于烘衣机和房间的脚步声。

"还好，"莎拉冷静地说，"说真的，我有点饿了。"

他一拍脑袋，勉强露出笑容。"晚餐！我就知道我忘了什么。我去做。你要一起来吗？"

"我马上就去。"她说。

她好像猜到了他需要一点独处的时间。又或者，至少他当时是这样以为的。后来，他才发现完全不是这么回事。

十七

> "在危难时刻，主人即使牺牲生命也
> 要保住自己的马。"
>
> ——色诺芬《论马术》

　　莎拉站在一辆停着的小货车后面，离两座高架桥的交会处大约一百码，完全没注意到自己呼出的一团团白气消失在面前潮湿的空气中。她来了半个钟头了，脚趾头在寒冷的清晨被冻得失去知觉，外套也被绵延的毛毛雨打湿。她站在路灯下，站在这荒凉的马路上，沼泽往前延伸就到了市区，蛛网般的电缆下，是通向城市化的必由之路。

　　就在她快要失去希望时，第一拨卡车开来了。她换了个姿势，想减轻肩上背包的重量，目光却没从车上挪开。车里的乘客纷纷下车，站在岔道。从她站的地方，她看到马耳他人萨尔的手下在寒风中拍着手，大笑着互递香烟，看热闹的人也跟在后面下了车。这是一场大比赛，她见过的最大的。高架桥下的岔路很快便停满了一排汽车，车上下来一大群人，尽管还是清晨，光线暗淡，但气氛变得热烈而充满期待。赛道的尽头在这里，在她这条路的开端。看着这些人，这些车，她发现自己在颤抖。她伸出手，用手指握住口袋里那张塑料卡片的边缘，觉得安心了。

　　差二十五分七点。

　　她试着蜷起靴子里的脚趾头，不知道脚没有了知觉还能不能跑。男人们站成一小堆一小堆，有人举着色彩鲜艳的雨伞，有人闲聊着，

278

如同清晨的闲话家常。她曾经三次问拉夫，他是否确定，每一次他都发誓说确定。她能相信他吗？他与她的友谊真能超越他对马耳他人萨尔的崇拜吗？这是个陷阱吗？她不断回想起他在农场转身离开她时的模样。拉夫有自己的生存法则：独来独往，自给自足——但并不可靠。可她只能信他：她没有别的选择。

她的肚子咕咕作响。快到六点四十了。他们早该到了。一定是计划有变。赛事有变。布布不会来了，想到这里，她的心一沉。她不敢想，它要是不来了，她该怎么办。她没有后备方案。从离开麦考利家的那一刻开始，一切就已经毁了。她想了一下麦克和娜塔莎，他们大概起床了。要多久他们才会发现她的所作所为呢？

一辆小车缓缓开过，前挡风玻璃的雨刮器慢慢摆动，司机用好奇的眼神打量莎拉。她赶紧装作在口袋里找东西的样子，就像一个即将开始普通一天的普通人。

差十九分七点。

她听到一个熟悉的声音随风飘来。"那边沼泽地里的钱都比你们的钱多。说了谁赢就赌谁呗。"牛仔约翰从一排货车中间悠闲走来，破旧的帽子被雨水淋得发亮，他伸出手跟别人打着招呼。莎拉从这里也能看见他点燃的烟头。

"你从机场直接来的吗？时差会影响你的判断力，牛仔。"

"你就别担心我的判断力了，担心那马的四条腿吧，我见过三条腿的狗都比你的马跑得快。"大家纷纷笑了，"他们开始了吗？萨尔给我发了短信，跟我说你们六点半开始。我是应该去睡觉的，不过我的生物钟全乱了。"

"从旧斧路那边开始，随时可能会到。"

突然一声汽车喇叭和一阵欢呼声，她猛地抬起头。

瞬间，一切都安静了。没有汽车的噪声，也没有头顶车流的低沉轰响。周围仿佛真空，所有人一动不动，等着确认看到的一切。接着，大家都沿着潮湿的侧路往前跑，想看得更清楚。一开始，远处只有一个小点，接着有了清晰的轮廓——布布来了。它在头顶的高架桥上奋力奔跑，被套上了浅蓝色的双轮马车，紧张地昂着头，马车座位上灰白头发、脖子粗大的男人紧紧拉着缰绳。马耳他人萨尔的灰色母马近在咫尺，超过布布时，它聪明地跑到旁边，萨尔俯过身大声叫骂。

莎拉死死盯着她的马，它肌肉结实的庞大身躯被套在两根杆子间，马蹄踏在坚硬的地面上，一闪而过。它戴着眼罩，应该什么都看不见，显得格外无助，像个人质。他们从出口离开双车道，在路口被暂时挡住，接着又一步不停地绕了个圈，朝着人群跑了回来，头顶的高架桥恢复了交通。桥下的人朝侧路走去，迎接他们，莎拉在白色小货车后面退了一步，屏住呼吸。她看着两匹马沿侧路跑回来，在巨大的水泥柱下停住，周围响起欢呼声、赞叹声、关车门声，以及某人大声的抗议声。布布转着圈子，不知道该停在哪儿，它的头往后仰着，差点倒下去。

莎拉听到牛仔约翰的声音："它怎么会在这儿？"

要是她失败了怎么办？要是出了岔子怎么办？她感觉呼吸被堵在喉咙里，又通过紧缩的肺战栗着呼了出去。思考。判断。睡不着的时候，她总会看色诺芬写给骑士的建议，此时，一句话浮现出来："提前估计敌人的位置，并尽量保持最远的距离，总会有用的。"

她在白色货车后面挪了挪位置，牢牢盯着自己的马。我来了，布布，她告诉它，并做好了行动的准备。

麦克听到娜塔莎打开淋浴器的声音。他看了一眼钟，这个时间很不正常。他皱起眉头，又躺了一会儿，隐隐觉得自己还有事要做。这时，他突然反应过来这个清晨的重要意义。她要走了。就是这样了。一切都要结束了。

他坐起来。走廊对面，淋浴还在继续，排气扇的嗡鸣像一首遥远而忧郁的曲调。她应该是打算尽量低调地离开。

"搬家前我还会来收拾的。"昨天晚上莎拉去睡觉以后，她这么跟他说道，"该扔的扔，该估价的估价，什么都行。还有，你要是不想跟社工谈，就我去跟她谈。但从现在开始，我不会住在这里了。"她说话时几乎没看他，只忙着从书架上随意地取下书来。

"你不用这样，塔莎。"他悄声说。

可她置之不理。"我有个大案子，麦克。工作以来最大的案子。我得集中精力。"没有怨恨，也没有愤怒。他最恨这样的娜塔莎：这个自我封闭、遥不可及的妻子。她假装客气的冰冷态度声讨着他在婚姻中的一切过错。

他听到门铃，刺耳，且气势汹汹。是邮差吗？这个时间？娜塔莎在洗澡，应该听不见。他叹了口气，套上 T 恤衫，走下楼去。

门前台阶上的是康纳。麦克看着他时髦的套装和刮得干干净净的下巴，再一次意识到自己有多讨厌这个人。

"麦克。"康纳平静地说。

"康纳。"他不打算让他自在。他站着不动，等着。

"我是来接娜塔莎的。"

来接她。说得好像她是他借出来的一样。麦克犹豫着，往后退了一步，让他进了客厅。他跨过门槛的每一步，都让麦克感到苦涩的恨意。康纳走进屋，仿佛在对这房子宣示主权。他左转进入客厅，带着熟悉又放松的自信，坐在沙发上，翻开报纸。

麦克咬住嘴唇。"不好意思，我不能留在这儿陪你聊天了，"他说，"我去跟我太太说你来了。"

他走上楼梯，燃起熊熊怒火。那个男人坐的沙发是麦克挑选并付钱买下的，他还等着将他的妻子带走。他知道这愤怒和抵抗很幼稚，可他心里的另一个部分仿佛看到了衣不蔽体的玛莉亚端着两杯红酒的样子，她为娜塔莎的痛苦暗自得意。

淋浴停了。他敲了敲卧室门，等着，没有回应。他又敲了门，试探着将门推开。"塔莎？"

看到她之前，他先看到了她在镜中的影子。她站在镜子前面，腰上裹着浴巾，水不断从湿漉漉的头发滴到赤裸的肩膀上。他进来时，她吓了一跳，手不自觉地伸向喉咙。这个充满戒备的动作也是一种指责。

"我敲过门了。"

房间里到处是没收拾完的行李。真是走得干净利落啊，他想。

"对不起，我在想事，那个案子……"

"康纳来了。"

她瞪大眼睛："我不知道他要来。"

"呃，他在楼下，等着接你。"语气有点讽刺。

"哦。"她说。她从床上拿起睡袍，裹在身上。她弯下腰，开始用毛巾擦头发。"跟他说……"她开口道，"算了，你别管了。"

他摸着一只打开的行李箱边缘，里面叠着的很多衣服是他没见过的。"那么，就这样了？"他说，"你就这么走了？"

"是的，跟你上次一样。"她精神抖擞地说，直起腰梳起头发，"莎拉起床了吗？"

"我还没去看。"

"昨天晚上事太多了，我忘了告诉你，她还有一张表需要家长签字的，好像是学校出游吧。"

"我会签的。"

她把深蓝色外套放在床上，拿出一件衬衣比画，然后又换了一件。刚结婚时，她经常问他对衣服搭配的意见，但又总是和他的意见背道而驰。头几年，这是他们之间开玩笑的方式。

他环抱双臂。"那么……你的信件我要转寄到哪儿去？"

"不用转寄，我隔几天会回来一趟。有什么事需要商量，就给我打电话。社工那边你准备怎么办？今天下午我下庭以后，你想让我给他们打电话吗？"

"不用了，"他说，"我先跟莎拉谈谈，找个……"他说不出"最合适"这几个字。对她而言，没有什么是最合适的。"塔莎……"

她背对着他："什么事？"

"我讨厌这样。"他说，"我知道情况变得有点复杂，但我不明白为什么要这样结束。"

"我们已经讨论过这个了，麦克。"

"没有，我们没有。我们一起住了差不多两个月，可从来没有真正好好谈谈。我们没有谈过我们之间发生的事，也没有谈过——"

他突然转过身，康纳正在门口。"我想你可能要人帮忙提包。"

麦克注意到，他抹了须后润肤露。一大清早的谁会抹润肤露啊？

"是床上这一堆吗，娜塔莎？"

她正要回答，却被麦克打断了："要是你不介意的话，"他走到康纳面前，"我希望你最好在楼下等着。"

短暂而紧张的沉默。

“我来帮娜塔莎提包。”

“你进的是我的卧室，”麦克慢慢地说，“我让你不要进来。”

“严格说来，我觉得这不是——”

麦克朝他转过身。“听着，哥们儿。”他听到自己的语气中无法控制的敌意，“这房子的一半是我的，我现在很客气地要求你离开我的卧室——我们的卧室，在楼下等着。我要跟这个女人，这个至少在理论上仍然是我妻子的女人，私下说几句话。如果你不反对的话。”

娜塔莎停止梳头，目光在两个男人间扫来扫去，接着，她偷偷朝康纳点了一下头。

“我去把车上的座位放倒。”康纳边说边走了出去，夸张地摇着手里的车钥匙。

房间变得异常安静。浴室里的排气扇也停了。

麦克感到猛烈的心跳逐渐平息。“唉，那么，就这样吧。”他努力想要微笑，可笑容却很扭曲。他觉得自己是个傻瓜。

她的表情让人费解。“是的。”她咬紧牙关。她又开始忙碌了，“如果你不介意的话，麦克，我还有事。今天晚上，等你和莎拉商量好时间安排后，再打电话给我。”她拿起外套，消失在了浴室里。

这场比赛中有两匹马，萨尔的母马和布布。拉夫跟她说，没人觉得布布能赢，尽管它外表养眼，但赔率很高，当然它也没有赢。

从小货车后的有利位置，莎拉看到骑手从马车上跳下来，抓着缰绳，狠狠踢着布布的屁股。布布飞快地躲到旁边，痛得头往后仰。她发出抗议的低吼，还没反应过来人已不自觉地朝布布跑去。可她还是控制住了自己，弯下腰，紧紧闭上眼睛，强迫自己集中注意力，千万不能莽撞行事。一百码开外，萨尔的一个手下用缰绳牵着大汗淋漓的母马，双手捂着打火机的火苗，准备点烟。

"我敢说，萨尔，你一定给那马喂了什么奇怪的维生素吧？"他边说边把打火机放回口袋。

"在那儿发疯的又不是我的马。"

"风吹来都能把它吓死。就是从那儿开始，我们才全力追上的。"

"我早就跟你说了，泰瑞，这比赛结束了。"

布布跳着，它不喜欢马车的束缚，又害怕被踢。骑手粗暴地将它拴在卡车的后视镜上，冲它大吼，走时还举起手像在威胁它。莎拉朝那个肥硕的后脑勺发射着看不见的子弹，想象着像他踢布布一样狠狠踢他。她这辈子从没有如此气愤。她强迫自己保持呼吸。这时，她看到了牛仔约翰，他在不远的地方同萨尔激动地说着什么。他看着布布，帽檐滴着雨水，摇着头。萨尔耸耸肩，又点了一支烟。约翰一手搭在他肩头，想要带他去个远离人群的地方，可刚一转身，就有人把萨尔叫回到了数钱的人群中。

此时的莎拉冷静下来。她像个猎人，专注地观察着，以色诺芬的战略思维盘算着，并借助停着的汽车和高架桥巨大桥墩的掩护，不断地悄悄前进。她离布布只有几步之遥，她看得清它脖子上的汗水和被雨水打湿的皮毛，看得清有多少条带子将它绑在小小的双轮马车上。千万别喊我，她警告它。其他人在灰色母马旁争论，萨尔大声宣布他赢了比赛，所以布布归他了，但有个人表示反对。他说萨尔的马有两三次犯了规，他抗议道，所以应该取消资格。有人低声表示异议，也同样有人赞同。

"我们得走了。"有人用浓浓的爱尔兰口音大喊，"回家吧，警察就要来了。"

她溜到布布后面，看见布布伸长脖子在猜来人是谁，只是它被套着缰绳又戴着眼罩，什么也看不到。"嘘。"她跟它说，并伸出一只手，摸着它剧烈起伏的侧腹，看着它前后扇动着耳朵。它认出自己了。她朝人群望了一眼，悄悄把缰绳从栏杆上取下，用冻僵的手解开搭扣。

人群安静了片刻，她赶紧退后，躲到水泥柱后面，心怦怦狂跳。接着，说话的声音又响了起来，这一次绝对是在争吵。她偷偷张望，看见钱被瓜分后甩到了不同人手中，她知道这是她最好的时机：数钱的时候，他们不会到处张望。

她只有几秒钟。她的手指颤抖着，笨手笨脚地解开带子，血流轰轰撞击耳膜，盖过了头顶车流的噪声。我要带你离开这儿，布布。三根带子。两根。只有一根了。她屏住呼吸喃喃自语。快点啊。

就在她拉最后一根带子时，手指在潮湿的皮革上滑了一下，她听到一声令她害怕的惊呼："喂！你！"

一个脖子比头还粗的高大男人朝她走来。他大步流星，充满了威慑力。"喂！你这是在干吗呢？"

布布被她的焦虑影响，跳到旁边，她嘘声让它站好。"快点啊。"她对着搭扣嘀咕，其他人也都回头张望，发现这里好像出了岔子，这个女孩不是他们的人。这时她看到了约翰的困惑和萨尔突如其来的震惊。快点啊。

高个男人跑起来。最后一个搭扣怎么都解不开。她拼命扯着，粗气直喘。就在这时，就在男人只有几步之遥时，马车的栏杆哐当一声掉在了地上。布布自由了。她一把抓住它的鬃毛，松开它嚼子上的缰绳，纵身跃上马背，恐惧从脚底升上来。"快跑！"她大叫着，双腿夹住马的两侧，高大的骏马沿侧路往前一跃，如同一直等着这个时刻，它绷紧肌肉，积攒强大的力量，她牢牢揪住它的鬃毛才没有被甩下来。

现场一片混乱。她听到尖叫声和引擎发动声，她趴在它脖子上，慌乱地大喊："快跑啊！"她笨拙地扯着右边已在它腿边晃荡的长长的缰绳，指挥它朝通往高架桥的小路跑去，不过三四步她就已经到了桥上。她冲过双车道，只听见轮胎磨地的刺耳声响和喇叭声。

她沿着高架桥飞驰，在城市上方奔跑，在滚滚车流中奔跑，几乎没注意到猛打方向盘以躲开她的司机们。她什么都没看见，只看见前方远处的沼泽。她什么都没听见，只听见血涌的轰响。她什么都不知道，只知道他们一定还在后面。她知道要去哪儿：昨天晚上，她已经演练过这一刻，一遍又一遍地想过了逃跑路线。前面就是了。她看到了。她看见左边的出口堵满了车，就在前面几百码，她知道。跑到那里再向左，就是工业区，他们就追不上了。

正在这时，一辆蓝色掀背式小车猛地停到了路肩上，司机显然是最后一刻才决定改车道，所以完全没察觉到车后奔驰的骏马。莎拉倒吸一口凉气，想控制布布的速度。她看见这车一停，双车道上的车排起长队。她被堵住了。她看向对面车道。如果跳过中间的隔离栏，就会直接冲向对面的来车。走投无路。她从胳膊下往后瞥了一眼，看见萨尔的红色四驱车就在后面，它鸣着喇叭在车流中挤着。如果继续留在高架桥上，一定会被他抓住。她咽了口口水，尝到了胆汁的苦涩味。

她看着小车，她还在向它飞奔，她祈祷它赶紧让开。别无选择了。原谅我，外公。她默默说完，一把抓住布布的鬃毛，朝着小车的引擎盖，让它快点再快点。

布布被她的指令弄糊涂了，犹豫着，可它感觉到了她的双腿夹紧，听到了她鼓励的话，突然，布布飞了起来，结实的巨大后背在她胯下舒展着，它跳过了小车。她仿佛化身色诺芬，听到了脚下战争的嘶吼，她的整个身体和全部自我都交给了这勇敢的坐骑。她力大无穷，神力护体，天赋异禀。她充满狂怒，又荣光四射，她什么都不要只要生存下去。世界安静了。她发出无声的呐喊。她闭上眼睛，又睁开，她什么都没有看到，只看到天空和路上纷纷躲闪的汽车，"嘭"的一声，他们落地了。布布在湿滑的路面上绊了一下，她差点掉下来，她挂在马背上，拼命去抓长缰绳和马鬃毛，什么都好，只要不掉下去。

布布沿路继续奔跑，四条腿只留下模糊的影子。她用力一吼，伸长左臂，抓住马具，重新回到马背上。他们跑了很远。最后，他们沿着通往运河的小路下了高架桥，被堵住的汽车和司机难以置信的鸣笛声在他们身后渐渐远去。

"你的第一证人是谁？"

娜塔莎又给本发了一条短信，让他再次确认上午的文件是否准备妥当，并务必于三十分钟后在法庭外等着。此时，她正和康纳坐在咖啡店里。

"小孩的心理医生，是我们的证人。我们准备吓唬吓唬丈夫，就说我们也许能拿出家暴的证据。同时，哈灵顿和事务律师会在背后做帕西太太的工作，让她同意调解，以争取更好的财产分配。"

我又不是笨猪，本回复。

这得由我说了算，她回答。

"妻子会得到她想要的。"康纳愤愤不平地说，"她以后再也不用动一根手指头，而一个好爸爸的名声却从此被毁。我没想到你会玩阴招。"

她用胳膊肘顶了他一下。"只有这样才能让孩子和妈妈在一起。拜托，康纳，这是离婚。你要是我，你也会这样的。"她眯起眼睛，看着房间对面墙上的镜子，"我的头发没乱吧？哈灵顿说这次外面一定会有媒体。"

"头发挺好的。"

她绝对不能出错。她不仅要打赢这场官司，还要用它来向迈克尔·哈灵顿证明自己。她一直没有忘记他的提议。每当她为生活中的其他琐事烦恼时，她就会把那当作对自己的小小激励。跨出那一步真有那么可怕吗？能够摆脱每天与客户接触的琐碎，当然更好。她想起阿里·艾哈迈迪。要是她去了哈灵顿·莱文森律师事务所，就不太可能再犯那样的错误了。

她没有跟康纳提过哈灵顿的建议，她不想对自己承认这是为什么。

他用脚轻轻碰了碰她的脚。"今天上午我没什么事，我送了你之后，可以帮你把东西拿回家。"

他这话让她备感意外。"你确定？"

"是的。不过我提醒你，我可没说要帮你收拾，可别指望我马上切换到居家男人的模式啊。"

"谢谢你，康纳。"

"不客气，大律师。我说了，这一两个小时我都没什么事做。"

"我是要谢谢你让我住在你家。"

他盯着自己的鞋，又抬起头，有点奇怪地看着她。"你为什么要这么说？你又不是我的客人。"他皱起眉头，"难道你想告诉我，这一切只是临时的？我只是个替身？"

"别傻了。说实话，我也不知道我会住多久。我一直没机会好好想清楚。我只是不知道我是不是应该才——"

"——才出虎口又入狼窝。"

"我可没这么说。不过你说我们俩都是一团糟确实有道理，你说得很开心嘛。"

"所以很配啊。律师，请完整陈述事实。"

娜塔莎发现，她已经排到了点咖啡队伍的最前面。"哎呀，不好意思。来杯拿铁，低咖啡因，脱脂奶，谢谢。"

"又叫'不如不喝的咖啡'。"康纳说。柜台后面的女孩冲着他有气无力地笑笑，好像这样的笑话她每天能听到几百遍。"我要双倍浓的玛奇朵。"

"等我把案子办完，康纳，我现在想不了别的。"

她等着他说几句话，可他什么也没说。她把手伸进自己包里，决定要心情愉快。"我请客。"她说，"看到你为了我早饭都没吃，至少得请你喝杯咖啡吧。你还想来个纸杯蛋糕吗？"接着她看向钱包。

她没看见他。她溜进家具厂的院子，绕过墙角，运货车挡住了停车场，从外面看不见。她的呼吸变得急促，雨水顺着脸往下淌，她只能不断擦眼睛才能看得清楚。她从马背上滑下来。布布浑身大汗，过去两天的经历让它恐惧，此时的倾盆大雨又冰冷刺骨，她必须拉着缰绳才能让它跟着往前走。

"拉夫？"她大喊。

没有回答。她的周围是办公楼空洞的窗户一闪一闪，冷漠地低头看着她，她的声音在潇潇雨声中变得含糊。家具厂的百叶窗都还关着，再过半个钟头才会有人上班。

她往前走，朝一辆停着的货车后面张望。"拉夫？"

什么也没有。

她擦去脸上的雨水，信心在不断衰退，这半小时来的激动心情也在渐渐平复。她只是一个站在停车场里的女孩，等着未知的麻烦。

他不会来了。他当然不会来了。她是有多幼稚才会相信他真的会来呀。搞不好他已经把会面的地点都告诉了萨尔。她站了一分钟，观察着身后有没有萨尔的人，自己是不是被逼到了绝路。

她强压心头的恐慌，尽量冷静思考。没有马具她能不能完成计划？她能不能就让布布戴着这个眼罩？答案很直接：她别无选择。她不能冒险在这里等，很快就会有人发现她。她左手挽起缰绳，准备翻身上马。

"你不用喊那么大声，马戏团女孩。"拉夫从一处门廊走出来，悠闲地朝她走去，将帽衫的帽子拉到头上。"天哪。"他看着马惊叹。

她朝他跑去，拉着身后不情愿的布布。"你带了吗？"她问。

他伸出手。"卡先给我。"

"我不会骗你的，拉夫。"她把手伸进自己的口袋，拿出一沓钞票。

"卡呢？"

"没拿到，但这里是二十镑。"

"滚蛋吧。你以为我是傻子吗？"

"五十。"

"我把马鞍卖了都不止这个数。一百五。"

"一百。我就这么多钱了。"

他摊开手掌。她把钱数清楚。萨尔的钱。她很高兴能把它处理掉。

"马具呢？"

他忙着数钱，用手指了指门廊。她让他牵着布布，自己好上马鞍，一边仍然喘着粗气。她把带眼罩的笼头取下来，扔到围墙外面的荒地上，再给布布套好它自己的行头。

"我跟你说，丫头，"拉夫把钱塞进牛仔裤的口袋里，"你还挺有种的。"

她把脚踩进马镫，跃上马背。布布往后退着，急切地想要离开。

"你准备带它上哪儿去？萨尔不会放过你的，知道吧？斯伯佩尼和白教堂场这一带想都别想了，我看你可以试试河南边。"

"我不会在这周围停留的。听我说，拉夫，你再帮我做件事。"

"哎呀，那可不行。"他摇着头，"你让我做的事已经够多了，马戏团女孩。"

"你去圣塔莉莎医院，跟我外公说……就跟他说，布布和我度假去了。他知道我说的是哪里，跟他说我会给他打电话的。"

"我为什么还要帮你做事啊？哼，你害我今天早上六点一刻就起床了，这可算是违法的。"

"求你了，拉夫，这很重要。"

他拍拍口袋，悠闲地沿着小路走了。"我也许会去，"他说，这个十二岁孩子的脚上松松垮垮地穿着过大的运动鞋，"但我可是很忙的……"

"我现在没空聊天，娜塔莎，我要出门了。"麦克把摄影包放在客厅地板上。

"我的信用卡，麦克，有没有在咖啡桌上？我昨天晚上把包放在那里的。"

麦克忍住反驳的冲动：她都已经离开了，竟然还指望他到处给她找手提包里的零碎东西。他朝门口望了一眼。"没有，"他说，"桌子上什么都没有。"

短暂的沉默。他听到那头叽叽喳喳的说话声和杯碟碰撞的叮当声。"混账！"她说。

他挑起眉，毕竟娜塔莎很少说脏话的。"怎么了？"

"她在家吗？"

"不在，我看过了，她应该比我们先出门的。"

"她拿了我的信用卡。"

"什么？"

"你听到了。"

他把眼睛翻向天花板。"你又在找她的碴儿。是你自己放哪儿去了吧？"

"不是，麦克，我刚刚打开钱包，才发现少了一张信用卡。"

"你怎么确定是她拿的呢？"

"呃，总不可能是你吧？我跟你说，麦克，就是她拿了我的卡。"

"可她不知道密码呀。"

他听到模糊的说话声，接着，娜塔莎又回到听筒边。"天杀的，我要上庭了，不能迟到。麦克，你能不能——"

"我晚点去学校接她，我会跟她谈的。"

"我要不要把卡停掉？"

"现在先别停，她在学校餐厅又不能用，让我先跟她谈谈。我相信一定会有个合理的解释。"

"合理的解释？偷信用卡还有合理的解释？"

"听我说，我们不确定就是她拿的。我们先跟她谈谈，好不好？你不是说她想给外公买点东西吗？"

娜塔莎沉默良久。

"是，她是说过，但也不能偷信用卡呀。"

他张嘴又想反驳，可她打断了他的话："你知道吗，麦克？这些孩子虽然生活艰难，但并不总是受害者。"

他挂断电话，站在走廊里。娜塔莎开始的那番话让他气愤难平，他努力才强忍住反驳的冲动。他记得她从没对客户如此怀疑过。他不喜欢她这样。

他正准备拿起摄影包时，想起了前一天晚上莎拉奇怪的举动——他去做晚餐时，她说要留在客厅。当时他以为她是出于礼貌，现在也这样认为。

他又站了一会儿，然后，慢慢走回楼上，打开了莎拉的房门。

走进十来岁女孩的房间，总让人感觉像个下流的入侵者。麦克不自然地把双手插进口袋，生怕碰到任何东西。他不确定自己在找什么，只是想寻求一点安慰吧。也许是想确认，自己还是了解这个女孩的。他打开衣柜，如释重负地叹了口气。她的衣服、牛仔裤和鞋子都还在。她的床铺得很整齐。他转过身，打算离开房间。

放她外公照片的相框不见了。还有那本她一直在看的关于马术的希腊古书。他盯着床头柜上原本放着这两样东西的地方，然后，进了浴室。牙刷没有了。梳子没有了。肥皂没有了。她的校服挂在暖气片后面，她唯一的一套校服。

麦克跑下楼，抓起电话。"塔莎？"说完他暗暗骂了一句，"是，我知道她在上庭。能不能帮我找她？有急事。跟她说……我们有麻烦了。"

十八

"我想，如果我成为骑士，我将生出双翼。"

——色诺芬《论马术》

雨停了。莎拉沿着无边无际的草地向皇家码头和城市机场轻快地跑去，布布身上的皮毛渐渐干了，颜色明亮起来。她在背上的熟悉感觉和她的声音，让它冷静下来，让它安心，可她的心还在不安地怦怦直跳，又因为不停地回头张望而脖子酸痛。

这边的空地更宽广，头顶一望无际的灰色天空显得很扁平，隐约出现的高楼都没有打断连贯的天际线。她和布布本可以再跑快一点，可他们已经暴露了，所以她只能沿着草地边缘走，这样在必要的时候她才可以随时改变路线。她查看了过往的车辆，穿过一条柏油马路，布布的马蹄声在空旷的路面噔噔回响。一到草地，她就跃过排水沟，又开始小跑起来。

灰色的云层渐渐升高，她突然看见了前方的机场。她原本想过走伦敦桥，但又担心车辆太多——一个骑马的女孩肯定会引起关注。于是她改向东走，穿过纽汉姆和贝克敦数不清的苏式风格建筑区，横跨伍尔维奇北部平原，把金丝雀码头区闪闪发亮的大厦甩到了身后。

高峰期的车流在慢慢减少，向城市涌去的无尽车水马龙也变得稀疏。时不时有小车从她身边经过，大概是抄近路去黑墙隧道或爱犬岛的，开车的不是吃着三明治的男人，就是开着嘈杂音乐的赛车男孩，大家都没怎么注意到她。她穿着防风大衣，拉上帽子遮住了脸。这是一个没人会无故逗留的地方：四通八达的公路间是一片片仓库和廉价旅店，住的大多是出差的中层经理和推销员，其他人只是路过。

布布开始累了。她放慢速度，好让它喘口气，自己也好看看路标。一间破败的酒吧孤零零地立在灰蒙蒙的荒地里，周围还有几幢陈旧小屋。后面不远处立着一排排新建的公寓楼（这些新楼都不止一层），还有微微闪亮的泰晤士河，透过云层的阳光变幻莫测地照在河面上。再往后，钢筋水泥的建筑之间，坑洼的沥青路直通轮渡码头。她放缓脚步，向后张望，引着马朝码头走去。

"艾斯沃斯先生，请您告诉法庭您的全名。"

"我的全名是皮特·格莱汉姆·艾斯沃斯。"

"谢谢。请您告诉法庭您的职业。"

"我主要从事儿童心理治疗和咨询方面的工作，尤其是受过某种创伤的儿童。"

"您有超过三十年的工作经验，是该领域内公认的权威专家，是这样吗？"

艾斯沃斯微微挺直了后背。"我在很多学术期刊上都发表过经同行评议的论文，所以应该算是的吧。"

娜塔莎低头看着自己的笔记。她旁边，帕西太太穿着精美皮鞋的脚不安地叩着地面，发出烦躁又沮丧的轻微叹息。

"艾斯沃斯先生，您认为儿童会用同样的方式处理创伤吗？"

"不会，他们处理创伤的方式各不相同，就和大人一样。"

"这么说，创伤发生后，是没有标准处理方式的。"

"是的。"

"那么，可不可以说，有些孩子对创伤的反应可能比较外向，比如，他会哭，会向朋友或大人倾诉——而有些孩子在经历了同样不愉快的事情后，却可能不会表露什么？"

艾斯沃斯略加思索。"这要取决于孩子的发育程度以及他和周围人的关系——当然，还有创伤事件的性质。"

"举个例子，如果他们觉得把自己的遭遇说出来，可能会让父母不高兴，那他们是不是会选择不说？"她还不习惯头上的假发，头皮痒了起来。她努力忍住想要挠挠后脑勺的冲动。

"根据我的经验，确实如此。"

帕西先生正盯着她。帕西先生个头高大，身材结实，脸颊胖嘟嘟的，肤色一看就是每年至少度三次假的样子。他的目光专注而锐利，如果换个环境，只怕会让娜塔莎坐立不安。看到他便不难理解为什么帕西太太会如此焦躁又歇斯底里了。

"那么，根据你的经验，在某些涉及父母的事情上，比如说，父母有矛盾时，孩子如果感觉自己的行为可能引发更多矛盾，那么他们是不是会将创伤的证据隐藏起来？"

"这是一种非常普遍的心理现象。孩子如果觉得说出某件事可能给父母带来更多问题，那他们就会试着保护父母。"

"即便父母可能是肇事者？"

"反对。"帕西先生的上庭律师站起来，"法官大人，我们都知道，目前没有任何证据能证明帕西先生虐待过孩子。继续提出这样的问题，使用这样的鼓动性语言，是相当具有误导性的。"

娜塔莎朝法官转过身。"法官大人，我只是想证明，在这样的案子中，就算没有明显的物证和外伤证明，甚至没有孩子的口头证词，也并不意味着这样的创伤不存在。"

帕西先生的上庭律师叫辛普森，是个大块头，说话带着哭腔，鼻子呼呼直响。

"那这么说来，一个女人身上连瘀青都没有，就可以说自己遭受了家暴喽。只是在这个案子里，就连孩子都说自己没有受过虐待。"他是那种不屑与认证事务律师争辩的上庭律师。目前，娜塔莎这样的律师仍面对着程度让人吃惊的偏见。

"法官大人，如果您能允许我继续问下去，我将证明，正是由于这点，这孩子才是个例外。他们为了保护身边的人，更有可能掩饰自己的创伤。"

法官没有抬头。"继续，麦考利太太。"

她再次低头查看文件时，本从座席上递了张字条过来，塞到了她手里：给麦克打电话，很紧急。她猝不及防，转过身问他："他要干吗？"

"不知道。他就说非常非常重要，让你回电话。"

她不可能现在给他打电话呀。

"麦考利太太？你还要继续问吗？"

"是的，法官大人。"她悄悄做了个手势，让本离开，"艾斯沃斯先生，那么……那么，依你看，如果一个小孩非常害怕父母中的一方，那他是不是会在另一方面前把问题隐藏起来？"

"法官大人——"

"辛普森先生，这个问题我同意。麦考利太太，请不要太离题。"

艾斯沃斯朝法官望了一眼。"当然，这要取决于孩子的年龄和环境，不过，这种情况是有可能的。"

"年龄和环境，是什么意思？"

"嗯，在年龄比较小的儿童身上，我经常发现，孩子的年龄越小，他们就越不善于隐藏创伤。就算他们无法清楚地表达，痛苦也总会通过其他行为表现出来：比如尿床、强迫性的异常行为，甚至是一反常态的攻击。"

"那么你觉得，小孩到了什么年龄，会比较善于……隐藏痛苦？而不表现出你刚刚描述的那些特点呢？"

"取决于孩子本人，不过我见过只有七八岁的小孩，就已经能出人意料地隐藏发生在自己身上的事了。"

"是造成很深创伤的事吗？"

"在有些案例中，是的。"

"所以十岁小孩能做到这点应该是没问题的。"

"当然，当然。"

"艾斯沃斯先生，你听说过父母离间综合征吗？"

"听说过。"

"我引用一下……这是'儿童由于过于担心父母的反对和批评而出现的紊乱症状。换句话说，就是不公正的言过其实的贬损'。你认为这样的定义准确吗？"

"我不是专家，不过，听上去这个定义是准确的。"

"艾斯沃斯先生，你说过，多年来，你有多篇经过同行评议的学术论文发表在顶尖心理学期刊上。你认为，父母离间综合征在临床上真的存在吗？"

"我不这样认为。不过，我也不确定这——"

"好吧，我换个方式。你能不能告诉我，你治疗过多少儿童？"

"大概的数量吗？在工作中？这么多年来，嗯，应该上千了。大概是两千。"

"有没有儿童表现出你认为是父母离间综合征的症状？"

"我治疗过很多在外界影响下对父母某一方产生误会的小孩，有时这种仇恨甚至可能持续数年。我也治疗过很多受到父母离婚伤害的小孩。可我不认为这种心理状态能证明某种症状。我感觉那是在夸大了。"

她暂停片刻，让大家思考。"艾斯沃斯先生，你知道，在父母离婚或争夺监护权的案子中，虚假报告儿童遭受体罚或性侵犯的现象有多少吗？"

"我知道最近有很多关于这种现象的论文。"

"是经过同行评议的论文吗？刊登在重要学术期刊上的论文？你能不能告诉我们最新的结论，这些指控有多少是假的？"

"最新的论文我记得是 2005 年的，它说在这样的案例中虚假指控的情况很少。我记得那一年的一项抽样调查显示，在争夺监护权的案子中，虚假指控的比率在 1% 到 7.6% 之间。"

"1% 到 7.6%。"娜塔莎点点头，像是在跟自己确认，"这么说，就是有超过 90% 的指控是真实的。这与你的经验是否相符？"

他愣了一下："根据我的经验，麦考利太太，无论是在离婚和争夺监护权的案子中还是在案子外，儿童遭受虐待的真实情况比报道出来的要严重得多。"

她瞄到了迈克尔·哈灵顿满意的笑容，她努力忍住才没有笑出来。"我没有其他问题了，法官大人。"

从北往南的伍尔维奇轮渡空空荡荡。"厄内斯特·贝文"号上一排排长椅孤单地伫立着，西装革履的乘客几分钟前都在河对岸的轻轨站码头下了船。当船开进码头时，她犹豫了片刻，便牵着布布沿长长的踏板走到了运送车辆的甲板层，站在了远离驾驶舱的位置。布布四下张望，引擎开始震动时还在油腻的地板上滑了一下，可它显然并没有受到这一奇怪交通工具的惊扰。空荡的甲板上没有货车，也没有小车，只有她和布布。她又回头望了一眼，希望轮船赶紧出发，并祈祷那辆皮卡车千万不要出现。她理智上很清楚他们不太可能追上她，可恐惧已侵入骨髓，她仿佛看见那辆皮卡车如幽灵般无处不在，绕过街角，冲到她面前。一个永不消失的威胁。

她站着，手里紧紧拉着布布的缰绳，售票员从驾驶舱出来了。那是一个个头很高、微微驼背的男人，留着花白胡须。他一动不动地站了片刻，像是要确认自己看见的东西，接着，他慢慢朝莎拉走来。莎拉愈发用力地抓紧布布的缰绳，做好了大吵一架的准备。可他走近后，她才看到他在微笑。"这是三十年来我在这船上见到的第一匹马。"他说。他在离布布几英尺远的地方站定，摇着头，"我爸三四十年代就在这船上工作，他记得以前这船上几乎全是马车。我能拍拍它吗？"

莎拉如释重负，感觉快要虚脱了，她无声地点点头。

"真可爱，是吧？"他摸着布布的脖子，"真漂亮。以前这上面都是马，人坐在那前面。"他用手一指，"当然，那是这批轮渡之前的事了。"他指着迎面而来的黄白色大桥，"它还好吗？很乖吗？"

"是的，"莎拉喃喃回答，"很乖。"

"它叫什么名字？"

她犹豫了一下。"布彻尔，"说完她点了点头，不知道自己为什么要这么做，"是法国一个著名骑手的名字。"

"很棒的名字，是不是？"男人揉揉布布的额头，"很棒的名字，很棒的马。我那里还有一张明信片，印着以前乘船的马车。好多年了。等会儿开了船，我就拿给你看。"

"多少钱？"她突然脱口而出，"我想问，这马的船票要多少钱？我们要付多少钱？"

他显得很惊讶。"你一分钱都不用付呀，亲爱的。不用，不用。从 1889 年开始，这个轮渡就不收费了。"他咯咯笑着，"那时候我才刚开始……"他腿脚僵硬地走回驾驶舱，消失不见了。

轮渡颤抖着，从泰晤士河北岸平稳地开进了浑浊翻滚的河水中。露天甲板上，她独自站在马身边，望着令人心生悲凉的河流、河边停止的起重机、泰晤士河上闪闪发亮的水闸，以及泰特炼糖厂蓝银相间的小棚子，呼吸着潮湿的空气。

她饿了。她才反应过来，这十二个钟头，她除了焦虑外什么别的感觉都没了。她把背包取下来，打开，找出一袋饼干。她掰下一点，喂给布布，布布不停地用柔软的嘴唇顶着她的外套，直到她表示投降，喂给它更多饼干。

她和她的马，就这样站在河中，周围是陌生的穷乡僻壤，像一个尚未完全清醒的梦。但这也许并不是那么陌生，布布只不过是一匹在这支延续了一个多世纪的队伍中排队的马。轮渡离河岸越来越远，她的呼吸也渐渐平稳，头脑变得清醒，像是离开了一个巨大的阴影。那辆皮卡车，还有这几个月来让她觉得窒息的混乱、焦虑和恐惧，都留在了北岸。现在，事情简单了。她发现自己露出了笑容，拉伸着过去几周似乎开始萎缩的肌肉。

"给你，"她又给布布喂了块饼干，"我们该走了。"

本又递给她一张字条：他给琳达打了四次电话。

娜塔莎一边看着字条，一边整理假发，试着把发网戴紧。认证事务律师是最近才获得戴假发出庭的特权的。她本来不想戴，但同事都要她戴上。他们说，戴上假发，你的对手才会更重视你。但她怀疑他们只是想提高对客户的收费，而有了假发才好开口。

"你给他回个电话，"她悄声说着，把自己已关了机的手机交给本，"他的电话在联系簿里。跟他说，我只有休庭了才能跟他说话。"

"琳达说他快急疯了，好像是……莎拉走了。"

法庭对面，辛普森正试图驳倒艾斯沃斯的证词。可没那么容易，娜塔莎心想。他是他所在领域顶尖的专家——他作为专家证人的收费标准足以证明。

"跟他说，让他先跟她谈谈我信用卡的事，再确定哪天离开。告诉他，我现在不可能接电话，没必要再打了。"

她开始边做笔记边整理思绪。

"你打败他了吧？"坐在长椅对面的帕西太太用纤细的手指抓住自己的手腕，"你说的每句话都能证明他虐待了女儿。"她的眼睛很大，尽管仔细地化过妆，但仍掩饰不了明显的疲态。

娜塔莎看到法官，法官正观察着她们之间的交流，表情颇为不悦。"我们到外面讨论。不过，是的，进展顺利。"她悄声说完，又向前俯身，将注意力放在辛普森身上。

几分钟后，本回来了。字条上写着：不是"要走"，是"已经走了"，失踪了。

她潦草地写下：？？？去哪儿了？

字条：他不知道。是你的家人吗？

娜塔莎双手抱头。

"麦考利太太，"前面传来一个声音，"你还好吗？"

她整理好假发。

"我很好，法官大人。"

"你需要休息一下吗？"

她飞快地思考着："如果法官大人允许的话，我确实想暂停一下，突然有件急事需要我去处理。"

法官转过头看着辛普森，辛普森带着毫不掩饰的愤怒瞪着她，似乎这一切都是她精心策划的。"很好，那我们就休庭十分钟。"

电话刚一拨通，他就立马接了。

"她走了，"他说，"收拾干净，带走了一半的东西。"

"你给学校打过电话没有？"

"我在拖延时间。我打电话说她病了。我在想，要是她又去了学校，我可以说是我搞错了。"

"可是她并不在学校。"

"她走了，塔莎。照片、牙刷，还有好多东西都带走了。"

"她可能在马场，或是外公那儿。"

"我给医院打了电话，今天没有人去看过外公，他们非常确定。我现在正在去马场的路上。"

"她不会离开她的马，"娜塔莎颇有信心地说，"想想吧，麦克，她不会离开她的马，她也不会离外公太远。对她来说，外公比任何人都重要。"

"希望你说得没错。我可不喜欢这样。"麦克的语气里是罕见的提心吊胆。

她突然想到了昨天晚上莎拉一反常态，默默地接受了一切。她知道有什么不对劲，可她又很庆幸女孩没有大吵大闹，而是马上接受了即将到来的变故，所以她压根没想过问个究竟。"我得回法庭上了，你到了马场给我打电话。她拿了我的信用卡，记得吗？你也说了，她可能只是拿了我的钱，去给外公买新睡衣了。"

牛仔靠着锈迹斑斑的小汽车，跟一个男孩说着话。麦克费力地推开门，不理会他一进门就发出警告咆哮的德国狼犬。他朝桥洞望了一眼，马厩门敞开着，里面显然一个人也没有。

"啊……先生……呃……约翰？我叫麦克——你还记得我吗？我是莎拉的朋友。"

牛仔把手卷香烟塞进嘴里，跟麦克握了握手。他噘起嘴巴。"啊，我记得，当然记得。"他说。

"我在找莎拉。"

"不光你，大家都在找她。"老人说，"从这里到蒂伯里码头，每个人都在找她。真不知道我不在的时候，这里都发生了什么。"

男孩的目光从约翰扫到麦克，又回到约翰身上。"我说过了，约翰，我都没怎么在这儿待。"

"鬼才信你。"

"我什么事都不掺和，你知道的。"

"她来过这儿吗？"麦克问。

"我就见了她一秒钟，她没跟我说发生了什么事。不过可以肯定，是一摊烂事。"牛仔约翰悲哀地摇着头。

"等下，你已经见过她了？今天吗？"

"嗯，我见过她。今天早上七点见到的。我最后一次见她时，她正骑着马从高架桥上飞跑，跟长了翅膀似的。她没把自己害死真是个奇迹。"

"她在外面骑马吗？"

"骑马？"牛仔约翰像看傻瓜一样打量着他，"你什么都不知道？"

"知道什么？"

"我整个上午都在外面找她。她不见了。大家都还没反应过来，她就带着那匹马消失了。"

"消失去哪儿了？"

"哼，我要是知道，她现在不就站这儿了吗！"牛仔约翰烦躁地吸着牙齿。

男孩点燃香烟，把脸凑到打火机的火苗上。

麦克走到莎拉的储藏间。"你有这儿的钥匙吗？"

"这里已经不是我的了，我把钥匙给——"

"我有。"男孩说，"她把钥匙给我了，说她不在的时候让我帮她喂马。"男孩解释。

"你是……"

"迪恩。"

"是拉夫，"牛仔约翰用发黄的长手指把男孩推开，"他叫拉夫。"

男孩在口袋里摸索着，拎出一大串钥匙。他小心翼翼地找着，最后选出一把，插进挂锁。麦克把门推开。储藏间里空荡荡的，架子上没有马鞍，没有笼头，只有一副项圈和盒子里的几把刷子。"约翰，你说她是不是带着马走了？"

牛仔约翰两眼望天，推了推身边的拉夫。"快点说，是不是？"他说，"对，她带走了那匹马，还给我留了一大堆马粪。我知道有人非常非常生气。我感觉这里发生了很多我不知道的事。"牛仔用恐吓的眼神盯着拉夫，"不过，首先，我得想办法告诉医院里的上校，我不知道他的宝贝外孙女去了哪儿。"

麦克闭上眼睛，久久没有睁开。他长叹一声："我也是。"

太阳升到最高点，但由于目前的季节，也算不得很高。它绕着圈，总在她前方，这使她戴着帽子还不得不眯起眼。她心里暗暗算了一下天黑前还能走多远。在布布累得走不动之前还能走多远。

耐力好的马一天能跑五十甚至六十英里，她在书上看到过，可这样的标准只能慢慢提高。通过不懈的、循序渐进的锻炼，让马的肌肉变强，通过规律的上山下山练习让它的后背和四肢变得强壮。此外还必须检查马蹄的状态，保护好它们的腿脚。

可布布完全没有这样的准备。此时，他们正以轻快的步伐，按照通往达特福德的路牌的指示，在郊野里慢跑。莎拉跟布布说着话，她能感觉到它的脚步开始放缓，她从它扇动的耳朵和平稳的步伐中看到了它的期待——它希望她能让它跑慢点。现在还不行啊，她默默告诉它，轻轻夹紧双腿，又轻轻推了推马鞍。现在还不行啊。

这片地区比较热闹，骑马的女孩吸引了不少人好奇的目光，时不时有货车司机冲着她叫喊，薯条店外排队买午餐的孩子们也发出欢呼。可她一直低着头，只和她的马交流。通常他们还没反应过来，她就已经走远了。

她找到一条很安静的街道，才敢用取款机。她下了马，牵着布布走过人行道，从口袋里掏出娜塔莎的卡，输入了那个她熟记在心的密码。那个数字在黑暗中灼烧着她的良心。机器嗡嗡响起，考虑着她的请求，像是没完没了。她的心怦怦直跳。他们这会儿可能知道了。娜塔莎可能发现了她做的事，发现了她的背叛。她本想给他们留张字条解释一下，可她不知道该怎么写，她的脑子仍然被恐惧、震惊和失落弄得糊里糊涂。而且，她不能冒险让任何人知道她要去哪儿。

终于，屏幕上闪出了信息。想取多少钱？十镑，二十镑，五十镑，一百镑，还是两百五十镑？这几周来，她省吃俭用，为了一两镑发愁，此时的这些数字让她头晕目眩。她不想偷钱，可她也知道，一旦麦考利夫妇发现她拿走了卡，这张卡就会被冻结，那她就再也取不到钱了。

这可能是她唯一的机会。

莎拉深吸一口气，将手指放在了键盘上。

娜塔莎中午从法庭出来时，他正在外面等着。他本来背对着她，但听到她声音时立马就转过了身来。"有新消息吗？"

"她把马带走了。"

他看着娜塔莎一步步接受了这句话的意思：一开始，她有些茫然，像是无法理解他说了什么；接着，她表现出和他一样的难以置信。对这件事的荒谬有种尴尬又啼笑皆非的感觉。

"你说她把马带走了是什么意思？"

"意思就是，她和马一起跑了。"

"可她带着一匹马，能跑去哪儿？"

她的视线离开他的脸，聚焦在他身后的牛仔约翰身上。约翰一边沿着走廊悠闲地走来，一边哼着小调。他花了好久时间才爬上楼梯。"真不知道你为什么不打个电话。"他呼哧呼哧喘着气，一只手紧紧抓住麦克的肩膀，身上散发出旧皮革和落水狗的味道。

麦克后退一步，把老人往前推。"娜塔莎，这位是……牛仔约翰，莎拉养马的马场就是他的。"

"那是以前。天杀的！我要是还能管事，也就不会有这种乱子了。"牛仔约翰飞快地握了握她的手，接着深深弯下腰，对着手帕咳起痰来。

娜塔莎皱了下眉，她的手还停在半空中。一小群人偷偷地观察着他们。走廊那头，一位身材苗条、身着华丽的金发女人震惊得说不出话来。

"那我们该怎么办？"

"首先当然是找到她。我说，我们该分头行动，到处打听打听，骑马的女孩应该能引起不少人的注意。"

"可你说你找了她一上午，什么都没打听到。约翰在沼泽地旁见到过她。"麦克解释道。

约翰碰了碰帽檐，眼泪汪汪地望着远方。"她知道要去哪儿，我只能说这么多。她背着背包，跑得很快。"

"她早就计划好了。我们该报警，塔莎。"

约翰拼命摇头。"别让那些管闲事的人掺和进来，一开始她就是这样惹上麻烦的。再说了——警察？不行不行不行。那个丫头又没做错什么。她是惹了个麻烦，没错，可她并没有真的做错什么呀……"

麦克看到了娜塔莎的眼神，两人都没说话。他等着她开口，可她的沉默让他措手不及。他提醒她："是你说我们在法律上有报告她失踪的责任的。"

娜塔莎看着走廊远处，用力眨着眼。

"塔莎？"

她接下来说的话让他低下了头，像是不确定自己有没有听错。

"听我说，我现在还不想报告她失踪。上次她自己就出现了，是不是？"娜塔莎转回头对约翰说，"你了解她，她可能会去哪儿？"

"那个丫头只会去一个地方，就是去看她外公。"

"那我们就去外公那儿。"麦克说，"我们跟老人谈谈，看他有什么想法。塔莎？"她只是盯着他，"有什么问题吗？"

"我不能去，麦克，我这个案子还没结束呢。"

"塔莎，莎拉失踪了。"

"我非常清楚，可她以前也干过这事。总不能她每次决定要消失几个钟头，我就要放下一切去找她吧？"

"告诉你们，我觉得这次她不打算很快回来。"牛仔约翰摘下帽子，挠着头顶。

"我不能抛下这个案子，"她朝走廊那头苗条的金发女人做了个手势，女人此时裹着一条山羊绒的大围巾，像个事故中的伤者，"这是我工作以来最大的案子，你知道的。"她无法直视他的目光，脸微微发红。他气得肚子都缩了起来。

"我不能把什么都丢下呀，麦克。"

"那对不起打扰了。"他恶狠狠地说，"等她出现了，我会给康纳家打电话告诉你的，好吗？"

"麦克！"她表示抗议，可他已转身离开。不知为何，麦克头一次对她这么失望。

"麦克！"

他听到牛仔约翰拖着脚步、喘着粗气跟在后面。"喂，天杀的，你真打算让我再爬一次楼梯吗？"

"胸膛越宽，马就越漂亮、越结实……它的脖子会保护骑手，它的眼睛能看清脚前的东西。"

她不记得外公有没有抱过她了——外婆倒是经常抱她，就好像抱她跟呼吸一样是再自然不过的事。她一放学回家就会走到外婆的椅子前，外婆就会把她抱起来，用尼龙家居服裹着她，那股温暖香甜的洗衣粉味会飘进她的鼻孔。她靠在外婆柔软的胸膛上，感受到源源不断的爱与安全感。而外婆跟她说晚安时，抱的时间还要更久一些，仿佛是在自责着什么。

外婆去世后，沉浸在悲伤中的莎拉有时也会靠在外公身上，外公会伸出一只手搂着她，拍拍她的肩膀。但这样的动作对他来说并不自然。当她不再倚靠时，也总能感觉到他有些如释重负。在莎拉还没搞清楚自己到底在怀念什么之前，她就已经感觉到了这种缺少亲密接触的伤痛。

大概是一年前，那天外公坐在厨房的餐桌边。她比平时更早从马场回来，走进厨房，问他在看什么。那本书对她而言并不陌生，甚至已经熟悉到了不会好奇的程度。外公把书小心地放到金属薄板的桌面上，开始告诉她有这么一个男人，他既有诗人的才华，又有沙场将军的英勇，他第一次提出了人与马应该建立起不以暴力和强迫为基础的合作关系。他还给她念了书里的几段话。那些话如果除去晦涩难懂的翻译腔，和任何一本现代社会的马术手册没什么两样。"因此，不管什么时候，如果你能引导它表现出自己的天性，那么它就会愈发急切地想要展示自己的美。你要让它表现得喜欢被人骑，你要让它表现得高贵、热情又迷人。"

她朝坐在椅子上的外公靠近了一些。

"这就是我为什么总跟你说，不要冲马发脾气。你必须好好待它，尊重它。这本书里都写了。这个人是马术之父。"他轻轻敲了敲那本书。

"他一定非常喜欢马。"莎拉说。

"才不是。"外公重重地摇了摇头。

"可是他说——"

"这和喜不喜欢没关系，"他说，"整本书里没有一个地方提到了喜不喜欢。他不是个感情用事的人。他所做的一切，他所表现出的和善，是因为他很清楚只有这样，才能让马发挥出最好的水平。只有这样人和马才能共同进步，跟亲来亲去没关系。"外公做了个鬼脸，莎拉笑了，"跟所有这些情绪也没关系。他很清楚，对马和人来说，最好的就是彼此理解、彼此尊重。"

"我不明白。"

"一匹马是不会想成为哈巴狗的，亲爱的。它不希望人们用绸带打扮它，对着它唱歌，就像马场里那些蠢丫头做的那样。马是危险的，是强大的，可它也能心甘情愿。你理解了它想要做什么，你就给了它一个为你效劳并保护你的理由，这样你们就成就了一件美妙的事。"

外公观察着她，想确信她听明白了。可她却很失望。她希望布布是爱她的。她希望它跟着她到处跑不是因为她有食物，而是因为它想要跟她在一起。她不想把它当作达成目的的手段。

外公拍了拍她的手。"色诺芬提出的要求更高。他要求尊重，要求最好的照顾，要求稳定、公平和友善。如果他说什么喜不喜欢，马会更开心吗？不会的。"

莎拉下定决心不赞同他这一观点。

"当然，你从他做的事中可以看出，他是爱马的。"外公继续说，他的眼角满是皱纹，"他做的事……他提出的观点中，都是有爱的。虽然他没有说，但这不代表这书里的每一个字就没有爱。都在书里啊，莎拉，在每一个小小的动作里。"他捶着桌子。

尽管当时她没有明白，可现在她明白了。大概相当于他在对她说，他有多爱她吧。

他们要在西汀泊近郊休息一下。莎拉放长缰绳，让布布在绿草丰盛的田野边饱餐，自己也终于饿得吃掉了书包里的一个面包卷。她坐在安静的小路上，屁股下垫着塑料袋，隔开了潮湿的青草。她看着布布时不时抬起头，它是被远处的公鸡鸣叫吸引了注意；还有一次，是林边的一头小鹿。

在开阔的乡野，莎拉跑得很快。他们从耕过的田地边飞驰，尽可能走适合跑马的小路边缘，以保护布布的腿脚。与此同时，马路始终在她右侧，她能听到车流的轰鸣。只要离马路不远，她就知道自己不会迷路。青草地让布布充满了活力。她刚让它跑进一大片平坦的原野时，它激动得跳起来好几次，兴奋地甩着头，还高高地扬起尾巴。她发现自己也在笑，在催促布布跑快点，即便她知道为了接下来几个小时的路程，她应该让它节省体力的。

它什么时候像现在这样自由过？它什么时候像现在这样眼里只有一望无际的绿草，脚下只有柔软的土地过？她又什么时候自由过？最开始几英里，她感觉无比舒畅。她忘记了抛在身后的一切，只尽情享受着与这匹骏马融为一体的愉悦，也分享着它身处这样环境中的快乐，感受到一种至高力量降临于自己的喜悦。他们冲过田埂，跃过小灌木和海水沟渠。布布受到她情绪的感染，跑得更快了，要横穿小路时它甚至不愿减速，直接跳了过去。它竖着耳朵，长长的四条腿踏过脚下的大地。

我想，如果我成为骑士，我将生出双翼。

现在，她就和色诺芬一样，生出了双翼。她催促它再快点。她喘着气，哈哈大笑，眼角的泪在脸上横飞。布布咬着嚼子，舒展四肢，全力狂奔，就像自开天辟地以来，那些因为害怕、因为开心、因为为自己所做的事感到骄傲而狂奔的马儿一样。她让它尽兴地跑。往哪儿跑不重要。她的心充满狂喜，几乎爆裂。这就是外公那句话的意思吧？不要没完没了地去纠正腿的动作，不要绕圈练习，不要斜横步前进，不要小心翼翼估量可以练到怎样的水平。她的脑海中不断响起外公说过的一句话，它和着马蹄踩在大地上的沉闷声音，有节奏地响起。

"这就是你离开的办法。"外公这么告诉她。

这就是你离开的办法。

"这是今天下午第二拨来看他的人了，他肯定很高兴。"他们刚走到上校的病房门口，护士就关上了身后的大门，她有些犹豫，"我必须跟你们说，他最近几天不太好。今天下午会有医生来会诊，我们怀疑他又中风了，你们可能比较难听懂他说了什么。"

麦克看到了约翰脸上的错愕。他在外面停车场就要求抽根烟再进来。他抽了很久，为即将面对的严峻考验做着准备。

"第二拨？"麦克问，"是他外孙女来过了吗？"

"外孙女？"护士愉快地说，"不是……是个男孩子，好像认识的，是个好孩子。"

牛仔约翰像是没听明白。他轻轻摇了一下头，像是要让自己振作起来。接着，他们走进了房间。

上校的头往后靠在枕头上，嘴巴微微张开。不过几天时间，他似乎又老了十岁。

他们站在他左右两侧，小心地在椅子上坐下，免得惊醒了他。麦克在膝盖上敲着手指，不知道到底该不该来。约翰看了一眼老人，接着便把目光牢牢锁定在一张莎拉和布布的照片上，四周的墙壁上挂着用过多次的圣诞节装饰。"我喜欢这些照片，"他说，"让他看看挺好的。"

他们坐了一会儿，谁都不愿叫醒老人，告诉他那个悲惨的消息。他们俩都以一种最糟糕的方式辜负了他的托付。上校的呼吸很浅，每一次都很吃力。他的身体好像除了生存外，已经累得什么都不想做了。他曾经有力的左手此时蜷缩着放在胸口，勉强盖着被子。他面容枯槁，皮肤干燥得几乎半透明，紫红色的血管清晰可见，叫人看了心痛。他身边的桌子上有一个透明的杯子，剩了半杯奶茶，盖子上插着硬邦邦的吸管。

麦克打破了沉默。"我们不能告诉他，约翰。"他悄声说。

"你没权利不告诉他，莎拉是他最亲的亲人。她失踪了。他得帮我们找到她。"

他怎么可能帮他们找到她？麦克想问。这个消息除了毁掉他还有什么作用？他双肘放在膝盖上，垂下脑袋。他宁愿去任何地方，也不愿意待在这儿。他想去街上搜寻，询问路人。他宁愿去警察局承认他当父母的失败，或是去找莎拉的朋友打听。一个女孩和一匹马总不可能凭空消失吧？一定有人见过她。

"嗨……嗨，上校……"

麦克抬起头，牛仔约翰正在微笑。

"你怎么样了，你个懒鬼，还没躺腻吗？"

上校缓缓把头转向他，似乎颇费了些力气。

"你要什么吗？"约翰向前俯身，"喝点水吗？喝点烈的吗？我口袋里有占边威士忌哦。"他咧嘴一笑。

上校眨巴着眼睛，可能在表示他很开心，又或者只是眨眨眼。

"我听说你最近不太好。"

老人仍然死死盯着他。

麦克看得出来，就连约翰也犹豫了。他朝麦克转过身，又转回去看着老人。

"上校，我——我有件事要跟你说。"他咽了一下口水，"我要跟你说，你的莎拉做了件有点疯狂的事。"

老人还是盯着他，浅蓝色的眼睛不再眨巴了。

"她带着你的那匹马跑掉了，但是——但是也有可能我离开这以后，就会发现她已经在马场等着我们了。不过我得告诉你，我觉得她……"他深吸了一口气，"我觉得，她是带着马去了别的地方。"他身后的黑白照片里，莎拉微笑着趴在马脖子上，一缕散乱的头发被风吹到了她的嘴唇上。

"我们不想让你担心。"麦克开了口，"我想告诉你，她跟我们住得挺好的。真的。她很开心——尽管没有你在身边，但也还算开心。她从来没让我们真正担心过。可是今天早上，我走进她的房间，发现你那本书不见了，背包也不见了，我又走进浴室——"

"麦克——"约翰打断了他。

"——她的牙刷也不见了。很有可能像约翰说的那样，她说不定已经回去了，正在笑话我们呢。可现在，我想问你，你知不知道她可能去了什么地方，她——"

"麦克，闭嘴。"

他不再说话。

约翰朝老人点了点头。"他想说话呢。"说完他弯下腰，凑过去，摘下帽子，好让耳朵更贴近老人的嘴巴。他看着麦克的眼睛。"没话？"他有些困惑。

麦克也往前俯过身，在机器的嗡嗡声和病房外护士的说话声中，竖起耳朵认真听着老人气若游丝的低语，听完他坐直了。"'我知道了'。"他重复了一遍。

他发现，老人并未受到这一消息的惊扰。他的神态没有丝毫担忧。麦克与约翰对视一眼："他说他知道了。"

十九

"不服从命令的马不仅没有用，而且往往会扮演叛徒的角色。"

——色诺芬《论马术》

雨是下午开始下的。一开始只是试探性的几滴，但大大的雨滴预示着即将到来的暴雨——天上的乌云迅速朝她袭来，几分钟不到，天就黑了，没有从傍晚向黄昏的过渡，也没有渐渐暗淡的暮色。前一刻还天空明亮，几分钟后就一片漆黑，瓢泼大雨浇了下来。

司机一个急转弯在她前面停下。她心有余悸地拉住布布，有些害怕。车里的男人从窗户伸出头。"你个蠢猪！怎么不穿反光背心？"他大吼着，"我差点撞死你俩。"

她的声音因为恐惧变得低沉沙哑。"对不起，"她说，"我——我忘了穿。"

"那就到主路上去，"他说，车上的刹车灯还闪着，"至少别人能看见你。"

天色昏暗。雨一刻不歇地下了将近一个钟头，布布一开始的劲头也随着路程的增加而渐渐消退。它懒洋洋地时走时跑，低垂着头，鬃毛都贴到了脖子上。莎拉想鼓励它，可她自己也浑身酸痛。背包里装满了她认为重要的东西，在刚刚跑完的十英里中，它沉重地压在她的肩上。她的屁股也坐酸了，不停地调整着坐姿，徒劳地想找个舒服的姿势。马鞍被雨水打湿，虽然她穿着防水外套，但牛仔裤已经湿透了。她知道，如果继续往前走，这潮湿而粗糙的布料就会磨破她冰冷的皮肤。可她都已经能看到小镇的灯光了。她跟布布说，马上就能休息了。

她跑到双车道的马路边，车辆噪声震耳欲聋。她沿着路边跑，无视闪烁的车大灯和令人头皮发麻的轰鸣。在这段快速公路的最后一截，所有车都被堵得动弹不得，大卡车列队停在特别加宽的路肩上。莎拉只能择路而行。她经过拉着窗帘的出租车，司机大概在睡觉。有的车上，小小的电视屏幕将晃动的光影投射在车内带流苏的印花棉布椅套上。她看见捷克的卡车、波兰的卡车，看见车上的家人合照和裸女海报，还看见手写的警告标语"此车已定期检查"或是"非法移民将被起诉"。她经过时，有一两个司机注意到了她，有一个还冲她嚷嚷着什么，她没听清。

布布累得无暇顾及这些。它开始摇摇晃晃。它跑了太远，跑不动了。这时，主路上方出现了巨大的路牌。她挺直腰板，拉紧缰绳。他们越过山脊后，她看到了停在港口的轮船以及它们亮着的窗户，高架桥优雅地转了个弯，将车辆引向它们。

还有两英里。她感觉内心涌起一种激动。马已筋疲力尽。她顺着马脖子摸下去，恳求它再跑一段。"你能做到的，"她喃喃说着，"我们一定能跑到。我保证，我再也不会离开你了。"

"请向法庭陈述你的姓名。"

"康丝坦斯·德芙琳。"

"请问你的职业是什么？"

"我是诺布里奇学校的老师，四年级的年级主任，我在这个职位上干了十一年了。"她停下来，喝了一点水，又抬头看着雨水拍打的天窗。

"德芙琳小姐，你认识露西·帕西多久了？"

"嗯，我们的学校很小，她刚参加迎新会那时我就认识她了，去年一年我都在教她。我还给学生提供语言方面的私下辅导，露西在我这儿补了近两年的课了。"

"能不能稍微大点声？"法官说，"我听你说话有点费力。"

女人脸红了。娜塔莎对她微微一笑，想让她安心。还在法庭外的时候，康丝坦斯·德芙琳就异常紧张。她多次告诉娜塔莎，她不喜欢被卷进来；这不关她的事；她从没上过法庭；而且她确信，学校也不想她被卷进离婚官司。娜塔莎很快摸清了她的状况：单身老姑娘，只有在自己的世界里才会真正放松；她那个贵族学校的封闭圈子里全是有礼貌的年轻女孩；她愿意为工作奉献，可教员休息室里的消食片要是牌子不对，她也能委屈得哭出来。"我希望你问我的问题越少越好。"她说话时，用谨慎又坚定的语气掩饰着颤抖的双手。

"你认为你了解自己的学生吗，德芙琳小姐？"娜塔莎尽量语气温柔。

"是的，可能比很多老师都更了解。"她看着法官，用胖胖的手指紧张地绞着一块手帕，"我们的班级都很小，学校……还是相当不错的。"

"在你认识她的这段时间里，你觉得，露西·帕西是个什么样的学生？"

康丝坦斯·德芙琳愣了一下。"嗯，她不是那种特别爱说话的学生。迎新会上她就有点害羞。不过她总是很开心。她很聪明。她对数字很有感觉，文学水平也远超同龄人。"她显然是想到了露西，微微一笑，但笑容很快就消失了，"不过，去年……她退步了一点。"

"退步了一点？"

"她的分数下降了。她学得很吃力。"

"她的性格有没有变化呢？"

"她变得——在我看来——变得越来越内向了。"

本走进法庭，悄悄坐在她旁边。她以为又会有张字条，可他递来的是一个学校成绩单的文件夹，她的思绪开始飘散。麦克这会儿应该在医院。要是他在医院找到了莎拉，会打电话告诉她吗？

"这里写了，德芙琳小姐，露西缺了很多课。"

"她确实多次缺课，是的。"

"平均每学期缺课十五天。是她父母允许的吗？"

"我猜……应该是吧。我们一般是联系帕西太太的。"

"你们一般是联系帕西太太的。"娜塔莎让大家好好体会了一下这句话。顺着长椅望去，她看到帕西先生正着急地跟律师窃窃私语。"她女儿缺课的时候，帕西太太给出的是什么理由呢？"

"也没什么特别的理由。她总说露西不太舒服。有时候是头痛。有几次她也没说什么理由。"

"学校对她的缺课有什么想法？"

"缺了这么多课，我们还是有点担心的。而且……我们也担心露西行为的变化。"

"也就是她变得越来越内向并且成绩下降的事？"

"是的。"

"德芙琳小姐，你当老师有多长时间了？"

这位上了年纪的女人呼吸变得平稳，声音也稍稍洪亮了一些。"二十四年了。"她一边说一边扫视了一圈法庭。

娜塔莎露出鼓励的笑容。"以你的经验看，一个孩子在性格和学习成绩上出现变化，再加上越来越频繁的缺课，你会得出什么样的结论？"

"反对。"辛普森站起来，"这是要求证人进行主观推测。"

"法官大人，我相信德芙琳小姐在这方面有丰富的经验。"

"麦考利太太，请重新提问。"

"德芙琳小姐，以你的经验看，这样的行为改变是不是意味着家里出现了问题？"

"反对，法官大人。"

"请坐，辛普森先生。我希望你能换个方式提问，麦考利太太。"

"德芙琳小姐，当学生在家里遇到问题时，你认为他们在学校最常出现的行为改变有哪些？"

"嗯……"德芙琳小姐尴尬地看着帕西先生，"……我认为主要是成绩变差……可能还有内向或破坏性行为。也可能两者皆有。"

"那么，在你的职业生涯中，你是不是教过很多在家里遇到问题的学生？"

"啊，是的。"她略带倦意地说，"即便是私立学校，也无法保护学生不受家庭破裂的影响。"

"德芙琳小姐，如果学生在家里遇到了严重问题，比如说，如果露西遭到了比父母离婚还要严重的打击，你认为你能看得出来吗？"

久久的沉默，久到连法官都停下了手头的事，期待地敲着笔。娜塔莎在等待这个女人整理思绪的间隙，匆匆写了张字条给本：麦克打电话了吗？

他摇摇头。

"德芙琳小姐，"法官打破了沉默，"你听清楚问题了吗？"

"听清楚了，"她的语气平静而认真，"我听清楚了，我的答案是我也不知道。"

完了，娜塔莎想。

德芙琳小姐双手放在面前的木桌板上。"我只知道，一个孩子变得安静时，他一定是痛苦的。露西的一切表现——她的安静，她不再喜欢以前那些能让她开心的事，她和朋友越来越疏远——这些都能说明，她是痛苦的。"她深吸了一口气，"但是我不知道像露西这样的孩子在痛苦什么，因为他们往往对我们也没有足够的信任，不会把实情告诉我们。他们不会告诉老师，也不会告诉父母，因为他们害怕如果他们说的是父母不想听的事，父母会大发脾气。所以，麦考利太太，他们不会说，他们不会告诉我们，因为大多数时候压根没人听他们说话。"

法庭非常安静。德芙琳小姐直接对父母开口了。她涨红了脸，声音越来越大，语气越来越激动："我周复一周、年复一年地看着这些学生，明白吗？我看着这些孩子的世界分崩离析，看着他们熟悉的生活不复存在，可他们对此毫无发言权。他们无权选择自己住在哪儿，无权选择自己跟谁生活，更无权选择自己的新妈妈或新爸爸——天哪，他们甚至无权决定自己新的姓是什么。而我们，我们这些理应成为榜样的老师，却只能告诉他们，没关系，这就是生活，他们必须适应。哦，对了，还得确定他们没忘了完成作业。"

"德芙琳小姐——"法官开口了。

可是她像是决了堤的洪水。"可这不对啊。这是背叛。是一种背叛。我们都保持着沉默，因为……嗯，因为生活就是艰难的，有时候孩子们必须学会这点，是不是？这就是生活嘛。可如果你们能站在我的角度看一看他们，看看这些迷失了方向的孩子，这些迷失了方向的孩子，他们四处游荡，有着你们难以想象的孤独……他们的潜力被白白浪费……唉，说实话，这些孩子有没有挨过打我觉得没什么区别。"她胖胖的手掌擦着脸。

"哦，是的，我知道你在问我什么，麦考利小姐。是的，这就是我要说的——对我来说，这没什么区别。实际上，我站在这儿，你们要我准确地讲出那个孩子到底是哪儿受了伤害，而这一切又该怪谁，然后你们好决定谁在这场离婚闹剧中分得更多的利益，实话说这是让我当帮凶。"

帕西太太一言不发，冷若冰霜地坐着。长椅另一头，她的丈夫愤怒地对上庭律师小声说："我不要听这种话！那个女人显然是疯了。"

"德芙琳小姐——"可娜塔莎这句话没说完，因为那女人抬起了一只手。

"不，"她坚定地说，"是你要我参与进来的，所以我要告诉你。是的，他们都会活下去。"她嘲讽地点点头。

"毫无疑问，你们都在对自己说，他们会长大得更快一些，变得更聪明一点。可你们知道吗？他们不会再相信别人。他们会变得更悲观。他们将一生都在等一切再次分崩离析。

"因为只有很少的人，很少很少的人，才能接纳自己的伤痛，并继续给予孩子所需的支持和理解。以我的经验，绝大多数父母没有时间和精力做到这一点。也许他们就是太自私了。可我又知道什么呢？我没当过父母。我连婚都没结过。我只是那种拿了钱收拾残局的倒霉蛋。"

她说完了。法庭鸦雀无声，大家都在等待。一直飞快打字的速记员也充满期待地停下了。可德芙琳只是深吸了一口气。显然是镇定下来以后，她转头对法官说："能不能允许我离开？我现在想走了。"

法官显然大吃一惊。他朝娜塔莎看了一眼。娜塔莎默默点头，隐约感觉到辛普森也在点头。

德芙琳小姐拿起包，毅然朝门口走去。她经过帕西夫妇的长椅时，停下了脚步。她的耳朵涨成了粉红色，开口说话时声音微微颤抖："露西要走上歪路很容易的，"她小声说，"你们只要不再听她说话就行了。"

娜塔莎一动不动地站着，看着那个穿戴整齐的矮小身影消失在厚重的木门外。她听到右边传来不满的嘀咕。她好像突然透过别人的眼睛看着眼前的一幕，就像麦克那样，把一切放进相框：女孩的父母第一次对共同敌人的愤怒超过了对彼此的愤怒；她的下属对这一出人意料的事态扭转暗自偷笑；法官跟书记员交头接耳。她取下头上的假发。"法官大人，"她说，"我请求休庭。"

"你要什么？"

她站在步行旅客售票处，外套上的水滴到了这间巨大的移动办公室的地板上。她摘下帽子，可穿着马靴和湿透牛仔裤的女孩仍然吸引了不少目光。她能感觉到其他步行旅客灼热的眼神。"一张票，"她悄声说，"一个人加一匹马。"

"你在开玩笑吗？"胖男人看着她身后的队伍，像在征询同意。他的表情在说：你们都看到了吗？

"我知道你们这里可以运马。一天到晚都有马在海峡两岸往返。"她举起布布的护照，"我的马就是从法国来的。"

"那你觉得它是怎么来的呢？"

"坐船来的。"

"它自己划的船吗？"

身后传来讪笑。

“坐轮船啊。我知道一直都有马渡海的。你听我说，我有钱。我和它都有护照。我只需要……”

对方朝不远处坐在大玻璃后的人打了个手势。穿着相同制服的同事站起身，走到玻璃前。她打量着莎拉满是污泥的衣服和她手中的护照。“你不能带着马跟步行旅客一起坐船。”女人说。这点男人也解释过了。

“我知道。”莎拉的语气变得焦躁强硬，“我又不蠢。我只是想知道我要怎么让它渡海。”

“它得坐运输船。你要找一家专业公司办理。它还得有兽医证明。运送牲口方面有法律规定的。”

“它不是牲口，它是塞拉·法兰西马。”

“它就是哈巴狗我也管不着。但我们对动物跨海有着非常严格的规定，除非你能向我证明它有两条腿是假的，否则它就要遵守规定。”

“你能帮帮我吗？你能告诉我要去哪儿找那样的公司吗？我真的很急。”

她感觉潮湿而明亮的房间在朝自己逼近。她把布布拴在外面的白色栏杆上了，透过窗户，她看到它温驯地站着，一小群人围着它，孩子们从父母怀抱中伸出手想摸它。

“我今天晚上就要渡海。”她声音嘶哑地说。

“那不可能，除非有文件。我们不能让马坐步行旅客轮渡。”

有人在啧啧咂嘴。她突然精疲力竭，沮丧的泪水刺痛了双眼。没用的。她仿佛从他们的声音中听到了这句话。她一声不吭地转过身，朝大门走去。

“她以为这是哪儿？随便骑个马跑来跑去？”她往外走时还能听到他们的嘲笑，冰冷的寒风斜着吹来。

她解开布布的缰绳。运输船？文件？她怎么可能知道这些？她望着轮渡。跳板放了下来，汽车缓缓从地面开到船上，在穿着荧光外套的工作人员的指挥下，排成窄窄的一列。她不可能偷偷上船。完全不可能。她胸口涌起压抑已久的抽泣。她怎么这么笨呢？

一个男人朝她走来。他用那种和善而锐利的眼光上下打量着布布，一看就是懂马的人。"你在参加什么赞助比赛吗？"他说。

"不是。是的。"她擦着眼泪说，"就是。我是在参加赞助比赛。我要去法国。"

"我听到你在里面说的话了，你得找个存马处。"他说。

"存马处？"

"就像是给马住的旅店。沿着这条路往前走大概四英里就有一个，他们能帮你想办法。给你。"他在名片上匆匆写下一个名字，递给她，"回到转盘那儿，从三号出口出去，再走三四英里，你就能找到。有点简陋，不过很干净，价格也不贵。你的马看起来也需要休息了。"

她盯着名片。他写的是：威利特农场。她大喊："谢谢你。"可他已经走了，她的声音飘散在海风中。

娜塔莎靠着椅子，将银质小马从一只手换到另一只手。它有点发暗了，她用手揉着它，手指头被上面的污渍染成了灰色。

高级合伙人理查德正跟客户交谈。他洪亮的声音在这幢老建筑的回声效果下，从走廊另一头传来，清晰得如同就在隔壁。此时他正爆发出由衷的大笑。她突然想到，这么多年来，不知道琳达听到过多少她讲的电话：预约车辆检测的电话、错过妇科检查的电话，以及婚姻崩溃时气急败坏的争执。她从没想过这里这么不隔音。

差一刻四点。

她面前的文件堆得整整齐齐，都贴着标签，她小心地将小马放在最上面。从某个角度看，莎拉和阿里·艾哈迈迪是一样的。她碰到了一个机会，并把握住了它。这些孩子的童年经历迫使他们只能靠自己。她的行为尽管出人意料，但也可以解释。

娜塔莎虽然生气，可她知道，她不能怪这个女孩。她怪自己，怪自己以为能不付出任何代价、不扰乱精心安排的现状，就可以让莎拉融入自己的生活。结果，跟阿里·艾哈迈迪一样，她收获了深刻的教训。

她花了差不多四十分钟才说服了帕西太太，让她相信理查德是接手案子的正确人选。

"可我想要你，"她表示反对，"你知道我丈夫是什么样的人，你说了你会陪我。"

"我们找来迈克尔·哈灵顿是有原因的，他是这方面最棒、最厉害的辩护律师。相信我，帕西太太，我的离开不会对你产生一丁点影响。运气好的话，我一两天后就能回来。同时，理查德已经非常熟悉这个案子了，他随时准备为你服务。"

她不得不为自己造成的"不便"付出代价。理查德说得简单直白，她必须让出一部分自己的收入。娜塔莎觉得帕西太太可能压根不会注意账单上的数字——就算注意到了，她也不会觉得有什么大不了——但她是那种任何交易中都必须感觉自己赚了的女人。理查德说了，如果她还想留住这个客户，就必须这样。她说"家里有事"时，他不高兴地哼了一声，这让娜塔莎立马对有孩子的同事生出了无限同情。

"娜塔莎？你在开什么玩笑吗？"康纳没敲门就进了她办公室，

她大概料到了他会来。

"不，不是玩笑。"她站在抽屉前找钥匙，"我确实把帕西的案子给理查德了。是，我就几天不在，大家一定能办好的。运气好的话，我说不定明天就回来了。"

"你不能就这么丢下案子。这是大案子，娜塔莎，都上报纸了。"

"我不在的时候理查德会处理的，哈灵顿会帮她谈财产分配的事。今天过后，要是他们还不能在监护权上达成一致，那就真叫人意外了。害羞的德芙琳小姐也许帮了我们一个大忙。"

康纳站在她办公桌的另一侧，双手放在桌上。"帕西太太想要的是你。你不能一开始寸步不离地守着她，官司打到一半又把她丢下了呀。"

"我跟她商量过了。我反正也没更多证人了，剩下的可以交给哈灵顿。"

他开始摇头，可她越说越气："康纳，他们俩都不真的关心露西——这个案子就是钱和争夺利益。大部分离婚案不都是这样吗？你很清楚的。"

"可你要去哪儿啊？"康纳问。

"我也不确定。"

"你也不确定？"

琳达端着一杯茶走进来，后面跟着本。"这就有意思了。"她喃喃地说。

"我家里真有急事。"娜塔莎边说边合上了公文包。

康纳盯着她。"是那个女孩子吧？我以为你要把她送回社工那儿了呢，她现在该归别人操心了。"

她用眼神让他闭嘴。她看到了本和琳达的好奇。

"让麦克去处理吧。"

"不行。"

"麦克？"琳达重复了一遍，不再假装什么都没听到了，"你前夫麦克？这些跟他有什么关系？"

娜塔莎没理她。"麦克压根不知道怎么开始，"她说，"他一个人处理不来。"

"哦，很好。说到底，我们总是为了麦克放下一切。"

"不是这样。"

"那就让警察处理。这是偷盗。"

琳达把茶杯放在桌上。"有没有我能帮忙的？"她问。

娜塔莎什么也没说。

康纳咬紧牙。"娜塔莎，我得告诉你，你这时候丢下案子，基本上等于在这家公司职场自杀。"

"我没得选。"

"你少夸张。"

"'职场自杀'？到底是谁在夸张？"

"娜塔莎，这是帕西的离婚案啊。你都找了迈克尔·哈灵顿。这个案子的结果很可能决定你能不能当上合伙人，甚至还会影响到这家公司的声誉。你不能丢下一切去追一个孩子，这个狡猾的孩子说不定一开始就是骗你的。"

娜塔莎站起身，走到窗边。"琳达，本，能不能请你们先出去一下？"等他们都走后她才开口，可她强烈怀疑他们就在门外，所以她压低了声音，"康纳，我——"

"你不是抓到她偷东西了吗？而且你一直都不确定她的人品，从第一天起就是这样。"

"你不了解一切，康纳。"

"我也挺好奇这是为什么呢。"

"好吧。如果她是你的小孩，你会怎么做？"

"可她并不是你的小孩呀。这就是关键。"

"我对她负有法律责任。她只是个十四岁的小女孩。"

"你今天早上还说她偷了你的信用卡呢。"

"她偷东西并不能解除我的法律责任。"

"可一个小偷值得你自毁前程吗？天哪，娜塔莎，几周前你还担心那个说了谎的小孩会影响你的事业。可现在，你却要为了一个混球抛弃一切。你都不是她的代理人呀。"

她听到了他对这些孩子的称呼。混球，小偷。她伸手去拿外套。

"听我说，"他说，"对不起，我不是故意的。我只是想保护你。"

"这不是想保护我，好吗，康纳？你这不是想保护我的事业。"

"你这话什么意思？"

"是因为麦克。你受不了我跟他一起照顾这个女孩子，并且她失踪后我还不得不和他一起处理这件事。"

"哎哟，你别自以为是了。"

"那是为什么？"

"我是这家公司的合伙人啊，娜塔莎。如果你处理案子时中途消失，我们损失的不仅是钱，还有名声。如果大家都觉得我们会在半途抛弃他们，那我们得多费劲才能再接到大案子啊？"

"谁想知道这些？我说不定明天就回来了。我会向哈灵顿解释的，他会理解的。"

"混账！我理解不了。你竟然要抛下一切——"他特别强调了那两个字，"就为了一个你压根不喜欢的孩子和一个把你的生活弄得一团糟的前夫。哼，祝你好运吧。"他的语气冷若冰霜，"我希望你觉得值。"

这幢房子并不算特别牢固。可这一次，摔门的冲击力把好几本书从书架上震了下来。

布布比莎拉更先听到那个声音。最后半英里它已经疲惫不堪，每走一步几乎都要让莎拉流下愧疚的泪水。它拖着沉重的脚步，垂头丧气，用每一块不情愿的肌肉恳求她停下。可她别无选择——她全身酸痛，骨头累到没有知觉，但她只能催促它继续走。最后，当她看到路牌上写着"威利特农场在前方半英里右边"时，她从马背上下来，自己走路，让它暂时歇口气，疲累的泪水混着雨水在脸上流淌。

就在这时，他们听到了狂风的声音：远处"砰"的一响，一声咆哮，一声尖叫，几个男人大声说话的声音。接着风向改变，声音消失了。

布布像是触了电一般。它猛地抬起头，忘了身体的疲惫，停下脚步，朝那个突如其来的声音转过身。马是悲观的动物，外公曾跟她说过。它们总是做最坏的打算。勇敢如布布，这时也开始发抖了。她竖起耳朵去听它到底听到了什么时，她也打了个寒战。那个声音虽然微弱，但预示着前方正在发生可怕的事。

他们往前走着，布布小心翼翼又迷迷糊糊地迈着步子，既害怕一探究竟，又无法阻止自己——就像恐怖电影中穿着睡衣的女人。

他们站在门口，盯着眼前的情形。一辆巨大的重型货运卡车停在小院中央，被灯光照亮的车尾正对着他们。昏暗的天色中，艳红的车身显得格外刺眼。一个穿着棉袄的女人在坡道边徘徊，她高举两手遮着脸，里面的两个男人正费力地拉住一匹马，马身上的缰绳绑得很奇怪，马屁股被压了下来，莎拉看不见它的前肢。一块隔板好像在它身上塌了一边，两个男人大叫着，朝对方打着手势，想把它解救出来。

到处都是血淋淋的一片。地板上全是血，拖车侧面的金属板上也溅满了血。一层细密的血雾向莎拉飘来，她尝到嘴唇上有淡淡的金属味道。布布喷着气，害怕地往后退。

"我止不了血。我还要卷绷带，鲍勃。"一个男人跪在马脖子上，注射着什么。他把针头扔到一边。他的双臂被染得血红，脸上也满是血污。马的四条腿抽动着，马蹄踢到了后面比较胖的男人的膝盖，他大骂了一句。

"兽医就快来了，"女人大喊，"可还得几分钟，他还在杰克家。"她爬上大卡车，想把隔板从马身上搬开。

"我们撑不了几分钟了。"

"我能做点什么吗？"

女人转过身，看到了布布和莎拉的骑马帽——这意味着她可能能帮上忙。她朝一处马厩点点头："把它关到那儿去，亲爱的，再来帮我把这个抬起来。"

"她可没有保险啊，杰姬。"年龄较大的男人嘟囔了一句，用力拉着地板上的插销。

"那不然怎么把这个从它身上抬起来？"后面的男人用浓浓的爱尔兰口音说，"天哪，兄弟，你是怎么惹出这个麻烦的啊？"他把头缩到隔板后面，"这个镇静剂完全没用。杰姬，你那儿还有吗？"

莎拉把布布推进马厩后，跑回货车旁。

"那边办公室里有个柜子，"女人对着莎拉大喊，"开着的，你找个瓶子——哎呀，天杀的，叫什么来着？——对，罗米非定。再找支注射器，拿到这里来，行吗？"

莎拉被可怕的气氛感染，飞也似的冲了出去，货车车厢里依然传来充满绝望的嘭嘭声。她在柜子里慌张翻找，找到了一个透明小瓶和装在塑封袋里的注射器。她回到卡车旁，女人已伸出了一只手。

　　"哎，天哪，杰姬，我看它不行了。"她听到车厢里男人绝望的声音，血沿着橡胶地垫滴到铺着鹅卵石的小院里，她看着血在每块鹅卵石周围流成椭圆形的一摊。

　　"不管怎么样，还是给它打一针。要是真不行了，反正也没什么差别。要是它还有一线生机，说不定能让它再撑一会儿。那该死的兽医到哪儿了？"

　　"过来，"杰姬朝莎拉做了个手势，"尽量把这个抬起来。"

　　莎拉爬上车厢，抓住损坏严重的隔板底端，上面全是血，她的两只手都在打滑。她盯着小院，尽量不去看旁边的马。

　　杰姬用牙齿撕开注射器的塑封袋。她拧开瓶盖，将针头插进瓶颈，拉起针筒，再把它伸到车厢里。马伸出一条后腿向莎拉踢来，她吓了一大跳。

　　"你还好吧，亲爱的？"

　　她默默点点头。两个男人已被血染透，马屁股周围是一摊血，它的动作越来越没力气，甚至出现了抽搐，这可不是个好兆头。莎拉发现自己的牛仔裤和外套上也有了血渍。

　　"放松点，兄弟，放松点吧。"爱尔兰男人安慰着马，"这就对了。它眼睛闭上了，杰姬。我看这一针起效了。可我们不把隔板抬出来，我还是摸不到它的腿。"

　　莎拉的背很痛，但她不能跟他们说。她看到一辆汽车的车灯扫进院子，晃得她睁不开眼睛，她听到车门"啪"的一声和踩在潮湿地面上的脚步声。一个红发男人沿着斜坡跑上来，他的手提箱已经打开了。"哎，天哪，看起来不妙啊。"

"我们觉得它可能把自己的腿给废了，蒂姆。"

"好多血啊。它这样流血流了多久了？"

"几分钟吧。我给受伤的腿绑了止血带，可是被放倒前，它就伤得很厉害了。"

此时马的四条腿都基本不动了，只偶尔轻轻地踢一下。莎拉看着兽医背对她蹲下，开始检查。爱尔兰人和没有完全裂开的隔板遮住了他的身影。

"我都没法告诉你它是怎么搞的。我们卸小马崽的时候，它突然就发了慌，猛地一下跳起来，不知怎么就把前腿卡到隔板上去了。它往后拔腿的时候，把整块隔板都拉倒在了自己身上。发生得太快了，我都不敢相信。"

"马给自己惹的麻烦总是出乎我的意料。加油，我们把这个隔板抬出去，我好仔细看看它。你们两个女孩子抬后面，我们把马往这边拖，让它的前腿出来。"

莎拉此时浑身大汗，但也只能硬着头皮，看着身边这个鬈发女人憋得满脸紫红。她的外套上全是鲜血和香烟的气味。最后，巨大的中央隔离板终于被抬起来了。他们斜抬着它，小心翼翼地从货车上抬出来，抬到了斜坡下面，把它靠在路旁立着。

杰姬在外套前胸擦着手，显然对留在上面的污渍毫不在意。"你还好吗？"

莎拉点点头，她的下巴变成了深红色。

"我们走吧，"女人说，"现在没你的事了。我们去办公室。我沏点茶。你想喝一杯吗？"

热茶的诱惑力如此巨大，以至于莎拉一时说不出话来。她跟着杰姬进了小小的办公室，坐在她让她坐的位置上，灰色塑料椅立马被她衣服上的血染红了。

"这一行可真不容易，"杰姬边说边往水壶里灌水，"我们一年只损失两匹马，可每次我都很难过。这不是汤姆的错，他很小心了。"她朝背后看了看，"加糖吗？受了惊吓喝这个好。"

"好的，谢谢。"莎拉还在颤抖。隔板被移开时，她瞥到了那匹马的样子：和布布很像。

"我给你加两块糖，我也要两块。可怜的马。"

墙上挂着大白板，写着十四匹马的名字，旁边用大头针钉着各种文件、法律法规和紧急联系电话的清单，各家运输公司也把名片钉在了墙上，还有几张圣诞贺卡和没有名字的马的照片，莎拉认出旁边有一张是杰姬的。

"给你。"

莎拉接过茶，用冰凉的双手充满感激地捧着温暖的茶杯。

"等他们出来了我再给他们泡。要是还有救，他们可就得忙一阵子了。"

"你觉得有救吗？"

杰姬摇摇头："我看悬。从来没见过哪匹马能把自己搞成这样。它肯定是特别用力地踢了隔板，那些纯种马的腿都很脆弱的……"她重重地坐到桌子后面，抬起头看钟。接着，她看着莎拉，像是才察觉到她在这里似的，"你这么晚还在外面骑马啊。你不是这附近的吧？"

"我——是有人让我来找你的，我今天晚上得找个马厩。"

杰姬认真地审视着她。"你要去哪儿吗？"

莎拉喝了一小口茶。她点点头。过去几个月的经历教会了她话说得越少越好。

"你看着还挺小的啊。"

莎拉盯着她的眼睛。"大家都这么说。"她挤出一个笑容。

杰姬翻开面前的一本大书。"好的,我们当然能给你安排马厩。好像还有一个空的。你的马叫什么?"

"布彻尔。"莎拉说。

"证件呢?"

莎拉把手伸进背包,拿出证件递过去。"所有的疫苗都按时打了。"她说。

杰姬翻开证件,匆匆记下一个数字,还给她。"我们一晚的收费是二十五块,干草和马粮都包含在里面,还要吃别的另算。你告诉我它还需要什么,我来解决。"

"我们能不能多住几天?我还得计划接下来的行程。"

杰姬摆弄着手里的圆珠笔。"你想住多久就住多久,亲爱的,只要你给钱。不过得给我留个联系电话。"

"我能住这儿吗?"

"除非你喜欢睡在稻草铺上,"杰姬叹了口气,"你难道没在别处订房间吗?"

"我以为这里也能住人。"

"我们这儿不住人,亲爱的,太麻烦了。卡车司机一般睡在车上,其他人一般会去小旅店。我可以给你个电话,这儿。"她指着墙上的清单,"皇冠旅店可以收你这种没预定的客人,一晚四十镑,带卫生间。凯丝会照顾好你的,这个季节她那儿很清静,我给她打个电话就行。"

"那里远吗?"

"沿路往前走，大概四英里吧。"

莎拉的肩膀耷拉下来。她沉默了几分钟。再说话时，她几乎快要失控了。"我是骑马来的，"她终于开了口，衣领里的声音很含糊，"我没法去那儿啊。"她太累了。再也走不动了。她恨不得恳求这个女人让她睡在办公室的地板上。

一声模糊的枪声响起。

她们抬起头。杰姬从面前的抽屉里拿出一盒烟，手腕一转，抽出一支，在桌面上敲着。她等了片刻才又开了口："你刚刚说你是骑马来的？从哪儿来的？"

莎拉的脉搏还在因为枪响而剧烈跳动。"呃……这有点复杂。"

杰姬点了烟，往后一靠，深吸了一口。"你惹了麻烦？"她的语气变得强硬。

莎拉很熟悉这种语气，这是对方把你当成坏人的语气。"没有。"

"那马是你的吗？"

"你不是看过它的证件了吗？"

女人盯着她。

"上面也有我的名字呀。而且，它很熟悉我。你要是不信，我可以让它听从我的命令，我从它四岁开始就养着它了。"

兽医从货车上出来，手提箱已经合上了。

"后面有间空房，二十五镑一晚，我会给你做点晚餐，看来你只能待在我们这儿了。我跟汤姆说了，他今晚在我们这儿吃，再多一个人没什么区别。不过，"她往前俯身，"我不会给你登记的。我感觉有点不对劲。我可以让你住在这儿，但我不想扯上关系。"

门开了，打断了她们。两个男人进来，小小的房间立刻显得拥挤。爱尔兰男人摇着头。

"哎呀，可惜啊，"杰姬嘟囔着，"来，坐吧，汤姆，我给你倒杯茶。还有你，鲍勃。坐在……呃，这位旁边。"

"我叫莎拉。"莎拉说。她的双手仍然捧着杯子，生怕说错或做错了什么就没有留下的机会了。

"前腿骨折，大动脉受伤，可怜的家伙没救了。"爱尔兰男人仍带着震惊的表情，他的皮肤上还有血污，应该是不小心擦上的，"蒂姆还没来得及在文件上签字呢。有匹母马要产崽了。一个走，一个来，是不是？"

"哎呀，不喝茶了。"杰姬把水壶盖重重地盖下去，"这得来点真东西。"她把手伸进办公桌的另一个抽屉，拿出一瓶琥珀色的液体，"你不能喝哦，莎拉。"她闪过警告的眼神。

她一定猜到了自己的年龄，莎拉想。她是尽量不想扯上关系。

莎拉低着头。"我比较喜欢喝茶。"她说。

二十

天下着雨，她已经出了办公室。她穿着时髦的套装和高跟鞋，迈着小小的焦急的步子，在人行道上走着，有些尴尬。她一看到他的车，便立刻把公文包和手提包夹在胳膊底下，朝它跑过去。他感觉如释重负：至少娜塔莎身上还有些东西是他能理解的。他微笑着，俯身打开副驾车门，她坐上车，不理后面车辆的喇叭声。

"我还以为你——"

"什么都别说了。"她打断他的话，咬紧牙关，淋湿的头发显得很亮，"等我们一找到她，你跟我就再也不打交道了，好吧？"

麦克的笑僵在了嘴角。他正准备把车开进车流，可他停住了。"你就不能说一句：谢谢你麦克，这么大老远来接我。"

"你想让我谢你？好吧。谢谢你，麦克，我都没法告诉你我有多期待这次小小的远足。满意了？"她的脸气得通红，双颊冒出了红点。

"你知道你没必要来的。你说得很清楚了。"

"我也对她有责任。这点你也说得很清楚了。"

麦克的耐心所剩无几。"知道吗？你不乱发脾气，这事就已经够难办了。你要是想跟我一起去，那就这样。但你要是老这么着，那我现在就送你回家。我们各开各的车。"

"我乱发脾气？你知不知道我为了找她放弃了什么？你又知不知

道这对我的名声有什么影响？"

"很高兴又见到你。"牛仔约翰突然把头伸到前排两个座位间，娜塔莎被吓了一跳，"我就想提醒下你们，车上还有观众呢。"他点了一支烟。

她张大嘴巴朝麦克转过头。

"他对马很了解，"他解释道，"而且他从莎拉小时候就认识她。"

娜塔莎一言不发，他又补充道："等我们找到她后，你打算怎么处理那匹马，娜塔莎？"

她在自己的手提包里翻着什么。"所以她到底在哪儿？你们听说什么没有？我还得赶紧回来工作呢。"

"好吧，"麦克嘀咕着，终于把车开进了马路上的车流中，"毕竟就你一个人有正经工作。"

"我这个官司还没打完啊，麦克。"

"是是，你说过了。"

她在座位上转身对着他："你什么意思？"

"意思是，你做的所有事就是一直抱怨这对你有多难，这多么干扰你的生活，我多么干扰你的生活。"

"这不公平。"

"可我没说错呀。难道你就没想过可能是你的错吗？"

牛仔约翰往后一靠，用帽子挡住脸。"哎哟，不妙了。"

"我？"

路上车堵得厉害。麦克把右手伸出车窗，硬挤到另一辆车前，可这条车队同样缓慢。"是，就是你。"他说。也许是因为一整天都在开车绕圈子，也许是因为担心女孩的下落，也许是因为看到穿着时髦套装的娜塔莎总是把他当敌人、当成过错方、当成可以随便训斥的对象，总之，他爆发了："是你先走的，娜塔莎。是你一开始主动提出要照顾她，后来又发现太难了。"他察觉到了她沉默中的愤怒，但他无所谓了，"你以为这儿就你的生活被影响了吗？我也取消了我的工作安排，约翰也还有别的事呢。"

他用力转动方向盘，插进最内侧的车道。车里的空间感觉在变小。"要是你没走，要是你把莎拉放在你自己受伤的自尊心之上，我们也不会有这种麻烦。"

"你是要怪我咯？"

"我只是说跟你有关。"

她冲着他咆哮："好啊，那又是谁把女朋友带回家，还让她穿着内衣在莎拉面前走来走去的？"

"我可没让她走来走去！"

"她简直什么都没穿。我进了我的房子——我们的房子——结果却看到个青春靓丽的模特穿着内裤在嘲笑我！"

"你们家听起来真不错。"约翰说。

"你觉得让莎拉看到好吗？毕竟我们一直在她面前扮演幸福一家人呢。"

"呵呵，别说得好像莎拉的出走跟这事儿有关一样。"

"喂，总归让气氛不和谐了，不是吗？"

"我都道过歉了。"麦克重重地拍了一下方向盘，"我跟你说了再也不会发生这种事了。可是，拜托，难道你就没请过你男朋友来我们家？睡我的卧室？"

"那不是你的卧室。"

"是我们的卧室。"

"越来越好玩了。"约翰慢慢抽着烟。

"你住在家里时他可从来没来过，所以你就不要——"

"那还不是因为你们有别的地方可去？"

"哇哦！"她往椅背上一靠，双手抱在胸前，"我还在琢磨你什么时候会提这茬儿呢。"

"提什么？"

"就是我的第二个房子呀。有人警告过我，"她摇摇头，"我应该听他的建议的。"

他朝她瞥了一眼："你到底什么意思？"

"有人警告过我，我们讨论财产分割时，你会拿这事来对付我。"

"哎呀，老天爷，你简直不可理喻。你觉得我会在意你租的小破屋？你就是去女王宫殿过周末我也懒得管。"

"我不想打扰你们，"约翰又往前趴过来，喷出长长的一串烟，"相信我，就算听你们俩吵几个钟头我也不会腻，可我们现在是不是没搞清重点？"

麦克的心难受得怦怦直跳。

在这辆小而拥挤的汽车前排，她尽量远离他坐着——就好像他不干净，她宁愿去世界上任何地方也不愿意待在车里。

"你们两个小可爱能不能停一下战，"约翰问，"等我们找到她再说？这样……就好。"

他们默默坐着，麦克开车朝东穿过市区，他紧紧闭着嘴。

"我没问题。"她的声音很小，她伸手拿来破旧的地图，"话说，我们这是往哪儿开啊？"

"她肯定会喜欢的。"约翰咯咯笑了。

麦克的视线始终盯着前方。"法国。"他把她的护照扔到她的膝盖上，"她要去法国。"

车开过整段拥堵的黑墙隧道，他们才解释完医院里发生的事。她问了他们几次有没有听错，以及老人的状态是否清醒，问到后面牛仔约翰都不耐烦了。"他是病了，可他还跟你一样聪明呢，美女。"他嘟囔着。他不喜欢娜塔莎，麦克看得出来。他用机警而怀疑的目光打量她，就像看着自己院子里嘎嘎叫的大鹅。

"就算没听错，我也很难相信莎拉会认为她真能骑马走到……哪儿来着？"

"你自己看地图，"麦克用手指了指，眼睛仍然牢牢盯着前方，"在法国中部。"

娜塔莎眯起眼睛。"可她走不到，是不是？"

"她最多走到海边，除非那马能自己游过英吉利海峡。"

"约翰和我觉得她连多佛可能都走不到。"

他们在沉沉暮色中前行。麦克看到对面道路上的车流也同样拥挤缓慢时，他的心往下一沉。他打开右转向灯，把车开上双向车道。"他说那马离多佛老远就得休息了。"

娜塔莎故意咳了一声，将车窗摇下。她嗅了嗅，转过身。让人感觉不妙的沉默。"那是我想的那个吗？"她说。

"我怎么知道？"约翰说，"我又不知道你想的是什么。"

"那里头……有什么东西吗？"

他将手卷烟从嘴里拿出来，认真看着。"我当然希望有啦，反正我付的是有的钱。"

"你不能在车里抽烟，麦克，你告诉他。"

"唔，我更不能下车抽呀，是不是，美女？"

娜塔莎双手抱头。麦克在后视镜里看到约翰的眼睛，闪过一丝愉快的神情。

娜塔莎抬起头。她深吸了一口气："知道吗，牛仔先生，我不管你真名叫什么，但我真的希望你不要在车里吸烟，至少不要在我们堵车的时候吸。"她在座位上滑下去，用余光瞟着两侧的车辆。

"这样我才不晕车呀。再说了，你们俩吵架让我很紧张，这对我们这种老家伙的健康不利，你也看到上校在医院的情况了。"

娜塔莎咽了口唾沫，她就像一个冲向导火索的人。"让我理一理。如果我们不让你在麦克的车上吸烟，你就可能会呕吐或紧张得死掉。"

"差不多。"

麦克看到她在努力控制呼吸。看起来还得一会儿时间。这么多天来，他第一次想笑。

据牛仔约翰说，以前伦敦的交通高峰只有一小时。可现在，学校放学后，路上车行缓慢，队伍越排越长，一堵就是四个钟头。他带着旁观者的超脱——或者说刚抽完一支烟后的飘飘然，说，他们选了个最差的出发时间。哦，他还说他要撒尿，并问他们是不是也想撒。又撒尿。

瓢泼大雨更添了气氛的紧张。麦克的车排在 A2 公路长长的车流中，透过吱吱作响、来回刷动的雨刮器，麦克看到一长排红色刹车灯就像红色巨龙时隐时现的尾巴。

过去半小时，娜塔莎一直很安静。她用手机发信息，翻文件，做笔记。她跟某人小声而激烈地讨论完案子，又跟某人说了悄悄话，麦克怀疑是康纳。她合上手机时，麦克感到一种窃喜。他第十五次调收音机的频道，想听听最新的路况报道。

"真不明白你为什么老调，"她怒气冲冲地说，"显然我们已经被堵死了。"

麦克没回应。他看得出来，刚刚的电话让她很紧张。如果他解释是想听听有没有和马相关的事故新闻，只怕会火上浇油。

"我感觉她现在一定出了伦敦，"他用手指敲着方向盘说，"我看我们下一个路口就从 A2 公路出去，要不走 B 公路。她怕是早就离开这条路了。要是运气好，说不定能追上她。"

他从窗户伸出一只手，向让他插进旁边队伍的后车致谢。"我建议，我们觉得她能走多远就追多远，要是八点还没找到，就报警。"

约翰坐在后排，他们只看得见他的帽子，帽子点了一下。"这计划听着还行，"帽子说，"不过我还是不想找警察。"

"因为警察来了你就得把你可疑的烟扔到窗外去？"

"亲爱的，除非我死，否则谁也别想把烟从我手里抢走。"

"这个我们也可以安排。"她愉快地说。

麦克瞥了她一眼。"我还在想一件事。要是我们冻结了你的信用卡，她就没钱了，那她就只能掉头回来了。"

娜塔莎考虑了一下。"可如果她没有钱，她就更危险了。"

牛仔约翰打断了他们："我觉得她就算没钱也不会停下的。她非常坚决。"

"这要取决于她已经取了多少钱。"麦克说，"可如果她一直能取到钱，那就说不好她会走多远了。我们这基本上是在协助她逃跑。"

"你百分之百确定她拿了你的卡吗？"约翰问，"我跟你说，我认识那丫头很久了，她不是会偷东西的人。"

麦克等着娜塔莎开口，她也许会提超市炸鱼条那件事，也许会说家里零钱不见了的事。可她只是坐在他旁边，显然想什么出了神。"塔莎？"

"要是她一直在用卡，"她大声说出了自己的想法，"我们就能知道她在哪儿了。我们可以给银行打电话，问出最近一笔交易的地点。"她朝他转过头，这是她第一次看起来不像要指责他，"一般交易后几个钟头就能知道。这是在不报警的前提下，我们能追踪她的最好办法。要是她住进了酒店，嗯，那就更好了，我们可以直接去。"她露出浅浅的笑容，"搞不好今天晚上就能找到她。"

牛仔约翰长长地喷出一口烟："她可没那么傻，太太。"

"我才不是这个人的太太呢，"娜塔莎轻快地说完，又开始拨电话，"把你的窗户打开，牛仔，这车臭死了。"

"达特福德。"十五分钟后，她得意扬扬地说，"中午前她在达特福德取了一百英镑，我们没走错路。"

地图上看着多简单啊，娜塔莎一边想一边用手指画着那条小小的红线。A2公路基本是笔直地穿过西汀泊、吉林厄姆，再通往坎特伯雷。可车在夜幕中缓缓前行，车流走走停停，雨水和车里三人呼出的热气让窗户蒙上一层雾，没有任何迹象表明那个女孩和她的马曾经出现，更不用说走过这条路了。

娜塔莎安静地坐着。他们离伦敦越远，她的心就越沉重。每走过一英里，她就更深地理解到他们面前的任务多么艰巨。莎拉可能在方圆五十英里内的任何一处。她可能从达特福德离开后就往东走了；她甚至可能预料到找她的人会去多佛，于是改去了某个小港口；又或者，更可怕的是，他们也许搞错了，她压根就不是要去法国。

到了坎特伯雷后，娜塔莎坚信他们走过了。莎拉绝不可能走到这儿，她对两个男人说。你们看看这天气。她眯起眼，在昏暗天色的路灯下，努力想象着莎拉的身影，可行人和偶尔出现的车总让她分心。"我觉得我们该掉头。"她说。

但麦克坚持认为莎拉走的就是这条路。她不在这儿，只能说明他们该继续往前追。"她是今早七点走的，"他指出，"现在已经可以跑出去很远了。"他趴在方向盘上，扫视着黑漆漆的地平线。

约翰似乎举棋不定。"那匹马很强壮，女孩让它做什么它就做什么……"

"什么？"娜塔莎朝他转过头，"你刚刚想说什么？"

此时车里也很昏暗，她看不清约翰的脸。

"我想说的是，如果他们还没发生意外的话。"

七点钟，路上的车少了点，指向多佛港的路牌也越来越多。他们停了四次车，有时是因为约翰又说要上厕所，有时是因为看到路边酒店或小旅馆的招牌。可每当娜塔莎进去问有没有一个女孩和一匹马入住时，前台服务员无一例外，都用看疯子一样的表情看着她。这不能怪她们：问出这种问题，她自己都觉得自己疯了。

每次问完回到车上，她都会再次问那两个男人，他们真的确定外公说的是她要去法国吗。最后一次，麦克让她别再把他们当傻子了。同时，忠心耿耿的本一直给她发短信，汇报她不在场的合伙人会议的情况。

琳达说不用担心。

他如此收尾。娜塔莎想，这恰恰表明了她该担心。

过去这半小时，他们失去了信心。麦克一直计算着，按照理论上每小时十五英里的速度，一个女孩和一匹马到底能跑多远，并且考虑进不利的天气及缺少食物的条件。"我觉得她会留在坎特伯雷郊外，"他得出结论，"或者，我们该掉头回西汀泊。"

"他们一定湿透了。"约翰伤感地说，一边用袖子擦着车窗。

"我认为我们该找个地方停下，给所有酒店打电话，问他们有没有见过她，"娜塔莎说，"不过我得另外找个电话，我手机快没电了。"

麦克把手伸进口袋，把自己的电话递给她。接过电话时，她想起在他们婚姻的最后一年，他和她都把自己的手机小心地藏起来，生怕里面和别人打情骂俏的短信被对方看到，成为婚姻分崩离析的标志。"谢谢。"她说。可她不想用他的手机。她不想意外看到那个女人发来的短信或是漏接了他工作上的电话。

"我要撒尿。"约翰再次说。

"好吧，我们也得加油了。"麦克说，"我建议去多佛。如果她要去的是那儿，就不用担心路上错没错过她了。"

"可要是她在坎特伯雷停下了，那她就要明天才能到多佛。"

"唉，我也不知道还有什么别的办法，"麦克说，"我们什么都看不到。我们可能开一整晚的车，什么收获也没有。我们先去多佛，然后按你的建议，塔莎，找个有座机的地方住下。我们可以一边打电话，一边吃点东西。大家都很累了。"

"然后怎么办呢？"娜塔莎把麦克的手机小心放到仪表板上。

"嗯……然后祈祷能从你信用卡的信息中找出她住在哪儿。再然后，我就不知道了。"

这家酒店属于一家并不出名的国际连锁集团，价位中等，两幢低矮的红砖建筑用玻璃走廊连接。娜塔莎站在巨大的前厅，穿着皱巴巴、汗涔涔的套装。她突然迫不及待地想坐下，想吃点什么，喝点什么。麦克在她前面，正跟前台服务员聊天，服务员冲他露出显然非程式化的笑容。娜塔莎冷冷地看着这一幕，转身走了。牛仔约翰坐在墙边的安乐椅上，张开双腿，头耷拉在瘦削的双肩之间。娜塔莎发现客人们经过时都会故意绕开他，不由得为他感到难过。这时他抬起头，对一个年轻女人色眯眯地眨了眨眼，她才意识到自己的同情心怕是多余的。

"好了，"麦克把钱包塞回口袋，"我们有一间双床房和一间大床房。"

"可我们需要三个房间啊。"

"他们只有这两间了。你要是想去别处找找，请自便，我快累死了。就这样吧。"

那你睡哪个房间？她想问他。可他脸上显出极度疲惫的神色，于是她只得默默跟着他朝电梯走去。

约翰解决了这个问题。"我要去洗个澡，吃点东西。"电梯在二楼开门时，他从麦克手里拿过一张房卡，"你俩想出来接下来做什么后再给我打电话。"他悠闲地走进走廊，电梯里只剩下她和麦克，气氛突然变得尴尬。

他们的房间，跟娜塔莎记忆中每次住的酒店房间一样，在楼层的尽头。他们沉默着走过铺着地毯的走廊，到房门口时，娜塔莎想张嘴，可麦克将房卡交给了她。"你去打电话吧。我先去趟轮渡码头，看她在不在那儿。"

"你不吃东西吗？"

"我在外面吃。"

她看着他的背影消失在走廊远处，意外地看到他耸起的双肩，才明白他对莎拉的责任心有多沉重。

他绝望的背影使她走进房间。她坐了片刻，试着不去想自己的离开会让职业生涯变成怎样，也不去想在多佛街头雨中行走的前夫，更不去想她理应感到的是难过、愧疚而非怨恨。娜塔莎·麦考利总能在现实艰难时做她该做的事：把水壶放到炉子上，抓过一个本子和一支笔，开始在电话前忙碌起来。

快到十点半，麦克才回来。她找前台借了本电话簿，不仅给多佛地区的所有酒店打了电话，还给方圆十英里内的所有酒店和小旅馆都打了电话。可没人听过莎拉·拉夏贝尔这个名字，也没人看见骑马的女孩。她不知道要不要给麦克打电话，可打了也毫无意义。他要是听说了什么，自然会打电话来。她也一样。

半个钟头前，牛仔约翰从自己的房间打来电话，说如果没别的事了，他就准备睡几个钟头了。娜塔莎跟他说，尽管睡，只是别把房间弄着火了。肩颈僵硬、精疲力竭的娜塔莎点了吃的和一瓶酒，让服务员送到房间，接着便开始在房间里踱步。她正把双臂拉伸到头顶时，听到了敲门声。

站在走廊里的是麦克。他一言不发地从她身边经过，重重地坐到一张床上。他往后一倒，一只手臂遮住眼睛，挡住了房间里的光线。

"什么都没有，"他说，"他们好像凭空消失了。"

娜塔莎倒了一杯酒，递给他。他疲惫地支起身，从她手里接过去。他的下巴上是灰色的胡楂，他的衣服上还带着又冷又咸的海水气息。"我把多佛找遍了。我还去了海滩，怕她会在海边。"

"你去轮渡码头了吗？"

"我问了指挥汽车上船的那些人。我觉得要是莎拉经过，他们肯定能看到。他们告诉我，所有动物都只能装在货车上过海。她不可能再往前走了，塔莎，不可能。"

他们安静地坐着，喝着酒。

"她会不会去了别的港口？我猜多佛……会不会去了哈维奇？或是西汀泊？"

"这不是去哈维奇的方向呀。"

"我们真没办法了，"他说，"我认为我们该报警了。"

"你低估了她。这是她早就策划好的，麦克。她拿走了我的信用卡。她一定安全地待在某个地方。"

"可你已经给所有的酒店都打了电话呀。"

她耸耸肩。"也许是她还没到这里。我总不可能给英格兰南部所有酒店打电话吧？见鬼了——搞不好她住在农场，或是马厩。搞不好她在这边有朋友。她可以有一万个能住的地方。"

"所以我们才要报警呀。"

娜塔莎坐在另一张床的床尾，发出沮丧的低吼。"哦，天哪，莎拉，你到底想耍什么花招啊？"她还没反应过来，就把这句话大声说了出来。

"我觉得她没耍花招，塔莎。"

"那你觉得她是碰巧偷了我的卡？"

"我觉得她是走投无路了。"

"什么？她要什么，我们都给她了。我们照顾了她的马。我还正要带她去购物，她想给外公买什么我就买什么。"她摇着头，"不是这样，"她说，恐惧和疲惫让她变得苛刻，"我觉得这一切对她来说都像苦活累活。她不喜欢我们的规矩和安排，她不喜欢不能随时去看她的马。我们逼她上学，麦克，我们不允许她来去自由，我们给混乱强加了秩序。而这就是她报复我们的方式。"

"报复我们？"

"你一直在假定她像我们一样思考，她跟我们一样。可你必须承认，她一开始就是本没打开的书。我们完全不知道真正的莎拉·拉夏贝尔什么样。"她抬起头，看到麦克正盯着自己。

"怎么？"她问，他的眼神让她不安。

"天啊，你真是铁石心肠。"

这话像重重一击。

"我铁石心肠。"她慢慢重复了一遍，喉咙里像冒出了一块石头，可她硬是把它压了下去。那你觉得是为什么呢？她想对他说。你觉得是谁让我变成这样的呢？"好吧，麦克。为什么你总把莎拉当作受害者？

"因为她才十四岁？因为她一个亲人都没有？"

她眼前浮现出阿里·艾哈迈迪的模样。"可这并不意味着她是天使啊。她偷了我们的钱，拿了我的信用卡，对我们隐瞒了很多事。现在，她还跑了。"

"你总是看到她最坏的一面。"

"不，我只是不像你那样偏爱她。"

"那你为什么要来？为什么要费心来找她？"

"看清她的真面目并不能阻止我关心她。"

"这真的只是关心吗？还是你不想被别人看到你的失败？"

"这句话什么意思？"

"这事让你脸上不好看了，是不是？帮助迷失儿童的大律师却照顾不了自己收留的女孩，我看这才是你不想报警的原因吧？"

"你居然敢这么说？"她强忍住把酒泼到他脸上的冲动，"我每天都看到这些小孩，我看到他们孤立无助、可怜巴巴地坐在凳子上，我听着他们对我骂骂咧咧，四十分钟后，我必须把他们送走或给他们另外找个住处。我知道有一半时间，他们转头就会去再划一辆车，或是再偷一袋衣服。我了解这些孩子。我被他们耍过。他们不蠢，他们也并不总那么无助。"

她脱下鞋子，扔到地毯上。"在某些方面，莎拉是个好孩子。可她和那些孩子相比，既不更好也不更坏。不管你怎么想我，看清这点并不意味着我是个坏人。"

她走进浴室，"嘭"的一声关上门，坐在马桶盖上。她把双手举到眼前，发现它们正在抖，她把地垫和两条毛巾朝门口扔去，无力地发泄着怒火。

卧室里没有声音。

她坐在那儿，时间一分一秒过去，她等着麦克起身离开房间的声音。他不会还想跟她待在一起的。她也一样。她要告诉他，他最好去牛仔约翰的房间睡。

但最糟的是，他说的部分是对的。她是不想报警。她是不想跟人解释她当初为什么要收留莎拉，又为什么没照顾好她，甚至没能保证她最基本的安全。只要他们能找到她，莎拉就可以不声不响地去更有能力的人那儿。

她颤抖着，长叹了一口气。哼，麦克倒是又轻易地发了火，演起了大善人。当个好人当然容易，只要什么都不付出。他们的婚姻不也这样吗？娜塔莎双手抱头，呼吸着廉价厕所清洁剂的气味，等着头脑变清醒。她不想他看到自己被他气成这样。她不想他看到自己的任何情绪。

她从浴室出来时，脸上冷静，脑子里全是演练过的反驳的话，可房间里很安静。麦克在床上睡着了，一只手臂仍半遮着脸。她悄悄走到另一张床边，盯着他，这个即将成为她前夫的男人，他近在咫尺这件事和他对她的嫌恶，几乎将她击垮。

她发现自己老忍不住看他。她意识到过去这两个月里，她其实很少见到他。她的目光被他的手臂和他褪色 T 恤衫下的胸膛吸引了。她曾经多少次钻进他有力的怀抱？又多少次提醒自己转过身，背对这胸膛，紧紧闭眼，默默流泪？他曾向她展示了那么多的爱，如今怎么又能如此嫌恶她？

娜塔莎将剩下的酒全倒进自己的酒杯，带着怨恨一饮而尽。接着，她不情愿地伸手拿过麦克床尾叠好的被子，将它拉开，盖到他的胸口。

她关上灯。她没有走向自己的床，而是坐到床边，盯着外面狂风呼啸的停车场和远处黑漆漆的大海，仍然抱着一线希望，想看到女孩骑着马的身影出现在昏暗的街道。

她醒来时只觉脖子僵硬，手脚以很难受的姿势塞在椅子里，如水的蓝色晨曦照亮了房间，麦克不见了。

二十一

莎拉刚刚扫完杰姬的最后一间马厩，汤姆的说话声吓了她一跳。

"我不是故意要吓你的。"他在马厩门外说。

"我——我只是没听到你的声音。"她对着自己的围巾说话，呼出的热气喷回到脸上。

"我来问你要吃早餐不？杰姬正在做。你帮她把所有的马都照顾好了，她特别高兴。"

莎拉眯起眼，望向低空的太阳。"我反正起得早。再说，她也帮我洗了衣服什么的……"

"既有礼貌，又有职业道德，你爸妈教得很好嘛。"他咧嘴一笑。刚刚这一个钟头里，他一直在清洗大货车。她隐约听到马厩后高压水龙头的哗哗声响、水冲到金属板上的声音、断断续续的刷洗声，以及他果断又兴致高昂的口哨声。前一天晚餐时，他还在失去马的震惊中情绪低落。他只吃了一点点东西，并拒绝了杰姬逗他开心的好意。莎拉也同样安静，白天的事让她累得濒临精神分裂的边缘。她几乎一言不发地吃完了晚餐。当视线都累得开始模糊时，她心怀感激地逃进了那个空余的房间。但显然，杰姬和丈夫还有放松的理由：在她迷迷糊糊中快要睡着时，她还听到了他们的说笑声。

六点半刚过她就醒了，一时间竟不知自己在哪儿。但紧接着，回忆涌来，她条件反射般从床上跳起，还穿着睡觉的 T 恤衫便冲出房子去找布布。

布布把头从马厩门上伸出来，低声嘶叫，她看到这才松了口气。她走进马厩，清晨的凉意让她瑟瑟发抖。布布安静地站在借来的垫料上，没有显出丝毫长途跋涉的疲累。她检查了它的四条腿，又抬起马蹄，终于放了心。她把脸贴到它的脖子上，然后才回到小屋。可她睡不着。于是她干脆换了衣服，去清扫马厩。

清扫其他马厩并不是为了帮忙，尽管汤姆似乎这样认为。在没有想出明确的计划之前，她必须尽一切可能在这儿多住一晚。这里的动物运送体系是她从不知道的：有因为全家移民需要运送的小马驹，还有即将前往新家、价值在五六位数以上的赛马和表演马。所有的马，和她一样，都等待着未知的新生活。至于价值较低的马，比如老弱伤残的马和大卡车里要运往欧洲大陆的马，则得不到这样的休息。它们只能待在车上，直至被送进屠宰场。

"昨天……看到那样的情况你不好受吧？希望你晚上没做噩梦。"汤姆的眼睛一看不是笑多了，就是常眯着看太阳的。他不用开口，你就知道他是爱尔兰人。

她把脸靠在叉子上，想起了那受重伤的马。"你觉得它遭了很多罪吗？"

"没有，它休克了，跟人一样。后来兽医很快就结果了它。"

"你伤心吗？"

他耸耸肩，似乎很惊讶。"哦……没有，它不是我的，我不是它的主人。我只是负责运送它们。"

"它的主人会伤心吗？"

"别往心里去，孩子。它的主人可能也不会太伤心。它只是一匹不太成功的越野赛马，腿脚有点毛病。它的主人把它卖给了法国商人。老实说，我今早打电话时，他更担心的是申报保险的事。"

莎拉用靴子尖踢开了马厩地板上的几块干土。"它叫什么？"

"马吗？哦，哎呀，你现在问我……"他抬头望向天空。这时莎拉才敢认真看他：她突然惊骇地注意到，他的左手是假的，是用肉色橡胶做的。

"迪亚波罗。"说完，他突然看着她。莎拉脸红了，被他抓到她在偷看，她觉得很尴尬。"不，是迪亚波罗·布鲁。就是这匹马。对了，我告诉杰姬你马上就过去好吗？我还要去多佛修隔板呢。"

她想了想。也许是因为前一晚他比杰姬和她丈夫看起来都更难过，也许是因为他走过每间马厩时都会伸手摸摸马鼻子，又或许，是因为那只手。总之，汤姆让她感觉，他并不危险。

"我能搭个便车吗？"她边说边穿上外套，"我要去自动取款机取点钱。"

理论上，汤姆·肯内利住在爱尔兰，可他每周大部分时间都在英格兰、爱尔兰和法国之间往返运马。他告诉她，他以前曾是赛马骑手，在一次事故中失去了部分手臂。从那以后，他换了很多工作，直到开始马匹运输，才稳定下来。

这行不是每个人都做得来的，他说。很多马不愿意上车，要让它们安全上下车，需要的不仅是耐心和冷静，你还得读懂它们，要在它们踏上踏板之前预料到它们的反应，它们走到最上面时是会后退、乱踢还是抬起后腿，有时你甚至要比它们自己还先想到。他运过老马，也运过经验丰富的表演马，偶尔还有四肢健壮的赛马，它们加起来的价值让他开车时都冒出了冷汗。昨晚之前，在他过去的六年里，只有一匹马因事故而死。不过，这件事不会让他退缩的。

"这工作很适合我。"他说，他们把隔板留在电焊工那里，电焊工保证说中午就能修好，汤姆会在午餐后带着剩下的马离开，"我喜欢马。而且，我的女朋友很独立，她需要自己的空间。"

"她喜欢马吗？"

他咧嘴笑了。"不是很喜欢。我觉得她很清楚，我要是不干这个，就只能去某个赛马场。至少现在她不用早中晚都跟动物打交道。"

"我觉得那样挺好的。"莎拉的脸有点红。

"那边就是取款机了。"

他放慢车速，停在一家便利店外面。莎拉从驾驶室爬下来，跑着横穿马路。她从口袋里掏出信用卡，塞进机器，输了密码，她回头看了看他有没有在观察，接着，她屏住了呼吸。

她以为她会听到尖厉的拒绝声，或是报警声，那将是最可怕的噩梦。可出乎她意料的是，机器服从了她的指令。她又取了几百镑现金，塞进口袋深处，在心里对外公、麦克和娜塔莎说了声"对不起"。就在她准备跑回马路对面时，她看到了电话亭，那种老式带玻璃门的红色电话亭。汤姆好像在看报纸。于是她钻进了电话亭，不出所料，里面一股尿骚味，她皱起了鼻子。电话机可以插信用卡，她拨通了号码。

听筒对面一直响着嘟嘟声。最后，就在她要放弃时，她听到有人拿起了话筒。"这里是脑卒中病房。"

"我能跟拉夏贝尔先生说话吗？"一辆大货车经过，她只能提高嗓门。

"谁？"

"拉夏贝尔先生。"她用手捂住另一只耳朵，"我是莎拉，他的外孙女。你能不能把话筒给他？他在四号病房。"

对方愣了一下。

"稍等。"

莎拉站在小小的电话亭里，茫然地看着车来车往的马路。坐在驾驶室里的汤姆看到了她，冲她点点头，像是在说不着急。

"喂？"换了个人。

"哦，我想跟拉夏贝尔先生说说话，我是莎拉。"

"你好，莎拉，我是道森修女。我会把电话拿进病房去的。不过我得告诉你，他的情况有点恶化。你那边要是很吵，可能会听不清他说了什么。"

"他还好吗？"

修女稍稍犹豫了片刻，可这足以让莎拉的心猛地一沉。

"你什么时候能来？我要安排人跟你还有你的寄养家庭谈谈。"

"我去不了，"她说，"今天我过不去。"

"好吧。嗯，他还……还行吧，可现在说话有点不清楚，你得大声点说。这个电话信号不好。我让你跟他说吧。"

那头响起脚步声和开门的吱呀声，一个含糊的声音说："拉夏贝尔先生，是您外孙女。我把听筒放到您耳朵边好吗？"

莎拉屏住呼吸。"外公？"

没有应答。

"外公？"

长长的沉默。好像有个声音。可外面太嘈杂，莎拉分辨不出来。她用手紧紧捂住另一只耳朵。护士插了话："莎拉，他能听到你说话，现在你跟他说说话就行，但别指望他会回答。"

莎拉咽了口唾沫。"外公？"她又说了一遍，"我是莎拉，我……

我今天去不了你那儿了。"

一个声音，接着是护士含糊的鼓励："他能听到你说话，莎拉。"

"外公，我现在在多佛，我只能带着布布。我们现在很艰难，可我还是要告诉你……"她的嗓子哑了。她紧紧闭上眼睛，迫使自己保持镇定，不要让他从自己的声音里听出任何情绪，"我们要去索米尔了，我和布布。我没法走之前告诉你。"

她等待着，想要听到一点什么，想知道他的反应。可沉默让她感到痛苦的压抑。她从沉默中读出了一百万种答案。当沉默继续时，她的决心在消减。

"对不起，外公。"她对着话筒大喊，"可我没办法了，只能这样了。你知道的。你是知道的啊。"她开始哭泣，大大的咸咸的泪珠砸在脚边的水泥地面上，"只有这个办法能保证它的安全，能保证我的安全。你千万别生气。"她悄声说，她知道他听不见。

他还是什么都没说。

莎拉默默流着泪，直到护士重新拿起了话筒。

"你想说的都说完了吗？"她轻快地问。

莎拉用袖子擦擦鼻子。她仿佛清清楚楚地看到了他，躺在那儿，满脸焦虑，还有抑制不住的愤怒。哪怕是相隔如此遥远，哪怕是他被困在病床上，她仍能感觉到他的不满。他怎么可能明白呢？

"莎拉？你还在吗？"

她抽抽鼻子。"还在，"她的语调高得很不自然，"我还在，我听得到你说话。刚刚一辆大货车开过去。我在电话亭里。"

"哦，我不知道你说了些什么，不过他想让我跟你说……"

莎拉紧闭眼睛，眼泪仍夺眶而出。

"他说：'很好。'"

莎拉愣了片刻。"什么？"

"是的，说的绝对就是这句。他说：'很好。'他正对我点头呢。好吧？希望我们能很快见面。"

她重新爬上货车驾驶室，转过身对着副驾的窗户，不想让汤姆看到她通红的眼睛。她坐着，让头发垂到脸上，等着钥匙转动点火的声音。

很好。外公无声的回答不断在她耳中回响。

汤姆没有点火。最后，她终于看向他时，发现他正目不转睛地盯着自己。"好了，孩子，你能跟我说说是怎么回事吗？"

他才不信她是参加赞助比赛的呢。她的语气此刻变得平静。她给他讲了个故事，今早她在脑子里已排练过的故事。她眼神清澈，表情沉稳。

"去法国，"他重复了一遍，"你在参加一个去法国的赞助比赛，给中风病人筹集捐款，可你什么证明文件都没有。"

"我原本以为我会在多佛拿到文件，我还想问你怎么拿呢。"

他们坐在路边咖啡馆里。他给她买了一块麦芬蛋糕和一杯茶，蛋糕摆在她面前的盘子上，用塑料纸包着，又潮又硬。

"你就一个人。"

"我很独立的。"

"显然。"

"那你能帮我吗？"

他往后一靠，认真打量了她一分钟，接着，微微一笑。"好吧，我要跟你说，莎拉，我来赞助你，把你的赞助表给我。"

她的眼睛瞬间瞪大，紧接着又望向别处，可这一切都被他看在眼里。

"我想……我放在包里了。"

"好吧，那先这样。"

"你能不能告诉我要怎么帮布布准备过海文件？"

他像要说话，又停住了。他盯着窗户外面排成长队通向码头的汽车，车顶的架子上都堆满了行李。她摆弄着麦芬蛋糕的包装纸。没有食用期限。搞不好已经摆了三年了。

"我有个继女，有点像你。"他小声说，"她跟你这么大的时候，总是惹上各种麻烦，主要是因为她什么事都藏在心里，总以为自己能处理好。最后——我是说，真的到了最后，"他陷入对往事的回忆，露出讽刺的笑容，"我们才说服她，没有什么事是坏到不能告诉任何人的。你知道吗？没有什么事。"

可他说得不对。莎拉很清楚。她就是因为一开始说了实话，才惹了这么多麻烦。要是第一天晚上，她没把外公的事告诉娜塔莎……

"莎拉，你是不是惹了什么麻烦？"

她早已练就了完美的茫然表情。此时，她对他露出那个表情，可又感觉有点奇怪，她觉得自己该道歉。她想告诉他，这不是针对你，可你不明白吗？你跟其他人没区别。你们本意都不坏，但你们不知道你们造成了怎样的伤害。

"我跟你说过了，"她平静地说，"我是在参加赞助骑马比赛。"

他噘起嘴，与其说表达不满，更像是无可奈何。他喝了一小口咖啡。"杰姬昨天晚上差点不让你住，你知道吗？她一眼就知道你身上有麻烦。"

"她要多少我就付了她多少。"

"你是付了。"

"我跟别人没什么不同。"

"是呢，只是个没交通工具的十几岁女孩想送她的马过海。"

"我说了，你要是想要钱，我可以给。"

"我知道你能给钱。"

"哦，那就行了。"

她等着他将视线从咖啡杯上抬起来，可他似乎被它吸引了。

"你能把那张信用卡给我吗？"

"什么？"

"你用来取钱的那张卡。"

"我给你现金。"她觉得五脏六腑一紧。

"你要是想让我帮你，就用信用卡付钱，这不是什么大事吧？"他盯着她的眼睛，"当然，除非你的名字不在卡上……"

莎拉把餐盘一推，从座位上站起来。"你知道吗？我不过是搭你的车而已。你送我取钱，但我不需要你管我的闲事，不需要你骚扰我，行吗？要是你不想帮忙就别管我。"说完她走出大门，大步穿过停车场，走上了大马路。

"喂，"他追在她后面大喊，"喂。"

她没有转身，他继续喊："没有兽医，你拿不到文件的。申请文件要好几天，甚至要好几周。你得年满十八岁才能签字，我敢肯定你没有十八岁，莎拉。不管你给杰姬扫多少马厩，她还愿意收留你多久谁都说不好。你好好想想啊。"

她停下了脚步。

"我觉得吧，孩子，你是不是该考虑回家了，"他的表情很和善，"你和你的马。"

"可我不能，我就是不能。"她惊恐地发现自己的眼泪涌出了眼眶，她拼命眨着眼想把它忍回去，"我没做坏事，好吗？我不是个坏人，只是我不能回去。"

汤姆盯着她。她目光低垂，想避开他的注视。他好像能看穿一切，包括她的谎言和她的脆弱，但他又跟马耳他人萨尔不一样，他的目光像是要剥去她身上一点一滴有价值的东西，但带着怜悯。这样更糟。

"听我说，我真的需要过海。"公路上的汽车飞驰而过。她突然闪过一个念头，这些金属做成的马为什么可以轻易过海呢，这太不公平了，"别的事我不能告诉你，但我必须要去法国。"

她把外套留在货车上了。她站在冷飕飕的停车场里，海风吹打着头发绕着耳朵旋转，她紧抱着双臂。汤姆又盯着她看了一会儿，转身离开了。她以为他要回货车上，可他只走了几步，便停下来。终于，他朝她转过身说："那……我要是不帮你，你怎么办？"

"我会找个愿意帮我的人，"她挑衅地说，"我知道我能找到。"

"我担心的正是这个。"他无奈地嘀咕着。他暂停片刻，思考了一下。"好吧，"他说，"我可能能帮你去法国。是的，"她刚想插嘴，他继续说道，"你和你的马。不过你得跟我说实话。这就是条件，莎拉。你告诉我到底发生了什么，否则我不会帮你。"

"迪亚波罗·布鲁"不愿意上坡。它喷着鼻息，两条前腿一动不动，翻着白眼。它拱起背，脖子上的肌肉绷得紧紧的，耳朵前后扑扇，腿笨拙地踢着，显然还没熟悉汤姆给它裹在腿上的保护绷带。

汤姆泰然自若：他安静地站在它身边，它不愿意往前走时，他就跟它温柔地说话；它暂时不往后拉时，就松一松长长的缰绳。他让莎拉上好马笼头，然后，莎拉看着他将长长的缰绳从嚼子上面绕过来，绕过头顶，绕过耳朵，再往下拉到嚼子的另一侧。"这样它一往后拉，就会感觉到压力，"他解释说，"就像是对它干坏事的惩罚，但比运输公司的手段更温和。嘿，没关系的，别担心，咱们慢慢来。"

"杰姬说她一点半就要回来了。"

"哎，那个时候我们早就出发了。"汤姆坐在斜坡上，抬起一只手摸着马鼻子，完全不急。

莎拉可没他这么悠闲。杰姬来了会问问题，会要求她解释。更糟的是，她可能会说服汤姆，让他意识到自己犯了个错误。"她只是去找经销商而已。喂，要不我试试吧？"

"不用，"汤姆说，"你太紧张了。说实话，你站在这里反而是帮倒忙，你去车上坐着吧。"

"我不——"

"到车上去，这样更快。"

他的语气不容置疑。已上车的马焦躁地嘶鸣着，有一匹大口吃起了干草，接着又把栗色的脑袋从隔板上伸出来，看看外面到底发生了什么事。莎拉回头焦急地望了一眼汤姆用缰绳牵着的大棕马，便照着他的话做了。

她爬上副驾的座位，把手伸进口袋，摸着信用卡。"你愿意出多少钱？"汤姆这么问过，她从他身边后退了一步，生怕自己看错了他，"我们还是先回咖啡馆吧。"

当时她很鄙视他，以为他又是个骗子，是个好色之徒，直到他从外套里拿出自己的手机。他们还坐在之前的桌子旁，塑料袋里的麦芬蛋糕还在原处。

"克莱夫吗？我是汤姆·肯内利，我想跟你说说马的事。"

她安静地坐在他对面的胶合板小桌旁，听着他跟电话那头的男人解释，说他的货车出了点毛病——他显然跟那个男人很熟，因为他问起了对方孩子们的近况。"我跟你说啊，哥们儿，之前的保险可能有点问题。焊工说隔板上有个插销不见了，我肯定没看见，但这就是个漏洞。你懂我意思吗？要真是这样，你恐怕就拿不到钱了，我的保险费也会涨到天上去。是啊……是啊，就是嘛，对不对？现在你听我说。你这匹迪亚波罗·布鲁，我看文件上写着它不是'沙漠兰花'联盟的，你知道我想说什么吗？"他哈哈大笑，"是吧？是吧？对啊，我想着它反正也不是什么好马。我在想，你能不能帮我个小忙？我给你补偿一笔现金，这事就不要上报了，你觉得行不行？还省了不少麻烦呢。"

他又聊了五分钟，让克莱夫放心，说隔板已经修补得很牢固了，还有他一定会在周五将两匹马顺利送达，以及他希望他们能长期合作等等。等他终于挂断电话，他嘴角那坚定的笑容过了好几秒才渐渐消失。他将手机放回外套口袋。"好了，孩子。你现在得为克莱夫先生死去的马赔偿三百五十镑。要是我们现在回自动取款机那儿，你觉得这卡还能取出这么多钱吗？"

"我不明白……"

"这就是给你的马弄到新文件的价钱。"他说，"上帝保佑，我正好能帮上忙，不过这就是你要付的票价。"

又过了漫长的十分钟，她把最后两个手指甲也啃掉后，"嘭咚"一声马蹄声和沉闷的撞击声告诉她，斜坡板被拉起来了。接着是插上插销的声音和扣上安全锁的声音。驾驶座的车门被打开，一股冷风吹进来，汤姆爬上座位。"考虑到各种情况，它还不算太差是不是？另外两匹马旅行过很多次了，它们会帮它的。"他咧嘴一笑，"你现在可以松口气了。"

他启动引擎，货车抖动起来，巨大的发动机咆哮着，莎拉伸手去拉安全带。

"你给杰姬留了字条没有？"他调整着后视镜。

"留了，还有现金。我跟她说我改了路线，要去迪尔。"

"真是个聪明丫头。哎呀，孩子，别那么紧张，我这车是空气悬挂系统的——马会感觉超级平稳。它们在路上比我们还舒服呢。我敢跟你打赌，还不等我们把这条路走完，它就会开始吃草了。"

她不能告诉他，让她害怕的并不是"迪亚波罗·布鲁"的表现，而是海关官员可能会对它进行严格审查。从它的旅行文件签发到现在不过三周，它却长高了足足两英寸，任何一个熟悉马的人都会知道其中必有蹊跷。

"你确定要走吗？"汤姆问，"现在回去还不晚，你知道吧？我相信，只要我跟你的收养家庭好好谈谈，我们还是可以想办法的。"

很好，外公是这么说的。很好，护士非常确定。"我就想走。现在就走。"她又补充道。

她瞄着后视镜。马厩后面，她看不见的地方，那匹现在叫"布彻尔"的马正躺在帆布底下，等着当地屠宰场的人来把它带走。而"布鲁"的护照和旅行文件则被夹在破旧的文件夹里，放在她面前的仪表板上。

"好吧，"汤姆转动巨大的方向盘，货车朝主路开去，"那你、我还有'迪亚波罗·布鲁'的跨海旅行就要开始喽。"

二十二

牛仔约翰端着第四盘鸡蛋、培根和煎面包坐下来，搓着两只手。"不错嘛，"他把餐巾纸塞进衣领，"路上能吃到这个真不错。"

麦克又喝了一大口咖啡。"真不知道怎么有人能吃下四盘早餐。"他看着几乎被吃空的自助早餐台说。

"我付了钱的，"约翰说，"总不能不吃回来呀。"

准确地说是我付的钱，麦克心里说了一句。不过他喜欢跟天性乐观的人在一起，所以他什么也没说。这间风暴国际酒店的早餐厅里全是人：嘈杂的游客，专心打电话的销售员，在撒满麦片的桌子旁管着一帮小孩的心力交瘁的妈妈，以及躲在报纸后的爸爸。时不时会有个圆脸的东欧女孩跑来帮他们添咖啡，每次约翰都会大声说：哎哟，加满！谢谢你啦！

今早他好像恢复了活力，破旧的棕色帽子下露出的笑容更灿烂了，衣领和袖口也熨得整整齐齐。麦克的衣服则总像穿了好多天似的，跟约翰一比，他倒觉得自己格外邋遢了。天还没亮他就醒了。他睡不着，又找不到事可做，只好又走路去了荒无一人的海边，看着轮船在朦胧的晨曦中来来去去，听着海鸥在头顶盘旋时发出的凄凉叫声，带着恐惧的心情，想着莎拉此刻会在什么地方。

八点刚过他就回来了。他走进房间，发现娜塔莎并没有像他离开时那样坐在窗边的椅子上，而是蜷缩着躺在另一张单人床上。房间里很静，只有走廊远处的喃喃细语打破宁静。她的膝盖顶着下巴，奇怪的睡姿像个小孩，头发遮住半边脸，即便在梦中仍是眉头紧锁。时间尚早，但她放在桌上的手机闪着灯，表示有未读信息。他本想替她看看是不是莎拉打来了电话，可一想到万一她醒来发现他侵犯了她的隐私，便又作罢。他去冲了个澡，用搓不出泡泡的酒店肥皂尽量让自己清醒了一下。洗完澡，他下楼去吃早餐。餐厅里，牛仔约翰显然已经吃了一段时间了。

"那么，今天的计划是什么，队长？"约翰用煎面包的一角铲起一摊鸡蛋。

"我也不知道。"

"呃……我一直在想，我敢跟你打赌，她就在附近。打从我认识那丫头，她就从没出过远门。她总不能让那马游到法国去吧？所以依我看，她要么给马找了个住处，自己去法国，这种情况下我们就得派个人在轮渡售票处守着；要么她很快就发现自己被困住了，那她就只能待在这儿，想清楚下一步该怎么办。"

"我觉得她不可能丢下马。"麦克回想起他们在肯特郡的暂住时光。

约翰笑了。"我也是这么想的，哥们儿。所以，她一定到了这儿，并且很可能留在了这儿。所以我们暂时不要报警。我们只要把该找的地方都找遍，给所有马场打电话，再给酒店打电话，问问有没有小孩拿着娜塔莎的信用卡登记入住了。"

麦克往椅子后面一靠。"你说起来倒简单。"

"最好的办法往往很简单呀，除非你还有别的……"

娜塔莎出现在桌旁。她的头发是湿的，表情是警惕的，像是怕他们会批评她最晚起床。

"坐这儿吧，"麦克拉出一张椅子，"要喝咖啡吗？"

"我没打算睡懒觉的，你该叫我起床的。"

"我想着你该好好休息一下。"他看到她脸上一闪而过的表情，她在努力掩饰。当每次对话都带着历史时，再无心的一句话也能被轻易曲解。

"你的电话。"她把手机递给他，"你忘在房间里了，你女朋友打电话来了。"

"可能是我今天上午的工作……"他张嘴解释，可她已经离开桌旁朝自助餐台去了。

约翰往前俯身："我还在想另一件事。"

麦克没怎么听。娜塔莎站在面包篮旁，摇着头，对着手机飞快地说着什么。

"我们可能是在杞人忧天。"

麦克把头转回来。

"她外公把那匹马驯得特别好，我从没见过驯得那么好的马，要知道我养马的时间可长了。"

"那又怎样？"

"莎拉跟它在一起是安全的。"

"跟谁在一起是安全的？"娜塔莎咬着一片吐司坐下来。

"马呀。约翰觉得，莎拉跟马在一起是安全的。"

娜塔莎把吐司放在自己的盘子上。"这么说来，就跟《神奇的冠军马》一样喽？它会击退毒蛇？还会提醒主人有印第安人靠近？"

牛仔约翰把帽子往后推了推，瞪着她。他故意把头转向麦克，说："我的意思是，就算遇到了什么事，她也跑得掉。很多人都怕马。

有些人可能会接近独自在外的小姑娘，但她骑着马，他们就不会惹她了。"他大口喝着咖啡，"在我看来，她骑着马比没骑马更安全。"

娜塔莎喝了点果汁。"但她可能会被甩下来，或者从马背上摔下来，或者被想偷马的人盯上。"

约翰警惕地打量着她。"哎呀，你可真是乐观。我算明白你为什么会当律师了。"

年轻的女服务员又来到桌旁，麦克微微一笑，举起杯子。她走开后，他看到娜塔莎正盯着自己，眼神颇不友善。

"我看麦克宁愿我是个服务员。"

"你这话什么意思？"

"意思是，"她对着约翰解释，"他就是那种老喜欢嚷嚷自己喜欢聪明女人的人。可等'聪明'意味着'复杂'和'不好骗'的时候，他就决定还是喜欢二十二岁的服务员和模特了。"说完她脸红了。

"你是想说这有什么不对吗？"约翰咯咯直笑。

麦克喝着咖啡不说话。"也许我只是发现，跟不会一直生我气的人在一起比较轻松。"

这话让她哑口无言。他看到她红了脸，突然奇怪地感到惭愧。

约翰僵着从桌旁站起来。"好了，你们小两口倒是提醒了我为什么要单身。你们订个计划吧，我去刷牙了。五分钟后下楼。"

他们目送他悠闲地穿过餐厅，娜塔莎咬着吐司。"对不起，"她对着自己的餐盘说，"我不该——"

"塔莎。"

她抬起头看着他。

"我们能不能休战，等找到她再说？我觉得这……有点累人。"

她的脸上又闪过一丝愤怒。他看到了，那表情仿佛在说："累人？你觉得怪我咯？"

"你说得对，"她说，"我说得太过了，对不起。"

餐厅对面，约翰朝服务员脱帽致意。麦克看到他礼貌地鞠了个躬。"好吧，你有什么计划？我反正没有。"

"她不可能走很远，"娜塔莎说，"我建议我们给她一点时间……到四点好不好？如果那时候还没找到她，我们就报警。"

娜塔莎和牛仔约翰坐在售票处外面的长椅上，把头缩在外套领子里，试图抵御寒冷的海风，海鸥在他们的头顶尖叫。今天上午，他们在各自房间里打遍了英格兰南部差不多所有酒店的电话。因为被关在屋里太久，人都开始焦躁了，于是他们决定和麦克在户外碰头。时间悄悄流逝，一个钟头一个钟头过去了，仍然没有莎拉的踪迹。他们愈发不安。他们坐在阴冷的移动办公室外，看着乘客源源不断地从长途客车上下来，购买船票或是去上厕所。本时不时打电话来问几个问题，通常是理查德要问的问题。而在海风的呼啸中，她只能扯着嗓子喊着回答。牛仔约翰隔一段时间就会站起来，沿着这段毫无遮蔽的柏油马路来回走走，面无表情地抽烟，有时还抬起瘦削的手压住自己的帽子。

"我不喜欢这样，"他望着大海说，"这不像莎拉。"

她没怎么听他说话。她还在想她问琳达前一天晚上的合伙人会议上，康纳有没有支持她时，琳达的回答是："他试过了。"可那语气分明在暗示他并未尽力。"好笑的是，真正支持你的是哈灵顿，他在电话里说的，我……呃……碰巧听到了。他说你的工作方法……很有创新，还说你那时候走对案子没影响。"这个消息并没让娜塔莎更开心，琳达似乎有些惊讶。

上午的庭审进展顺利。理查德询问了家庭医生，哈灵顿询问了法务会计师，驳斥了帕西先生说自己损失惨重的谎言。他吓坏了，本说。后来哈灵顿也说，要是第二天还不能达成和解，那就真让人意外了。娜塔莎说，很好。她尽量不理内心涌起的嫉妒和失落。

这会儿，麦克拍着手朝他们走来，他前额的头发被风吹得立了起来。看到他时，她意识到自己身上还穿着皱巴巴的西装和带着汗馊味的衬衫。她穿着皮鞋在镇上到处走，两只脚都走痛了。要是还不能马上找到莎拉，那她无论如何都要去买一身换的衣服了。

"没找到？"

娜塔莎摇摇头。"大家都说没看到过马。可他们也说了，昨晚在售票处的是另一拨人。他们不让我们看乘客名单，说有什么数据保护法。"

麦克小声骂了一句。"信用卡公司也没有消息？"

"这不能说明什么。有时候，要等几个钟头才有消息。"

他们黔驴技穷了。没有任何确定的计划，前一天紧迫的心情慢慢消退，取而代之以一种奇怪的惆怅。

白天的时间很难熬。他们分头行动，轮流在多佛周边开车转悠或步行，要不就留在酒店房间，对着电话簿打电话。城堡街一家糖果店的老板娘发誓说她前一天晚上看到了骑马的女孩，但又说不出更多信息。麦克越来越沮丧。他在大街上拦住路人询问，还去问了商店老板和码头工作人员。牛仔约翰回到酒店房间，给前一天晚上打过电话的酒店又去了电话，生怕又有新消息，打着打着还时不时睡过去。娜塔莎接到公司打来的更多电话，她只能解释：不行，今天晚上还回不去。她走在湿漉漉的多佛街头，强忍住慢慢涌上心头的绝望。

他们说好，六点在海边的酒吧碰头。娜塔莎本想在酒店里吃饭，但约翰说，要是他还在那个充斥着消毒水味的房间里多待一分钟，他就要疯了。酒吧里没什么花哨的时髦装饰，只是弥漫着强烈的啤酒和香烟味。他刚坐下，好像就放松了下来。"这才像话。"他不断说着这句话，拍打着陈旧的天鹅绒坐垫，仿佛找到了第二个家。

娜塔莎到了酒吧后才开始打电话。她坐下来，一只手捂住耳朵，头顶的电视机大声播报着比赛结果。

电话响了八声他才接。不知是不是因为他看到了名字，不确定该不该接。

"康纳？"

"是我。"

"我只是想知道你怎么样了。"

"你们找到她了吗？"

"还没。"

"你在哪儿？"

"多佛。她绝对到这儿来了，只是我们还没确定她的位置。"话刚出口她就后悔了，她不该说"我们"的。

"好吧。"

久久的沉默。娜塔莎朝后望了一眼，麦克正在跟女酒保聊天，也许是在解释他和约翰在做什么。她看见女孩挑起眉毛，摇了摇头。过去二十四小时里，她见过太多次这样的反应，不用听就能知道答案。

"康纳？"

"嗯。"

"我只是在想，"她用手指梳着头发，"我想确定我们之间没事。我不喜欢半途而废。"

他愣了一下才回答："你想确定我们之间有没有事？"

"对不起，我只能那样离开，但你一定要理解我，我不能把所有事都甩给麦克。"

在电视机的噪声中，她听到他粗重的呼吸。"你就是不明白，是不是，大律师？"

"工作的事我跟你解释过了。我听说今天哈灵顿在庭上进展顺利，就算我不在——"

"不，你还是不明白。"他的语气变得温柔。

"不明白什么？"

"你从来不找我，娜塔莎，一次也没有。在你决定抛下全部去做这事之前，你从没想过开口找我帮忙，一次也没有。"

"什么？"

"你连想都没想过找我，是不是？这说明了什么呢？"

麦克和女孩笑了起来。

"我以为你……"她说，"我想到你以前——"

"别说了。你想都没想过找我。我不知道你和麦克之间发生了什么，但我不想跟一个无法坦诚面对自己情感的人在一起。"

"这么说不公平，我——"

可他已经挂断了。

莎拉挥舞着一片面包，并没发现她的英国口音引起了周围桌旁用餐的法国客人们的注意。"他们就像那种兄弟会，你知道吧？他们都有黑色的帽子和黑色的制服……"

"啊，我就知道跟衣服有关。"汤姆开着玩笑。

莎拉没理他。"他们能让自己的马做任何事，真的是任何事。他们可以跳过一英尺宽的椅子。你知道从椅子上跳过去有多难吗？"

"可以想象。"

"外公总说，他到了黑骑士马术团，才第一次感到这辈子终于有人理解他了。就好像是这个世界上，竟然还有人跟他说同样的语言，而且大家还全都生活在那一个地方。"

"我知道那种感觉。"

"他们的训练很辛苦。他早上六点就要起床骑马，有时候要骑一整天，骑不同的马，完成不同的动作。有些是基础动作，有些更复杂。那些马各自擅长不同的动作。他最喜欢的一匹马擅长的是腾跃后踢，你知道是什么吗？"

"不知道。"

她鼓了腮帮。"那是你能让马完成的最难的动作之一。它起源于战争中，有几千年的历史了。马要用后腿跳起来，跳到半空中时，还要这样往后踢。我经常想，这在战场上会是什么感觉，你正要用剑去刺敌人，这马就跳了起来——哎呀！"她打着手势模仿马将后蹄踢出的动作。

"好可怕。"

"嗯，一定很有威力，不然他们也不会一直练呀。"

她坚持付钱。他不愿意她用偷来的信用卡请他吃晚餐，可她向他保证，等外公好些了，她就会把用的每一分钱都还给娜塔莎。莎拉身上有种特质，总能让人不由自主地相信她。

他们到了法国。车开上高速公路后，她变得越来越闹腾，汤姆简直没法将这个自信又多话的女孩和她前一晚沉默谨慎的样子联系起来。

"外公的朋友约翰总是开玩笑说，我们这都是马戏团杂耍。才不是杂耍呢。你得亲眼看了才能明白。马之所以做那些动作，是因为它们自己喜欢。我们就是要训练它们自己想做。这样它们表演时，就不会感到压力或紧张。正因如此，对它们的训练才要慢慢来，循序渐进，它们才能不反抗地学会。"她吃了一大口巧克力慕斯蛋糕，"赛马也是这么训练的吗？"

汤姆差点被咖啡呛到。"不是，真不是，不是这样的。"

这家服务站里的咖啡馆大门开了又关，进来一家法国人。他们一边四下观望，一边吃着东西，妈妈跟两个小孩说着话，指着自助餐台上的东西，告诉他们哪些能吃。

"那你跟着你外公多久了？"

"四年了。"

"你从来没跟你妈妈联系过吗？"

"她比我外婆去世得还早。"

"对不起。"

"没事。我不是想说得冷血，只是……她是那种爱惹麻烦的人。她离开我的时候我还很小。不过我还是想我外婆的。"莎拉盘起腿，然后掰开了一块巧克力。

"我和外公外婆在一起真的很开心。我说我不想妈妈，别人都不信，可我真的从没想过她，一天都没想过。我跟她在一起时从没开心过。很多事我不记得了，我就记得我很害怕。外公外婆照顾我以后，我再也没害怕过。"她边说边朝法国郊野打了个手势，"总有一天，我要带外公到这儿来。我们本来打算11月来的，你知道吧？他真的很想来。可后来他中风了，一切都……"她不再说话，像是要让自己冷静下来，"他听说了我要来这，我想这对他的病情有帮助。等他好了他就可以来了。他会很高兴的。"

"你确定这些都能实现？"

"我外公是法国最棒的骑手之一。他能让马飞到空中，让它做到它自己都以为不可能做到的事。"她把巧克力放进嘴里，"我做的不过是骑马走了几里路而已。"

汤姆盯着她，这个孩子，和她成功偷渡的马。她说得再自然不过了。

娜塔莎合上手机，骂了句脏话。天色已暗，他们三人开着车像无头苍蝇似的在多佛乱转。他们刚去了一个冷清工业区里的取款机处，那周围全是修车厂和不伦不类的低档办公楼。根据信用卡公司提供的信息，这里是莎拉最近一次取款的地方。他们感到她近在咫尺，却又找不到任何踪迹，小车里的气氛越来越紧张。没人提之前说要报警的事——他们都知道她一定就在附近，小小的塑料卡片就能证明。可为什么一个女孩会骑马到这种地方来呢？

娜塔莎在座位上转过身，对牛仔约翰说："跟我说说，约翰，莎拉的外公怎么会住在那种地方？那里……呃，不是很好，是吧？"

"你以为他想住那里吗？你以为他想过那样的生活吗？"

麦克耸了耸肩。"我们对他一无所知，只知道他养了个能挑战重力的孩子。"

约翰带着明显满足的表情，往后一靠。"好吧，我就跟你们说说亨利的故事。他可真不容易。他家是法国南部什么地方的农民，他爸有点毛病，亨利很小就早早离家参军了。"

她早就猜到约翰是喜欢讲故事的人了，她也喜欢听：这可以让她停止思考。麦克也不介意：他喜欢听别人的生活故事，他多年来一直在听拍摄对象讲自己的故事。

"从那以后，他就一直在马背上了。他加入了什么骑兵部队，20世纪50年代，他一路提升，最后进入了黑骑士马术团。当时马术团正在进行战后重建。"他看着坐在前面的两个人，"这可是很大的成就，知道吗？他们就像是，整个法国顶尖的一群人，那是最精英的学校。哎呀，亨利爱死那里了。他每次说起那儿，腰都挺得更直了——你们明白我的意思不？"

"那后来他怎么又住到桑当去了呢？"

"因为女人。"约翰瞪了娜塔莎一眼，仿佛她也该承担部分责任，"他恋爱了。"

黑骑士马术团在1960年进行第一次世界巡回演出时，亨利·拉夏贝尔注意到了观众席前排一个小个子、黑头发的姑娘。三场表演，她每场都来了。最搞笑的是，她甚至不喜欢马。她是陪朋友来的，却被马背上穿着笔挺黑制服的年轻男子迷住了，他骑着马像在表演魔术。

一天晚上，表演结束后，他去找她。多年后，他向约翰讲起那一幕时，他说，在那一刻之前，他生命里的一切好像只是一场预演。

"我觉得，他之前没怎么恋爱过，所以才会爱得那么强烈。"约翰又点了一支烟，"他们又在一起待了三个晚上。后来，在将近六个月的时间里，他们相互写信，探望对方，一有机会就在一起。可问题是，"他说，"跟她一分开，他就变得暴躁。你们也知道年轻情侣什么样，亨利一直就不是个三心二意的人。他的注意力开始分散，表现也受到了影响。他开始质疑学校教他的那些东西。最后，他们警告他，要么乖乖听话，要么赶紧滚蛋。他一怒之下就走了。他去了英格兰，娶了那个女孩……"

"从此幸福快乐地生活在一起。"娜塔莎想起那张照片，得出结论。那个女人一看就是被人宠爱的。

约翰的目光渐渐缓和。"开什么玩笑，"他说，"谁能从此幸福快乐地生活呢？"

二十三

"不服从命令的马不仅无用，而且往往会扮演叛徒的角色。"

——色诺芬《论马术》

不到一年，亨利·拉夏贝尔就意识到自己犯了个严重错误。这不是佛罗伦丝的错：她真的爱他，每天把自己打扮得漂漂亮亮，努力做个好妻子。她对他的幸福的关心让他有些内疚，并不时以烦躁的方式表现出来。可这都不是她的错。

马术节当晚，他向佛罗伦丝求婚。当时，他气喘吁吁，血流不止，全身沙土。她周围的观众都站起来欢呼。他们在索米尔的街上走了好几个钟头，跟酒鬼和摩托车手聊天，畅想未来，交流情感，做着美梦。第二天早上，他没参加晨间训练，而是把为数不多的私人物品装进包里，要求见首席骑士。他已经通知了他，他希望退出。

首席骑士仔细盯着亨利瘀青的眼圈和肿胀的脸颊。他把钢笔放到桌上，两人沉默很久。

"你知道我们为什么要把后面的马蹄铁取下来吗，拉夏贝尔？"他问。

亨利痛苦地眨了眨眼："好让它们不伤到别的马？"

"也是因为它们学习控制四肢时，总是不免会乱动、乱踢、乱踹，这是为了不让它们意外伤到自己。"他把两只手放到桌上，"亨利，你要是走了，你受的伤会超出你的想象。"

"我无意冒犯您，长官，但我认为，我在这里不可能开心。"

"开心？你觉得我让你走了你就能开心了？"

"是的，长官。"

"在这个世界上，除了对工作的热爱，没什么能让人开心的。这里就是你的世界，亨利。傻瓜都看得出来。一个人离开了自己的世界，还怎么开心得起来？"

"无意冒犯，长官，可我决心已定。我想走。"

态度坚决的感觉真好，清晰地看到自己未来的感觉真好。唯一差点让亨利改变主意的时刻，是他走到院子里最后一次看杰隆修斯时。当他走近时，那匹高头大马轻声嘶鸣着，拱着他的口袋，把头放在亨利肩上，任由亨利挠着它的鼻子。亨利眨眼忍住泪水。他从未与爱人分开过。在佛罗伦丝之前，他从未爱过什么人。只有这匹威风又温柔的大马。

他闭上眼睛，嗅着马儿温暖皮肤散发出的熟悉的气味，抚摸着它如天鹅绒般柔软的鼻孔，感受着它恒久的优雅气质。然后，亨利·拉夏贝尔咬紧牙，将背包扛到肩上，转过身，走向了学校大门。

在英格兰的头一个月还算过得去，新婚宴尔的平静满足暂时掩盖了他们即将面临的考验。在他的照料下，佛罗伦丝容光焕发。每天，他都能从她身上的小事里一百万次确信自己的选择没有错。她的家人，虽然对这位迷倒女儿的法国年轻人有些警惕，但也保持着礼貌。完全不像他的父亲，无论他带谁回家，只怕都会针锋相对。佛罗伦丝很聪明。他第一次见她家人时，她让他穿上了制服：战争的记忆尚未远去，她父母那代人对穿制服的男人都有种天然的好感。"可是，你们不会打算在法国定居吧？"她的父亲多次向他确认，"佛罗伦丝是个恋家的孩子，离家太远她会不习惯的。"

"我的家就在这儿了。"亨利是这么说的，也是这么坚信的。坐在他身边的佛罗伦丝高兴得涨红了脸。

他住在公寓里。到英格兰后过了几个星期，他们就去马里波恩市政局登记结婚了。婚事如此迅速，以至于后来几个月里，邻居们经过时总会向佛罗伦丝的肚皮投来怀疑的目光。他开始出去找工作。他跑遍了伦敦和周边郊区，想找一个骑马教练的活儿，可当时，休闲骑马主要是有钱人的专利。他也得到过几次试用机会，可他并不熟练的英语、令人费解的口音以及过于严肃的态度并没有赢得雇主的青睐。相反，他发现英国人对马的观点简直无法理喻。他们建立在打猎基础上的马术技巧充满恶意、轻率马虎，更糟的是，冷漠无情。他们似乎更在意掌控马，而不是与它们合作，更不是鼓励它们尽可能展示自己。

他发现英格兰令人失望。这里的食物比他在部队的伙食差多了：这里的人似乎乐意吃各种罐头；没有集市能让你买到便宜又新鲜的食材；面包像海绵，寡淡无味；肉被绞成棕色的糊状，并被塑造为不同形状，有了怪名字——炸肉丸、炸肉饼、牧羊人派什么的。有几次，他把新鲜材料买回家，亲手做了西红柿沙拉，又用他能找到的几种干香料做了鱼。可佛罗伦丝的父母只是瞪圆了眼睛，望着晚餐桌，仿佛他做了什么颠覆社会的坏事。"我觉得味道有点冲，"她妈妈说，"不过谢谢你，亨利，你真是有心。"

"恐怕不是我的菜。"她父亲边说边把餐盘推到了桌布中间。

无边无际的灰色天际线让他窒息。他回到克莱肯维尔那个狭小的房子里时，总说自己又被"开了"，而且往往也没拿到应得的工资。他不可能用自己尚未掌握的语言去跟人争论。家庭聚餐的气氛总是紧张。佛罗伦丝的父亲马丁总在喝茶时问他有没有找到工作，每当这个答案是没有时，他又要问他有没有想过提高自己的英语水平好找份"正经"工作——显然，应该是指坐在办公室里的工作。

佛罗伦丝会在桌子底下握住他的手。"亨利很有天赋的，爸爸，"她说，"我知道他一定会很快找到的。"他庆幸语言的障碍让他们间的交谈都很简短。

到了晚上，他会梦到杰隆修斯。他骑着它跑进夏尔多内城堡，慢慢地跑，他让这匹勇敢的老马交换着抬起前肢，斜横步前进。他像跳舞一般，旋转着表演，完成了一次完美的前肢起扬，看整个世界在脚下展开。可梦总免不了醒来。他醒来时，看到的是佛罗伦丝从小长大的拥挤卧室和卧室里单调的棕色家具，看到的是窗外闹市的街道和满头鬈发、在他身边轻轻打呼的妻子。

一年过去了，他再也无法继续掩饰自己所犯之错的严重性。英国人比巴黎人更差劲，不等他开口，他们就对他起了疑心。年纪大的人总是轻蔑地谈起战争，还以为他听不懂。他周围的人没有学习和进步的欲望，他们只在意多挣点钱，好在周五晚上严肃又坚定地买酒喝。天气好的时候，他们也只愿待在家里，拉上窗帘，沉溺在新买的电视机前。

佛罗伦丝察觉到了他的消沉，并努力补偿。她更爱他了，她赞扬他，安慰他一切都会好起来。可他只看到了她眼中的绝望，感觉到了她的仰慕渐渐变成了依赖。他会宣布下周会再出去找工作，哪怕他很清楚不可能找到。她试图掩饰失望的努力更加剧了他的愧疚和怨恨。

到了4月——他到英格兰已将近十五个月了，他终于鼓起勇气给瓦尤斯写了封信。他不擅长与人交流，所以他的信很短：

亲爱的朋友：

他们会接受我回去吗？没有马的生活太难了。

他在邮局寄出这封信时，感觉无比内疚，但又充满希望。佛罗伦丝会理解的。她不可能想要一个不挣钱的丈夫，一个不能让她安家的丈夫。她终究会适应法国的。如果她不行——可在这儿他心里始终是挥之不去的羞愧——他一去不返真有那么糟吗？当然，她不会满意的。当然，她会理解没有男人能远离他的热爱。

又是一顿漫长的晚餐，他一直想着那封正穿越欧洲大陆的信。晚餐是鸡肉。雅各布斯太太煮过了头，让它吃起来像皮革；她又往上面浇了某种奶酪酱，旁边则是一堆切得细碎无法辨认的蔬菜。

亨利安静地坐着，认真地用叉子将食物送进嘴里。雅各布斯先生沉着脸，嘀咕着"那个俄国佬"飞进太空的事。他似乎把加加林的探险视作对他个人的侮辱。"我不明白他们在干什么，竟然把人送到天上去，"这是他第三次发表此番言论，"这违背了一切自然规律。"

亨利很快就发现，雅各布斯先生不是个喜欢变革的人，而且他非常确定，自己女儿跟法国人结婚这事也可以归到"不对"那类里。

"我觉得挺刺激的。"佛罗伦丝大胆地说。

亨利很惊讶：她很少表达与父亲相悖的观点。

"很浪漫啊，"她补充道，一边整齐地切开一块鸡肉，"一想到有人在天上，在那些一闪一闪的星星中间，低头看着我们，我就觉得挺开心的。"她冲他偷偷露出笑容。他发现，她妈妈也在朝他们俩微笑。

"佛罗伦丝有事要跟你说，亨利。"她看出了他的疑惑。

佛罗伦丝擦了擦嘴巴，将餐巾放到膝盖上。她的脸微微红了。

"什么？"他问。

"我本来还想再保密一段时间的，可我忍不住了。我跟妈妈说了。我们的桌子上要多一个人了。"

"为什么？"雅各布斯先生问，他将注意力从报纸上转开，"谁要来？"

佛罗伦丝和妈妈爆发出一阵大笑。"没人要来，爸爸。我——我怀孕了……"她握住亨利放在桌上的手，"我们要有宝宝了。"

后来，当年轻夫妇回房后很久，雅各布斯太太才对丈夫说：他们法国人真不一样啊。大家都说法国男人很成熟，她却觉得这辈子从没见过那么吃惊的男人。

亨利离开公寓时在台阶上碰到了邮差。瓦尤斯还是老样子，不到一周就回信了。亨利撕开信封，看完了他匆忙写下的几行字，表情却是无动于衷。

　　　　首席骑士是个好人，他会理解的。我认为，如果你谦虚
　　点来找他，他可能会原谅你这次的错误。最重要的是，他知
　　道你是个骑士！我期待你回来，我的朋友。

"是什么好消息吗，哥们儿？"邮差将一本折叠的杂志塞进四十七号邮箱。

亨利将信纸揉成一团，塞进口袋深处。"对不起，我不会说英语。"他说。

"两条路。"首席骑士当时是这么说的。为什么他不提醒他，两条路很快就会只剩一条？

他打开前门，走进狭窄的门廊。空气中弥漫着烧煳的白菜味。他闭了一下眼，默默担心着晚上不知道又要吃什么。一个声音打断了他的思绪。客厅里，贴着浮雕墙纸的墙壁另一头，他听到了响亮的啜泣声。

厨房门打开，佛罗伦丝出现了。她穿过长长的走廊，跑过来吻他。

"这是怎么了？"他希望她没有闻到自己嘴里的酒气。

"我跟他们说了，等孩子生下来，我们就去法国。"她说。她的语气很平静，双手整齐地叠放在身体前。"法国"两个字刚说出来，紧接着又是一轮响亮的啜泣。

亨利看着妻子，有些困惑。

她握住他的两只手。"我想了很久很久了。你什么都给我了——什么都给了，"她低头看着自己的肚子，"可我知道，你在这儿不开心，亨利。你在这儿很艰难，这儿的人思想都那么封闭，这儿的马术跟法国的完全不一样。所以我跟父母说了，等我们把孩子生了，恢复好了，你就带我去法国。你大概也听到了，母亲不是太能接受。"

她观察着他的表情。"黑骑士马术团还会接受你吗，亲爱的？我保证，等我适应了那里的生活，我们就在附近找间小房子。我会学法语，在那儿把孩子带大。你看怎么样？"

亨利没吭声。她大概是有些尴尬，开始摆弄起自己的袖口。"我本来想说我们现在就走的，可我不知道怎么跟医生说话，怎么生孩子呢……我要是自己去生，妈妈会急疯的。不过，我跟他们说好了，孩子生下来我们就走。我希望我没做错……亨利？"

这个勇敢又美丽的英国女人啊。亨利感动得无言以对。他配不上她。她完全不知道他差一点就……他往前跨了一步，将脸埋在她的秀发里。"谢谢你,"他悄声说,"你不知道这意味着什么。我保证,我们的未来一定更好……为了我们,也为了我们的孩子。"

"我知道你一定能做到,"她温柔地说,"我希望你能再飞起来,亨利。"

他还没进小房子,就听到了婴儿的啼哭。微弱的哭声回荡在安静的街道。他还没打开他们房间的门,就知道他会看到什么。

她弯腰俯在摇篮边,喃喃安慰着,一只手徒劳地在孩子头上扇动。亨利走近,她转过身。她脸色苍白,眼睛里流露出长时间焦虑后的疲惫。

"她哭了多久了?"

"没多久,真的。"她直起腰站到一边,"我妈出去后开始哭的。"

"那你为什么……"

"你知道的,你不在家,我不敢抱她。我的手又不听使唤了,今天下午我还打碎了一个杯子……"

他咬紧牙。"亲爱的,你的手没毛病,医生都说了,你只是需要点信心。"

他将小小的西蒙妮从摇篮里抱起来,熟练地贴在自己的胸口,孩子立马安静了。她张开小小的嘴巴,凑近他的衬衫,想要吃奶。佛罗伦丝坐到墙角的椅子上,伸开双臂接过女儿,等确定女儿已安全地躺到怀中后,她才将她抱紧。

她喂奶时,亨利脱下靴子,整齐地放到门边。他又脱下外套,将水壶放到炉子上。他终于在铁路上找了份工作,不算太坏。因为他知道这一切都是暂时的,所以什么都不算太坏。他俩没说话,只有孩子贪婪的吮吸声和外面偶尔经过的车打破房间里的宁静。

"你今天出去过没有？"

"我想出去……可我说了，我不敢抱她。"

"你爸妈给我们买了辆婴儿车，你可以把她放在车里。"

"对不起。"

"不要说对不起。"

"可我就是……亨利……"

你不用道歉。你只要不把每件事都弄得这么复杂。你只要别过于担心这个孩子，别再说什么手不听使唤的荒唐话，别再幻想自己有眩晕症。

"神经过敏。"医生是这么说的。西蒙妮出生后几周，佛罗伦丝开始抱怨自己的身体不听使唤。在医生给佛罗伦丝做完检查后，亨利和她妈妈站在狭窄的走廊里，医生悄悄跟他们说，有时候，有些新手妈妈是会这样。她们会发现并不存在的恐惧和危险，甚至产生幻觉。

"至少她跟孩子很亲，"医生说，"她和孩子最好跟外婆一起住一段时间，等她更……更适应做妈妈以后再说。"亨利还能说什么呢？他点头同意。他不明白他们怎么会看不出来，他身上的每个细胞都恨不得立马飞到海峡对面。

佛罗伦丝又在哭。他看着她努力地从西蒙妮的棉罩衣上擦去自己的泪水，眉头紧锁。他感觉千钧重担压得自己要窒息了。还得等多久？！他想冲她大喊。他想起了杰隆修斯。此时，它也许正把头伸过马厩门，等着他出现。

"对不起，我知道你一直觉得法国才是解决我们问题的答案。"她悄声说。

就是这样。这件事几周来一直悬在他们头顶，但又无人提及。

目前的状况她无法独自应对，他也不能让孩子冒任何风险。他不可能回到黑骑士马术团还在法国照顾好她，因为那里没有可以照顾她的家人，也没有可以请保姆的钱。

他们只能留在这儿，留在她父母身边。

他站起来，走到她的椅子旁。"我会给瓦尤斯写封信。"他说。

她抬起头看着他。"你的意思是……"

"我们还要在英格兰留一段时间，"他耸耸肩，咬紧牙，"没关系。真的。"

别人会骑他的马。

孩子的手指在她裸露的肌肤上张开又握紧，表达着需求和喜悦。"也许，等我稍微好一点了……"佛罗伦丝小声说。

可到了明年，就会有新的骑手，骑士，等着取代他的位置。

她搂着他的脖子，哽咽着伏在他酸痛的肩头说着"谢谢"，可他惭愧地意识到，自己只感到绝望。而他的第二个想头更糟：一个手不听使唤的女人怎么能把他搂得这么紧的？

"那之后大概过了一年，我认识了他。他在我农场前面的铁道上工作。他说，自从离开法国后，他在我的农场里第一次看到了马，不用拉车的马。"牛仔约翰把帽子往后一推，"一天下午，我抬起头，看见他正盯着我的老母马，像是看到了什么奇观。我们俩都是刚搬到那儿的，都算是外人。我挥手让他过来，他就在马厩外面吃了他的三明治，一边吃一边揉着我那老母马的鼻子。"

"很多人觉得他有点死板，不过我喜欢他。我们俩关系挺好。这么多年来，我们总坐在我的办公室里，一起喝茶，一起聊聊他以后要在法国买的小农场，还有等他赚够钱了就开的马术学校。"

"那也是佛罗伦丝想要的吗？"娜塔莎问。她被这个故事深深地迷住了，她发现自己竟然忘了他们为什么会在车上。

"哦，那个男人无论有什么要求，佛罗伦丝都会听他的。我觉得，她非常内疚于自己拖累了他。她跟他一样，都很清楚，得了那种病，她是不可能去法国生活的。她花了很大的精力去弥补他。"

"我不明白。什么病？"

约翰皱着眉头看着他们。"你们俩不知道吗？"

"不知道什么？"

"莎拉没告诉你们？她外婆得的是——呃，叫什么来着？多发性硬化症。她坐了好多年轮椅了。莎拉刚学会走路，就帮着外公照顾老太太了。"

他们决定放弃多佛，沿着海滨公路直接去迪尔。麦克边在夜色中开车，边大声念出路边旅店的名字，看是不是娜塔莎打过电话的，或是还没打过两次电话的。娜塔莎继续跟约翰聊天，满脑子都是亨利·拉夏贝尔的遭遇。

"莎拉说起外公外婆时，感觉跟他们很亲啊。"

约翰哼了一声："是很亲。可那个男人的一生真是一场遗憾啊。"

"你是说莎拉的妈妈？"

"是呀。唉，西蒙妮过得一团糟——她脾气暴躁，又爱吵架，跟亨利完全相反。他什么都藏在心里，但他女儿什么都要发泄出来。佛罗伦丝管不了她，也没力气管。亨利想要牢牢地控制她，就像他后来控制莎拉那样。他是个作风老派、纪律严格的人，有些人可能会觉得他太苛刻了。他不喜欢女儿跟当地小伙子混在一起，玩到很晚还不回家。佛罗伦丝的病情可能让他对女儿过于保护了。可西蒙妮才不会乖乖听话呢。哦哦,才不会呢。她处处跟他对着干。他越是拉着她,她就越是要朝相反的方向冲。"

他又点了一支烟。"最悲哀的是,他现在知道自己错了。他该放松点的。其实他俩比他们自己以为的还像。但你知道,这太难了。当你以为自己要失去什么的时候,你就不见得能想清楚了。"

娜塔莎瞟了一眼麦克:他也在全神贯注地听约翰的故事。

"等他明白过来自己错了,女儿已经走上了吸毒的歪路,没办法拉回来了。接着又过了四五年,她跑去了巴黎,他们就再没她的消息了。当然,除了要钱的时候。他们的心都要碎了。我知道亨利一直在责怪自己。

"后来,差不多十年前,突然有一天,西蒙妮抱着个孩子出现在家门口,说她养不了那个孩子了。她在法国生了个孩子,可什么都没告诉他们。他们非常震惊。

"她说她还有些事要处理,就把孩子留给他们。她每次留下孩子的时间越来越长,再后来,该出现的时候她也不出现了。最后,老两口申请并获得了孩子的抚养权。法庭听审的时候,西蒙妮连面都没露。亨利一开始快气疯了——他特别心疼佛罗伦丝,心疼她又要承受照顾小孩的压力——可跟你们说实话吧,有莎拉在身边,他们其实特别高兴。"

他咧嘴一笑。"他们获得抚养权那天,像是找到了全新的生活。老人又开始想养马了。他们特别开心。反正我从没见他们那么开心。再后来,他们听说西蒙妮去世了,他们深受打击,但我猜也算是一种解脱吧。那么多年以来,他一直到处找她,给她钱,帮她解决惹上的麻烦,想让她改邪归正——不过莎拉对这些一无所知,你们能理解吧?他想保护那个丫头……他知道的一些事……"约翰打了个战,

"没有哪个女儿会想知道自己妈妈做过那些事……"

"总之，佛罗伦丝大概是——什么时候来着？——四年前去世的。葬礼后，他们收到了市政府的通知，希望他们将一楼的公寓让给其他残疾人，还能获得经济补偿。嗯，亨利拿了那笔钱，搬到桑当的公寓，又用那笔钱买下了布彻尔，那可是马里面的劳斯莱斯。从那以后，他好像又找回了自己。他做的一切都是为了让莎拉有更好的未来。"

"他想让莎拉跟他一样。"娜塔莎沉思着。

牛仔约翰摇摇头。"知道吗，律师小姐，他想要的恰恰相反。是，你怎么想莎拉都可以。可是，"他湿漉漉的眼睛望向远方，"亨利觉得莎拉是他这辈子唯一做对的一件事。"

女孩睡着了。汤姆在夜色中开车，时不时看她一眼。她蜷缩在副驾座位上，头靠着窗户。这时，监视器的屏幕上显示，她的马条件反射般警惕地站了起来。它和左右两匹马被隔板隔着。它仿佛不允许自己休息，而是时刻准备着迎接下个阶段的旅程。

他没告诉凯特自己做了什么——他知道她会怎么说。她会跟他说他疯了，会说他不负责任，说他拿孩子的生命冒险。他知道要是他的继女赛宝也像这样离家出走，还搭上陌生人的车去另一个国家，他们肯定会担惊受怕得疯掉。

他要如何解释他不得不帮这个女孩？过去这几个钟头里，听她叽叽喳喳说个不停后，他甚至有点嫉妒她。有多少人能有这样追逐梦想的机会？有多少人真正知道自己想要什么？她说起自己的旅程，说起对马的热爱，说起她为自己、为外公构想的简单生活时，他也明白那个梦想有多么容易被日常和凡俗淹没。

可他还是忍不住担心。他无数次想把卡车停在路边报警。他抬头，又看了一眼监视器屏幕。布布微微抬起头。有那么一刻，它竟然直直地盯着摄像头。

"要照顾好她啊，哥们儿，"汤姆在心里说，"天知道她这一路需要多少帮助。"

八点一刻，他们在快餐厅前停车，去上洗手间。约翰点了大杯黑咖啡，加了两份糖——不过娜塔莎说，喝完他会更频繁地上厕所。接着，约翰大步走到公用电话旁，给医院打电话。习惯了，他愉快地说。他喜欢每天打个电话或是直接去看他，老人很想知道外面发生了什么。

"你打算跟他说什么？"娜塔莎问。

"说实话，就说我们知道她在附近，可不知道具体地点。不过他是个厉害老头，估计会告诉莎拉该往哪儿跑，好让我们找不到她。"这个想法把他自己也逗乐了，娜塔莎看到他咯咯笑着走向电话。

娜塔莎走到桌旁，将塑料托盘放到麦克面前，假装没看到麦克正合上手机。他应该是才看完短信。

"我说她深藏不露，你会打我吗？"他问。

"她从来没说过。"

"我们从来没问过。"

"可她本来就什么都不说。我跟她聊起外公外婆，她只说他们很幸福。"

"也许，"麦克将咖啡伴侣搅进自己的咖啡，"她觉得只有这是重要的。"

她端起黑咖啡时，约翰回来了，可他摇着头，表情严肃。"朋友们，我得跟你们分开了。亨利现在不清醒了。要是还找不到莎拉……嗯，得有个人去陪他。"

"有多严重？"

"他们只让我去医院。呃，其实是让莎拉去，可我说现在她去不了。"他在口袋里翻着零钱，看到底还有多少。他突然显得很疲惫，还有些脆弱。

娜塔莎站起身，把手伸进包里，忘了自己的咖啡。"我们送你去车站，这个拿着，"她递给他一些现金，"买车票。"

"我不需要你的钱，小姐。"约翰烦躁地说。

"这不是为你，是为了他。他不能一个人在医院吧？哎呀，天哪，你就从车站打出租车去吧，"她说，"你该打辆车。"

他低头看着她递来的钞票，那无所不知、扬扬得意的表情第一次从他饱经沧桑的脸上消失了。他接过钱，冲着她抬了抬帽檐。"嗯，谢谢你，"他说，"等我了解他的情况后，再给你们打电话。"

他们进了车，她才意识到，没了他那些尖酸的幽默话，车里的气氛出现了前所未有的尴尬。

他们开到车站停车场时，娜塔莎的电话响了。她打开电话。"是的，是我。"她朝正要下车的约翰望了一眼，"不好意思——你能再说一遍吗？"信号不好，她朝麦克摆着手，让他熄火，"你确定吗？……非常感谢你告诉我……是的，我会再联系你的。"

"没事吧？"约翰扶着打开的后门。他显然迫不及待要走了，但她脸上的表情又让他停住了脚步。

她合上电话。

"怎么了？"麦克说，"你别只坐着——"

"是信用卡公司。你们一定不信，"她说，"但她已经在法国了。"

二十四

"避免失败的最好措施……就是深入
了解你的马的力量。"

——色诺芬《论马术》

　　莎拉梦到了马、鲜血和公路。她醒来时，刺骨的寒风吹来，她
看到汤姆正在驾驶座的车门边张望。她支撑着坐起来，仪表板上的
时钟告诉她，现在是差一刻八点。

　　"早上好。"他穿着整齐，胡楂剃得干干净净，像是起来很久了。

　　"我们在哪儿？"

　　周围的光线亮得有些异常，好像整个世界都比英格兰亮了几个
色调。她看到不远处整洁的马场，低矮的红砖屋顶下是蜜糖色的小
房子，周围是茂密平整的灌木。门边有一丛丛经过精心修剪的巨大
红豆杉，一个男人正在清扫马厩，愉快又轻松地将一铲铲脏稻草铲
进独轮车。

　　"布卢瓦郊外，"他说，"你睡了一晚上好觉。"

　　"布布呢？"又是条件反射般的恐慌。

　　"你是要问'迪亚波罗'吧？在院子里。"他用大拇指指着马场，
"我们昨晚很晚才到，你睡得挺熟的，我想没必要那么晚把你叫醒。
它在左边第三间马厩。它挺好的。刚到时它有点生气，不过现在好
得不得了。"

　　她眨眨眼，看到布布伸出鼻子去吃草。

　　"昨晚的费用记到我账上。不过我现在得去加莱了，莎拉小姐，

恐怕你和我要在这儿分开了。"

莎拉努力整理着思绪。汤姆帮她给布布装好马具，又递给她两个牛角面包，这是他从马场老板那儿讨来的。他打开一张小地图，上面已为她画出了最佳路线。

"从这儿朝西南方向走六七十英里。"他指着一条红色小路说，"我想开车送你去，可我不能再耽误四个钟头了。再说，今天的天气很适合骑马，这些小路也很安静。我看你应该不会再碰到什么麻烦了。你就慢慢骑，好不好？"

快到了。她意识到这点，突然兴奋起来。她在地图上看到了那个名字。在整个法国版图上，它离她只有几厘米了。

"这儿还有一个马场，"他用圆珠笔圈出一个小镇的名字，"这是电话，万一有需要就打电话。我已经事先跟他们说了，他们会等着你。你今晚应该能到那儿吃晚饭，不过我要是你，最好事先准备点东西，以防万一。别忘了，他们以为那匹马是叫……"

"'迪亚波罗·布鲁'。"她说。

"好了，你应该没问题吧？"他很严肃，满脸焦虑。

"没问题。"她说。她非常确定。毕竟她已经跨过了海峡，不是吗？她骑着最好的马，带着外公的祝福，在法国旅行呢。

"这是我的电话。你要是碰到麻烦，能不能行行好给我打个电话？还有，等你到了目的地，也给我打个电话。"他将地图折好，交到她手里，"一定要给我打个电话。知道你一切顺利我才能放心。"

她点点头，将那张纸塞进口袋深处。

"还有，不要跟任何人说话，尤其是像我这样的人。你就——你就低着头一直走，走到为止。"

她又点点头，这次带着笑容。

"你带了我们换好的欧元没有？"她把手伸进背包，摸到了信封。

汤姆叹了口气。"感谢上帝。你是我遇到过的最奇怪的搭车人。祝你和你的那匹老马一切顺利。"他犹豫着，像是仍不能确定自己做的对不对。

"我没问题的，汤姆。"她坚持着。离别让她难过，和他在一起她觉得很安全。只要有他的照顾，她和布布就不会有事。她突然毫无来由地嫉妒起他的继女了，他说他一直把她的事当作自己的事。过了一会儿，莎拉才补充道，"总之，谢谢你。"

"没什么。"汤姆说。他往前跨了一步，伸出正常的那只手。她握了握，有些不好意思。他们都笑了，像是都想到了一处去。

"很荣幸能跟你一起旅行，小莎拉。"他等她上了马，才朝自己的货车走去，"你外公听起来是个很好的人，"他大喊着，猛地转回身，"等他知道你真的到了目的地，他一定会高兴得不得了。"

法国的乡野比通往多佛的沿路乡野更开阔。放眼望去，一片平坦，无边无际。但土地看起来倒是跟英格兰的一样：都是肥沃的棕色土，没有经过深耕，地里都是粗糙的土块，像是波涛汹涌的海洋。精神焕发的布布开心地在草地边缘迈着大步，它的耳朵向前竖着，显然很高兴能踩在坚实的大地上。布布这种马，冬天的皮毛并不比夏天的厚。汤姆应该是趁莎拉睡觉时给它刷洗过了，因为它全身上下一尘不染。他们穿行在既陌生又熟悉的郊野：这里就是外公的故事发生的地方，这种语言是她从小就听的。现在，她看到它被写在广告牌和路牌上，感觉像是这个国家在同她对话，像是在期待着她能明白。

她穿过小小的镇子，镇上的街道安静又舒适，一排排灰色小屋全都一模一样，不一样的只有窗边精心打理的花架或是刷着鲜亮油漆的百叶窗。一个男人从她身边走过，手里拿着两根法棍，胳膊底下夹着报纸。他冲她点点头，好像骑马的女孩并没有什么可稀奇的。"你好。"他用法语说。

"你好。"她用法语回答时，心里隐隐开心。这是她来法国后说的第一句法语。她在广场上给动物喝水的水槽边停下。布布喝了好多水，它一边大口喝着，一边滑稽地前后扑扇着耳朵。她下马休息了半个小时，用凉水洗脸，吃掉了牛角面包。一个妈妈带着两个表情严肃的小孩走过来，莎拉还让他们摸了布布。女人说布布很帅，莎拉也用法语回答说，塞拉·法兰西马本来就是以帅气著称的。莎拉从小到大一直听外公说法语，可她自己说出来还是有点尴尬。

"啊，"女人说，"就像黑骑士马术团那样。"听到女人如此熟悉地提起这个名字，莎拉全身一个激灵。她说起这个名字，就像英国人提起当地体育中心或住宅区一样随意。

她再次上马，走到一块指向图尔斯的路牌前。她从小镇一侧离开，经过一处大风车，跨过一座桥，不到几分钟，又进入了开阔的郊野。她从高架公路下经过，穿过一大片呼呼旋转的涡轮风车，巨大又优雅的风车嘭嘭转着，就像她的心跳。每走过一英里，莎拉的心情也就更愉快一些。她开始唱歌。她记得小时候外公就常给自己唱这首歌。她把围巾从脸上拉下来，愈发兴奋了："哦哦哦，巧克力先生！哦哦哦，可可先生……"歌声飘荡在结了霜的空旷田野上。布布咬着嚼子，摆着脑袋，要求再快点。它迫不及待地想到达终点，它很清楚他们离目的地只有几个钟头的路了。她轻轻地用腿夹着它，寒冷的空气让她的皮肤紧绷，它的热情让她劲头十足。她的感官好像更敏锐了，像是在用每个细胞吸收这全新的风景。这里只有她和她的马，没人看到他们，他们是自由的：她感到了数千年来人们纵马奔驰时的那种自由。

我到法国了，外公，她在心里对他说，这里美极了。她好像看见老人躺在病床上，想象着她此时正走的小路，对她要做的一切很是满意。仿佛是听到了他的声音和指令一般，莎拉坐得更直了。她将小腿调整到精准的角度，收短缰绳，开始慢跑，布布的马蹄有节奏地、优雅地踏在草地边缘。要是外公能看见他们现在的样子，肯定也会点头赞许的。

她从小就痛恨长途汽车旅行。她从来不记得愉快的露营、海边的大篷车、露天的游乐场和冰激凌，也不记得兄弟姐妹后来说起的玩得乐不可支的亲戚们。每当有人让她回忆童年的旅行，娜塔莎只记得没完没了的公路和开到出口时自己的大喊："快到了吗？"父母在前排斗嘴，和她一起挤在后排、坐在她两侧的姐妹会偷偷踢她掐她。她记得车上淡淡的呕吐味，只要有人不可避免地晕车。

时间过去了将近三十年，那种厌恶感却从未消失，在开阔公路上旅行的快乐和对新目的地的期待都无法代之。她和麦克结婚后，一到节假日，麦克就喜欢开车旅行，开心停车就停车，觉得好玩就开一整夜，可她心里还是希望有个行程安排。吃了上顿不知下顿、晚上不知道睡哪儿的不确定感让她不安。麦克发现了她不会享乐的个性。她觉得自己不仅不适合旅行，还坏了他的兴致。最后两年里，他们同意跟团旅行——但其实两人都不满意。她会假装坐在泳池边看书，实际却在研究偷偷带来的文件资料；他会在酒店周边散步，像是在努力回忆忘记了什么，最后总是和新认识的朋友去酒吧喝酒。

前一天晚上，娜塔莎的信用卡被用过了，地点是法国一处公路的服务站。信用卡公司的人说，问题在于交易记录只显示了"法国莱邦尼路"，而有同样名字的公路在法国北部有七处。

"嗯，我认为我们该往有马的地方去。"前一晚，麦克在轮渡上这么说。他们正好把车开上了深夜里的一班船。她几乎一言不发地坐着，透过光滑的玻璃窗，盯着船下昏暗翻涌的海水，回想着信用卡公司的信息，推测着可能的情况。莎拉是怎么带着马过海的？她是怎么到了法国的？这一切都说不通啊。

"如果不是她怎么办？"她说。

麦克递给她一瓶水。他把脚搁在她旁边的座位上，她挪开了一点。

"什么意思？"他拧开瓶盖，喝了一大口，"天哪，我快渴死了。"他没刮胡子，下巴上一截胡楂。

"要是她把信用卡卖了，或是被别人偷了怎么办？我们要是追错了人怎么办？"

"是有这种可能。可那个人难道也要去法国？这也未免太巧了吧。再说，我们也没有别的线索了，不是吗？"

娜塔莎指着他们之间小桌上的地图。"你看看这距离，麦克。约翰说了，马要是拼命跑，一天只能跑三四十英里。他们能在那么短的时间里跑到多佛已经很吃力了。她要怎么带着马过海，又骑着它跑过半个法国呢？而且，你看，索米尔离加莱有三百多英里，她不可能跑那么远。"

"那你想说什么呢？"

她往椅子后面一靠。"我们该掉头，"她的语气并不确定，"或者报警。"

麦克摇摇头。"你听我说，我们已经订好了行动计划，我认为应该直奔索米尔。"

"可要是我们搞错了怎么办？"

"要是我们没搞错怎么办？她去那儿说得通。她外公也认为她会去那儿。你的信用卡也是这么说的。"

娜塔莎望着窗外。"我觉得……我觉得我们搞错了。我们昨天早上就该报警的。你说得对——我是不想把警察卷进来，因为我不想这一切公开。我承认。可现在事情的发展超出了预期，麦克。我们要对这个十四岁女孩负责，可她失踪了，很可能还去了一个陌生的国家。我觉得我们一下船就马上报警，这才是负责的做法。"

"不行，"他坚决地说，"我们一旦报了警，那她就没有马了。她就什么都没了。不行。她只是暂时不见了，我们不知道她在哪儿。她自己大概很清楚要去哪儿。我要相信她，她一定没事。"

"这不是你能决定的。"

"我知道。出了什么事我会负责的。"

"我也是她的监护人。"

麦克的目光变得如此直接，让她一时有些慌乱。"你知道吗？你要是真想报警，昨天就报了。你非常清楚，塔莎，尽管我们的理由各不相同，但我们都不想把警察扯进来。"

他们没分开时，他从没对任何事这么坚定过。

"不管怎样，我们到这儿了，我们大概知道她要去哪儿。我认为我们该直接开车去那个有马的地方，在那儿等她。"

娜塔莎伤心了，语气严厉得出乎她自己的意料："要是你搞错了，要是她现在不安全，要是她没在我们以为的那个地方出现，你下半辈子还能心安理得地过吗？"

这话说完，他们就不再说话了。加莱到了。麦克将车开下轮船，继续在夜幕中前进。他没走高速公路，而是走了小路，可以跑马的小路。他边开车边向夜色里张望。

她打了个盹，然后被他的声音吵醒了。他正低声而固执地讲着电话："不是这么回事，"他说，过了一会儿，他又说，"不，不，亲爱的，我觉得这个主意不好。我知道，我知道。"娜塔莎尴尬地醒来，将脸转开，闭着眼，呼吸平稳有力，一直到他挂了电话，又等了十分钟，才夸张地打了个哈欠。这时，他建议把车停进休息站，小睡一会儿。时间刚过凌晨一点，他们也不太可能去找酒店了。"我们睡不了多久，"他说，"最多几小时吧。等醒了再接着开。"

在一个钟头的紧张沉默后，娜塔莎高兴地接受了这一提议。他们从空荡的小路上开下来，停进一处服务站的停车场，孤零零的路灯照亮了停车场的一部分。这儿没有别的车。低矮杂乱的树篱的另一侧是索姆区平坦的田地，它带着沉重的历史气息，在黑暗中哀悼着什么。发动机安静了下来。

他们颇不自在地并排坐着，像一出怪诞离奇的滑稽剧，她想，还是一部有年头的剧，像初吻的序幕。

麦克大概也感觉到了，同她保持着礼貌的距离。他让她睡到后排，而她同样礼貌地道谢后，爬到了后排。她把外套卷成枕头，把头枕在上面。她知道，到了早上，这个外套会比现在更皱。

"你要我的外套吗？我不冷。"

"不用了，谢谢。"

他一下就睡着了。他们还没分开时，他就是这么睡的，像一个人从悬崖边跨了出去。他的座椅靠背往后斜着。她在半明半暗中看着他的侧脸。他很放松，手臂斜放在前额。她能听到他微弱而规律的呼吸。

娜塔莎没有睡。在陌生的国家，躺在陌生的车里，她的思绪比远处公路上飞驰的汽车还要快。她想起自己丢下的事业，想起伦敦那个不再爱她的男人，想起此时与她同在一片天空下却不知身在何方的女孩，悲伤和孤独交织成一张大网，将她罩在中央。她越来越冷，开始后悔没接受麦克的外套。她想起曾经代理的一个男孩，他就在停车场睡过好几个月。她决心帮他打赢官司，也确实帮他打赢了，但她不记得自己有没有想过睡停车场是什么滋味。

在这漫长的时间里，麦克一直在前排睡着。这个男人是她原本希望共度一生的，是她发誓要爱的。在平行宇宙中，她本该与这个男人相拥躺在大大的婚床上，听着他们的孩子梦中的呼吸。可此时，他在前座时不时翻个身或嘟囔几句，好像跟她隔着一百万英里，也许梦到了远方的长腿情人。娜塔莎躺在黑暗中，突然惊讶地发现，离婚的伤痛也许并未结束。

"琳达，我是娜塔莎。"

"怎么样了？你解决好……家里的麻烦了吗？"

他们知道了。康纳应该把一切都告诉他们了。娜塔莎打量着自己皱巴巴的衬衫和抽了丝的长袜，在刺眼的晨光中，一切无处遁形。"没有，还没解决。"

"你在哪儿？你什么时候回来？"

他们睡了几个钟头，天刚亮就醒了。麦克从前排座椅间把手伸过来，摇着她的肩膀。她睁开眼时，人还是迷迷糊糊的，分不清方向，过了好几秒才想起来自己在哪儿。他们在沉默和睡眼惺忪中又开了几个钟头的车，才在一处服务站停下洗漱。

"我……也不确定，比我们预计的要久。我能跟本说句话吗？"

"他出去了，和理查德一起。"

"理查德？他为什么要和理查德出去？"

"没人打电话告诉你吗？"

"没有啊——什么事？"

"帕西的案子。他们和解了。今天早上，那边的律师来找我们，把新的协议放到了桌上。远远超过帕西太太的预期。她也同意了探视时间的安排。理查德说，鬼知道她会不会遵守，反正现在是达成一致了。"

"谢天谢地。"

"他这会儿跟帕西太太出去庆祝了，还带了迈克尔·哈灵顿和本，他们要去沃斯利吃香槟早餐。那个女人已经不一样了，我让本小心点——她看他的眼神就像饥饿的狮子打量路过的牛羚。"

理查德压根没给她打电话。案子成功和解带来的喜悦转瞬即逝。她恼火地意识到，自己将毫无功劳可言。在理查德的眼中，她不再是这个案子的一部分了。

这一刻，她明白自己不会成为合伙人了。今年不会。也许，好多年都不会。"琳达，"她说，"那个……"她叹了口气，"唉，算了。"

沉闷的痛穿透了她的太阳穴。她站在这个法国服务站的停车场里，穿着两天没换的衣服，揉着太阳穴，观察着呼啸而过的模糊车影。她怎么就到了这儿？她怎么就没像她给每个实习生的建议那样牢牢盯着客户呢？她怎么就没想到这些孩子的混乱生活会传染呢？

"那你还好吗？"

"我挺好的。"她撒了谎。

"这儿没人知道怎么回事，"琳达小心翼翼地说，"你的保密工作做得挺好的。"

"可我现在要付出代价了，是不是？"

"的确有人认为你可以把事情处理得更好的。"

娜塔莎闭上眼睛。"我要挂了，琳达，"她说，"回头再打给你。"

麦克穿过停车场走了回来。真是一场劫难啊，她想，事业毁了，生活岌岌可危，她和前夫这辈子都要被困在这辆小小的车上，不停争吵，试着为自己的错误决定辩解。

"哦！等下，娜塔莎！我差点忘了告诉你，今天一大早有个人到我们这儿来了，你绝对猜不到是谁。"

麦克停下脚步，跟两位刚下车的老太太说着什么。不管他说了什么，反正她们哈哈大笑，而她也看到了他脸上灿烂的笑容。他搬走前很久都没对她这么笑过了。她心里猛地一紧。

"谁？"

"阿里·艾哈迈迪。"

娜塔莎把视线从麦克身上转开。"你刚刚说谁？"

"哈哈！我就知道你会意外的。是阿里·艾哈迈迪。"

"不可能呀！他还被关着呢。案子还没审，他怎么出来了？"

琳达笑着说："我们在报纸上看到的是另一个阿里·艾哈迈迪。你知道吗？艾哈迈迪是伊朗最普通的名字，显然相当于我们这儿的约翰·史密斯。总之，你代理的那个艾哈迈迪来了，他想告诉你，他进了高中，9月就要开学了。他很有礼貌，还给你带了一束花，我放在你办公室了。"

娜塔莎坐在一堵矮墙上，把手机紧紧贴在耳朵上。"可是……"

"我知道，我们该核实一下的，谁能想到有两个同名同姓的人呢？不过还是挺好的，是吧？这下你对人性恢复信心了吧？我一直就觉得他不是那种暴力的人。哦，对了，我把我们一直打算寄给他的小马吊坠还给他了。你不会介意吧？他拿到的时候可开心了。"

"可——可他在路程上撒了谎，他还是骗了我去代理他的案子。"

"我也是这么跟本说的。正好翻译来了，我们就把文件拿了出来，让她再看看那些翻译记录。结果，她真的发现了有趣的东西。"

娜塔莎没有接话。

"阿里·艾哈迈迪确实说他十三天走了九百英里，但不是他自己走的。我们，包括翻译，都以为他是自己走的。可在他离开前，本问了他一句——哎呀，你肯定不敢相信他现在英语说得有多好！简直不敢相信！总之，本问他是怎么走了那么远的。他解释说，有一段是他走的，有一段是搭便车的，接着，他举起那只小马，说有一段路他还骑了马，要不就是骑了驴什么的。反正就是这样。他从没对你撒谎。"

接下来琳达说了什么，但娜塔莎就没有再听了——什么她把花放在哪儿了，她什么时候再打电话之类的。娜塔莎精疲力竭地垂着脑袋，双手抱头，想起了那个握着她的双手衷心致谢的男孩，那个十三天走了九百英里的男孩，那个只说了实话的男孩。

她再抬起头时，麦克站在几英尺开外，手里端着两个泡沫杯。他猛地把视线转开，像是已经盯着她看了一会儿了。她合上了手机。

"好吧，"她从他手里接过咖啡，"你赢了，去索米尔吧。"

她拐错了弯。她又盯着那张小小的地图，反复折叠已让它变得软塌塌的。可地图似乎也无法解释，为什么本该经过图尔几英里后就到达汤姆预定马场的线路，会带着她进了这片无边无际的工业区。她大概沿着铁路走了几英里，可汤姆的地图上并没有铁路，她也不知道自己到底走对了方向没有。她决定相信直觉。她相信指向图尔的路牌或其他标志性建筑随时可能出现。可什么都没出现。翠绿的原野慢慢变成和伦敦郊区相似的景色，大片的水泥建筑，空荡的工棚和停车场，大卖场和超市的巨幅海报，边角都卷了起来。火车时不时咆哮着经过，把布布吓得一缩，接着又会安静下来，只有偶尔开过的汽车打破这宁静。

天上的太阳开始西斜，气温下降，她渐渐对自己之前的方向判断失去了信心。她停下来，再次查看地图，又望向天空，想看看自己到底是朝着西南还是东南。云层聚集，遮住太阳，于是她更难靠影子辨认方向了。她饿了，后悔没在路上经过的超市停下买点东西。她过于迫切地赶路了。她以为这会儿一定就能到马场了。

四周的景色更加荒凉，房子的窗户里都空荡荡的，显然久无人住。她似乎在朝着一条岔道走——一条路分成更多路，每条路边都摆着一排排车厢，破破烂烂，乱涂乱画，头顶是蜘蛛网一样的电塔和电缆。莎拉心生不安，决定原路返回。她疲惫地长叹一口气，开始让布布掉转方向。

"你在这儿干吗？"

她在马鞍上转过身，看见五辆电动车和摩托车，其中有两辆是带后座的。有两人戴着头盔，其他人没戴。他们抽着烟，目光冷峻。她知道这些年轻人和她家附近的那些男孩子一样。

"喂，你在这儿干什么呢？"

她不想说话。她知道自己的口音会立刻暴露自己英国人的身份。她从他们身边转开，继续往前走，让布布尽量靠左。直觉告诉她，不能骑马从他们中间穿过去。她只希望他们能对她失去兴趣，自动走开。

"你的牛丢了，牛仔。"

她的两条腿不自觉地夹紧布布的腹部。一匹训练有素的马能察觉到主人最微不足道的紧张，这个动作再加上微微拉紧的缰绳，立刻引起了布布的注意。

　　"喂！"

　　一辆车咆哮开过。她听到其他人在后面嗤着，相互说着话。她面无表情，继续骑马往前走。她意识到自己也没法知道前面是不是死路一条。这是一片巨大的工业区，有仓库规模的建筑和荒废的停车场。墙上的红色和黑色涂鸦说明这里并不热闹，也没什么希望。

　　"喂！我跟你说话呢！"

　　她听到摩托车加速的声音，心怦怦猛跳起来。

　　"喂！我跟你说话呢！臭婊子！"

　　"走开！"她努力让自己的语气更自信一点。走开啊。

　　他们哄笑起来。"走开！"一个人模仿她的口音怪叫着。

　　夜色悄悄深沉，莎拉开始慢跑。她坐得笔挺，听到了身后摩托车转弯和加速的声音。前面有更多的灯光。要是她能回到主路上，他们就不敢来惹她了。

　　"臭婊子！你怎么跑了？"

　　一辆车追上她，又被她甩在后面。她感到布布紧张起来。它的耳朵扑扇着，等待着她尚未发出的信号。她将一只手放在它的脖子上，从它那里寻找安慰，试着不让自己越来越焦虑的情绪影响它。他们马上就会走了，她在心里跟它说。他们很快就会觉得无聊，不会来惹我们了。可摩托车冲到了她的前面。布布猛地停下，屁股往下一压，头高高仰起。又有两辆摩托车掉转方向。这下，她面前有三辆车了。她的围巾裹着脸，帽子遮到了眼前。

　　有人把烟头扔到地上。她一动不动地坐着，一只手下意识地摸着布布的肩膀。

"臭婊子！不知道不回答别人的话很不礼貌吗？"说话的年轻人看起来像北非人，他歪头看着莎拉。

"我……我要去图尔。"她尽量不让自己的声音颤抖。

"你要去图尔……"笑声并不友善。

"我带你去图尔呀，上车。"他拍着后座，他们都笑起来。

"你包里是什么？"

她的目光在他们身上扫来扫去。"没什么。"她说。他们看上了她的包。

"没什么还那么鼓。"一个肤色苍白的男孩说。他头发剃光，戴着棒球帽，从摩托车上下来。她努力让自己的呼吸保持平稳。他们就跟家里那些男孩子一样，她对自己说，他们这是在相互炫耀，你只要让他们看到你不害怕就好。

男孩慢慢朝她走来。他穿着脏兮兮的卡其外套，胸口口袋里放着一盒烟。他在几英尺开外停住脚步，打量着她，接着毫无预兆地往前一蹦，大叫道："嘿！"

布布喷了一下，往后一跳。男孩们大笑起来。"别紧张。"她喃喃说着，两腿夹紧马腹，"别紧张。"戴帽子的男孩抽了口烟，又往前走。他们不会停手的，她想。他们发现了一个新游戏，一种新的折磨手段。她悄悄扫着自己跟他们间的距离，想找出最佳的逃跑路线。他们对这里应该很熟，他们现在做的事大概之前做过无数次，他们骑着摩托车到处转悠，打发时间，寻找可以抢夺的弱者，并在沮丧和无聊的驱动下破坏一切。

"哇！"这一次她有了准备，布布缩了一下，但并没有吓得跳起来。她用腿牢牢夹着它，用手势悄悄告诉它不要动，不让它有害怕的机会。可它还是不确定。她看到它的眼睛在往后瞄，它弯着的脖子紧张起来，缰绳那头的嘴在焦躁地咬着嚼子。当摩托车又轰鸣起来，她知道自己该怎么做了。

"拜托你们，"她说，"别惹我。"

"背包给我，我就不惹你。"他朝她的包做了个手势。

"喂！臭婊子！快把包拿过来，不然我就拿你的马喂狗！"北非男孩说着马肉什么的，这就是莎拉需要的全部动力。她收紧布布的缰绳，悄悄用双腿做出指示。一开始几秒，它没有听她的指令，还在焦虑的情绪中。但很快，长期训练的成果显现出来，它开始顺从地原地小跑，它小心而有节奏地抬腿，每次同时抬起两条腿，这是一种加强版的原地踏步。

"看呀看呀！这匹马在跳舞呢！"男孩子们开始喝倒彩。摩托车发动了，越开越近，越开越近，她做的这些只是暂时分散了他们的注意。莎拉忍住心中的恐惧，排除外界的噪声。她要集中精力，让布布积攒力量，要悄悄形成能量的核心。它的头垂到胸口，四腿越抬越高。她感觉到它的不安，它对她的信赖让她的心都缩紧了。尽管它很害怕，但它还是准备好了完成她的指令。她听到一个男孩子又冲她嚷了句什么，但耳朵里的血涌声让她什么也听不见了。

"我说，要不我们一起跳个舞吧，怎么样？"站着的男孩走得更近了。他的笑容是冷酷的，嘲讽的。他让莎拉想起了马耳他人萨尔。她通过右腿让布布悄悄从他身边走开。布布此时已在原地慢跑，她不断增加的冲动影响到了它，让它感到了气氛的紧张。她唯一能做的就是控制住它。男孩子们也积聚着一种能量，一种危险的张力。她察觉到他们对麻烦和混乱的渴望。她甚至听到了他们内心的想法，他们在计算各种可能。拜托了，她对布布说，就这一次，你一定要

412

为我做到。

"把她拉下来！"一个男孩大叫着，朝其他人打着手势，想把她从布布背上拉下来。她感到一只手拉住了自己的腿。这就是她需要的导火索了。她用脚后跟紧紧夹住布布的腹部，用坐姿告诉它抬起，再抬起，然后她大叫一声："起！"布布便跃到了空中，以震撼众人的跳跃姿势，从他们头顶上飞了过去，同时两条后腿向后水平蹬出。腾跃后踢！整个世界仿佛都停止了。不动了。有那么一瞬间，她仿佛看到了两千年前战场上的人们看到的场景——当这匹巨大的野兽战胜了地心引力，跃到空中时，他们对手的脸上一定也像现在这样充满了恐惧。这时，马的四条腿和马本身都变成了空中的武器。

下面传来恐惧的尖叫，愤怒的尖叫。两辆摩托车倒在地上，站着的男孩一屁股坐了下去。布布的前蹄落地时，她往前一趴，脚跟紧紧夹住马的侧腹。"跑！"她大喊，"跑！"马从摩托车边跑过去，绕过街角，沿着沥青路面，朝来时的方向猛冲而去。

几百英里外，昏暗的医院病房里，亨利·拉夏贝尔醒了。夜班护士曾把他的头歪向一边，此时，他的目光正落在床边的马照片上，他等着模糊的视线慢慢清晰稳固。不知为何，他睡着时，那马好像走到近前，正用斑斓闪耀的眼睛盯着他的双眼，目光中带着温柔的慰藉和无穷的耐心。亨利觉得自己的眼睛又干又涩。他在迷糊中反复闭眼又睁眼。突然，他充满感激地大喊：杰隆修斯。马慢慢眨眨眼睛，低下鼻子，仿佛听懂了。亨利努力回忆着他们是怎么到这儿来的。他想不明白。就让这新的浪潮把自己带走吧，接受现状，不要纠结琐碎的细节，不要在意陌生的脸孔，这样更简单。

他能感到小腿上套着僵硬的皮靴，脖子后面是柔软的黑色哔叽衣领，他听到远处其他骑手的笑声，他们正在什么地方做着准备。木柴、焦糖和温暖皮革的气味钻进他的鼻孔，卢瓦尔河谷轻柔的微风吹拂着他的肌肤。接着，他骑到了马背上，穿过红色帷幕，走到外面。他用戴着手套的手轻轻拉着皮缰绳，冷静地盯着马儿竖起的耳朵。他感到杰隆修斯有力的长腿在自己胯下迈动，那与众不同又优雅高贵的步伐对他来说就像自己的脚步一样熟悉，一种发自内心的喜悦与欣然悄悄涌起。杰隆修斯不会让他失望的。这一次，他将证明自己。这一次，他将生出双翼。

因为这一次，有些东西不一样了：他几乎不需要将自己的指令告诉马儿。他们之间有了心电感应，一种连首席骑士也不曾告诉他的心意相通。还不等他用马刺轻轻踢马的侧腹，还不等他调整自己的重心，甚至还不等他说出一个字，杰隆修斯就已经料到了他的意图。这个高贵的生灵啊，亨利惊讶地想，我怎么忍心抛弃了它这么久？

马儿拱起脖子，在表演场中央振作精神，探照灯照得它的皮毛如丝绸般闪闪发亮。它抬起马蹄，他们俩是众人期盼的焦点——这时，"咻"的一声，它用后腿站了起来，达到了不可思议的高度。它没有摇晃，也并不费力。它骄傲地昂着头，一动不动，俯瞰着观众，仿佛要让他们为自己骄傲。亨利坐在马背上，双腿夹着，背挺得笔直。他突然明白这就是终结，不由得发出狂喜的惊叹：他们已在空中，而他，永远都不需要下来了。

就在这时，他看到了她：穿黄裙的女孩，站在他前面的座位上，纤细的双手举到头顶，鼓着掌，眼里满是骄傲的泪水，脸上露出灿烂的笑容。

佛罗伦丝！他大喊。佛罗伦丝！他的耳，他的心，只听到表演场爆发出的雷鸣掌声快要将他震聋，他的眼前闪过耀眼的光芒——佛罗伦丝——这就是一切，他越飞越高，再也听不到机器的尖厉报警、人们急切的说话声以及病房大门突然被撞开的声音。

麦克敲着她的房门。"你准备好了吗？夫人说晚餐是八点，别忘了。"娜塔莎穿上裁剪粗糙的裤子和薄薄的红色棉布衬衫，这是她在当地超市里能买到的唯一合身的行头。她疲倦地回答："给我五分钟，等会儿我去楼下找你。"

她听到他的脚步声在走廊里回响，在木镶板间传递。她在包里翻着，想找支睫毛膏，给自己苍白而疲惫的脸增添一点生气。

他们五点刚过就到了小镇，第一站就是国家马术学校，也就是黑骑士马术团的所在地，可是学校的大门紧闭。对讲机里传出的声音显然是被麦克不停按铃弄烦了。对方说，学校要等圣诞节过后两周才对公众开放。至于麦克接下来的问题，回答是没有，没有骑马的英国女孩来过。麦克和娜塔莎的法语都不太好，可不需要流利的法语，他们也能听出那番回答中轻蔑又难以置信的态度。

"她绝对不可能赶在我们前面，"娜塔莎说，"我们最好找个地方住下，再想办法。"她问了信用卡公司，但没有任何新的记录。前一晚莎拉没取过钱，娜塔莎不知道这让她安心了还是更担心了。

瓦瑞莱斯城堡位于这座中世纪小镇的中央，后面就是马术学校。城堡规模巨大，富丽堂皇，美轮美奂。他们刚开始谈恋爱时，就喜欢住这样的地方。那时候，他们还想向对方证明点什么，麦克剃完胡子还会擦上面霜，不管她穿什么，他都会说好看；而她也觉得他的一举一动都那么有趣又可爱，只可惜不到两年，同样的行为就让她满腹牢骚了。

"我看反正要住，不如找个好点的连锁酒店。"麦克说。他努力表现得轻松，可她很清楚，自从踏上法国的土地，他就和她一样变得越来越恐慌。过去这几个钟头，他们在彼此面前小心翼翼，好像这事已变得太重大太严肃，没有空间再容下别的情绪了。又或者是因为，他们都不像之前那样对结果抱着信心了。

她走到楼下，看到麦克坐在熊熊燃烧的炉火前，跟城堡主人解释着一切。法国女人礼貌又难以置信地听完了故事。"你们觉得那孩子会骑着马从加莱到这里来？"她重复了一遍。

"我们知道，她的目的地是黑骑士马术团。"麦克解释说，"我们只想跟马术团的人聊聊，看她来了没有。"

"先生，要是真有十四岁的英国小孩独自骑着马到这儿来，整个索米尔的人都会知道的。你们确定她能走这么远？"

"我们知道她昨天晚上在巴黎郊外取过钱。"

"可那是五百英里外啊……"

"还是有可能的。"娜塔莎坚定地说，她想起了阿里·艾哈迈迪，"我们都知道，这是有可能的。"她和麦克交换了一个眼神。

"那里现在没人，"女人说，"要是你们同意，我可以给宪兵队打个电话，看看有没有人报告过这事儿。"

"那就真是帮了我们的大忙了，"麦克说，"谢谢你。现在我们需要一切帮助。"聊完，女主人便去查看晚餐了。

"你还好吗？"

"挺好的。"她盯着窗外。她多么希望那孩子能从花园尽头的灌木丛后走出来啊。她好像在哪儿都能看到莎拉：停着的车后，狭窄的小路尽头。她一定会来的。可当她想起阿里·艾哈迈迪时，她想到的不是他意志力的胜利，也不是在她办公室里等着她的那束花，而是她自己的失败。她恐惧地感觉到，自己犯了个天大的错误。

晚餐时，她与麦克面对面坐着。在如此浪漫的环境中，她发现自己并不饿，所以她只喝了酒。不知不觉，三四杯下了肚。他们心照不宣地决定不提莎拉，可她又想不出该说什么，更不知该往哪儿看。面对麦克，她的视线落在他的双手上，他的皮肤上，他乱糟糟的棕色头发上。他一反常态，没有多说话，只是狼吞虎咽地吃着晚餐，时不时发出赞许的声音。

"挺好吃的，是吧？"说完他才看到她盘子里的食物几乎没动。

"不错。"她说。他显得很疲惫，像是不确定接下来该说什么，他的尴尬让她也尴尬起来。所以，当他吃完饭后拒绝甜点，并说要去好好洗个澡时，两人都稍稍松了口气。

"我想出去走走。"她说。

"你确定？外面挺冷的。"

"我需要新鲜空气。"她努力挤出笑容，但失败了。

寒冷的空气让娜塔莎几乎无法呼吸。她裹紧了身上的外套，上面带着淡淡的木柴味。她看到右边是学校巨大的经典风格建筑，不远处是索米尔小镇宽敞的蜜糖色石砖街道。

她朝着一棵七叶树走去。到了那里后，她停下脚步，透过漂亮的枝叶仰望天空，一望无际的墨色天空没有城市灯光的污染，闪烁着万千点点星光。她不再想自己的工作、自己的案子，也不再想千疮百孔的感情。她不敢想莎拉，不敢想她可能在哪儿。她想的是艾哈迈迪，他没对她说谎。一想到自己那么迅速又轻易地对他下了定论，她不由得心生愧疚。

她不知道自己在外面待了多久，直到她听到砂石小路上传来脚步声。是麦克。她的心揪了起来。

"怎么了？是警察吗？"她发现麦克拿着电话，问道，"他们找到她了？”

他的头发是干的，他不可能洗过澡。"是牛仔约翰，"他表情肃穆，"是老爷子，莎拉的外公。他今天晚上去世了。"

她说不出话。她等着他恢复老样子，等着他大笑着道歉，告诉她这只是个笑话。可他没有。"天哪，塔莎，"他终于开口说道，"我们现在到底该怎么办？"

她听到树枝在微风中发出的轻微吱呀声，她敏锐又清晰地感到冷风吹在脸上。"我们找到她，"她的声音连她自己听来都感到有些奇怪且刺耳，"我们一定要找到她，我觉得我们没有别的……"

她胸中涌起一种情绪，可怕而陌生的窒息感让她一时满心恐惧。她与他擦肩而过，飞快地走着，然后朝房子跑去。她穿过优雅幽深的走廊，爬上红木楼梯，冲进自己的房间。还没等她躺到巨大的床上，眼泪已夺眶而出。她脸朝下趴着，双臂抱头。她让眼泪流进厚厚的床垫，甚至不知道自己为什么哭：是哭那个孤身在异国他乡、失去了最后一个挚爱家人的女孩吗？是哭那个被自己误解的无父无母的男孩吗？还是哭自己一团乱的灾难生活？在酒精的影响下，一切都被释放出来。陌生的环境，陌生的国家，两天来的混乱经历，让娜塔莎发自肺腑地哭到颤抖。她默默地流泪，不知道如何停下。

她还能听到身后的摩托车声。她竭尽全力奔跑，喘着粗气，满心恐慌。布布奋力跑着，脖子伸得笔直，马蹄在暗夜中擦出了火花。她把它的脑袋往右拉，朝着像是小路的方向飞奔。她听到身后传来轮胎的尖厉摩擦声，有人又威胁地大喊："臭婊子！"紧接着，她发现自己跑进了一家超市的停车场。

她狂奔着横穿停车场，隐约感到推着购物车的情侣们震惊了，还有位司机倒车倒了一半赶紧停下。此时，几辆摩托车分散开来，她从眼角看到了他们的身影。她想把布布拉住——要是她跑到超市周围，就会有很多人，那些男孩就不敢对她怎么样了。可布布的脖子挺得僵硬，完全不受控制。惊慌失措的布布也迷失在了自己的世界中。

她往后一仰，路上的标志在它脚下模糊闪过。"布布！喂！"她大喊，可她很快便恐惧地意识到自己停不下来了。她立刻明白自己只能待在马背上。她跳过低矮的栏杆和一处坑洞，飞奔过空荡的停车场，发现自己进入了工业区的边缘，低矮围墙外是一片漆黑的虚无，那是空旷的郊野。她在马镫上站起来，扯着缰绳，这个老办法应该可以让它减速，原地绕圈。

可她没想到墙已近在咫尺，她给了它一个不可能停止的角度。她和马一样，都没看到围墙另一侧的陡坡，所以当它恐慌又盲目地冲出去，前腿刚冲上半空的一瞬，马和主人都意识到了自己的错误。

摩托车的声音没有了。莎拉飞向昏暗的天空，模糊地听到可能是自己的尖叫声。布布也跌倒了，它的头从她胯下消失，莎拉开始往下掉。一瞬间，她看见了被灯照亮的路面，听到了可怕的嘎吱一响。一切归于黑暗。

麦克小心翼翼的敲门没有应答。他扭动门把手，害怕这又会在他们之间引发冲突，可他现在不能回房间：毕竟她看起来那么失落，她的脸在月光下毫无血色，一贯泰然自若的表情消失得无影无踪。

"塔莎？"他大着胆子轻声喊了一句。他又喊了一声，接着慢慢打开门。

她躺在有华盖的大床上，手臂交叉放在头顶。有那么一会儿，他以为她睡着了。就在他正要轻轻关上门时，他看到了她肩膀的抖

419

动，听到了闷在被子里的轻声啜泣。他一动不动地站着。娜塔莎已经很多年没在他面前哭过了。他还记得，十五个月前他最终离开时，她在走廊里站了很久，咬紧牙关，不动声色，穿着上班时的套装，看着他将自己的东西搬到车上。

可那感觉像是上个世纪的事了。

麦克试探着走过木地板。他把一只手放到她肩上时，她缩了一下。"塔莎？"

她躺在那儿，没有反应。他不确定她是不想回答，还是在等他走开。

"怎么了？"他说，"出什么事了？"

她把脸从床垫上抬起来，苍白的脸上满是泪痕。睫毛膏都花了，满脸黑色的印记，他忍住帮她擦干净的冲动。

"要是我们找不到她怎么办？"她的眼睛闪闪发亮。

她显然非常痛苦，这让他既吃惊，又有些陌生。他无法将目光从她脸上转开。"我们会找到她的，"他只能这么说，"我不明白，塔莎——"

她支撑着坐起来，用膝盖顶着下巴，脸埋在膝盖之间。他听了又听，才听明白她在说什么。

"他那么相信我们。"

他坐在她旁边的床上。"是的，可是……"

"你说得对，都是我的错。"

"不……不……"他喃喃地说着，"这么说很蠢，我不该那么说的，这不是你的错。"

"就是我的错。"她泣不成声地坚持着，"我辜负了他的信任，我辜负了莎拉的信任。我应该照顾好她的，可我没有……可现在太……"

"你做得很好。你也说了，你尽力了。我们都尽力了。我们都不知道会发生这样的事呀。"

他很惊讶，没想到自己的一句话竟能让她产生如此反应。长久以来，娜塔莎对他做的任何事好像都已经没有反应了。"喂，拜托，我就是随口说的……我当时太生气了……"

"不，你说得对。我不该一走了之。我要是留在家……也许就能让她再对我敞开一点心扉……可我不能在你身边，不能在她身边。"

他看到她的红衬衫里纤细的胳膊，看到她脸上混着黑印的泪痕。他想伸手抱她，可又害怕这会让她再次封闭自我。"你不能留在莎拉身边？"他的语气轻柔而小心。

她的表情变得冷静，啜泣也渐渐平息了。"她让我知道，我大概永远都当不好妈妈了。莎拉让我明白……我没有孩子也许是有原因的。"她用力咽了一下唾沫，"之后发生的事也证明了我想得没错。"她的声音断断续续。她又哭了起来，颤抖着，好像整个人突然缩小了。

她对他们失去的孩子突然表现出的悲痛让麦克手足无措。"不会的，塔莎。"他轻声说着，握住她的手。她的手指上全是湿湿的泪水。"不会的……不会的，塔莎，不是这么回事……别这样。"他否定着，可自己也不知道自己在说什么。他把她拉过来紧紧搂住，轻轻摇着，不去想自己在干吗，"啊，上帝呀，不会的……你会是个好妈妈的，我知道你一定是的。"

他把脸贴在她的头顶，嗅着她秀发的熟悉气味，发现自己的眼泪已顺着脸颊滚滚滑落。他感到妻子的双臂也悄悄抱住了自己。她紧贴着他，这个无声的信号也许正是他需要的，他想要的，这说明他到底还是可以给她点什么。他们坐在漆黑的房间里，紧紧拥抱，为他们失去的孩子，为他们逝去的生活，共同哀悼着，尽管已经太迟。"塔莎……"他喃喃地说着,"塔莎……"

　　她安静下来。在他们的世界里,一个无须多言的问题围绕着他们,显现在相互接触的肌肤之间。他双手捧起她的脸,盯着她脏兮兮的眼睑和湿漉漉的皮肤,他想读懂她,可又有什么东西让他无法思考。

　　麦克低下头,贴着娜塔莎的脸。他喃喃低语,吻了她的下唇。他的两只手抚摸着她的脸庞,陌生又熟悉。有那么一刻,他察觉到她在犹豫。他的内心深处也在犹豫——我这是在干吗?我们是不是该停下?可很快,她纤细的手指紧紧攥住了他的手。她的双唇贴过来时,发出了小动物一般细弱的叫声。

　　麦克把她压了下去,呼出一股放松又渴望的气息。他吻着她的脖子,她的头发,哆哆嗦嗦地解开她皱巴巴的衬衣的纽扣,闻到她皮肤的麝香气味,渴望让他笨手笨脚。他感到她的两条腿勾住了自己的背,脑子里还能思考的那个部分抽离出来,冷静地想起她以前从没这样做过。很多年没有了。这个娜塔莎不一样了,而他的感觉复杂到让他无所适从。

　　他睁开眼,低头看着她,借着窗口透进的微弱光线,看到她花掉的睫毛膏、没洗的头发和苍白喉咙的微微颤抖。他心中的柔情被一种阴暗而阳刚的东西取代。它回答了他内心的疑惑,而那个疑惑是他在婚姻期间一直无法向她承认的。这不是重燃爱火。这不是他熟知的那个人。

　　"我要你。"他听到她对着自己的耳朵呢喃。她好像也有些吃惊,沙哑的嗓音吐露着欲望与渴求,"我要你。"她又说了一遍,麦克把衬衫从头顶脱掉。他明白,这虽然不算是个问题,但它的答案只可能有一个。

二十五

> "要是马出了什么意外，那骑手自己
> 也相当危险。"
>
> ——色诺芬《论马术》

一只白色的鸟在她的头顶盘旋。它懒洋洋地绕着大圈，发出越来越响亮的嗡嗡声。当那噪声变得令人无法忍受时，它又突然安静了。莎拉眨着眼睛，鸟身后明亮的光线让她看不清它的模样，她只能默默求它安静点。

她静静地躺着，噪声越来越响，可这一次，连身体下面的大地也震动了起来。她皱起眉头，感觉头和右肩剧痛。求你了，她恳求道，别叫了。太吵了。她紧紧闭上眼睛，可它仍粗暴地侵犯着她的感官。最后她再也受不了时，噪声停止了。她隐约觉得庆幸，可另一种声音打断了她的思绪。一扇门啪地关上，有人发出了惊呼。

哎哟，她想，我的肩。接着她又想：我好冷。我的脚没有知觉了。光线变暗，她把眼睛睁开一条缝，看见一个黑影朝她逼近。

"你还好吗？"

还没等她明白过来怎么回事，恐慌就占据了她的头脑。有什么不对。相当不对。她眨眨眼，忘了身体的疼痛，努力想看清这个正盯着自己的人的模样。她发现自己躺在水沟里。她支撑着坐起来，往后爬着，直到被水泥柱挡住。

男人。摩托车。恐惧。

农夫站在离她几码远的地方，满脸担忧。他那巨大的黄色农用机器停在不远处，驾驶室门开着，他一定是从车上下来的。

"你在干吗？"他问。

莎拉的视线无法聚焦。她环顾四周，看出这是片犁过的田地，远处是工业区的工棚。工业区。夜色中的纵身一跳。

"我的马……"她一跃而起，不由自主地发出痛苦的惨叫，"我的马呢？"

农夫一边后退，一边打着手势让她待在原地。"我给宪兵队打个电话，行吗？"他说。

她已经跌跌撞撞沿着小路往前走了。她努力理清思绪，让视线变得清晰。"布布！"她大喊，"布布！"

农夫用粗大的手指犹豫地按着手机按键，莎拉并没有看到他脸上的疑惑。要是她看到了，她可能会明白，那表情仿佛在说：这人吸毒了吗？发疯了吗？她身体的一侧全是泥，脸上还有瘀青。这人惹了什么麻烦吗？

"你需要帮助。"他小心地说。

她没有听到他说什么。

"布布！"她爬上水泥柱大喊。为了保持平衡，她疼得龇牙咧嘴。她全身都疼，视线也模糊。可即便如此，她也看得出这片田野很空旷，除了远处的几头奶牛和她自己呼出的白气，什么也没有。她的叫喊声消失在宁静的清晨里。

她朝农夫转过身。"有马吗？"她哀求道，"棕色的马，塞拉·法兰西马。"她在颤抖。她又冷又怕。不会吧？别是现在，经历了这一切之后。恐惧牢牢地抓住她，将她摇醒，让她无法承受可怕的现实。这事太重大了，太可怕了。它不可能跑掉吧？它当然不可能跑掉。

此时，农夫站在农用机器的门边。"需要我帮忙吗？"他又问了一遍，只是这次没有那么热切了，甚至好像有些希望这个外国女孩能回答："不用了，我挺好的。"

实际上，莎拉已经一瘸一拐地上了小路，不确定该先上哪儿去找。她忙着大喊布布的名字，根本没听他说话。一想到布布可能丢了，她就惊得慌了神，忘了肩膀的伤痛和脑袋里不断的重击。

她差不多走过了整片田地，才意识到丢的不仅是她的马。

将近三十英里开外，娜塔莎醒了过来，并感到了出乎意料的失落。她听到麦克偷偷溜进浴室的声音，在没反应过来那是什么声音之前，她就已经察觉到了他不在身边。她还能感觉到他的胳膊压在自己身上，他结实的长腿紧贴着自己的大腿内侧，他温暖的鼻息呼到自己的脖子上。他一走她便心神不宁了。像是飘浮在无尽的宇宙，而不是躺在舒服的双人大床上。麦克。

她听到他抬起马桶盖的声音，不由得微微一笑，这说明他还保持着在家时的习惯。她钻到被子的更深处，闷热浑浊的空气讲述着过去几个小时的欢愉时光，渴望得到了满足与回应。她想到他，想到他吻在自己身上的双唇，还有他的双手，他身体的重量，他打量她时的热切目光，过去的岁月不仅没被一扫而光，反而因为他们强烈的感情变得更有意义了。她想到自己的反应，她的无拘无束，她的欲望。如此出人意料，完全违背她的本性。他们过往的争执和残忍，所有让他们不能在对方面前做自己的那些事，好像让一切变得愈发强烈。她让他吃惊了，她明白。她自己也很吃惊。她是从什么时候开始觉得自己在他眼里已变得更好了呢？

她翻到他那边的床上，呼吸着还留在被单上的体温。她听到马桶冲水的声音和他打开水龙头洗手的声音。在起床去找人之前，还可以再去抱抱他吗？让他用双唇、双手和肌肤给予她力量，让她有勇气面对新的一天，可以吗？与他一起躺在巨大的浴缸里，在肥皂泡泡里，一寸一寸重新收回那本属于她的强壮身躯，是什么感觉？我爱他，她想。承认了这一点，她反而轻松了，就好像承认了它便可以让自己停止挣扎。

她心满意足地舒了一口气。她揉揉眼睛，发现前一晚花掉的睫毛膏印还在。她试着把头发捋顺，但后脑勺的头发已被睡扁了。她全身容光焕发，充满期待。她希望他动作快点。她还想他压着她，抱着她，进入她。她渴求他的身体，而她本以为这样的渴求早就不复存在。她跟康纳在一起时从没这样。她也有过身体的欲望，是的，但那就像是满足一种双方都知道的需求，而不是这种发自肺腑的令人头晕目眩的激情。她觉得自己只是整体的一半，对方暂时的离开就像是自己失掉了手脚。

恰在此时，她听到了声音。一开始，她以为是有人在门外走廊里说话。可她躺在床上仔细聆听时，她才意识到，是麦克在说话。她爬下床，用床单裹着身体，赤脚走到浴室门口，犹豫了一下，把耳朵贴到了古老的橡木门上。

"亲爱的，这事以后再说。你——你真是不可理喻。"他笑着说，"不，我没有……玛莉亚，我现在不能跟你讨论这个。我跟你说过了，我还在找人呢。是，我十五号跟你见面……我也是。"他又笑了，"我要挂了，玛莉亚，等我回去再跟你说。"

此后多年，娜塔莎在灾难来临前总会闻到一股蜂胶味。她从门口往后退，脸上的笑容不见了，焕发的容光变成了血里的冰。她刚到床上，麦克就从浴室里出来了。她放缓呼吸，揉了揉脸，不知该如何面对他。

"你醒了。"他说。她感觉到他在盯着自己。他的声音因为缺少睡眠变得粗哑。

"什么时候了？"她问。

"八点一刻。"

她的心脏在胸口难受地跳着。"我们得出发了。"她环顾地板，寻找自己的衣服。她没有看他。

"你这就想起床了吗？"他的语气有些惊讶。

"我觉得该起床了。我们还得去找警察呢，记得吗？夫人……会帮我们给他们打电话的。"她在巨大的胡桃木抽屉柜下看到了自己的短裤。一想到它是怎么扔到那儿的，她的脸都红了。

"塔莎？"

"什么事？"她穿上裤子，背对着他，用床单裹着裸露的身体。

"你还好吗？"

"挺好的。"她把裤子提上，转过身面对他。她的目光明亮，神情平静。但在这之下，她恨不得他痛苦地慢慢死去。"怎么了？难道我该不好吗？"他试着揣摩她的情绪。他微笑着耸耸肩，有点摸不着头脑。

"我就是觉得我们该走了，"她继续说，"别忘了我们是来干什么的。"没等他说话，她就抓起自己的东西，朝浴室走去了。

黑骑士马术团的人来城堡之前，宪兵队已经找他谈过了。

"没人报告说见过这样的女孩子。"他说。他们坐在会客厅里，女主人端来咖啡后，退得远远的。"但他们跟我保证，要是那女孩来了，一定会通知你们。你们还会住在这里吗？"

娜塔莎和麦克对视了一眼。

"应该会，"麦克说，"莎拉只可能到这儿来，我们会住到她来这儿为止。"

听了他们的故事，警察的反应和城堡女主人的反应一样——有点难以置信，仿佛在质问怎么会有家长允许孩子一个人旅行到这么远的地方。"我能不能问问，你们为什么觉得她要来黑骑士马术团呢？你们知道这是一所顶尖的马术学校吧？"

"因为她外公。她外公很久以前是这儿的学员什么的，是她外公坚信她会到这儿来的。"

巡警似乎对这个答案很满意，匆匆地在笔记本上写着什么。

"而且她一直在用我的信用卡，我们知道使用地点在法国。"娜塔莎补充说，"所有的证据都能证明，她朝这个方向来了。"

警察不动声色。"我们会让方圆五十英里的宪兵队保持警惕的。要是有人看见了她，我们会通知你们的。"他耸耸肩，"不过这可不容易，要找一个骑马的年轻姑娘——你们要知道，在索米尔这样的地方，到处都是骑马的人。"

"我们知道。"娜塔莎说。

警察离开后，他们沉默了。娜塔莎环顾房间，看着厚重的帷幕和装在玻璃箱里的仿真小鸟。

"我们可以开车转转，"麦克说，"总比在这儿坐一整天好。夫人说要是有情况，她会给我们打电话的。"他像是想碰碰她的胳膊，可娜塔莎躲开了，忙着在包里翻什么。

"我看没必要我们两个都出去。"她说。每次他露出隐隐受伤的表情时，她都想给他一拳，"我去学校周围走走，你出去转吧。保持联系。"

"这太荒唐了，我们为什么要现在分开？娜塔莎，我们一起去。"

短暂的沉默后，她收起了自己的东西，不再看他。"好吧。"最后她终于说道。说完，她就离开了房间。

田地尽头有马蹄的痕迹。她本想跑过田野，仔细查看，可又黏又重的淤泥糊住了她的靴子，她只能以最慢的速度前行。最后，她终于到了田埂尽头，可只有柏油路面上的几个土块，布布的踪迹又消失了。

她走了一个钟头，在田间来回穿梭，钻进杂乱的灌木丛，嗓子都喊哑了。最后，她发现自己走到了另一个小镇上。她瑟瑟发抖，又冷又饿。她的肩膀很痛，肚子饿得快抽筋了。汽车从她身旁飞驰而过，没注意到她，又或者压根不在意她。如果她离马路太近，就会有车鸣响喇叭。

进入小镇后，她看到了一排商店。面包店里飘出的香气是那么诱人又让人安心，但她买不起啊。她把冻僵的手插进口袋，竟然掏出了三枚硬币。是欧元。她都不记得它们怎么会在那里：汤姆明明把她的钱装进信封，放进了那个丢失的背包里。应该是零钱，是前一天买东西时找的吧。她看着硬币，又看了看面包店，最后望向了广场对面的电话亭。她什么都丢了——她的护照，布布的文件，她的钱，娜塔莎的信用卡。

只有一个人可能帮到她。她把手伸进衣服里面的口袋，拿出外公的照片。照片皱巴巴的，她用大拇指用力想把它抚平。

她腿脚僵硬地穿过广场，走进一家烟草吧，借用电话。"你摔跤了吗？"吧台后的女人同情地问。

莎拉点点头，突然意识到身上的衣服沾满了淤泥。"抱歉。"她边说边看自己有没有留下泥脚印。

女人盯着她的脸，忧虑地皱起眉头。"哎呀，快坐，亲爱的。你要来一杯吗？"

莎拉摇摇头。"我只会说英语。"她的声音小得几乎让人听不见，"我想给家里打个电话。"

女人盯着莎拉手里的三枚硬币。她伸出一只手，摸了摸莎拉的侧脸，仍然用法语说："你是头疼吗？吉拉德！"

几秒钟后，一个留着浓密大胡子的男人从吧台后面出现了。他拿着两瓶樱桃色的糖浆，放到了吧台上。女人对他嘀咕着，朝莎拉打着手势。

"电话。"他说。她站起身，朝公用电话走去，可他摇摇手指。"不，不，不，不是那个。这边。"她犹豫着，不知道这是否安全，可又发现自己别无选择。他抬起吧台隔板，带她走进昏暗的走道，一台电话机放在小小的抽屉柜上。"打电话吧。"他说。她将硬币递了过去，可他摇摇头，说："不需要。"

莎拉努力回忆着英国的区号，拨通了电话。

"脑卒中病房。"

对方的英国口音让她始料不及地想起了家乡。"我是莎拉·拉夏贝尔，"她紧张地说，"我要跟外公说话。"

对方沉默了。"能不能稍等一下，莎拉？"

她听到嘀嘀咕咕的声音，对方用手捂住听筒在跟别人说话。她焦急地看着钟，不想浪费这对法国夫妇太多电话费。她看见女人在走道的那一头，正在给别人端咖啡，同时谈笑风生地聊着天。他们也许在讨论她，一个从马上摔下来的英国女孩。

"莎拉？"

"约翰？"他的声音让她大吃一惊，她原本以为会是护士。

"你在哪儿，丫头？"

莎拉愣住了。她不知道该怎么跟他说。外公会允许她告诉约翰自己在哪儿吗？还是他会希望她继续往前走？最近，说实话的效果往往是事与愿违。

"我要跟外公说话，"她说，"你能不能让他接电话？拜托了。"

"莎拉，你得告诉我你现在在哪儿，我们都在找你。"

"不行，"她坚决地说，"我不想跟你说话，我要跟外公说话。"

"莎拉……"

"这很重要，约翰，非常重要。求你了，就算是帮我，别让我为难……"她快要哭了。

"我不能，亲爱的。"

"你能。前天我还跟他说了话。你只要把电话放到他的耳朵边上，他就能听到我——"

"莎拉，丫头，你外公走了。"

她盯着墙壁。有人打开了电视机，她听到远处大家的欢呼和对足球比赛的兴奋评论。"去哪儿了？"

久久的沉默。"莎拉，宝贝，他没了。"

陌生的寒意向她袭来，从地上涌起，将她淹没。

她摇摇头。

"不会的。"她说。

"宝贝，你现在该回家了。该回来了。"

"你撒谎。"她说。她的牙齿在打战。

"亲爱的，我也很难过。"

她猛地摔下电话。她全身发抖，只想坐下来。她非常安静地坐到铺着油毡布的地板上，就这样坐着，整个房间在她的周围轻轻旋转。

"喂！"不知过了多久，她隐隐听到女人大声叫来了她的丈夫，两双手把她扶起来，扶着她穿过大厅，轻轻坐到红色人造革的长椅上。紧接着，女人把一杯热气腾腾的可可放到她面前，拆开几块方糖，搅到了杯子里。

"看啊！"一个客人说，"她的脸好白！"

有人喃喃说着可能是受了惊吓。她好像隔着很远的距离在听他们说话。她感到更多的面孔出现，都带着同情的微笑。有人摘下她的骑马帽，她脏兮兮的头发和指甲里的泥让她自己都觉得不好意思。什么都没有了。外公走了。布布也走了。

女人搓着她的手，让她喝点热可可。她礼貌地喝了一小口，感觉要吐了。

"你是不是丢了你的马？"有人在问，她的脑子迷迷糊糊的，试了几次才点了一下头。

"你的马什么颜色？"

"棕色。"她迟钝地回答。她感觉轻飘飘的，听什么都好像很遥远。她冒出了一个念头：要是他们不再握着她的手，她会不会飘到半空中消失呢？为什么不能消失呢？反正没人让她想留在这世上了。没人再关心她了。没有要去的地方，也没有可以回的地方。布布现在可能跟她一样躺在水沟里，死了。那帮男孩子可能追着它跑了好多里。它可能被人偷走了，被汽车撞上了，被这广阔的原野吞没了，再也不会出现了。而外公……在她不在的时候，外公去世了。她再也看不到他的双手，再也看不到他用力给马刷背，把刷子蘸进水里，用力地咬紧牙了。他们再也不能坐在电视机前，对新闻评论一番了。一切都没意义了。

她突然看到了自己，宇宙中一个彻底孤独的小点。现在，没有属于她的地方，没有属于她的亲人，也没有她自己的家。突然意识到这沉重的事实，让她感觉快要晕倒了。接着，她发现大家都在盯着自己，她又希望他们赶紧走掉。她突然想就这样躺在这长椅上，睡上一百年。

大家关心地低声说话。她觉得眼皮好沉，女人把杯子端到她的嘴边。

"她还在发抖。"有人说，甚至掰开她的眼皮检查了一番。

"我挺好的。"她说。她不知道自己怎么能说出这么真实又虚伪的话。

"小姐，"一个叼着香烟的瘦男人站在她的面前，"你的马是棕色的吗？"

莎拉抬起头看着他。

"它有多高？这么高吗？"他把手抬起来，比画到自己的肩膀。

突然，她的脑子变清楚了。她点了点头。

"来，来，"他说，"跟我来。"她感觉到女人用手撑着自己的胳膊，心中突然很感激。她的腿好像都不是自己的了，它们是那么软弱无力，像是一丁点压力就能折断的吸管。她眨了眨眼，走出昏暗的烟草吧，晨曦的光线亮得有些刺眼。女人陪着她坐进一辆汽车的后排，瘦男人坐进前排。他们可能会带我去任何地方，莎拉漫不经心地想。她做的一切，都是外公告诫她千万不能做的。可不知为何，她连在意的力气都没有了。因为外公已经不在了。她把这句话在脑子里翻来覆去地想着，可什么都没发生。我没有感觉了，她想。

走了一两英里，他们的车开进了一处农场，马路两旁散落着锈迹斑斑的农用机械，一捆捆用黑色塑料薄膜包着的草料堆得高高的。

他们下车时，一只大鹅愤怒地嘶吼，瘦男人把它轰走了。

转过巨大工棚的一角，她看到了它——站在牛棚里，马鞍和笼头整齐地放在大门远处。"布布？"她难以置信地说，完全忘了肩膀的疼痛。

"这是你的马吗？"男人问。

布布轻轻嘶鸣一声，像是给出了不容置疑的回答。

"农夫今早在橘子园旁边的狩猎场找到的。据他说，它当时抖得跟筛子一样。"

她几乎没有听他说话。她挣脱他们的搀扶，硬撑着朝它走去。她翻过大门，半爬半掉进了牛棚，张开双臂搂住它的脖子，用泪水模糊的脸颊紧紧地贴着它。

谁能想到一个女孩会为了一匹马哭成那样呢？后来，莎拉又喝了杯热可可，吃了半根长法棍，她重新出发后过了很久，他们还在烟草吧里这样说。她足足哭了三十分钟，边哭边给马儿鲜血淋漓的膝盖缠上绷带。她摸着它，跟它小声说话，不愿意离开它。一个女孩为了动物如此动情，真是罕见。

"哎呀，你们也知道这些女孩子啦，"烟草吧的女人用掸子掸着酒瓶说，"在这个年纪都特别喜欢动物。我小时候也一样。"她停下来，对丈夫点点头，丈夫的注意力暂时从报纸上转开，"当然了，现在我也喜欢。"她哼了一声补充道。在客人的笑声中，她走回了厨房。

麦克等娜塔莎上车时，启动了引擎。整整一上午，她几乎没跟他说话。每次他想说点什么，或是想讨论发生的事，她就会摆出他理解为婚姻面孔的那张脸，表达出压抑的反对和未出口的责难。他感觉很难应对：明明昨晚她还说想要他——他又没强迫她——可她现在为什么又要这样对他呢？

麦克知道自己做得没错。只是他很难将昨晚那个热情饥渴的女人跟现在身边这个冷若冰霜的女人联系在一起。他醒来时怀里还搂着她，睡梦中还用双唇贴着她的后颈，他的第一个念头就是兴奋。一切都有可能了。他们间的什么东西被撬开了，显露了出来。他想，也许，一切都不算太晚。不仅是因为性，尽管那确实出乎他的意料。她好像是剥掉了一层外壳，只许他一个人看到了她长久以来封闭的自我。事后，她又哭了。这一次是释放。他抱着她，跟她说着悄悄话，他感觉她赐予了他某种东西。他突然觉得震惊，他们怎么就浪费了这么多时间不在一起？

我要你。

可今早的事又该如何解释？麦克知道，他爱这个变幻莫测又情绪复杂的妻子。可他不知道自己是否有勇气继续打破他们间的障碍——她决心建立的障碍。你说得对，他默默地对她说，男人确实受不了"复杂"的女人，原因就是：你带来了光鲜亮丽的世界，又在里头制造毒药。

"你今早听到我打电话了吗？"他突然问。

她一直不擅长撒谎。她的脸红了。"没有。"她说。

"我们没在一起，我跟玛莉亚。要是你为这事烦心，真的没必要。我跟她是朋友。我们本来今天要一起工作的，我取消了。"

她摆了一下手。"你看，我们到了。"

"她有新男朋友了。"他说。可她已经下了车。

他们把车停在国家马术学校外面，麦克跟着她进了办公室，一个扎马尾辫的年轻女子跟他们握了手，她那闪闪发亮的皮肤一看就是常做户外运动的。她为前一天的误解道了歉——他们不了解情况，她解释说，也不知道他们同黑骑士马术团的关系。

娜塔莎也解释起来，麦克趁这个时间研究起了照片。它们都带着复古的色调，照片上的马以不可思议的角度跳到空中，骑手戴着尖尖的帽子，穿着有穗带的制服，冷静地坐在马背上，就好像它们以四十五度角两腿站立没什么稀奇的。更远处是一排黑色的荣誉奖章，以及镏金字体写成的 19 世纪以来黑骑士马术团所有骑士的名字，每年都只有一两个。一个名字突然跳了出来：拉夏贝尔，1956—1960 年。他想起了老人。他大概永远也不会知道，有人还记得他在这里的经历，还以这样的方式向他表达着敬意。麦克又觉得悲哀。他本可以在这里一生追求优美与卓越，实际上却在那样的地方度过了余生。麦克更能理解老人对马的狂热和他对莎拉的严厉了。除了卓越与优美，除了在追求它们的过程中获得的满足，你还期望你的孩子了解什么呢？

"你看，"他拿出一本相簿，"这就是莎拉和她的马。这张照片她的脸更清楚。"

女人认真看着，点了点头。"她骑得非常好。"很难看出她是不是在迎合他们。

"她的外公叫拉夏贝尔，这个就是他。"他指着名字说。

"他跟你们在一起吗？我们有很多聚会。我们还有一本杂志，《黑骑士马术团之友》——"

"他昨晚去世了。"娜塔莎说。

"所以那个女孩才离家出走了吗？"

"不，"娜塔莎看了看麦克，"我们认为她还不知道这件事。"

女人把照片还给麦克。"对不起，我们也帮不上更多忙，可如果我们听到任何消息，一定会让你们知道的。女士，先生，你们既然来了，不想到处看看吗？"

她安排了一位小伙子陪他们参观。他们走到荣誉表演场，这是一片巨大的户外沙地，一个戴黑帽子的男人骑着一匹精力充沛的栗色大马，十来匹马在整洁干净的马厩里看着他们。他一会儿朝这边慢跑，一会儿又朝那边去了，他的马费力地喷着鼻子。

他们一边走，小伙子一边开始解说：这里是表演马住的地方，那边是花式骑术马住的地方，再那边是障碍赛马。总共有大约三百匹马。这是一个井井有条的世界，保持并维护着最高的标准。这样的地方竟然还存在，这让麦克觉得既奇怪又安心。

"我们干吗要参观呢？"娜塔莎时不时嘟囔几句。他们穿过一片树林，来到旁边的马厩区和另一片沙场，这个世界致力追求的东西是他俩都无法理解的。可麦克知道，她的想法和他一样：他们还能做什么呢？至少在这里，他们能更好地理解莎拉的目标。多荒谬啊。离家几百英里后，却是他们感到与她最近的时候。

娜塔莎打开手机。"我再给信用卡公司打个电话，"她说，"又过了几个钟头了。"

"你们是来度假的吗？"娜塔莎大步走开时，向导用带着浓浓法国口音的英语问。

"不算吧。"麦克回答。

"你是摄影师？"小伙子指着麦克的摄影包说。

"是的，不过我不是来工作的。"

"你应该拍拍马术节，那是标志着一年的马术学习结束的庆典，所有骑士都会表演。"

"不好意思。"他的手机响了。

"出了什么事？"娜塔莎不再讲电话，突然问道。

他转身背对她，边听边用手挠头。"唉，天哪。"他合上了电话。

"她知道了？"娜塔莎猜测道，"她知道他去世了？"

麦克点点头。

她瞬间用手捂住了嘴巴。"那她已经知道自己什么都没有了。"

麦克不知道自己是不是跟她一样，脸上的血色都消失了。他们四目相对，无视身边的骏马和优美的环境。"把卡停掉，塔莎，"他终于说，"要是她决定不来这儿了，我们就得阻止她去别的地方。"

"可这样她就更危险了。我们得确保她有足够的钱买东西吃，找地方睡，现在的晚上可是冷得要命。"

"我们总不能追着她在法国转几个星期吧？这里有一百万个地方可以存马。我们得让这一切停下了。"

"我知道，可断掉她唯一的经济来源不是个好办法。"

"要是我们在英国的时候就断了这个经济来源，她压根都跑不了这一半远。"他的语气像是在责备她。他控制不了自己。

"她总会想别的办法的。"

"我们找了两天两夜了，还不知道她在哪儿——"

"先生，"年轻的向导把对讲机贴到自己的耳朵上，"先生，女士，请你们稍等一下。"他用法语飞快地说着什么，说完又用英语说道，"有个英国女孩来了，骑马的女孩。富妮尔小姐说让你们跟我来。"

这不是她想象中胜利抵达目的地的场景。刚出发的头两天，她不断想象着到达这里时的喜悦。这个地方一定会像她的第二故乡，这里就是她的宿命。外公说过，这里的一切都在她的骨血里。

最后五英里的路上，莎拉用这些话鼓励着自己，她需要鼓励才能继续走下去。她步履沉重地穿过索米尔小镇，无心欣赏优雅宽敞的街道、蜜糖色的房屋和随着岁月流逝永远美丽的河畔风光。筋疲力尽、膝盖上缠着绷带的布布吸引了不少好奇的眼光，时不时有路人发出啧啧的声音，仿佛责备她不该骑着受伤的马。她知道自己看起来也一定很奇怪：满脸擦伤，满身污泥。十二公里，八公里，四公里……她催促着它走下去。她的肩膀和脑袋剧痛无比，她强忍住才没让自己哭出来。

她看到国家马术学院的路牌时，差点没哭出来。接着，她看到了住宅区里的马蹄形建筑，正面都是乔治亚风格。可她没看到马：走在院子里的人穿的也不是黑色制服，而是现代服装。"这是黑骑士马术团？"她问向一个走过城堡的人。

"才不！"他像看疯子一样看着她，"黑骑士马术团1984年就不在这儿了，在伊莱尔喷泉那边。"他指着一处环岛，"从那过去不远……大概五公里吧？"她感觉自己再也走不动了，可这念头只是一闪而过。她鼓起勇气，按照指示，绕过几个环岛，又穿过了一个小镇，走了很远很远。当她开始怀疑自己是不是又迷路了时，她终于走上了长长的小路，路旁全是放马的田野。

突然，它出现了，比她想象的更大、更现代。它和外公照片上的优雅古建筑不一样，也没有满院子穿黑色制服的人。这里有防盗门，有六个奥运会场馆大小的表演场，还有餐厅、停车场和游客商店。她骑着马走进敞开的大门，没人注意她。就在她累得眼睛都快睁不开时，她看到了一块牌子——"马术主训场"。这宣告着她的旅程到了终点。

她骑着布布绕过带顶棚的表演场，走进前面的入口，牌子上写着下一场表演的时长和票价。他们绕到后面，从马厩延伸出的水泥小路上有带锯木屑的马蹄印，说明这是马入场的地方。巨大木门的另一侧传来男人的声音。她微微把背挺直，深吸了一口气，可又疼得龇牙咧嘴靠在了门上。她在大门上敲了好几下。里面沉默片刻，接着又响起一个人的指令："起！"莎拉深吸了一口气，又敲了敲门，她的拳头不屈不挠地叩在木板上。

她听见有人拉开插销，门开了。里面像一个又大又深的山洞，又像现代风格的大教堂，地上铺着沙子，周围站着一圈马，所有的马上都有骑手，穿着与众不同的黑色和金色制服，像是在进行带装彩排，那制服是她从小就熟悉的。全场的气氛肃穆而虔诚，每个人的注意力都集中在自己皮光毛亮、肌肉结实的坐骑上。

开门的男人盯着她，接着便挥动手臂，用法语训斥起来。她太累了，没精力去听他在说什么。她打断了他的话："我要跟首席骑士说话。"她的声音疲倦又沙哑，"我想要和首席骑士说话。"

对方震惊了，一时没有说话。她趁着他呆住的瞬间，骑马从他身边走过。布布扑扇着耳朵。

"不行！不行！"一个拿着对讲机的男人急匆匆地追赶她。

"怎么回事？"一个戴尖帽子的老头从学校另一头朝他们走来。他的脸上满是皱纹，眼皮耷拉着，黑色的制服一尘不染，浆得笔挺，好像是衣服在支撑着他的身体。

"对不起，先生。"年轻人拿过莎拉的缰绳，把布布朝出口的方向拖，"我不知道这是——"

"不要！"莎拉把布布往前推，拍着男人的手，"松开它，我有话跟首席骑士说。"

男人大踏步朝她走来。他看了看布布绑着绷带的膝盖，又看了看莎拉。"我就是首席骑士。"

莎拉坐得更直了。

"小姐，"他的嗓音低沉而严肃，"你们不能进来。这里是黑骑士马术团，这里不——"

"我要骑马给你看。"她打断了他的话，"我——我要骑我的马给你看。"她意识到其他骑手都渐渐停下了手头的事，她成了众人关注的焦点，"我不能回去。你必须让我骑马。"

他抬起一只手，示意她出去。"小姐，对不起，你不能到这里来。你和你的马目前的状况不能……"

她看到另一个人拿起了对讲机，也许是在叫保安。她惶恐地在外套口袋里摸索，掏出了外公的照片。"先生！你看！这是亨利·拉夏贝尔。你认识他的。他以前在这里。"她把照片举到他面前，手臂伸得笔直，手却在颤抖，"你认识他的。"

他停住了，从她的手里拿过照片。另一个人在急切地说着什么，朝莎拉打着手势。"亨利·拉夏贝尔？"他凑近了仔细看。

"我的外公。"她感觉喉咙被堵住了，"求你了，求你了。是他让我来的。请让我骑马给你看吧。"

老人看了看身后的其他骑手，又看了看照片。他盯着照片看时，另外那个人拿着对讲机，飞快地穿过表演场走回来，对着老人的耳朵说了几句悄悄话，又朝对讲机点了点头。

两人都抬头看着莎拉。

老人的目光在打量着她。"你是……你是从英格兰骑马来的？"他慢慢地说。

她点了一下头，大气也不敢出。

他轻轻摆了摆头，像是觉得难以理解。他念叨着"亨利·拉夏贝尔"，接着，他慢慢地大步从她身边走开，闪闪发亮的黑靴子扬起团团沙尘。莎拉非常安静坐在马背上，不确定该怎么办。他这是让她走吗？她看到拿对讲机的男人跟着他。然后，她看到他俩打着手势，让其他骑手后退，在场边排成一行。

首席骑士站在巨大表演场的尽头。他盯着她看了很久，最后点了一下头："开始吧。"

一开始，他们没搞清楚女孩在哪儿——向导听错了，把他们带去了一个户外表演场，他着急地用对讲机说了半天后，又把他们带了回去。娜塔莎急匆匆地跟在麦克后面，她还穿着出庭时的鞋子，脚被磨出了水泡。她努力压抑着心头的狂喜。"也可能不是她。"她跟他说，尽量不露出兴奋的表情。

他挑起一边的眉毛。"你觉得他们在这里还能见到多少个骑马的英国女孩？"

向导朝他们做了个手势。他们赶紧穿过院子，穿过长长的马场，马场里的马都在各自的隔间里安静地吃着东西。最后，他们到了外面清冽的冬日空气中，在一幢高大的白色楼房外面，娜塔莎看到了曾经见过面的马尾辫女孩。

"这边来，女士。"她招手示意，"她在主训场，我们的表演场。"娜塔莎从她身边走过时，她瞪大眼睛微微笑着，"她真是从英格兰来的？一个人？简直难以置信，是不是？"

"是啊，"娜塔莎说，"确实。"

他们回到挂着照片的前厅，走过骑士们镏金的名单。又一扇门打开了，她看见前面的麦克突然停下了脚步。没有人说话。眼前的巨大建筑是马术的殿堂，带回声效果的场地里，随处可见穿黑色制服的骑手。她想，这就像是走进一处古老的大殿，一脚踏回了五百年前。拿对讲机的男人跟女孩嘀咕了几句，女孩打着手势，让他们跟她去下面的观众席。

她感觉麦克在用手扯她的衣袖。"塔莎，你看。"他悄悄地说。

娜塔莎顺着他的视线，跟在他后面走下台阶，走到表演场侧面。

莎拉正骑着马，缓缓向表演场中央走去。她的马在肯特郡时是那么活蹦乱跳、皮光毛亮，此时却浑身伤痕、泥迹斑斑。它的膝盖上缠着两大块临时绷带，尾巴上粘着芒刺，它的眼神因为疲倦而显得空洞。可吸引娜塔莎目光的还是莎拉：这孩子苍白得像个幽灵，显得格外缥缈，一只眼睛因为严重瘀青只睁开了一半，后背和右腿上是一大片泥泞。她骑在高大的马背上，显得那么弱小，纤细的双手冻得通红。可这一切她似乎全不在乎，她完全沉浸在自己正在做的事情中。

不远处，一位穿着黑色外套和裤子的老人站得笔直，甚至直得有些不自然。他在观察莎拉，看着她让布布快走和慢跑，优雅地绕着骑士转小圈。骑士们坐在马背上，面无表情地看着。娜塔莎发现自己的视线已无法从莎拉身上挪开。她好像变了一个人，比她的实际年龄更脆弱，也更成熟。马放慢速度，沿对角线快步穿过巨大的表演场，马蹄向前踢着，像在跳芭蕾，每走一步似乎都在空中停留片刻。它挺直身体，越走越慢，直到在原地重复着这个几乎不可能完成的动作。

莎拉神情专注，眼睛周围的黑眼圈和绷紧的下巴表明她正承受着巨大的压力。娜塔莎看到她用脚跟的细微动作和拉动缰绳的力度向布布传递指令。她看到布布尽管已疲惫不堪，但仍认真听着，接受并遵守着指令。娜塔莎知道，自己对马一无所知，但眼前的一幕是美的，是只有通过长年的自律和无休止的练习才能做到的。她朝身边的麦克看了一眼，知道他也很清楚。他往前俯身，目光牢牢锁定在女孩身上，像在祈祷她能成功。

马的腿上下动着，像在有节奏地跳舞。它低下巨大的头颅，顺从地完成任务。只有从它嘴里喷出的唾沫星能表明它有多费力。接着，它转过身，以自己的屁股为中心转了个圈，这个看似不可能的动作却完成得极有控制力，极其流畅，娜塔莎都想为它的优雅鼓掌。莎拉屏住呼吸，对布布喃喃说着什么，伸出一只小手表示感谢，这小小的举动让娜塔莎眼泛泪光。这时，马突然用两条后腿站了起来，它努力对抗着地心引力，有点摇摇晃晃。娜塔莎哭了。她看着这个迷失的小孩和受伤的骏马倾其所有的表演，眼泪顺着脸颊滚滚流下。她感到，她意识到，莎拉是这里的主人。

她感觉麦克握着自己的手，用力捏了捏。她庆幸这手是那么温暖，那么有力，可又突然害怕它会放开。莎拉绕着巨大的表演场边缘开始慢跑，步法漂亮，不急不慢，有控制力，甚至有点太慢。她的身体一动不动，像尊雕像。娜塔莎望向老人。她看见坐在马背上的骑士纷纷摘下帽子，放到胸前往下划，行正式礼，他们一个接一个，朝着相同的方向，对莎拉低头，像是在为眼前的一幕致敬。

麦克放下她的手，拿起相机，开始疯狂拍照。娜塔莎扯过一张纸巾，意识到自己其实很开心。莎拉做的一切是不可思议的，应该有人为她记录下来。

马的速度慢下来，变成了快走，接着是慢走。骑士们戴上帽子，相互对视，像是为自己刚刚做的事感到惊讶。女孩走到表演场中央，正对老人，骑士们退到两旁观看。莎拉已累得脸色铁青。她让马不偏不倚地停在老人的正前方，马的四条腿站得整整齐齐，肩上全是辛苦和劳累的汗水。

"她做到了。"麦克喃喃地说，"莎拉，你这棒丫头，你做到了。"

女孩喘着粗气，低头向老人致意，像位沙场归来的战士。老人也摘下自己的帽子，点头回应。娜塔莎从她坐的地方能看到，莎拉是多么专注地看着老人，仿佛身上的每一个细胞都想听到他的评价。娜塔莎发现自己也屏住了呼吸，又伸手去牵麦克的手。

首席骑士往前跨了一步。他看着莎拉，仿佛想从她身上看到一些他还没看到的东西。他的表情严肃，眼神温柔。

"不行。"他说，"对不起，姑娘，可是不行。"他伸出一只手，摸了摸马的脖子。

莎拉双目圆睁，像是不敢相信自己的耳朵。她攥着布布的鬃毛，朝观众席望了一眼，也许她第一次看到了娜塔莎和麦克。突然，她轻呼了口气，从马上滑落下来，晕倒了。

二十六

在返回城堡的短短一路上，她很安静，毫无反抗地接受了娜塔
莎环绕过来的手，也许是出于安慰，也许是怕她会消失。他们没有
逼她开口。大家都明白，现在不是提问的时候。

回到城堡后，娜塔莎带着莎拉去了楼上她的房间，像照顾婴儿
般，帮她脱了衣服，让她躺在大床上。她把被子拉过女孩瘦削的肩
膀。女孩闭上眼，睡着了。娜塔莎坐在她旁边，一只手放在她睡熟
中蜷起的身体上，仿佛这小小的接触能带给她一些慰藉。她不确定
自己有没有见过如此苍白、如此憔悴的人。想到莎拉经历的一切，
她被深深地震撼了。

首席骑士给出最终判定后，现场一度陷入混乱。莎拉倒在地上，
娜塔莎和麦克一前一后冲进表演场，麦克一把抱起那具看上去仿佛
没了生命的躯体，首席骑士则牢牢牵住了马。麦克跑过去时，娜塔
莎隐隐听到周围的呼叫声，看到富妮尔小姐瞬间用手捂住了脸。她
还记得麦克轻松抱起莎拉时自己的惊讶，就好像她没有重量；而他
为了保护莎拉把她紧紧抱在胸前时的姿势，也让她很是感动。几分
钟后，莎拉在表演场旁边的办公室里慢慢苏醒。他们坐在她左右两
侧，娜塔莎抱着她的脑袋。自打她这一趟史诗级的旅行让他们暂时
分别后，他们都不知该如何应对她了。

莎拉抬头看着麦克，满脸茫然。她又闭上了眼睛，仿佛所见的一切都让她无法面对。

"没关系，莎拉。"娜塔莎摸着她汗涔涔、乱糟糟的头发，"你不是一个人，你现在不是一个人。"可女孩似乎没听到她的话。

校医被从马术学校的另一头叫来，并为莎拉做了诊断。她有一处锁骨骨折和多处挫伤，但校医建议，她最需要的还是休息。有人端来了茶，还有气泡橘汁、饼干。大家催促莎拉多吃点，多喝点。莎拉心不在焉地照做了。有人用法语急切地说着什么，娜塔莎几乎没听。她抱着快要支撑不住的莎拉，恨不得把自己的力量和勇气都传输给她；同时，她也想要道歉，为了自己所做的一切让她失望的事。

真难以置信。莎拉的故事在马术学院里迅速流传，一拨又一拨的人跑来看这个骑马穿过大半个法国的英国女孩，有人还穿着马裤，带着小尖帽。

真难以置信。麦克把莎拉抱上车时，娜塔莎听到了人们如此私语。她仿佛从很远的地方看着，发现身后的目光并不怎么羡慕。就好像莎拉的成功仅仅是因为她和麦克的失职。可她毫无怨言：在她看来，他们也许是对的。

布布被带到兽医中心，伤口被重新包扎，它也会在马厩过夜。首席骑士说，这是他们能为它做的最起码的事。后来麦克说，他在马厩门口站了一会儿，越过门望向布布，看到它吃饱喝足，绑好绷带，躺在厚厚的稻草垫料上，打了个滚，在厚厚的金黄色床铺上发出愉快的呻吟声。

"哎呀，"老人开了口，但没有看麦克，"每当我自以为对马无所不知，总会有事让我意外。"

"我对人也有同样的感觉。"麦克说。

首席骑士一只手放在他的肩上。"我们明天再聊，"他说，"你十点来找我，她需要一个解释。"

此时，莎拉终于睡着了。娜塔莎盯着她，仿佛要把她留在身边必须永远警惕。黄昏变成傍晚，天色愈发阴沉。娜塔莎吃了块巧克力，喝了迷你吧里的一瓶水，又翻前一位住客留下的书，看了几页。莎拉连身都没有翻。只是她的安静让娜塔莎有些不安，她时不时便偷偷走过去，检查她是否还在呼吸，然后再坐回自己的椅子。

八点过后，她走进走廊，麦克正在等她，好像等了一会儿了。她注意到他的脸上长出了新的皱纹，那是过去几天承受巨大压力的结果。她轻轻关上身后的房门，他站起了身。"她挺好的，"她说，"只是还在昏睡，你想看看——"

他摇摇头。接着，他长长地舒了口气，挤出个笑容。"我们找到她了。"他说。

"是啊。"她不明白，为什么两人都没有预想中的那种狂喜。

"我一直在想，"他开口了，"她那个样子……不知道发生了什么……"

"是啊。"

他们站在那里，谁都没动。走廊里有一股陈年的油漆味。古老的地毯模糊了一切声音。她无法将视线从他身上挪开。

他朝她跨近一步，朝自己的房间点点头。"你想去我那儿住吗？"他说，"我的意思是，她睡了你的床，所以你没地方……"

但总会有另一个玛莉亚的。

她开口时，语气是冷静的，公事公办的。"我——我觉得不该留她一个人，"她说，"我就睡在椅子上，我不会……"

"你说得也对。"

"是啊。"

"你要是需要我，我就在隔壁。"他想笑，可满脸哀伤，若有所思。也许莎拉的回归也让他明白了，他们离成功和灾难曾有多近。就在那一刻，她再也忍不住了，她摸了摸他眼下的新皱纹。"你也需要休息了。"她温柔地说。

他盯着她的样子让她意识到自己迷失了方向。这些脆弱，这些爱……一扇铁门滑开了，露出了一些她以为早已消失的东西。

可它很快就消失了。他盯着自己的脚，在口袋里摸索着。"我挺好的，"他没有看她的眼睛，"你们两个好好睡，早上来叫我。"

莎拉睡得那么沉，以至于醒来后花了好几分钟才想明白自己在哪儿。她把头从枕头上抬起来，睡眼蒙眬地望向长长的窗户，看到了远处七叶树的树叶。一辆汽车开过，那声音让她完全醒了。

她支撑着坐起来，发现身上又酸又臭，衣服也脏兮兮的。就在这时，她看到了娜塔莎。娜塔莎蜷缩在椅子上，一条毛毯拉到下巴，两只光脚却露在外面。

莎拉隐隐记得她用两只手抚摸自己的头发，还有她念叨自己名字时声音中的惊喜、恐惧和如释重负。接着，她回想起表演场，还有首席骑士说"不行"时那悲伤的眼神。

她的胸口涌起一股悲哀。她躺回到柔软洁白的枕头上，盯着高而又高的天花板，那是她与空洞而巨大的世界间唯一可见的障碍。

不行，他说。

不行。

"要是她不想说，我觉得我们不该逼她。"娜塔莎站在宽敞的走廊里，麦克正在结账。

她顺着楼梯朝下望，莎拉坐在车后排等着他们，她的太阳穴贴在后窗玻璃上，似乎什么都没看。

"她不仅是不想说外公的事，麦克，她好像什么都不想说。"

警察在通往布卢瓦的小路上找到了她的护照、空空的钱包和其他一些东西。可即便在接过那本珍贵的卷了边的色诺芬的简装书时，她也仍然是麻木的状态。

麦克拿回自己的信用卡，感谢了城堡女主人，女主人坚持为女孩准备一小份食物。大家都让莎拉吃一点，可娜塔莎想，食物怎么可能填满吞噬了她的生活的那个巨大黑洞呢？

"她累坏了。"他说，"她有这个念头很久了，大概比我们知道的还要久得多。可有人告诉她，这不可能实现了。她的外公去世了。她骑马跑了五百多英里。她吓坏了，累坏了，失望了。她还是个小姑娘呢。我觉得，这种情况下她不想说话才是正常的。"

娜塔莎抱起双臂："我觉得你说得对。"

太阳时不时露脸，像在与厚重的乌云玩"猫捉老鼠"。可从城堡到黑骑士马术团短短的路上，却没人关注如画的风景。门卫显然接到了他们要来的通知，娜塔莎看到汽车经过时，他好奇地望向了后排。

富妮尔小姐在主马场外等他们。她吻了娜塔莎和麦克，共同的经历让他们彼此熟悉。她扶着莎拉的肩膀，笑容灿烂。"你今天感觉怎么样，莎拉？"她说，"你一定很需要睡眠。"

"我挺好的。"她嘟囔着。

"我们等瓦尤斯先生的时候，你想去看看你的马吗？布彻尔昨晚睡得非常舒服，我看它一定恢复了力气，它就在那边……"

她正准备带他们去表演场，莎拉却打断了她："不用了。"她说。

大家一时尴尬得说不出话。

"我不想去了。现在不想去。"

麦克大声道歉道："我猜莎拉是想等着跟首席骑士说话吧？"

富妮尔小姐仍然保持着微笑："当然，我早该想到的。你们跟我来吧。"

办公室里摆满了照片、证书和奖章，娜塔莎看到麦克认真查看着每样东西。

瓦尤斯先生走进来，像是刚刚完成了什么更重要的任务。他还带了个人来，据他介绍说是吉诺先生，是个什么课程管理的人。莎拉坐在娜塔莎和麦克中间。娜塔莎发现，她好像缩小了，仿佛她决定要在这个世界上占据更少的空间。娜塔莎把手朝她伸过去，但又停住了。自从今早醒来后，莎拉又在自己周围竖起了高墙。昨天的脆弱不见了。

首席骑士穿着黑色制服，靴子擦得闪闪发亮，头发被压塌了，说明他已经骑了几个钟头的马。他坐在桌子旁，对着莎拉打量了片刻，像是再次惊讶这么瘦小的孩子竟然能完成昨天他看到的表演。他用带着浓浓法国口音的英语解释道：黑骑士马术团每年接收的新成员不超过五个，通常只有一两个。需要进行考试，监考的是法国最资深的骑手，而报考的最低年龄是十八岁。要加入马术团，不仅要在这些方面全部合格，本人还必须是法国人。

"你要是出生在法国，一定能入选的，莎拉。"娜塔莎说。

莎拉什么都没说。

"抛开这些不谈，小姐，我想说的是，你做的一切非常了不起。你和你的马。'好马不跑远路。'你知道这话是谁说的吗？就是你们的乔治·艾略特（英国著名小说家）。"老人在桌上俯过身，"要是你们满足我们学校的要求，那再过个几年，你和你的马完全可以再回这里。你们都有能力，有勇气。以你这样的年纪，就能达到这种水平，"他摇了摇头，"我真的感到难以置信啊。"

他低头看着自己的手。"我还想告诉你，你外公是位优秀的骑手，他的离开一直让我非常惋惜。我相信他如果没走，应该会成为主骑手。你所做的一切一定会让他非常骄傲。"

"可你们并不打算接收我。"

"小姐，我们这里不可能接收十四岁的女孩子，你一定要理解。"

莎拉看向别处，咬住嘴唇。

麦克开口了："莎拉，你听到首席骑士说了，他认为你很有天赋。也许我们可以想个办法，让你们俩继续训练，说不定再过一段时间，你们就能回来了。塔莎和我也想帮你。"

莎拉盯着脚上洁白的帆布鞋，那是早上麦克连同一整套换洗衣服一起买给她的。她沉默了很久。

房间外面，娜塔莎听到马蹄踩在水泥路面的声音和远处的嘶鸣。莎拉，求你说点什么吧。

莎拉抬头看着首席骑士。"您能收下我的马吗？"她说。

"什么？"老人眨了眨眼。

"您能收下我的马吗，就是布彻尔？"

娜塔莎看着麦克，他也同她一样满脸困惑。"莎拉，你不会想把布布送走吧？"

"我没跟你说，"她坚决地说，"我在跟他说。您想要布布吗？"

老人朝娜塔莎瞥了一眼。"我不知道现在是不是时候——"

"您觉得它有天赋吗？您觉得它是匹好马吗？"

"当然了，它还非常勇敢，是匹好马。"

"那我就把它给您了，我不想要它了。"

整个房间都安静了。管理部门的人对着首席骑士的耳朵说了几句悄悄话。

娜塔莎朝他们俯过身："先生们，我看莎拉是太累了，我觉得她不是——"

"别再告诉我我想干什么了！"她的声音回荡在小小的房间里，"我告诉你，我不想要它了。这位先生可以要它。您能收下它吗？"她的语气非常坚定，非常迫切。

首席骑士小心翼翼地看着莎拉，像是在估量她有多认真。他皱起了眉头。"你真的希望如此？把它送给黑骑士马术团？"

"是的。"

"好吧，我很高兴收下它，小姐。它显然是匹很有天赋的好马。"

莎拉好像放松了下来。之前她那么紧紧咬牙，娜塔莎都能看见她脸上的肌肉了。莎拉挺直肩膀，朝麦克转过身。"好了，我们现在能走了吗？"

所有人都呆住了。麦克惊得下巴都快掉了，娜塔莎开始觉得头晕。"莎拉……这个决定事关重大。你那么爱那匹马，我都知道。你再多花点时间考虑考虑吧，在你经历了——"

"不，我不需要更多时间。我只想有人听我说话，哪怕就一次。布布会留在这儿。那么，如果要回去，现在就走吧。就现在，"看到没人动，她又说，"要不我就自己走。"

一听到这句，大家同时站了起来。麦克朝老人投去疑惑的目光后，便跟着莎拉走到了户外的阳光下。

"女士，"等莎拉走远后，首席骑士两手握住娜塔莎的手说，"要是她想来看它，或是改了主意，都没关系。她还年轻，什么都有可能……"

"谢谢你。"娜塔莎说。她还想再多说点，可有什么东西堵住了她的喉咙。

他朝窗外莎拉站的地方望去。她站在阳光下，抱着双臂，踢着一块小石头。"她跟她外公一样。"他说。

他们刚离开索米尔，雨就劈头盖脸地下了起来。乌云聚成可怕的一团，飘过地平线，朝他们席卷而来。他们默默地开着车。麦克的车碾过路面的水坑，他全神贯注地盯着马路。

娜塔莎甚至有点嫉妒他：小车里的沉默令人压抑，她不喜欢自己胡思乱想。她时不时抬头瞄一眼她这边的后视镜，只看见后座瘦小的身影望着窗外闪过的景色。莎拉面无表情，可悲伤的气氛却笼罩着整个车厢。娜塔莎两次试图告诉莎拉，现在还不晚，他们还可以回去把马带走。可第一次，莎拉没理她；第二次，她用手捂住了耳朵。这一举动让娜塔莎心烦意乱，结巴到说不出话来。

她不断对自己说，要给她一点时间。站在她的角度想想。她失去了外公，失去了自己的家。可她还是不明白：为什么这个女孩曾经那么拼命想保住她的马，现在却轻易把它送走了？它可是她在这个世界上唯一的羁绊，是她与过去也许还是与未来的纽带啊。

她回想起他们在黑骑士马术团最后的时刻，当时首席骑士陪他们走到马厩。"你走之前，我想让你再看看你的马，莎拉，"他说，"看看你对它住的地方是否满意。"

娜塔莎猜得到他的用意：他相信莎拉看到布布后会改变主意，会迫使她思考自己的决定带来的真正后果。

可她几乎是不情不愿地朝马厩走去，站在几英尺开外的地方，连门后都看不到。"去吧，"他催促她，"看看它今早好了多少，看看我们的兽医怎么处理了它的伤口。"

去啊，莎拉，娜塔莎默默地催促她。快醒过来啊，看看你要做的是什么。娜塔莎不再介意还要对布布负责。那一刻，只要能减轻女孩的痛苦，她愿意做任何事，任何事。可莎拉只瞥了一眼兽医的处理。马把头从门上伸过来，好像从腹部深处发出了打招呼的声音。可她还是没走近它。她绷着肩膀，把手插到口袋更深处，朝首席骑士微微点了一下头，便转过身朝汽车走去，而马还竖着耳朵，望着她的背影。

让娜塔莎心事重重的不仅是莎拉和她的遭遇。瓢泼大雨下个不停，前车的尾灯和路面都变得模糊。他们离加莱越来越近，娜塔莎发现自己盯着麦克的双手看得出了神。等他们到了英格兰，下了这辆车，一切对她来说也就结束了。他们将达成协议，谁在房子里住上最后几周，还会就财产分割进行讨论。接着，他会搬去新家，而她会孤身一人，收拾生活剩下的一地碎片。她将一无所有。她将失去珍爱的房子。她的事业岌岌可危。她的恋爱不复存在。她失去了她爱的人。当你发现摆在你面前的人生不再是你想要的，这很可怕。

她闭上了眼。当她再次睁开时，她望向公路外的小镇，瞥见了一个骑自行车的女孩。女孩弯着腰，尽管天气恶劣，但仍稳稳地优雅地踩着车穿过空荡的街道。她突然想起几个月前坐的那趟城铁，她在伦敦小巷看到的骑在马背上的女孩。让她记忆深刻的并不是那动作之难，而是女孩和骏马镇定和谐的合作。哪怕只有短短一瞬，她也一直难以忘怀。

这时，她脑海里冒出一个声音。那是她的证人康丝坦斯·德芙琳紧张而尖厉的声音：

露西要走上歪路很容易的，你们只要不再听她说话就行了。

"麦克，停车。"她突然说。

"什么？"麦克说。

"把车停下。"她知道她不能让旅程这样下去了。麦克把车停到路边，满脸疑惑。她下了车，拉开后车门。"来吧，"她对莎拉说，"你得跟我谈谈。"

女孩蜷缩着躲开她，好像她疯了一样。

"不行，"娜塔莎都不知道自己为什么要说这些话，"你要是不跟我谈，我们就不走了，莎拉。来吧，跟我来。"

她牵着她的手，把她拉下车，在雨中走到了对面咖啡馆的遮雨篷下。她听到了麦克的抗议，可她坚决地告诉他别插手。

"好了。"娜塔莎抽出一张椅子坐下。店里没有其他客人，她甚至不知道这家店是否在营业。现在她和莎拉来到了这里，可她并不清楚自己想说什么。她只知道，她不能继续坐在车里了，她不能忍受被一波一波的痛苦情绪包围，却只能默默忍受，什么也不做。

莎拉朝她投来极不信任的眼神，坐到了她的旁边。

"好吧，莎拉。我是个律师，我这辈子都在估计别人会玩什么花招，再试着去解决。我在看人方面还是挺准的。我一般都能看出别人的心思。可现在，我搞不懂了。"

莎拉盯着桌子。

"我不明白，一个女孩为了保住她的马情愿撒谎、骗人、偷东西，她生命中唯一的目标就是关于那匹马，她却突然抛下了一切。"

莎拉什么都没说。她转过身，双手放在膝盖上。

"你是在发脾气吗？你觉得你把一切都丢下，就会有人站出来，为你改变规则吗？要真是这样，我可以告诉你，什么都不会变的。

那些人的规矩是三百年前就定好的，他们不会为了你改变的。"

"我从来没要求他们改变什么。"她反驳。

"好吧，那好，那他们跟你说你总有一天会足够好的时候，你觉得他们没说实话吗？我不知道，也许你是试都懒得试？"

她没有回答。

"是因为你外公？你害怕没有他帮忙，你一个人照顾不了马？我们可以帮你，莎拉。我知道，你跟我一开始相处得不算融洽，可那是因为我们彼此不坦诚，我认为我们可以改正。"

娜塔莎等待着。她知道自己的语气听起来像是在对客户说话，可她控制不了。这就是我的语气啊，她在心里默默地说。我尽力了。

可莎拉只是坐在那儿。"我们现在能回家了吗？"她说。

娜塔莎紧紧闭上眼睛。"什么？就这？你不说点什么吗？"

"我只想走了。"

娜塔莎感觉到熟悉的怒火蹿上心头。你为什么要把一切搞得这么难，莎拉？她只想大喊。你为什么这么笃定地要伤害自己？可她没喊。她只是深吸了一口气，平静地说："不行，我们还不能走。"

"什么？"

"有人撒谎我就会知道，而我知道你正在跟我撒谎。所以，不能走。你不跟我说清楚，我是不会带你走的。"

"你想听实话。"

"是的。"

"你竟然想让我说实话。"她苦笑着说。

"是的。"

"因为你总是在说实话呢。"她的语气充满了嘲讽。

"你想说什么？"

"呃……比如你还爱着麦克却不告诉他？"她朝麦克坐的小车点点头，透过雨水冲刷的车窗，可以看到麦克正在研究地图，"这太明显了，简直可悲。就算坐在车里，你也不知道在他身边该怎么办。我看见你偷偷瞄他，你们总是不小心碰到，可你就是不告诉他。"

娜塔莎咽了一下唾沫："这很复杂。"

"是，是很复杂。每件事都很复杂。因为你和我都知道，"她顿了一下，"你和我都知道，有时候，说实话只会让情况更糟，而不是更好。"

娜塔莎盯着马路对面的麦克。"你说得对。"她终于开了口，"行了吧？你说得对。可不管我对麦克的感情怎么样，我都能接受。而我看着你，莎拉，我看到的是一个丢掉了救生索的人。我看到的是一个给自己带来更多痛苦的人。"她往前俯身，"为什么，莎拉？你为什么要对自己这样？"

"因为我必须这样。"

"不，你不用这样，那个人相信你再过几年就——"

"还要过几年。"

"是的，再过几年。我知道，你还年轻，觉得几年太长了，可时间过得很快的。"

"你为什么就不能放下呢？你为什么就不肯相信我做的决定是正确的呢？"

"因为这个决定并不正确啊。你在毁掉自己的未来。"

"你不明白。"

"我明白你不必因为伤心，就把每个人都排除在你的生活之外。"

"你不明白。"

"唉，你相信我，我明白。"

"我必须让它走。"

"不，我跟你说了没必要。天哪！你外公对你最大的期望是什么？要是他知道你做了这样的事，他会怎么说？"

莎拉猛地转过脸，表情凶恶，大声喊道："他会理解的！"

"我不确定他——"

"我必须让它走，这是我能保护它的唯一办法。"

两人突然沉默了。娜塔莎非常安静地坐着。

"保护它？"

女孩咽了口唾沫。这时，娜塔莎看到了莎拉的眼角在泪光闪闪，发白的指关节在微微颤抖。她再开口时，语气变得很温和："莎拉，到底怎么回事？"

突然，毫无预兆地，她哭了起来，哭得撕心裂肺，哭得和娜塔莎三十六个钟头前一样，她在哭自己失去的东西和孤苦的现状。娜塔莎只犹豫了一下，就把女孩拉进了自己怀里，紧紧地抱着她，喃喃着安慰她。"没关系，莎拉，"她说，"没关系的。"哭泣渐渐平息下去。她抽噎着，开始断断续续地说起自己孤独、秘密、可怕和差点走上歪路的经历。娜塔莎听得眼泛泪光。

透过模糊的挡风玻璃，麦克看到娜塔莎激动地紧抱着莎拉。她说着话，点着头。不管她在说什么，女孩都表示着赞同。他不知道该做什么，娜塔莎显然已有主张。如果她能让莎拉解释一下过去三天的经历，那他也不想去打扰她们。

于是，他坐在车里，观察着，等待着，希望她能有办法改善目前的状况。因为他很确定自己没有办法。

一个女人走到桌旁，大概是店主。娜塔莎点了什么东西。就在他观望时，她朝他转过头。他们四目相对，她的眼睛突然亮起来，招手示意他过去。

他下了车，锁好车门，走到遮雨篷下她们坐的地方。她们俩都羞涩地微笑着，像是被人抓到她们彼此亲密而感到害臊。他心痛地想，他的妻子，这个即将成为他前妻的女人，是多么漂亮啊。他甚至有些得意扬扬。

"麦克，"她说，"计划有变。"

他看了莎拉一眼，她已经开始在面前的面包篮里选面包了。"这个改变的计划里包括一匹马吗？"他边说边抽出了椅子。

"当然。"

麦克坐了下来，她们背后的天空变得晴朗。

"谢天谢地。"

在回英格兰的路上，娜塔莎陪莎拉坐在后排。她们悄声说着话，时不时还提高声音和麦克说几句。他们今天不回索米尔。莎拉跟他们说，她认识一个人，绝对可以帮她把布布带回去。他们给黑骑士马术团打了电话，对方似乎早有预料，这让莎拉明显松了口气。布布很好。它将安全地待在那里，直到有人去接它。不行，娜塔莎说，莎拉不能自己回去。"恐怕我们还有一场葬礼要安排呢。"她轻声说。

麦克时不时回头看看那两个脑袋。她们筹划着，交谈着，似乎非常和谐。莎拉愿意跟娜塔莎待在一起。她们在考虑各种选择，比如寄宿学校——娜塔莎会给她姐姐打电话，因为她姐姐说她听说有家寄宿学校是接受马的；或者找一家远离伦敦的马场。萨尔那边不会再有麻烦了，娜塔莎告诉她。莎拉并没在合同上签名，他说马是他的也没用，她会给他寄律师函说清楚，并警告他离莎拉远点。布布也会很安全。他们会帮它寻找另一种生活方式，找一个可以让它在绿地上奔跑的地方。

麦克想，娜塔莎在做她最擅长的事：筹划。有时她提到亨利·拉夏贝尔，莎拉的脸会皱起来，娜塔莎就会伸出手握紧她的手，或拍拍她的肩膀。她用这些小小的举动，一次又一次地告诉她，她不孤单。

麦克从后视镜里看到了这些。他很庆幸，但又有种被排除在外的奇怪感觉。他知道娜塔莎并不是故意排挤他。无论他和娜塔莎之间发生了什么，他都永远不会丢下莎拉。也许，娜塔莎只是用这种方式婉转地告诉他，他们共度的那一夜是个错误，当气氛紧张的寻人结束后，她还是想回到康纳身旁过更稳定的生活。毕竟这一切算得了什么呢？是某种告别的仪式吗？是谢幕吗？他不敢问。他对自己说，有时候行动比语言更响亮。这么看来，她说得很清楚了。

他们到了加莱，莎拉终于给那个能帮她把马运回英格兰的人打了电话。她拿过娜塔莎的手机，走到柏油路对面，像是不想别人听到。她说了好一会儿。麦克很惊讶，她似乎对于把布布留在异国他乡这事并不感到紧张。不过他又想明白了：除了她身边，马术团应该是她唯一放心托付布布的地方了。

"你好安静啊。"莎拉在远处打电话时，娜塔莎对麦克说。他们走到在轮渡前排队的车辆间，她用左手捂着耳朵。

"我觉得我没什么要说的，"他说，"你们俩好像都计划好了。"她朝他投来奇怪的眼神，也许是察觉到了他的怨气。

"给你，"他们还没开口，莎拉就回来了，"汤姆想跟你说几句话。"娜塔莎接过电话时，莎拉站得很近，她们间的嫌隙似乎已消失无踪。

他看着娜塔莎打着电话。他思绪万千，纷繁复杂，无法听清她在说什么。她好像有什么地方不一样了。她的表情温柔，容光焕发。她没有做成妈妈，可她找到了新目标。他转过身，突然意识到无法再掩饰自己的感受。

"不用，那真的不用……你确定？"她停了一下，又接着说，"是的，是的，我知道。"

她打完电话，他朝她转回身，她正在看着莎拉。"他不肯收钱，"她说，"他说不要提钱的事。他说这周三他正好要往那边去，他会把布布带回来。"

莎拉露出一个短暂又惊讶的笑容，似乎汤姆的慷慨让她和娜塔莎同样感到意外。

"但他有个条件，"娜塔莎补充道，"他说为了报答他，你必须邀请他观看你的首次表演。"

后来麦克想，年轻人的美好就在于他们总能重拾希望。有时只需几句信赖的话，就能让人重燃自信，相信未来可以美好，而不只是一系列无休止的障碍和失望。

"听起来挺划算的。"娜塔莎说。

莎拉点了点头。

麦克朝汽车走去。他想，要是成人也能如此就好了。

娜塔莎把钥匙插进锁孔，推开前门，走进昏暗的门廊，打开灯。凌晨一点刚过，睡眼蒙眬的莎拉走进屋里，机械地上楼，像在自己家一样。娜塔莎跟在她后面，帮她铺好床，递给她一块干净的毛巾。最后，当她确定女孩能自己睡着后，她才慢慢下了楼。

这是四十八小时以来她第一次确信莎拉不会再消失了。有什么东西不一样了。她们之间发生了根本变化。她意识到，尽管她背起了一种责任，尽管她将要面对很多年经济上的付出和情感上的剧烈起伏，但在内心深处，她感到了多年未有的激动。

麦克坐在客厅沙发上，伸着长长的两条腿，把脚搁在亚麻布套的搁脚凳上，手里还拿着车钥匙。他闭着眼睛，于是娜塔莎让自己多看了他一会儿，盯着他皱巴巴的衣服，和他毋庸置疑的男性气概。她强迫自己把头转开。老这么看就有点给自己找虐的意思了。

他打了个哈欠，支撑着坐起来。娜塔莎假装忙活，生怕他察觉到了自己的注视。她发现地板上铺满了照片，一排又一排，全是十寸乘十二寸大小，摆在抛光的木地板上，一定是几天前他发现莎拉失踪的那天早上摆的。她的视线慢慢扫过那些黑白的影像，照片上有正完成动作的马，有牛仔约翰沧桑睿智的脸庞。这些照片表明，麦克对他最擅长的事又重新燃起了兴趣。最后，她的目光落到了一张特别的照片上。

照片上的女人正在打电话。她微笑着，并不知道镜头的存在。她周围是花园里光秃秃的树枝，她背后是低矮而柔和的光线。她很漂亮：冬日的阳光照在她的肌肤上，她的双眼带着未知的喜悦，显得特别温柔。镜头不是破碎影像的冰冷反映，而是与拍摄对象亲密而隐私的结合。

她盯着照片看了几秒钟，才反应过来这个女人正是自己。像是一个理想版本的自己，一个她都认不出的自己，一个她以为早已被掩埋在离婚痛苦中的自己。她觉得心里的什么地方缩紧了，又裂开了。"你什么时候拍的这个？"

他睁开眼睛。"几周前，在肯特郡。"

她无法把视线挪开。"麦克，"她说，"你眼里的我也是这样的吗？"

她终于敢看他了。她面前的男人，脸上长出了悲伤的新皱纹，脸色因为疲倦变得暗淡，嘴唇也像一直承受着失望一般噘着。他点了点头。

她的心开始狂跳。她想到了亨利，想到了佛罗伦丝，想到了莎拉。在充满未知的雨天里，她勇敢地说出了实话。"麦克，"她仍然盯着照片，"我有件事要告诉你。哪怕这是我要做的最蠢最羞耻的事，我也必须告诉你。"她深吸了一口气，"我爱你。我一直爱你。虽然现在太迟了，但我还是想让你知道。我很抱歉。我想让你知道，让你离开是我这辈子最大的错误。"

她的声音开始颤抖。她上气不接下气。她的手哆哆嗦嗦地拿着照片。"你现在知道了。如果你不爱我，没关系，因为我说出了心里话。我知道我尽力了。如果你不爱我，那也不用改变什么。"她急匆匆地说完。

"实际上，不是没有关系。"她补充道，"实际上，我会有点受伤。但我还是要告诉你。"

他往日轻松的神色不见了。"那康纳呢？"他有些烦躁地问。

"都结束了。从来也没有……"

"混账。"他说，接着他又站了起来，"混账。"

"你为什么……"她被他突然爆发的脾气和一反常态的脏话吓住了，也站了起来，"你这是——"

"塔莎。"他跨过散落在光滑木地板上的照片，走到离她只有几寸的地方。她屏住了呼吸。他离得那么近，近到她能感觉到他肌肤的温暖。千万别说不行，她默默地恳求他。千万别开个玩笑，再找个冠冕堂皇的理由离开。我无法再经历第二次了。

"塔莎，"他双手捧起她的脸，他的声音很小，也很沙哑，"我的妻子。"

"你是说——"

"再也不要把我推开了。"他的语气甚至有些愤怒，"再也不要把我推开了。"她想道歉，可千言万语化成拥吻和热泪。他抱起她，她也搂住他。她的腿，她的皮肤，紧紧地贴着他，她的脸埋在他的脖子里。

"回头路可是很长啊。"过了很久，他们一起上楼去他们的卧室时，她牵着他的两根手指说，"你真的觉得我们可以……"

"一步一步来，塔莎。"他朝楼上女孩睡觉的地方抬起头，"可至少我们知道，这是有可能的了。"

尾声

从麦克的房子去盖瑞旅店路后面的小巷，白天需要四十五分钟，交通高峰时还要再加上半个钟头。娜塔莎看了一眼钟，发现自己只有几分钟时间看文件，然后就要出发了。

"要去赶高峰吗？"琳达拿着一摞需要签名的法律援助文件走了进来。

"可能不会，"娜塔莎说，"反正不能是周五的晚高峰。"

"好吧，总之一路顺风。别忘了周一九点我们要见新来的那个小伙，那个移民案专家。"

娜塔莎站起身，把东西收进包里。"我没忘，你也别加班太晚了，好吗？"

"我再留一会儿。我想整理下文件，上周那个临时工把我的系统彻底搞乱了。"

麦考利合伙人公司创立之初历经重重困难，但将近一年半过去后，娜塔莎终于开始感觉到，自立门户的选择是对的。继续留在戴维森·布里斯科律师事务所已经没有意义——康纳不仅无法接受她的新选择，他甚至可能认为她跟麦克早就搞到一起了。此外，帕西案的影响也很明显，理查德不再把她当作候选合伙人了。事实上，从她回去那天起，他就不觉得她对公司还有什么价值。她发现理查德请本出去吃午餐的次数比跟她说话的次数还多时，她就知道，自己该走了。

感谢上帝，她还有琳达。这位深受她信赖的助手跟她一起跳了槽，不仅在工作上，也在情感上给了她有力的支持。她怀疑戴维森·布里斯科的人对琳达·布莱斯·史密斯的怀念，很可能都超过了对她本人的怀念。

"周末愉快，琳达。"她把外套搭在手臂上，准备下楼。

"你也是，希望一切顺利。"

盖瑞旅店路上的车正在增多，长长的车流弯弯曲曲通向西区。几分钟后，她看到了他的车停在马路对面。她左右看了看，然后从路上缓慢移动的车辆间跑过马路，胸前还紧紧抱着一摞文件。

"相当准时。"麦克说，她俯过身吻他，"这个就当谢礼怎么样？"

"你可真棒。"她把文件丢到脚边，"还有你，"她的视线越过他，望向后排安全座椅上冲着她微笑的婴儿，"你把香蕉全抹到爸爸外套上了。"

"开什么玩笑？"麦克朝后看了一眼，"你怎么能这样呢，朋友？"

"她一定会为我们感到非常骄傲的。"娜塔莎咯咯笑着，扣好安全带，扫视了一圈仿佛移动垃圾桶的车厢。

每次麦克和娜塔莎在这种场合出场都成了笑话。他们总是开着麦克越来越破旧的小车，衣服上不是沾着小孩吐的东西，就是带着他在路上拉的屎尿味。在其他家长亮闪闪的小汽车或巨大奔驰车的对比下，他们发现自己就像淘气的学生。有一天，他们把牛仔约翰也带来了（不能抽烟，他们让他做了保证，不行，一丁点都不行）。麦克最高兴的就是把他介绍给校长夫人时，说他是"莎拉以前的老师"。

"你们这儿教很多马戏技巧吗？"牛仔约翰天真地问。可当他发现夫人只是茫然地看着他时，他又说，"女士，来几筐上好的鳄梨吗？"

约翰住的地方离莎拉的学校有一个钟头的车程。他带着两匹老马，住在近郊一幢能遮风避雨的白色小屋里，继续向路人兜售来历不明的农产品。莎拉回来后，他向她道了歉，并表现出了少有的尴尬，说他让她失望了，让上校失望了。他还是不知道萨尔在玩什么花招。他明明付清了上校欠的钱，萨尔也知道这点。莎拉朝娜塔莎望了一眼。"我应该告诉你们的，"她小声说，"我应该告诉别人的。"他们心照不宣地再也没有提起斯伯佩尼大道的马场。

"再问一下，我们这是要去干吗？"麦克问。朝西的公路上，车流缓缓移动，将伦敦市区的车辆送到青葱的郊野以及更远的地方。

"就是……"娜塔莎翻出了那封信，"学年结束的庆典活动。最有天赋的学生会上台表演，我们可以听到孩子们弹奏乐器，朗诵诗歌，"麦克哀叹了一声，"还有莎拉唱歌。不，"他转过头，她说，"莎拉是要——"

"做她该做的事。她才不会注意我们什么样子呢，"麦克把车开进长长的车队，"她一到布布身边，脑子里就再也装不下别的事了。"

大家都知道，职场妈妈最难的就是在小孩和工作间兼顾平衡，他们缓慢穿过市区时，娜塔莎如此想道。可如果不亲身经历，就不可能真的体会到那种无休无止的身心疲惫。就她而言，她在九个月的时间里，有了两个小孩和一匹马。最讽刺的还在于，医生多年来一直告诫她要舒缓压力、少喝酒、保持积极心态、算好同房时间等等，可她真正怀孕却是她这辈子最焦虑、醉得最厉害的三天。

但当他们躺在孩子的两侧，盯着他胖嘟嘟的小手小脚、胖嘟嘟的脸蛋和跟麦克一模一样的浓密头发时，他们都一致认为，这就是生命的美妙。他的到来是命中注定。

肯特郡的房子早就退租了，换成了新租的小木屋。伦敦的房子也不卖了。麦克、娜塔莎和宝宝周一到周五都会住在那儿，莎拉则去了 M25 公路西北角边的一所高级寄宿学校，也是全国为数不多的不仅能接受马匹还能给予莎拉现阶段所需指导的学校之一。但尽管有奖学金，学费仍然不菲。学费通知单寄到时，他们在厨房餐桌边都有些泄气了，麦克说："哎呀，不过也没人说过养家很容易呀。"

他们没有舍不得钱。在学校，莎拉的表现越来越好。其他同学的家人由于各种原因，也不能陪在他们身边。在同学中，莎拉并不显眼。她也许永远不会在学术上有特别优秀的成绩，但她很努力，交了不少朋友。最重要的是，她有了一种淡淡的幸福神采。

到了周末，他们会开车到出租屋里。那里离学校只有四英里，莎拉会和他们一起住。她说的不再只是布布在表演场上的表现，它的各种成绩或小小的失误，而是越来越多地谈到她的朋友。她永远不会成为最耀眼的女孩，但她也带过几个朋友跟他们见面。他们都是不错的孩子，彬彬有礼，目标明确，都已经开始期待毕业后的生活。

同样，她也永远不会成为人群中最开放、最热情的人：她天生内向，一不开心或是没有安全感，她就会迅速筑起心墙。可跟他们融洽地住在小屋里时，她会滔滔不绝地说起大卫、海伦或是苏菲，说起他们去伊夫舍姆参加活动时什么马不肯进车厢的事。厨房餐桌边的娜塔莎会与麦克默默交换满足的眼神。他们走了好长的一条路。每个人都是。

学校操场上停满了车，闪闪发亮的车身在板球场的一侧排成了耀眼的彩色拼图。家长们正穿过草地，穿高跟鞋的女人笑着，在鞋跟陷进草坪时紧紧挽住丈夫的胳膊。在保安指挥麦克将车停好之前，莎拉就看到了他们。她跑过来，身上穿着整洁无瑕的马裤和白得发亮的衬衫。"你们来啦。"她说。娜塔莎爬下车，感觉裙子贴到了腿后面。

"肯定要来呀。"麦克吻了吻她的脸颊，"你还好吗，亲爱的？"

可莎拉已经拉开了后车门。"你好呀，亨利，我的小战士！你看你！"她解开他的安全带，把他抱在胸前，他伸手去抓她的头发时，她眉开眼笑地说，"他又长大啦！"

"你的衣服上会弄得都是香蕉的。你好，亲爱的。"娜塔莎也吻了她，同时发现长大的不仅是婴儿。每周他们见到莎拉时，莎拉都悄悄地多了一点女人味，越来越不像他们刚开始见到的瘦小孩了。她现在比娜塔莎还高，跟她的马一样结实。

"你都准备好了吗？"

"当然。布布今天可漂亮了。哎呀，我好想你们。是的，很想。是的，很想。"莎拉抱着亨利，亨利也和以往一样，表现得格外高兴。

亨利让他们的新家更牢固了，娜塔莎心想。她经常这么想。在他们从震惊中恢复过来的几周后，他们将娜塔莎怀孕的消息告诉了莎拉。社工曾表达过担忧，说莎拉可能会觉得受到排挤，可能会让她更有无依无靠的感觉。但娜塔莎和麦克的想法恰恰相反。事实证明，他们是对的。莎拉无条件地爱着这个小孩，一切反而更简单了。

他们开始朝表演场走去，大家都在陆续就座。一个穿制服的男孩子递来晚上的节目单。娜塔莎骄傲地看到，莎拉的马术表演放在最前面。

"这个周末要我带小孩吗？"莎拉边说边熟练地将亨利的手指从自己的头发上掰开，"我不介意，反正我没有计划。"

"我记得你要去参加派对呀。"娜塔莎在包里翻着湿纸巾，莎拉雪白衬衫的肩上出现了香蕉印，"你不是要跟六年级的女生去什么地方吗？"

莎拉闪过一个眼神，但麦克看到了："哦？这是怎么回事？"

"什么？我就不能帮你们带小孩吗？"

麦克故作语气严肃："年轻的女士，你到底有什么企图？"

"我帮你们留了特别好的位置。你看，我没给亨利留，我想着你们可以抱着他，坐在这儿什么都能看到。"

麦克顿了一下："快说吧你，到底是什么事？"他总是比娜塔莎更了解她。

她想表现得不好意思，可她的笑容很是灿烂。"我的课程申请通过了。"

"什么课程？"

"在索米尔，夏季训练的课程，在瓦尤斯先生的指导下学习六周。我今早收到了信。"

"莎拉，这太棒了。"娜塔莎拥抱着她，"真了不起！你原来还以为自己没机会的。"

"这里的老师把我们的 CD 寄了过去，还写了推荐信。瓦尤斯先生在信里说，他看到了明显的进步，他亲自给我写的信。"

"哇，太好了。"

"我知道，"她犹豫着，"可真的很贵。"她小声说了个数字。

麦克吹了个口哨。"那得帮我们带多少次孩子才够啊？"

"但我一定要去。我要是这次表现得好，以后申请就有优势了。求你们了！让我做什么我都愿意！"

娜塔莎的眼前浮现出她和麦克上周在展厅看过的那辆休旅车，

又眼睁睁看着它消失了。"我们会想办法的，你别担心。你外公的钱可能还有一些……"

"真的吗？真的吗？"有人在喧哗的人群中大声叫她。她朝后望了一眼，接着又看看表，低声骂了一句。

"你该走了。"

乐队开始演奏。莎拉把亨利交给娜塔莎，说了句抱歉，便朝马厩跑去。"谢谢你们！"她大喊着，在观众们的头顶挥着手，"太谢谢你们了！我总有一天会还给你们的，真的！"

娜塔莎紧紧抱着儿子，看着她的背影。"你已经还了。"她悄声说。

莎拉调整好腰带，挺直腰板，轻轻抚摸着她花了一上午时间给布布的鬃毛编的辫子。从她站的地方，透过匆忙立起的屏风，她能看到观众渐渐坐定，能看到娜塔莎把亨利交给麦克，又在自己包里翻着什么。是相机。她看到麦克从她手里接过相机，深情地摆着头。

她喜欢麦克的照片，她的房间里贴满了他的照片。外公去世后，麦克把他们在桑当公寓里找到的所有老照片都收集了起来，有她和外婆的照片，有外公骑着杰隆修斯的泛黄的照片。麦克翻拍了这些照片，并进行了数码处理，使得图像更大更清晰，外公的脸也更清楚了。葬礼当天，他和娜塔莎把一些照片装进相框，放在她的房间里，这样他们一回来，她就能看到。"我们知道，我们不是你最初的家人，"那天晚上，他们对她说，"可我们希望这里成为你的第二个家。"

她从来没问他们为什么要给孩子取名亨利，她猜得到原因。他将她生活中的两面交织在了一起。有时候，她甚至觉得她能从孩子身上看到一点点外公的影子，尽管这完全说不通。她还是到处都能看到外公的存在——在他教会布布完成的那些动作里，她不管骑着布布去哪儿，都能在脑海中听到他的声音。你现在看看我啊，外公，她总是默默对他说。

傍晚的空气中带着浓浓的新修草坪的气息，表演场后立起来的茶点帐篷里传来淡淡的草莓香。大家暂时安静下来，乐队开始演奏花了数周时间练习的小提琴乐曲。她看到布布的耳朵竖了起来，它听到了乐声，她感觉胯下的重心有所调整，它做好了完成任务的准备。

今天晚上，他们大概会在小镇另一头的木屋里分享外卖的晚餐。麦克会逗她说男生的事，娜塔莎会问她要不要帮着一起给亨利洗澡。她每次都这么说，好像莎拉帮了她一个大忙，可实际上，她们都知道莎拉很喜欢给亨利洗澡。再过两个月，她就要去法国了。

她突然有种感觉……这就是她命中注定的归宿。她本属于此。对生活，她别无所求了。

她朝她的马术指导沃伯顿先生看了一眼，他正牵着布布的缰绳，小声念叨着节拍。

"准备好了吗？"他抬起头，"别忘了我跟你说的，要冷静，往前看，坐直了，轻一点。"

莎拉坐得更直了一些。她夹紧双腿，骑马走了出去。

后记

2007 年，我在《费城周刊》杂志上看到了记者斯蒂夫·沃尔克写的一篇报道，关于一个名叫麦卡·哈里斯的十四岁女孩。她放学后的所有时间，都花在费城一处城市马场里。她热爱马，学习马术技巧，负责教她的是费城黑牛仔协会，他们给了城市中生活最艰难的孩子一个机会，让他们通过马寻找一种不同的生活方式。

这个女孩天赋异禀，意志坚定，她被选中进入全是黑人的马术队，与耶鲁大学队进行马球比赛。2003 年秋天，她接到了加州一所顶尖马球学校的申请表，可她却永远没有机会填完它。

2003 年 10 月 15 日，麦卡·哈里斯和她的母亲以及她母亲的男友被人发现在家中遇害，据说与毒品交易有关。这个故事让我印象深刻。不仅是因为我的脑海中经常浮现出麦卡的模样——一个瘦小的骑手，骑马帽下面还露着辫子，也是因为尽管我的生活从没像她那般艰难，但我完全有可能成为她。我十来岁时曾混迹于遍布伦敦小巷的各个城市马场，当地的公园就是我的表演场。马让我远离是非纷扰（虽然我父母可能并不赞同），并给了我一种持续三十年的热情。

现在，我住在农场里。我在草地上养了一匹马，而不是在铁路桥洞里。麦卡·哈里斯本来也该有一片绿地的。这本书是为了纪念她和许多像她一样的小孩。对他们来说，马可以是一种出路。

小骑士

作者 _ [英]乔乔·莫伊斯　　译者 _ 王一凡

产品经理 _ 夏言　　装帧设计 _ 肖雯

技术编辑 _ 顾逸飞　　责任印制 _ 陈金　　出品人 _ 吴涛

营销团队 _ 毛婷 阮班欢 孙烨　　物料设计 _ 肖雯

果麦
www.guomai.cc

以 微 小 的 力 量 推 动 文 明

图书在版编目（CIP）数据

小骑士 /（英）乔乔·莫伊斯著；王一凡译. -- 成
都：四川文艺出版社，2022.4
　ISBN 978-7-5411-6293-0

Ⅰ. ①小… Ⅱ. ①乔… ②王… Ⅲ. ①长篇小说一英
国一现代 Ⅳ. ① I561.45

中国版本图书馆 CIP 数据核字（2022）第 038579 号

Copyright © Jojo's Mojo Ltd, 2009

著作权合同登记号 图进字: 21-2022-112 号

XIAO QISHI
小骑士
〔英〕 乔乔·莫伊斯　著　　王一凡　译

出 品 人　张庆宁
责任编辑　陈雪媛
责任校对　段　敏
出版发行　四川文艺出版社（成都市锦江区三色路 238 号）
网　　址　www.scwys.com
电　　话　021-64386496（发行部）　028-86361781（编辑部）
印　　刷　北京世纪恒宇印刷有限公司
成品尺寸　145mm×210mm
开　　本　32 开
印　　张　15
字　　数　360 千
印　　数　1 — 8,000
版　　次　2022 年 4 月第一版
印　　次　2022 年 4 月第一次印刷
书　　号　ISBN 978-7-5411-6293-0
定　　价　68.00 元

版权所有　侵权必究。如发现印装质量问题，影响阅读，请联系 021—64386496 调换。